GRAHAM GREENE

Der menschliche Faktor

ROMAN

Ich weiß nur, daß jeder, der eine Bindung eingeht, verloren ist. Der Keim der Korruption ist in seine Seele eingedrungen.

JOSEPH CONRAD

PAUL ZSOLNAY VERLAG
WIEN · HAMBURG

Berechtigte Übersetzung von
Luise Wasserthal-Zuccari und Hans W. Polak

Jeder Roman, der von Vorgängen und Personen in irgendeinem Geheimdienst handelt, muß zwangsläufig eine große Portion Phantasie enthalten, denn eine realistische Darstellung würde fast mit Gewißheit irgendwelche Bestimmungen in Gesetzen zur Wahrung des Amtsgeheimnisses verletzen. Das Unternehmen „Onkel Remus“ entstammt ausschließlich der Phantasie des Autors (und ich hoffe, es bleibt dabei), so wie alle Figuren dieses Romans, ob nun englischer, afrikanischer, russischer oder polnischer Herkunft. Dennoch sind, um Hans Christian Andersen zu zitieren – einen weisen Autor, der auch mit Phantasie handelte –, „unsere Phantasiegeschichten geformt aus Wirklichkeit“.

GRAHAM GREENE

Umschlag und Einband: Norbert Wuchte
Fotosatz: Bergler
Druck und Bindung: Wiener Verlag
Printed in Austria
ISBN 3-552-03013-1

CIP-Kurztitelaufnahme der Deutschen Bibliothek
Greene, Graham
Der menschliche Faktor: Roman. – Wien, Hamburg: Zsolnay, 1978.
Einheitssacht.: The human factor [dt.]
ISBN 3-552-03013-1

Für meine Schwester
Elisabeth Dennys,
die ihre Mitverantwortung
nicht leugnen kann.

Jenny 14. Juni 90

Alles Gute

[illegible]

ANMERKUNGEN DES AUTORS

MI5: Englische Gegenspionageorganisation auf britischem Hoheitsgebiet

MI6: Englische Gegenspionageorganisation außerhalb der britischen Hoheitsgebiete, auch unter der Bezeichnung S.I.S. (Secret Intelligence Service)

BOSS: Südafrikanische Entsprechung zu MI6

Porton: Forschungszentrum für biologische Kriegsführung und Gegenmaßnahmen

Aldermaston: Ehemaliges Zentrum für Atomforschung

ERSTER TEIL

ERSTES KAPITEL

Seit Castle vor mehr als dreißig Jahren als Neuling in die „Firma“ eingetreten war, aß er zu Mittag immer in einem Pub hinter der St. James's Street, nicht weit von seinem Büro. Auf die Frage, warum er dort aß, hätte er die ausgezeichneten Bratwürste erwähnt. Vielleicht wäre ihm eine andere Biersorte als Watney's lieber gewesen, aber die Qualität der Würste gab den Ausschlag. Er war immer bereit, für seine Handlungen Rechenschaft abzulegen, auch für die harmlosesten, und er war immer auf die Minute pünktlich.

Deshalb war er Schlag eins aufbruchbereit. Arthur Davis, sein Assistent, mit dem er das Büro teilte, ging pünktlich um zwölf zum Essen und kam nach einer Stunde zurück, allerdings oft nur theoretisch. Es wurde vorausgesetzt, daß entweder Davis oder er selbst stets anwesend waren, um bei dringenden Telegrammen den dechiffrierten Text persönlich zu übernehmen, aber sie wußten beide genau, daß in der betreffenden Unterabteilung ihres Departments nie etwas wirklich Dringendes einlief. Der Zeitunterschied zwischen England und den verschiedenen Teilen Ost- und Südafrikas, mit denen sie zu tun hatten, war so groß – sogar im Fall Johannesburg betrug er mehr als eine Stunde –, daß die Verzögerung von Nachrichten niemandem außerhalb des Departments Kopfzerbrechen gemacht hätte. Davis behauptete immer, über das Schicksal der Welt würde ganz gewiß nicht auf ihrem Kontinent entschieden, gleichgültig, wie viele Botschaften China oder Rußland von Addis Abeba bis Konakry errichteten und wie viele Kubaner landeten. Castle schrieb eine Aktennotiz für Davis: „Falls Zaire Nr. 172 beantwortet, Kopien an Schatzamt und Foreign Office schicken." Er sah auf die Uhr. Davis war zehn Minuten verspätet.

Castle räumte seine Aktenmappe ein: eine Liste, was er für seine Frau im Käseladen in der Jermyn Street zu kaufen hatte, das Geschenk für seinen Sohn, den er heute früh angeschnauzt hatte (zwei Päckchen „Maltesers"), und ein Buch, *Clarissa Harlowe,* in dem er nie weiter vorgedrungen war als bis Kapitel LXXIX, Band I. Sobald er die Lifttür ins Schloß fallen und Davis' Schritte im Korridor hörte, verließ er das Zimmer. Seine Mittagspause mit den Bratwürsten war um elf Minuten beschnitten worden. Denn er kam, im Gegensatz zu Davis, immer pünktlich zurück. Eine Tugend des Alters.

In der förmlichen Büroatmosphäre fiel Arthur Davis durch sein exzentrisches Aussehen auf. So wie er jetzt durch den langen weißen Gang daherkam, sah er aus, als hätte er eben ein den Pferden gewidmetes Wochenende auf dem Land verbracht oder käme vom Sattelplatz eines Pferderennens. Er trug eine sportliche grüne Tweedjacke, aus deren Brusttasche ein scharlachrot getupftes Stecktuch lugte; er hätte viel eher in ein Wettbüro gepaßt. Aber er wirkte immer wie ein Schauspieler in der falschen Rolle: wenn er versuchte, seinem Kostüm gerecht zu werden, kam er mit seiner Rolle nicht zu Rande. Sah er in London aus, als käme er vom Land, dann hielt man ihn auf dem Land, wenn er Castle besuchte, unweigerlich für einen Touristen aus der Stadt.

„Auf den Glockenschlag pünktlich, wie immer", sagte Davis mit seinem gewohnten schuldbewußten Grinsen.

„Meine Uhr geht immer ein bißchen vor", sagte Castle wie zur Entschuldigung für die Kritik, die er gar nicht ausgesprochen hatte. „Wahrscheinlich eine Angstneurose."

„Schmuggeln wir schon wieder einmal Top Secrets hinaus?" fragte Davis und tat, als wollte er Castles Aktenmappe beschlagnahmen. Sein Atem roch süßlich: er hatte eine Vorliebe für Port.

„Die hab ich alle dagelassen, damit Sie sie verhökern. Sie erzielen bessere Preise von Ihren zwielichtigen Kontaktleuten."

„Sehr freundlich von Ihnen."

„Außerdem sind Sie Junggeselle. Sie brauchen mehr Geld als ein verheirateter Mann. Der hat die halben Betriebskosten!"

„Aber diese gräßliche Resteverwertung", sagte Davis, „der Braten, der zu Hackfleisch wird, diese verdächtigen Fleischklößchen. Lohnt das? Ein Ehemann kann sich nicht einmal einen guten Port leisten." Er betrat das gemeinsame Büro und klingelte nach Cynthia. Davis war schon seit zwei Jahren hinter Cynthia her, aber als Tochter eines Generalmajors jagte sie nur größeres Wild. Trotzdem gab Davis die Hoffnung nicht auf; es war besser, erklärte er, eine Liebesaffäre im eigenen Department abzuwickeln – wenigstens konnte man das nicht als Sicherheitsrisiko auslegen. Doch Castle wußte, wie sehr Davis in Wirklichkeit an Cynthia hing. Er hatte das heftige Verlangen nach einer monogamen Bindung und den defensiven Humor des Einsamen. Einmal hatte Castle ihn in seiner Mietwohnung besucht, die er mit zwei Beamten des Umweltschutz-Departments teilte; sie lag über einem Antiquitätenladen in der Nähe des Claridge Hotels – sehr zentral und nobel.

„Kommen Sie nur ruhig näher", hatte Davis ihn aufgefordert, als Castle das Wohnzimmer betrat, in dem zu viele Möbel standen; Magazine verschiedener Geschmacksrichtungen – *New Statesman, Penthouse* und *Nature* – lagen auf dem Sofa herum, und die schmutzigen Gläser von einer Party, die irgendwer gegeben hatte, waren in einem Winkel zusammengeschoben, damit sie die Putzfrau finde und säubere.

„Sie wissen doch genau, was man uns zahlt", sagte Castle, „und ich bin verheiratet."

„Ein schwerer Fehler."

„Für mich nicht", erwiderte Castle, „ich mag meine Frau."

„Und dann gibt es natürlich auch noch den kleinen Bastard",

fuhr Davis fort. „Also, ich könnte mir Kinder und Portwein dazu nicht leisten."

„Zufällig mag ich auch den kleinen Bastard."

Castle wollte eben die vier steinernen Stufen zum Piccadilly hinabsteigen, als ihn der Portier zurückhielt: „Brigadier Tomlinson möchte Sie sprechen, Sir."

„Brigadier Tomlinson?"

„Ja. Zimmer A3."

Castle war Brigadier Tomlinson nur ein einziges Mal begegnet, vor vielen Jahren, mehr Jahren, als ihm lieb war, am Tag seiner Aufnahme in den britischen Geheimdienst; damals war der Brigadier noch ein sehr junger Offizier – falls er überhaupt je Offizier war. Castle konnte sich bloß an ein schwarzes Schnurrbärtchen erinnern, das wie ein UFO über einem Bogen Löschpapier schwebte, makellos weißem und sauberen Löschpapier, vielleicht aus Sicherheitsgründen. Nachdem Castle den Official Secrets Act unterzeichnet hatte, war der Abdruck seines Namenszuges die einzige Verschmutzung auf dem Löschblatt, und dieser Bogen wurde sicher sofort zerrissen und in die Verbrennungsanlage geschickt. Schon vor fast einem Jahrhundert hatte der Fall Dreyfus deutlich gezeigt, wie gefährlich ein Papierkorb war.

„Den Gang entlang, links, Sir", erinnerte ihn der Portier, als er die falsche Richtung einschlagen wollte.

„Kommen Sie nur, Castle, kommen Sie nur", rief Brigadier Tomlinson. Sein Schnurrbart war nun so weiß wie die Löschunterlage, und mit den Jahren war ihm unter seiner zweireihigen Jacke ein kleiner Spitzbauch gewachsen – nur seinen dubiosen Rang hatte er behalten. Niemand wußte, welchem Regiment er je angehört hatte, falls es ein solches Regiment überhaupt gab; denn in diesem Amt waren alle militärischen Titel ein bißchen fragwürdig. Ränge konnten genausogut Teil der Tarnung sein. Er sagte: „Kennen Sie Oberst Daintry schon?"

„Nein. Ich glaube nicht ... Guten Tag."

Trotz korrektem dunklem Anzug und Adlergesicht erweckte Daintry, weit mehr als Davis, den Eindruck, als hielte er sich ständig in der frischen Luft auf. Sah Davis auf den ersten Blick so aus, als wäre er in einem Wettbüro daheim, gehörte Daintry zweifellos in den noblen Teil des Rennplatzes oder zur Moorhuhnjagd. Castle genoß es, seine Kollegen bildlich festzuhalten; manchmal zeichnete er sogar Karikaturen von ihnen.

„Ich glaube, ich habe mit einem Vetter von Ihnen in Oxford studiert", sagte Daintry. Es klang verbindlich, aber er sah leicht ungeduldig aus; wahrscheinlich hatte er es eilig, einen Zug aufs Land zu erreichen.

„Oberst Daintry", erklärte Brigadier Tomlinson, „ist unser neuer Besen", und Castle bemerkte, wie Daintry bei dieser Bezeichnung zusammenzuckte. „Er hat die Abwehr von Meredith übernommen. Ich weiß aber nicht, ob Sie Meredith je kennengelernt haben."

„Sie meinen wahrscheinlich meinen Vetter Roger", sagte Castle zu Daintry. „Ich habe ihn seit Jahren nicht mehr gesehen. Er machte sein Philosophieexamen mit Auszeichnung. Jetzt ist er, glaube ich, im Schatzamt."

„Ich habe Oberst Daintry beschrieben, wer hier bei uns was tut", schwätzte Brigadier Tomlinson, unbeirrt sein Thema fortspinnend.

„Ich selbst habe Jura studiert. Aber ohne Auszeichnung", sagte Daintry. „Sie haben Geschichte studiert, nicht wahr?"

„Ja. Mit noch weniger Erfolg."

„In Oxford?"

„Ja."

„Ich habe Oberst Daintry erklärt", sagte Tomlinson, „daß nur Sie und Davis mit den Top-Secret-Telegrammen in Sektion 6A zu tun haben."

„Falls man in unserer Sektion überhaupt etwas als ‚Top Secret' bezeichnen kann. Aber Watson sieht sie natürlich auch."

„Davis – der kommt doch von der Universität Reading, oder?“ fragte Daintry mit einem ganz leichten Anflug von Geringschätzung.

„Ich sehe, Sie haben sich gut vorbereitet.“

„Genau gesagt, habe ich mich eben mit Davis selbst unterhalten.“

„Ach, deshalb also ist er zehn Minuten verspätet vom Mittagessen zurückgekehrt.“

Daintrys Lächeln erinnerte an das schmerzhafte Öffnen einer Wunde. Er hatte sehr rote Lippen, die in den Mundwinkeln fest aneinander zu haften schienen. Er sagte: „Ich habe mit Davis über Sie gesprochen und spreche darum jetzt mit Ihnen über Davis. Eine simple Kontrolle. Sie müssen dem neuen Besen schon verzeihen. Ich muß erst richtig kehren lernen“, fügte er, verwirrt über die Metaphern, hinzu.

„Man hat sich an die Vorschriften zu halten – obwohl wir natürlich Ihnen beiden vertrauen. Übrigens, hat er Sie nun gewarnt oder nicht?“

„Nein. Aber Sie brauchen mir das schließlich nicht zu glauben. Wir könnten ja unter einer Decke stecken.“

Die Wunde öffnete sich wieder ganz wenig und schloß sich dann fest.

„Ich vermute, daß er politisch ein bißchen links steht. Stimmt das?“

„Er ist Mitglied der Labour Party. Das sagte er Ihnen wohl selbst auch.“

„Daran ist natürlich nichts Unrechtes“, sagte Daintry. „Und Sie ...?“

„Ich gehöre keiner politischen Richtung an. Auch das wird Ihnen Davis wahrscheinlich mitgeteilt haben.“

„Aber Sie geben doch manchmal Ihre Stimme ab, nehme ich an?“

„Ich glaube, ich habe seit dem Krieg kein einziges Mal gewählt. Heutzutage kommt mir alles – nun, wie Kirchturmpolitik vor.“

„Ein interessanter Standpunkt“, sagte Daintry mißbilligend. Castle erkannte, daß er diesmal besser nicht die Wahrheit gesagt hätte; dennoch zog er, von wirklich bedeutsamen Anlässen abgesehen, stets die Wahrheit vor. Die Wahrheit hält mehrfacher Überprüfung stand. Daintry sah auf die Uhr. „Ich will Sie nicht länger aufhalten. Ich muß zu einem Zug zurechtkommen.“

„Sie gehen am Wochenende jagen?“

„Ja. Woher wissen Sie das?“

„Intuition“, erwiderte Castle und bereute neuerlich seine Antwort. Man tat sich nicht hervor, das war sicherer. Es gab Augenblicke – und sie wurden Jahr für Jahr häufiger –, in denen er davon träumte, sich seiner Umgebung völlig anzupassen, so wie ein anderer Mensch etwa von überwältigenden sportlichen Höchstleistungen träumen mochte.

„Sie haben wahrscheinlich mein Gewehrfutteral neben der Tür gesehen?“

„Ja“, sagte Castle, der es bisher nicht bemerkt hatte, „das hat mich auf die Idee gebracht.“ Erleichtert stellte er fest, daß Daintrys Mißtrauen beruhigt schien.

Daintry meinte: „Wissen Sie, das alles ist nicht persönlich zu nehmen. Eine reine Routineüberprüfung. Es gibt so viele Vorschriften, daß einige manchmal vernachlässigt werden. Das ist nur menschlich. Zum Beispiel die Anordnung, keine Akten aus dem Amt wegzutragen ...“

Er blickte beziehungsvoll auf Castles Aktenmappe. Ein Offizier und Gentleman hätte sie mit einem Scherzwort sofort zur Inspektion übergeben, doch Castle war weder Offizier, noch hätte er sich selbst als Gentleman eingestuft. Er wollte wissen, aus welchen Ecken dieser neue Besen wohl den Staub hervorkehrte. Er sagte: „Ich gehe nicht nach Hause. Ich gehe bloß essen.“

„Es macht Ihnen doch wohl nichts aus, nicht wahr ...?“ Daintry streckte die Hand nach der Aktenmappe aus. „Von Davis habe ich das auch verlangt“, sagte er.

„Davis trug keine Aktenmappe“, erwiderte Castle, „nicht, als ich ihn sah.“

Daintry errötete wegen seines Fehlers. Genauso hätte er sich gewiß geschämt, wenn er einen Treiber angeschossen hätte, dachte Castle. „Oh, das muß dann dieser andere Bursche gewesen sein“, sagte Daintry. „Hab seinen Namen vergessen.“

„Watson?“ kam ihm der Brigadier zu Hilfe.

„Ja, Watson.“

„Was, Sie haben sogar den Chef kontrolliert?“

„Das gehört zu den Vorschriften“, sagte Daintry.

Castle öffnete seine Aktenmappe. Er nahm ein Exemplar der *Berkhamsted Gazette* heraus.

„Was ist das?“ fragte Daintry.

„Mein Lokalblatt. Ich wollte es während der Mittagspause lesen.“

„Ach ja, richtig. Hatte das ganz vergessen. Sie wohnen doch ziemlich weit draußen. Finden Sie das nicht ein bißchen unbequem?“

„Mit der Bahn schaffe ich es in weniger als einer Stunde. Ich brauche ein Haus und einen Garten. Ich habe ein Kind, wissen Sie – und einen Hund. In einer Mietwohnung kann ich beide nicht halten. Nicht ohne Unannehmlichkeiten.“

„Ich sehe gerade, Sie lesen *Clarissa Harlowe*. Gefällt's Ihnen?“

„Bisher recht gut. Aber ich habe noch vier Bände vor mir.“

„Was ist das hier?“

„Ein Erinnerungszettel.“

„Erinnerungszettel?“

„Meine Einkaufsliste“, erklärte Castle. Unterhalb seiner gedruckten Privatadresse, 129 King's Road, hatte er aufgeschrieben: „Zwei Maltesers. Ein halbes Pfund Earl Grey. Käse – Wensleydale? Oder Double Gloucester? Yardley Pre-Shave Lotion.“

„Was sind Maltesers, um Himmels willen?"

„Eine Art schokoladeüberzogene Malzbonbons. Sie sollten sie versuchen. Köstlich. Meiner Meinung nach besser als Katzenzungen."

Daintry fragte: „Glauben Sie, sie würden meiner Gastgeberin schmecken? Ich möchte ihr gern einmal etwas nicht so Alltägliches mitbringen." Er sah auf die Uhr. „Vielleicht könnte ich den Portier schicken – es ist gerade noch Zeit. Wo kaufen Sie sie?"

„Man bekommt sie im ABC, drei Straßen weiter."

„ABC?" fragte Daintry.

„Aerated Bread Company."

„Aerated ... du lieber Himmel ... was soll das heißen? Ach, dafür haben wir jetzt doch keine Zeit. Sind Sie sicher, daß diese Bonbons das Richtige sind?"

„Natürlich läßt sich über Geschmack streiten."

„Fortnum's ist nur ein paar Schritte entfernt."

„Dort kriegen Sie sie nicht. Sie sind ganz billig."

„Ich möchte nicht gern knausrig wirken."

„Dann lassen Sie eben die Quantität sprechen. Sagen Sie ihm, er soll drei Pfund mitnehmen."

„Wie heißt das Zeug doch gleich? Würden Sie es bitte dem Portier sagen, wenn Sie weggehen?"

„Dann ist also meine Überprüfung beendet? Bin ich unverdächtig?"

„Aber ja, natürlich. Sie wissen doch, Castle, eine reine Formalität."

„Weidmannsheil."

„Weidmannsdank."

Castle gab dem Portier den Auftrag.

„Drei Pfund, hat er gesagt?"

„Ja."

„Hat er wirklich drei Pfund gesagt? Nur Maltesers?"

„Ja."

„Da brauche ich einen Lieferwagen!“

Der Portier rief den Hilfsportier herbei, der gerade ein Magazin mit Bildern nackter Mädchen studierte. Er sagte: „Stell dir das vor. Oberst Daintry will Maltesers. Drei Pfund, hat er gesagt.“

„Das wären ungefähr hundertzwanzig Päckchen“, behauptete der Mann nach einer kurzen Kopfrechnung.

„Aber nein“, sagte Castle, „so schlimm ist es auch wieder nicht. Er meint das Gewicht, nicht den Preis.“

Er überließ sie ihren weiteren Berechnungen. Fünfzehn Minuten verspätet traf er in seinem Pub ein, sein Stammplatz in der Ecke war besetzt. Er aß und trank rasch und schätzte, daß er bereits drei Minuten eingebracht hatte. Dann kaufte er das Rasierwasser beim Drogisten in der St. James's Arcade, den Earl-Grey-Tee bei Jackson's, den Double Gloucester ebenfalls dort, um Zeit zu sparen, obwohl er ihn sonst immer im Käseladen in der Jermyn Street holte; die Maltesers jedoch, die er im ABC kaufen wollte, waren zu dem Zeitpunkt, als er hinkam, bereits ausgegangen – der Verkäufer sagte ihm, es sei unerwartete Nachfrage danach gewesen –, und Castle mußte statt dessen Katzenzungen nehmen. Er war bloß drei Minuten verspätet, als er zu Davis zurückkehrte.

„Sie haben überhaupt nicht erwähnt, daß sie Kontrollen machen“, sagte er.

„Ich mußte schwören, nicht zu plaudern. Hat man Sie bei irgendwas erwischt?“

„Eigentlich nicht.“

„Mich schon. Er fragte mich, was ich da in der Tasche meines Regenmantels habe. Das war der Bericht von Nummer 59800. Ich wollte ihn noch einmal beim Essen nachlesen.“

„Und? Was sagte er?“

„Ach, er hat mich mit einer Verwarnung laufenlassen. Vorschriften sind dazu da, befolgt zu werden, sagte er. Wenn man bedenkt, daß dieser Blake zu vierzig Jahren Freiheit verurteilt wurde, Freiheit von Einkommensteuer, geistigem Stress und Verantwortung – warum wollte der fliehen? Aber wir haben jetzt darunter zu leiden!"

„Ich hatte kaum Schwierigkeiten mit Oberst Daintry", sagte Castle. „Er kennt einen Vetter von mir aus Oxford. Das ist gleich was anderes."

ZWEITES KAPITEL

Castle erreichte meistens noch den Zug um achtzehn Uhr fünfunddreißig vom Bahnhof Euston und traf fahrplangemäß um sieben Uhr zwölf in Berkhamsted ein. Sein Fahrrad stand am Bahnhof – er kannte den Bahnsteigschaffner seit Jahren und ließ es unter seiner Obhut zurück. Dann fuhr er, Bewegung war gesund, den längeren Weg nach Hause – über die Kanalbrücke, an der Schule im Tudorstil vorbei bis in die High Street, entlang der Pfarrkirche aus grauem Stein, die den Helm eines Kreuzfahrers barg, dann den Hang der Chiltern Hills hinauf bis zu seinem kleinen, nur auf einer Seite verbauten Haus in der King's Road. Um halb acht war er immer, wenn er nicht telefonisch aus London eine Änderung ankündigte, zu Hause. Es blieb gerade noch Zeit, dem Jungen gute Nacht zu sagen und vor dem Abendessen um acht ein Glas Whisky oder zwei zu trinken.

In einem bizarren Beruf wird alles, was alltäglich ist, kostbar – vielleicht war das einer der Gründe, weshalb er nach seiner Rückkehr aus Südafrika beschloß, in seinen Geburtsort heimzukehren: zu dem Kanal unter den Trauerweiden, der Schule und der Ruine einer einst berühmten Burg, die einer Belagerung Prinz Johanns von Frankreich getrotzt hatte, deren Erbauer – der Überlieferung nach – Chaucer gewesen war, und an der sich – wer weiß? – ein Vorfahr der Castles vielleicht als Kunsthandwerker betätigt hatte. Sie bestand jetzt nur noch aus ein paar grasbewachsenen Hügeln und einigen Metern Steinmauer gegenüber dem Kanal und den Bahngleisen. Auf der anderen Seite führte eine von Hagedornhecken und Edelkastanien gesäumte lange

Straße aus der Stadt hinaus bis zu dem frei zugänglichen Gemeindeanger. Früher einmal hatten die Einwohner der Stadt noch um das Recht gekämpft, ihr Vieh auf dem Anger weiden zu lassen, doch seit der Jahrhundertwende war es zweifelhaft, ob irgendein Tier außer einem Kaninchen oder einer Ziege zwischen den Farnkräutern und dem Stechginster genügend Futter zum Überleben gefunden hätte.

Als Kind hatte Castle auf dem Gemeindeanger noch die Überreste alter Schützengräben gesehen, die während des Ersten Weltkriegs von den Juristen im Offiziersausbildungskorps aus der schweren roten Tonerde ausgehoben worden waren, jungen Rechtsanwälten, die dort ihre Übungen abhielten, bevor sie als Angehörige seriöser Einheiten in Belgien oder Frankreich den Tod fanden. Ohne genaue Ortskenntnis war es gefährlich, dort herumzustreichen, denn die alten Schützengräben waren nach dem Muster der Gräben, die das britische Expeditionskorps um Ypern anlegte, mehrere Fuß tief, und ein Ortsfremder riskierte bei einem plötzlichen Sturz ein gebrochenes Bein. Die Kinder, die in der Gegend aufgewachsen waren, streiften hier frei umher, bis die Erinnerung zu verblassen begann. Castle hatte aus irgendwelchen Gründen die Erinnerung bewahrt, und manchmal, an dienstfreien Tagen, nahm er Sam bei der Hand und zeigte ihm die vergessenen Verstecke und die vielerlei Gefahren des Angers. Wie viele Kleinkriege hatte er dort als Kind gegen eine Überzahl ausgefochten! Die Zeit des Partisanenkampfes war wiedergekehrt, aus Knabenträumen Wirklichkeit geworden.

Jetzt, in der Vertrautheit des Gewohnten, fühlte er sich so geborgen wie ein alter Zuchthäusler, der in das Gefängnis zurückkehrt, das er kennt.

Castle schob sein Fahrrad die King's Road hinauf. Sein Haus hatte er nach der Rückkehr nach England mit Krediten einer Bausparkasse gekauft. Es auszubezahlen, hätte ihm viel Geld erspart, doch er wollte nicht auffallen, und seine Nachbarn rechts und links, zwei Lehrer, hatten nicht die Möglichkeit, sich von ihren Gehältern etwas zu ersparen. Aus demselben Grund behielt er das ziemlich geschmacklose farbenprächtige Glasfenster mit dem Bild des „Lachenden Kavaliers“ über der Eingangstür. Es mißfiel ihm; es erinnerte ihn an eine Zahnpraxis – in Provinzstädten verbirgt oft buntes Glas die Qualen, welche auf dem Stuhl erlitten werden –, aber da seine Nachbarn ihre Glasfenster ertrugen, wollte er an seinem Haus nichts ändern. Die Lehrer der King's Road hielten eisern an den ästhetischen Prinzipien ihrer Universitätsstadt fest, wo viele von ihnen mit ihren Hauslehrern Tee getrunken hatten, und dort, in der Banbury Road, im Norden Oxfords, hätte auch sein Fahrrad in der Diele, unter dem Treppenaufgang, einen passenden Platz gefunden.

Er öffnete die Tür mit einem Yale-Schlüssel. Ursprünglich hatte er überlegt, ein Steckschloß oder etwas ganz Spezielles bei Chubb's in der St. James Street zu erstehen, doch dann hielt er sich zurück – seine Nachbarn begnügten sich mit Yale, und seit drei Jahren hatte es näher als in Boxmoor keinen Einbruch gegeben, der das gerechtfertigt hätte. Die Diele war verlassen; ebenso das Wohnzimmer, in das er durch die offenstehende Tür schauen konnte, auch in der Küche rührte sich nichts. Ihm fiel sofort auf, daß die Whiskyflasche nicht neben dem Siphon auf der Anrichte bereitstand. Eine jahrelange Gewohnheit war unterbrochen, und Castle spürte Angst, wie einen Insektenstich. Er rief: „Sarah“, erhielt aber keine Antwort. Er stand knapp hinter der Eingangstür neben dem Schirmständer, nahm mit schnellen Blicken die bis auf die fehlende Whiskyflasche vertraute Szene in sich auf und hielt den Atem an. Seit sie hier eingezogen waren, hatte er gewußt, daß das Schicksal sie eines Tages ereilen würde, und er wußte auch, daß er sich dann, wenn das geschah, nicht von Panik überwältigen lassen durfte; dann mußte er augenblicklich fort, ohne auch nur zu versuchen, ein Stück ihres gemeinsamen Lebens zu retten. „Diejenigen, die Bewohner von Judäa sind, müssen vielleicht Zuflucht in den Bergen nehmen ...“ Aus irgendeinem Grund fiel ihm sein Vetter im Schatzamt ein, als wäre er ein Talisman, der ihn schützen könnte, eine glückbringende Hasenpfote, aber dann atmete er erleichtert auf, als er Stimmen vernahm und Sarah die Treppe heruntergehen hörte.

„Liebster, ich habe dich nicht kommen gehört. Ich sprach eben mit Doktor Barker.“

Dr. Barker folgte ihr, ein Mann in mittleren Jahren mit einem hochroten Muttermal auf der linken Wange, in Staubgrau gekleidet, mit zwei Füllfederhaltern in der Brusttasche; vielleicht war einer davon auch ein Halsspiegel.

„Was ist denn geschehen?“

„Sam hat die Masern, Liebster.“

„Er kommt schon über den Berg“, sagte Dr. Barker. „Sorgen Sie nur, daß er im Bett bleibt. Nicht zuviel Licht.“

„Trinken Sie einen Whisky, Doktor?“

„Nein, danke. Ich muß noch zwei Besuche machen und komme ohnehin schon zu spät zum Abendessen.“

„Wo kann er sich nur angesteckt haben?“

„Ach, wir haben hier fast eine richtiggehende Epidemie. Aber machen Sie sich keine Sorgen. Er ist nur ein leichter Fall.“

Als der Arzt gegangen war, küßte Castle seine Frau. Er fuhr über ihr schwarzes widerborstiges Haar, berührte ihre hohen Backenknochen. Er strich zart über die schwarzen Umrisse ihres Gesichtes, etwa wie ein Mensch, der unter all dem billigen geschnitzten Zeug auf den Stufen eines Hotels für weiße Touristen ein vollendetes Kunstwerk entdeckt hat; er vergewisserte sich, daß das, was ihm im Leben am meisten bedeutete, noch unversehrt war. Ihm war jedesmal am Ende eines Tages zumute, als hätte er sie schutzlos jahrelang allein gelassen. Obwohl niemand hier Anstoß nahm, daß sie Negerin war. Hier gab es keine Gesetze, die ihr Zusammenleben bedroht hätten. Sie waren in Sicherheit – oder so sehr in Sicherheit, wie sie eben sein konnten.

„Was ist los?“ fragte sie.

„Ich war unruhig. Als ich heute abend heimkam, war alles ganz durcheinander. Du warst nicht hier. Nicht einmal der Whisky ...“

„Was für ein Gewohnheitstier du bist.“

Er begann seine Aktenmappe auszupacken, während sie den Whisky bereitstellte. „Muß ich mir wirklich keine Sorgen machen?“ fragte Castle. „Ich kann es nicht leiden, wie Ärzte reden, vor allem wenn sie einen beruhigen wollen.“

„Nein, du mußt dir keine Sorgen machen.“

„Kann ich zu ihm gehen?“

„Er schläft jetzt. Weck ihn lieber nicht auf. Ich habe ihm ein Aspirin gegeben.“

Er stellte Band eins von *Clarissa Harlowe* wieder ins Regal.

„Ausgelesen?“

„Nein, ich glaube, mir reicht es jetzt. Das erlebt man ja nicht, das Ende.“

„Aber du hast doch immer lange Bücher mögen.“

„Vielleicht probiere ich noch ‚Krieg und Frieden‘, bevor ich vergreise.“

„Das haben wir aber nicht.“

„Morgen kaufe ich es mir.“

Sie hatte einen vierfachen Whisky genau abgemessen, wie in einem Pub, und brachte ihn ihm nun; das Glas drückte sie ihm in die Hand, als wäre es eine Botschaft, die niemand sonst lesen durfte. Wieviel er trank, war tatsächlich nur ihnen beiden bekannt; wenn er mit einem Kollegen oder auch mit einem Fremden in einer Bar beisammensaß, nahm er meistens nichts Stärkeres als Bier. Jede Spur von Alkoholismus erregte in seinem Beruf Verdacht. Nur Davis scherte sich nicht darum und goß mit schöner Hemmungslosigkeit Drinks in sich hinein, egal, wer ihn dabei sah, doch seine Dreistigkeit entstammte eben totaler Unschuld. Castle war beides, Dreistigkeit wie Unschuld, in Südafrika für immer abhanden gekommen, während er darauf wartete, daß das Schicksal zuschlug.

„Macht es dir was aus“, fragte Sarah, „wenn wir heute nur kalt essen? Ich hatte den ganzen Abend mit Sam zu tun.“

„Selbstverständlich nicht.“

Er legte den Arm um sie. Die Tiefe ihrer Liebe war ebenso geheim wie der vierfache Whisky. Über sie zu reden hieß sie gefährden. Liebe war das größte Risiko. In Büchern hatte man das von jeher lesen können. Tristan, Anna Karenina, sogar Lovelaces Lust – er hatte einen Blick in den letzten Band von *Clarissa* geworfen. „Ich mag meine Frau“, war das Äußerste, das er selbst Davis gegenüber zugab.

„Was würde ich wohl ohne dich tun?“ sagte Castle.

„So ziemlich dasselbe wie jetzt. Um acht Uhr zwei Doppelte vor dem Essen.“

„Ich kam heim, und du warst nicht da mit dem Whisky – da bekam ich Angst.“

„Angst wovor?“

„Allein zu sein. Der arme Davis“, fügte er hinzu, „geht nach Hause, und keiner ist da.“

„Vielleicht ist er so glücklicher.“

„Mein Glück sieht so aus“, sagte er. „Ein Gefühl der Sicherheit.“

„Ist denn das Leben draußen gar so gefährlich?“ Sie nippte an seinem Glas und berührte seinen Mund mit Lippen, die feucht von J. & B. waren. Er kaufte stets J. & B., der Farbe wegen – ein großer Whisky mit Soda sah nicht stärker aus als ein schwacher einer anderen Sorte.

Das Telefon auf dem Tisch neben dem Sofa läutete. Er hob den Hörer ab und rief „Hallo“, aber niemand meldete sich. „Hallo.“ Stumm zählte er bis vier und legte dann den Hörer auf, als die Verbindung unterbrochen wurde.

„Niemand?“

„Wahrscheinlich falsch verbunden."

„Das passiert jetzt schon das dritte Mal in diesem Monat. Immer, wenn du dich im Büro verspätest. Könnte es nicht ein Einbrecher sein, der wissen will, ob wir zu Hause sind?"

„Hier gibt es nichts, was einen Einbruch lohnt."

„Man liest so scheußliche Geschichten – von Männern mit Strümpfen über den Gesichtern. Gräßlich, die Zeit, wenn es dunkel wird, und du bist noch nicht da."

„Deshalb habe ich dir ja Buller gekauft. Wo ist Buller eigentlich?"

„Im Garten und frißt Gras. Er hat von irgendwas Bauchweh. Außerdem, du weißt doch, wie er zu Fremden ist. Er schmeichelt ihnen und wedelt mit dem Schwanz."

„Trotzdem – vielleicht hat er was gegen Strumpfmasken."

„Da glaubt er nur, man trägt sie ihm zuliebe. Erinnerst du dich ... Weihnachten ... mit den Papierhüten."

„Bevor wir ihn gekauft haben, war ich immer der Meinung, Boxer wären wilde Hunde."

„Sind sie auch – gegen Katzen."

Die Tür knarrte, und Castle wandte sich rasch um: die eckige schwarze Schnauze Bullers stieß die Tür ganz auf, und dann warf er seinen Leib wie einen Sack Kartoffeln über Castles Hosenaufschläge. Castle wehrte ihn ab. „Platz, Buller, Platz." Ein langer Speichelfaden lief Castles Hosenbein hinab. Er sagte: „Wenn das Schmeicheln sein soll, rennt jeder Einbrecher so schnell er kann davon." Buller bekam jetzt Bellanfälle und wetzte mit dem Hinterteil wie ein Hund, der Würmer hat; dabei bewegte er sich rücklings zur Tür hin.

„Gib Ruh, Buller."

„Er will nur spazierengeführt werden."

„Jetzt? Du hast doch gesagt, er hat Bauchweh!"

„Wahrscheinlich hat er genug Gras gefressen."

„Gib Ruh, Buller, verdammt. Nein, wir gehen nicht."

Buller ließ sich schwer zu Boden plumpsen und sabberte zum Trost auf das Parkett.

„Dem Gasmann hat er heute morgen einen schönen Schrecken eingejagt. Aber Buller wollte nur freundlich sein."

„Der Gasmann kennt ihn doch."

„Es war aber ein neuer."

„Ein neuer? Warum?"

„Ach, unser alter hat Grippe."

„Hast du seinen Ausweis verlangt?"

„Natürlich. Liebster, fürchtest du dich jetzt am Ende vor Einbrechern? Schluß damit, Buller. Schluß." Buller leckte an seinen Geschlechtsteilen, so genüßlich, wie ein Ratsherr seine Suppe schlürft.

Castle stieg über ihn hinweg und ging in die Diele hinaus. Er untersuchte eingehend den Gaszähler, fand aber nichts Ungewöhnliches und kehrte wieder ins Zimmer zurück.

„Du machst dir ja doch Sorgen um irgend etwas?"

„Es ist nicht der Rede wert. Im Büro ist etwas passiert. Ein neuer Mann in der Abwehr macht sich wichtig. Das hat mich irritiert – ich gehöre seit mehr als dreißig Jahren zur Firma, und jetzt könnten sie mir eigentlich vertrauen. Nächstens werden sie noch in unsere Hosentaschen schauen, wenn wir zum Mittagessen gehen. In meine Aktenmappe hat er schon geschaut."

„Sei doch fair, Liebster. Sie sind nicht dran schuld. Schuld ist der Job."

„Zu spät, das jetzt zu ändern."

„Nichts ist je zu spät", sagte sie, und er hätte ihr gern geglaubt. Wieder küßte sie ihn, als sie an ihm vorbei in die Küche ging, um kaltes Fleisch zu holen.

Als sie sich zu Tisch setzten und er noch einen Whisky getrunken hatte, sagte sie: „Ganz im Ernst, du trinkst wirklich zuviel."

„Nur zu Hause. Außer dir sieht mich niemand."

„Ich habe nicht an deine Arbeit gedacht, sondern an deine Gesundheit. Dein Job ist mir völlig egal."

„Ja?"

„Ein Department im Außenamt. Jeder Mensch weiß, was das heißt, aber du mußt herumlaufen mit versiegelten Lippen, wie ein Krimineller. Wenn du mir – mir, deiner Frau – sagst, was du heute getan hast, schmeißen sie dich dafür hinaus. Wenn sie es nur endlich täten. Sag schon, was hast du heute wirklich getan?"

„Ich habe mit Davis geplaudert, Eintragungen auf ein paar Karteikarten gemacht, ein Telegramm abgeschickt – ja, und ich bin von diesem neuen Abwehrmenschen interviewt worden. Er kennt meinen Vetter vom College her."

„Welchen Vetter?"

„Roger."

„Diesen Snob im Schatzamt?"

„Ja."

Als sie schlafen gingen, fragte er: „Kann ich jetzt zu Sam?"

„Natürlich. Aber er schläft sicher schon fest."

Buller folgte ihnen und deponierte auf der Bettdecke ein wenig Speichel wie ein Bonbon.

„Buller!"

Er wedelte mit dem, was man ihm von seinem Schwanz gelassen hatte, als wäre er gelobt worden. Für einen Boxer war er nicht intelligent. Er hatte viel Geld gekostet, und sein Stammbaum war vielleicht ein wenig zu vollkommen.

Der Junge lag quer über dem Bett aus Teakholz, den Kopf auf einer Schachtel Bleisoldaten statt auf dem Kissen. Ein schwarzer Fuß hing unter der Decke vor, ein Offizier der Panzertruppen stak zwischen den Zehen. Castle sah zu, wie Sarah Sam wieder zurechtlegte, den Offizier herausholte und einen Fallschirmjäger unter Sams Hüfte ausgrub. Sie faßte seinen Körper mit routinierter Sorglosigkeit an, und das Kind schlief ohne aufzuwachen fest weiter.

„Er sieht sehr fiebrig und durstig aus“, meinte Castle.

„Das würdest du auch mit über neununddreißg Grad Fieber.“

Er wirkte viel dunkler als seine Mutter, und Castle fiel ein Foto ein, auf dem eine Kinderleiche mit ausgebreiteten Armen im Wüstensand lag, beäugt von einem Geier.

„Das ist aber sehr viel.“

„Nicht für ein Kind.“

Ihr Selbstvertrauen hatte ihn stets gewundert: sie war imstande, ein neues Gericht zu kochen, ohne in einem Kochbuch nachzuschlagen, und sie hatte noch nie etwas zerbrochen. Jetzt rollte sie den Jungen derb auf die Seite und steckte die Decke rund um ihn fest, ohne daß er mit der Wimper zuckte.

„So was von tiefem Schlaf!“

„Wenn er nicht Alpträume hat.“

„Hatte er wieder einen?“

„Immer denselben. Wir beide fahren mit dem Zug fort und lassen ihn allein. Auf dem Bahnsteig packt jemand – er weiß nicht wer – seinen Arm. Wir müssen uns keine Sorgen machen. Er ist eben in dem Alter, wo man Alpträume hat. Irgendwo habe ich gelesen, das passiert, sobald es mit der Schule bedrohlich wird. Wenn er nur nicht auf diese Vorbereitungsschule müßte. Das kann schwierig für ihn werden. Manchmal wäre es mir fast lieber, es gäbe auch hier die Apartheid.“

„Er ist ein guter Läufer. In England hat man's nicht schwer, wenn man in irgendeiner Sportart was leistet.“

In dieser Nacht wachte sie nach dem ersten Schlaf auf und sagte, als wäre ihr der Gedanke in einem Traum gekommen: „Es ist doch sonderbar, daß du Sam so gern hast.“

„Natürlich hab ich ihn gern. Warum auch nicht?“

„ ‚Natürlich‘ ist das nicht. Bei einem kleinen Bastard.“

„So nennt Davis ihn immer.“

„Davis? Er weiß es doch nicht?“ fragte sie ängstlich. „Er weiß es doch sicher nicht?“

„Nein, keine Angst. Er nennt jedes Kind so."

„Ich bin froh, daß sein Vater tot und begraben ist", sagte sie.

„Ja, der arme Teufel. Ich auch. Vielleicht hätte er dich zuletzt doch noch geheiratet."

„Nein, ich hab die ganze Zeit dich geliebt. Ich hab dich sogar geliebt, während Sam gezeugt wurde. Er ist mehr dein Kind als seines. Ich versuchte an dich zu denken, als er mit mir schlief. Er war ein lauwarmer Fisch. Auf der Universität nannte man ihn einen Onkel Tom. Sam wird nicht lauwarm werden, nicht wahr? Heiß oder kalt, aber nicht lauwarm."

„Warum reden wir über diese alten Geschichten?"

„Weil Sam krank ist. Und weil du dir Sorgen machst. Sooft mich etwas beunruhigt, denke ich daran, wie mir zumute war; ich wußte, ich muß dir von ihm erzählen. Diese erste Nacht damals, jenseits der Grenze, in Lourenço Marques. Im Hotel Polana. Ich dachte: ‚Er wird sich wieder anziehen und für immer weggehen.' Aber das hast du nicht getan. Du bist geblieben. Und wir haben uns geliebt, trotz Sam, der schon in mir war."

Jetzt, Jahre später, lagen sie ruhig nebeneinander, und ihre Schultern berührten sich. Er fragte sich, ob das Glück des Alters, das er bisweilen auf dem Gesicht eines Fremden erblickt hatte, sich so anzeigte; aber er würde schon tot sein, lange bevor sie alt wurde. Nein, ein gemeinsames Alter war etwas, das ihnen nicht beschieden sein würde.

„Bist du nie traurig", fragte sie, „weil wir kein Kind miteinander haben?"

„Sam gibt schon eine Menge aufzulösen."

„Ich meine es ganz im Ernst. Hättest du es nicht gern, daß wir ein eigenes Kind haben?"

Diesmal wußte er, daß das keine Frage war, der er ausweichen konnte.

„Nein", sagte er.

„Warum nicht?"

„Du willst den Dingen zu sehr auf den Grund gehen, Sarah. Ich liebe Sam, eben weil er dein Sohn ist. Weil er nicht meiner ist. Weil ich nichts von mir erkennen muß, wenn ich ihn sehe. Ich sehe nur einen Teil von dir. Ich will nicht fortbestehen für immer und ewig. Ich will, daß die Kette hier endet."

DRITTES KAPITEL

I

„Großartige Jagd“, lobte Oberst Daintry ein bißchen lahm Lady Hargreaves gegenüber den Vormittag, während er den Lehm von seinen Stiefeln stampfte, ehe er das Haus betrat. „Die Vögel sind gut gestrichen.“ Aus den Autos hinter ihm quollen andere Gäste mit der falschen Fröhlichkeit einer Fußballmannschaft, die sich bemüht, überschäumende Sportbegeisterung zu zeigen und nicht, wie sehr in Wahrheit jeder unter Kälte und Dreck leidet.

„Getränke stehen bereit“, sagte Lady Hargreaves. „Bedienen Sie sich. Mittagessen gibt es in zehn Minuten.“

Von dem weitentfernten Ende des Parks hörte man noch ein Auto den Hügel hinauffahren. Jemand lachte brüllend in der kalten und feuchten Luft, und ein anderer rief: „Da kommt Buffy endlich. Pünktlich zum Essen, selbstverständlich.“

„Und Ihren berühmten Fleisch- und Nierenpudding?“ fragte Daintry. „Ich habe schon so viel davon gehört.“

„Sie meinen die Pastete. Haben Sie den Tag wirklich genossen, Oberst?“ Sie sprach mit einem schwachen amerikanischen Akzent, der eben dadurch, daß er kaum wahrnehmbar war, angenehm wirkte, wie ein Hauch von teurem Parfum.

„Wenig Fasane“, erwiderte Daintry, „aber sonst sehr nett.“

„Harry“, rief sie über seine Schulter hinweg, dann „Dicky“ und „Wo ist Dodo? Hat er sich verirrt?“ Daintry nannte niemanden bei seinem Vornamen, weil niemand ihn kannte. Mit einem Gefühl der Einsamkeit beobachtete er, wie die anmutige, hochgewachsene Gestalt seiner Gastgeberin die steinerne Treppe hinabhumpelte, um „Harry“ mit einem Kuß auf beide Wangen zu begrüßen. Daintry ging allein in das Eßzimmer, wo die Drinks auf der Anrichte standen.

Ein kleiner, untersetzter rosiger Mann in Tweedanzug, den er schon irgendwo gesehen zu haben glaubte, mixte sich eben einen trockenen Martini. Er trug eine in Silber gefaßte Brille, die im Sonnenlicht aufblitzte. „Für mich auch einen, bitte“, sagte Daintry, „wenn Sie ihn wirklich trocken machen.“

„Zehn zu eins“, erwiderte der Kleine. „Nur mit dem Kork drüberwedeln, wie? Ich nehme selber einen Zerstäuber. Sie sind Daintry, nicht wahr? Sie erkennen mich nicht, wie? Ich heiße Percival. Habe einmal Ihren Blutdruck gemessen.“

„Ach, freilich. Doktor Percival. Wir sind sozusagen bei derselben Firma, nicht wahr?“

„Stimmt. C wollte, daß wir uns ungestört unterhalten können. Hier brauchen wir all diesen Unsinn mit Chiffrieren und Dechiffrieren nicht. Ich bringe immer alles durcheinander, Sie nicht? Das Pech ist allerdings, daß ich nicht jage. Ich angle bloß. Sind Sie zum erstenmal hier?“

„Ja. Wann sind Sie gekommen?“

„Ein bißchen zu früh. Gegen Mittag. Ich bin ein Jaguar-Fan. Weniger als hundertfünfzig kann ich nicht fahren.“

Daintry sah sich die Tafel an. Bei jedem Platz stand eine Flasche Bier. Er mochte Bier nicht, aber aus irgendwelchen Gründen galt es offenbar als passendes Getränk zur Jagd. Vielleicht, weil man sich bei solchen Gelegenheiten so jungenhaft aufführte, gehörte Bier so sehr dazu wie Ingwerbier auf Lords Kricketplatz. Daintry war nicht jungenhaft. Schießen bedeutete für ihn, seine Geschicklichkeit unter Wettbewerbsbedingungen zu zeigen – er war einmal Zweiter im King's Cup gewesen. In der Mitte der Tafel standen kleine silberne Bonbonschalen, die, wie er sah, mit seinen Maltesers gefüllt waren. Als er Lady Hargreaves am vergangenen Abend das fast kistengroße Paket überreichte, fand er das ein wenig peinlich; sie hatte offenbar keine Ahnung, was für Zeug das war und was sie damit anfangen sollte. Dieser Castle hatte ihn wohl absichtlich zum Narren gehalten. Er stellte erleichtert fest, daß sie in Silberschalen weitaus anspruchsvoller aussahen als in Plastiktüten.

„Mögen Sie Bier?“ fragte er Percival.

„Mir ist jede Art Alkohol recht“, erwiderte Percival, „ausgenommen Fernet-Branca“, und da polterten die Jungen lärmend herein – Buffy und Dodo, Harry und Dicky, und wie sie alle hießen; das Tischsilber und die Gläser erzitterten unter ihrer Lustigkeit. Daintry freute sich über Percivals Anwesenheit, denn auch Percivals Vornamen schien hier keiner zu kennen.

Leider wurde er an der Tafel von ihm getrennt. Percival hatte seine erste Bierflasche rasch geleert und eine zweite angebrochen. Daintry fühlte sich verraten, weil Percival sich offenbar mit seinen Tischnachbarn so gut verstand, als gehörten auch sie zur Firma. Er hatte eine Anglergeschichte zu erzählen begonnen, die den Mann, den sie Dicky nannten, zum Lachen brachte. Daintry saß zwischen einem Menschen, den er für Buffy hielt, und einem älteren mageren Mann mit dem Gesicht eines Anwalts. Sein Familienname klang bekannt. Entweder war er der Erste oder der Zweite Kronanwalt, Daintry konnte sich nicht genau erinnern, und seine Unsicherheit behinderte die Konversation.

Buffy rief plötzlich: „Mein Gott, das sind ja Maltesers!“

„Kennen Sie Maltesers?“ fragte Daintry.

„Ich hab seit Ewigkeiten keine mehr gegessen. Als Junge kaufte ich immer welche im Kino. Sie schmecken köstlich. Hier ist doch kein Kino in der Nähe?“

„Ich hab sie aus London mitgebracht.“

„Sie gehen ins Kino? Ich war seit zehn Jahren nicht mehr dort. Dort gibt’s also noch immer Maltesers?“

„Man bekommt sie auch in Läden zu kaufen."

„Das wußte ich gar nicht. Wo haben Sie sie her?"

„Aus einem ABC."

„ABC?"

Daintry wiederholte zögernd, was Castle ihm gesagt hatte: *„Aerated Bread Company**."

„Unglaublich! Was ist ‚Luft-Brot'?"

„Ich weiß es nicht", sagte Daintry.

„Was die heutzutage alles erfinden! Nächstens werden sie noch das Brot von Computern erzeugen lassen, nicht?"

Er beugte sich vor, griff nach einem Malteser und ließ es wie eine Zigarette an seinem Ohr knistern.

Lady Hargreaves rief über den Tisch: „Buffy! Nicht vor der Pastete."

„Verzeihung, meine Liebe. Die Versuchung war zu groß. Ich hab das nicht gegessen, seit ich ein Kind war." Zu Daintry sagte er: „Erstaunliche Dinger, diese Computer. Ich hab einmal einen Fünfer springen lassen, damit mir ein Computer eine Frau aussucht."

„Sie sind nicht verheiratet?" fragte Daintry mit einem Blick auf den goldenen Ring, den Buffy trug.

„Nein. Den trage ich nur zum Schutz. So ernst war's auch wirklich nicht gemeint, wissen Sie. Es macht Spaß, einen neuen Apparat auszuprobieren. Das Formular, das ich auszufüllen hatte, war halb so lang wie Sie. Befähigungen, Interessen, Beruf, alles was Sie wollen." Er nahm noch ein Malteser. „Süßigkeiten kann ich nicht widerstehen", erklärte er. „Seit jeher."

„Und haben sich Bewerberinnen gemeldet?"

„Ein Mädchen hat man mir geschickt. Mädchen! Fünfunddreißig war sie, wenn nicht älter. Ich sollte sie zum Tee bitten. Seit dem Tod meiner Mami hab ich niemanden zum Tee gebeten.

* Luft-Brot-Erzeugung *(Anm. d. Übers.)*

Ich sagte: ‚Haben Sie was dagegen, liebe Dame, wenn ein Whisky draus wird? Ich kenne den Kellner in diesem Lokal. Er gibt uns was, auch wenn sonst nichts ausgeschenkt wird.' Sie sagte, sie trinke nicht. Sie trinke nicht!"

„Hat der Computer Sie reingelegt?"

„Sie hatte ein Diplom in Volkswirtschaft von der Londoner Universität. Und dicke Brillen. Und einen flachen Busen. Sie sagte, sie ist eine gute Köchin. Ich sagte, ich esse immer in einem guten Restaurant."

„Haben Sie sie je wiedergesehen?"

„Nicht richtig, aber einmal winkte sie mir von einem Bus zu, gerade als ich aus meinem Klub trat. Sehr peinlich! Weil Dicky mit dabei war. So was passiert eben, weil die damals Busse durch die St. James Street fahren ließen. Man war vor niemandem sicher."

Nach der Pastete kamen eine Obsttorte mit Gelee und ein großer Stiltonkäse, und Sir John Hargreaves ließ den Portwein kreisen. Am Tisch verbreitete sich eine leichte Unruhe, so, als wäre nun genug gefeiert. Manche sahen durch die Fenster nach dem grauen Himmel; in wenigen Stunden schon brach die Dämmerung herein. Rasch tranken sie ihren Port aus, als fühlten sie sich schuldbewußt – sie waren ja schließlich nicht nur zum Vergnügen hier –, mit Ausnahme Percivals, der unbekümmert blieb. Er erzählte schon wieder Anglerlatein, und vor ihm standen vier leere Bierflaschen.

Der Zweite – oder war er doch der Erste? – Kronanwalt sagte mit schwerer Zunge: „Wir sollten aufbrechen. Die Sonne geht schon unter." Er war bestimmt nicht zum Vergnügen hier, sondern nur aus Pflicht, und Daintry teilte seine Unruhe. Hargreaves hätte wirklich etwas unternehmen sollen, doch Hargreaves war fast eingeschlummert. Jahrelanger Kolonialdienst – er war als junger Mensch Distriktkommissar in dem Gebiet gewesen, das damals noch Goldküste hieß – hatte ihn den Trick gelehrt, seine

Siesta auch unter ungünstigsten Bedingungen zu halten, sogar im Kreis streitender Häuptlinge, die noch mehr Krach machten als Buffy.

„John“, rief Lady Hargreaves vom anderen Ende der Tafel, „wach auf.“

Er öffnete seine blauen, klaren Augen, die nichts erschüttern konnte, und sagte: „Ein kleines Nickerchen.“ Man erzählte sich, daß er als junger Mann irgendwo im Aschantiland unbeabsichtigt Menschenfleisch gegessen hatte, doch das hatte seine Verdauung nicht beeinträchtigt. Angeblich hatte er dem Gouverneur damals gesagt: „Ich kann mich wirklich nicht beschweren, Sir. Es war eine große Auszeichnung, daß sie mich einluden, ihr Mahl mit ihnen zu teilen.“

„Na schön, Daintry“, sagte er, „es ist wohl Zeit, daß wir das Massaker fortsetzen.“

Er wälzte sich vom Tisch weg und gähnte. „Deine Pastete, meine Liebe, ist einfach zu gut.“

Daintry blickte ihn neidvoll an. Er beneidete ihn in erster Linie um seine Position. Nur ganz selten wurde jemand, der nicht in der Armee war, zum C ernannt. Niemand in der Firma wußte, warum man ihn auserwählt hatte – alle möglichen abstrusen Verbindungen wurden angenommen, denn seine einzigen Erfahrungen im Geheimdienst hatte er während des Krieges in Afrika gesammelt. Daintry beneidete ihn auch um seine Frau; sie war so reich, ein so schöner Anblick und so unfehlbar amerikanisch. Eine Heirat mit einer Amerikanerin galt, anscheinend, nicht als Heirat mit einer Ausländerin: wer eine Ausländerin heiraten wollte, mußte um eine Sonderbewilligung ansuchen, die oft abgelehnt wurde, aber die Heirat mit einer Amerikanerin sollte vielleicht die besonderen Beziehungen unterstreichen. Er fragte sich trotzdem, ob Lady Hargreaves von MI5 auf Herz und Nieren geprüft und vom FBI zugelassen worden war.

„Heute abend“, sagte Hargreaves, „werden wir miteinander

plaudern, Daintry, nicht wahr? Sie und ich und Percival. Sobald diese Bande nach Hause gegangen ist."

2

Sir John Hargreaves war geschäftig, reichte Zigarren herum, goß Whisky ein, stocherte im Kaminfeuer. „Mir persönlich macht das Schießen keine große Freude", sagte er. „Hab in Afrika nie geschossen, außer mit der Kamera, aber meine Frau liebt diese altenglischen Sitten. Wenn man Landbesitz hat, sagt sie, muß man auf Vogeljagd gehen. Tut mir leid, daß nicht genug Fasane da waren, Daintry."

„Ich hatte einen guten Tag, alles in allem", sagte Daintry.

„Schön wär's, wenn Sie sich einen Fluß mit Forellen leisten würden", sagte Doktor Percival.

„Ach ja, Sie sind fürs Fischen, nicht wahr? Nun, man könnte sagen, uns steht jetzt etwas Ähnliches bevor." Er zertrümmerte ein Holzscheit mit dem Schürhaken. „Nützt nichts", sagte er, „aber ich sehe gern die Funken stieben. Irgendwo in Sektion 6 scheint es eine undichte Stelle zu geben."

Percival fragte: „Bei uns im Haus oder draußen?"

„Genau weiß ich's nicht, aber ich hab das ungute Gefühl, daß es bei uns im Haus ist. In einer der afrikanischen Sektionen – 6A."

„Die Sektion 6 habe ich gerade überprüft", sagte Daintry. „Rein routinemäßig. Um mit den Leuten bekannt zu werden."

„Ja, das habe ich gehört. Deshalb habe ich Sie ja hierhergebeten. Natürlich wollte ich Sie auch gern zur Jagd einladen. Ist Ihnen etwas aufgefallen?"

„Mit den Sicherheitsmaßnahmen wird's nicht sehr genau genommen. Aber in allen anderen Sektionen ist's nicht viel anders. Ich habe zum Beispiel überprüft, ganz oberflächlich nur, was die

Leute in ihren Aktenmappen mitnehmen, wenn sie mittags essen gehen. Es war zwar nichts Ernstliches, aber gewundert hat mich, wie viele Aktenmappen ... Ich wollte natürlich damit nur warnen, sonst nichts. Aber so eine Warnung kann einen nervösen Menschen in Panik versetzen. Wir können ja nicht gut von den Leuten verlangen, sich nackt auszuziehen.

„In den Diamantenfeldern tut man das, aber ich finde wie Sie, im West End wäre so ein Strip ein bißchen seltsam."

„Gab es krasse Verstöße gegen die Vorschriften?" fragte Percival.

„Schwerwiegende nicht. Davis in 6A trug einen Bericht bei sich – er sagte, er wollte ihn während des Essens studieren. Ich verwarnte ihn natürlich und verlangte, daß er ihn bei Brigadier Tomlinson zurückläßt. Ich habe auch alle Personalakten überpüft. Seit dem Fall Blake sind die Leute wirklich sehr gründlich geprüft worden, aber wir haben eben noch immer einige, die schon damals, in sorgloseren Tagen, bei uns waren. Manche sogar seit den Zeiten von Burgess und Maclean. Natürlich könnten wir alle noch einmal ganz neu überprüfen, aber es ist nicht leicht, eine kalte Witterung aufzunehmen."

„Es bestünde ja die Möglichkeit, immerhin die Möglichkeit", sagte C, „daß die undichte Stelle von auswärts käme und das Beweismaterial hierherverpflanzt worden wäre. Die würden uns gern sprengen, unsere Moral schwächen und uns bei den Amerikanern schaden. Wenn bekannt wird, daß es eine undichte Stelle gibt, könnte das mehr Schaden stiften als diese Stelle selbst."

„Das habe ich eben auch gedacht", sagte Percival. „Anfragen im Parlament. Alle alten Namen werden wieder ausgegraben – Vassall, die Portland-Affäre, Philby. Aber wenn sie auf Publicity aus sind, können wir kaum etwas dagegen tun."

„Vermutlich würde ein Untersuchungsausschuß eingesetzt werden, um die Stalltür dicht zu machen", sagte Hargreaves. „Aber wollen wir einen Moment annehmen, daß sie wirklich auf

Information aus sind, und nicht auf Skandal. Sektion 6 erscheint mir hierfür höchst ungeeignet. In Afrika gibt es keine Atomgeheimnisse; Guerrillas, Stammeskämpfe, Söldnertruppen, Diktatoren im Kleinformat, Mißernten, Bauskandale, Betten aus purem Gold – nichts bleibt dort sehr geheim. Deshalb frage ich mich, ob sie nicht einfach einen Skandal wollen, um wieder einmal zu beweisen, daß der Britische Geheimdienst für sie kein Hindernis ist."

„Ist Wichtiges durchgesickert, C?" fragte Percival.

„Nennen wir's ein paar Tröpfchen, hauptsächlich wirtschaftlicher Natur, aber von der Wirtschaft abgesehen, ist das Interessante daran, daß es die Chinesen betrifft. Wäre es nicht möglich – die Russen sind solche Neulinge in Afrika –, daß sie sich unseres Dienstes bedienen wollen, um Informationen über die Chinesen zu erhalten?"

„Von uns können Sie da herzlich wenig lernen", meinte Percival.

„Aber Sie wissen ja, wie es überall in den Zentralen zugeht. Das einzige, das keiner erträgt, ist, uninformiert zu sein."

„Warum schicken wir ihnen nicht einfach mit freundlichen Grüßen die Durchschläge unserer Berichte an die Amerikaner? Es gibt doch angeblich eine *détente,* nicht wahr? Erspart allen Beteiligten eine Menge Scherereien." Percival nahm eine kleine Spraydose aus der Tasche, besprühte seine Brille und wischte sie dann mit einem weißen Taschentuch sauber.

„Schenken Sie sich bitte selber Whisky ein", sagte C. „Ich bin von dieser verdammten Jagd zu steif, um mich zu rühren. Fällt Ihnen irgendwas ein, Daintry?"

„Die meisten Leute in Sektion 6 sind nach dem Fall Blake eingestellt worden. Wenn sie unverläßlich sind, dann können wir uns auf niemanden verlassen."

„Trotzdem, Sektion 6 scheint die Quelle zu sein, und wahrscheinlich 6A. Entweder in England oder draußen."

„Watson der Chef von Sektion 6, ist verhältnismäßig kurz da", sagte Daintry. „Er wurde sehr genau überprüft. Dann gibt's da diesen Castle – er arbeitet schon sehr lange für uns, wir haben ihn vor sieben Jahren aus Pretoria zurückgeholt, weil man ihn in 6A brauchte, und auch aus persönlichen Gründen: Schwierigkeiten mit einem Mädchen, das er heiraten wollte. Natürlich stammt er noch aus der Zeit, in der Überprüfungen lax waren, aber ich würde sagen, daß er einwandfrei ist. Ein eher schwerfälliger Mensch, erstklassig natürlich für Karteiarbeit – gefährlich sind im allgemeinen die Überbegabten und die Ehrgeizlinge. Castle ist ordentlich verheiratet, zum zweitenmal, seine erste Frau ist tot. Ein Kind ist da und ein mit Hypotheken belastetes Haus in Metroland. Lebensversicherungsprämien werden pünktlich eingezahlt. Kein hoher Lebensstandard. Er leistet sich nicht einmal ein Auto. Ich glaube, er radelt tagtäglich zum Bahnhof. In Oxford hat er in Geschichte mäßig abgeschnitten. Ist gewissenhaft und pedantisch. Roger Castle im Schatzamt ist sein Vetter."

„Dann glauben Sie also nicht, daß er in Betracht kommt?"

„Er hat wohl manchmal verschrobene Einfälle, aber ich halte sie nicht für gefährlich. Zum Beispiel war es seine Idee, daß ich Lady Hargreaves diese Maltesers bringen soll."

„Maltesers?"

„Ach, das ist eine lange Geschichte. Damit will ich Sie jetzt nicht belästigen. Und dann haben wir da noch Davis. Mit Davis bin ich nicht ganz so zufrieden, auch wenn die Überprüfung ein positives Ergebnis brachte."

„Schenken Sie mir noch einen Whisky ein, seien Sie so nett, Percival. Jedes Jahr sage ich: nie wieder eine Jagd."

„Aber diese Fleischpasteten Ihrer Frau sind großartig. Darauf möchte ich nicht verzichten", sagte Percival.

„Da werden wir doch wohl noch einen anderen Anlaß finden, meine ich."

„Sie können ja vielleicht Forellen in diesen Fluß aussetzen ..."

Wieder empfand Daintry eine Spur Neid, fühlte sich neuerlich ausgeschlossen. In der Welt jenseits des Sicherheitsdienstes verband ihn nichts mit seinen Kollegen. Auch als Gast bei einer Jagdgesellschaft fühlte er sich im Dienst. Percival sammelte angeblich Bilder, und C? Eine ganze Gesellschaftsschicht hatte sich ihm durch die Ehe mit einer reichen Amerikanerin erschlossen. Die Fleischpastete war auch alles, woran Daintry außerhalb der Dienststunden teilhaben durfte – zum ersten – und vielleicht schon zum letzten Mal.

„Erzählen Sie mir mehr über Davis", sagte C.

„Er kommt von der Universität Reading. Mathematik und Physik. Seinen Militärdienst leistete er zum Teil in Aldermaston ab. Demonstrationen hat er nie unterstützt – jedenfalls nicht öffentlich. Gehört ins Lager der Labour Party."

„Wie fünfundvierzig Prozent der Bevölkerung", sagte C.

„Ja ja, natürlich, aber trotzdem ... Er ist Junggeselle. Lebt allein. Geht ziemlich verschwenderisch mit Geld um. Mag alten Portwein. Spielt Toto. Das ist natürlich die klassische Begründung, warum man sich's leisten kann ..."

„Was leistet er sich denn außer Port?"

„Na, er hat einen Jaguar."

„Den hab ich auch", sagte Percival. „Wahrscheinlich dürfen Sie uns nicht verraten, wie die undichte Stelle entdeckt wurde?"

„Ich hätte Sie nicht hierhergerufen, wenn ich es Ihnen nicht mitteilen könnte. Watson weiß es schon, aber sonst niemand in Sektion 6. Die Informationsquelle ist ungewöhnlich – ein sowjetischer Überläufer, der auf seinem Posten bleibt."

„Könnte die undichte Stelle von der Außenstelle der Sektion 6 kommen?" fragte Daintry.

„Sie könnte schon, aber ich bezweifle es. Es stimmt, ein Bericht, den sie hatten, schien direkt aus Lourenço Marques zu kommen. Es war wortwörtlich der Text, wie ihn 69300 geschrieben hatte. Fast eine Fotokopie des tatsächlichen Berichts;

man hätte also meinen können, daß dort die undichte Stelle ist, wären nicht ein paar Korrekturen und Streichungen vorgenommen worden. Ungenauigkeiten, die nur hier entdeckt werden konnten, indem man den Bericht mit den Akten verglich."

„Eine Schreibkraft?" vermutete Percival.

„Daintry hat sie als erste kontrolliert, nicht wahr? Sie wurden eingehender überprüft als jeder andere. Bleiben nur noch Watson, Castle und Davis."

„Was mich beunruhigt", sagte Daintry, „ist, daß Davis derjenige war, der einen Bericht aus dem Büro mitnahm. Einen aus Pretoria. Anscheinend nichts Wichtiges, aber es hatte Bezug zu China. Er sagte, er wollte ihn während der Mittagspause noch einmal überlesen. Er und Castle sollten später mit Watson darüber sprechen. Daß das stimmt, habe ich durch Watson bestätigt."

„Was schlagen Sie also vor?" fragte C.

„Wir können mit Hilfe von 5 und der Spezialabteilung eine Sonderkontrolle veranlassen. An jedem in Sektion 6. Briefe, Anrufe, Abhörgeräte in den Wohnungen, Bewegungen überwachen."

„Stünden die Dinge so einfach, Daintry, hätte ich Sie nicht damit behelligt, herzukommen. Die Jagd hier ist nur zweitklassig, und ich wußte, daß die Fasane eine Enttäuschung für Sie werden."

Hargreaves hob mit beiden Händen sein kaputtes Bein hoch und machte es sich näher am Feuer bequem. „Nehmen wir an, wir könnten beweisen, daß Davis der Schuldige ist – oder Castle oder Watson. Was, glauben Sie, sollten wir dann tun?"

„Das wäre dann sicher Sache des Gerichts", sagte Daintry.

„Schlagzeilen in den Zeitungen. Noch eine Untersuchung unter Ausschluß der Öffentlichkeit. Kein Mensch draußen würde erfahren, wie klein und unbedeutend die undichten Stellen waren. Wer immer es ist, vierzig Jahre wie Blake würde der nicht abzusitzen haben. Vielleicht zehn, wenn er in ein sicheres Gefängnis kommt."

„Das geht aber uns doch nichts an."

„Nein, Daintry, aber der Gedanke an diesen Prozeß gefällt mir ganz und gar nicht. Was für eine Zusammenarbeit können wir danach noch von den Amerikanern erwarten? Und dann unsere eigene Quelle. Ich sagte Ihnen ja, dieser Mensch ist immer noch auf seinem Posten. Wir wollen ihn nicht auffliegen lassen, solange er uns nützen kann."

„Eigentlich", sagte Percival „wäre es besser, ein Auge zuzudrücken wie ein gefälliger Ehemann. Ihn, wer immer es ist, in ein harmloses Department abzuschieben. Die Sache vergessen."

„Und einem Verbrechen Vorschub leisten?" protestierte Daintry.

„Ach Gott, Verbrechen", sagte Percival und lächelte C wie einem Mitverschworenen zu. „Irgendwie begehen wir alle Verbrechen, nicht wahr? Das gehört zu unserem Job."

„Das Dumme ist", sagte C, „daß die Situation wirklich der einer wackeligen Ehe gleicht. In einer Ehe kann der Liebhaber, wenn ihn der gefällige Gatte zu langweilen beginnt, immer einen Skandal provozieren. Er hat die besseren Karten. Er kann den Zeitpunkt wählen. Ich will aber nicht, daß ein Skandal provoziert wird."

Daintry haßte frivoles Gerede. Frivolität war ein Geheimkode, den er nicht dechiffrieren konnte, weil er den Schlüssel nicht besaß. Er hatte das Recht, mit „Top Secret" gekennzeichnete Telegramme und Berichte zu lesen, aber hinter leichtfertigen Behauptungen wie dieser verbarg sich ein so geheimer Sinn, daß er ahnungslos war, was sie bedeuteten. Er sagte: „Was mich angeht, ich würde eher meine Arbeit zurücklegen, als etwas zu vertuschen." Er stellte sein Whiskyglas so heftig nieder, daß ein Stückchen Kristall absplitterte. Typisch Lady Hargreaves, dachte er. Sie mußte natürlich Kristall verwenden. „Verzeihung", sagte er.

„Sie haben selbstverständlich recht, Daintry", sagte Hargreaves.

„Machen Sie sich keine Gedanken um das Glas. Glauben Sie bitte ja nicht, daß ich Sie den weiten Weg habe hierherkommen lassen, um Ihnen zuzureden, die Dinge fallenzulassen, wenn wir genügend Beweise haben ... Aber ein Gerichtsverfahren ist nicht unbedingt die beste Lösung. Die Russen wickeln solche Probleme bei ihren eigenen Leuten gewöhnlich auch nicht vor einem Gericht ab. Der Prozeß Penkowsky gab uns allen riesigen moralischen Auftrieb, sie übertrieben seine Bedeutung sogar noch, genau wie die CIA. Ich frage mich noch heute, welchen Sinn das hatte. Ja, wenn ich Schach spielen könnte. Spielen Sie Schach, Daintry?"

„Nein, ich spiele nur Bridge."

„Die Russen spielen nicht Bridge, soviel ich weiß."

„Ist das so wichtig?"

„Wir alle spielen unsere Spiele, Daintry, wir alle. Es ist wichtig, kein Spiel zu ernst zu nehmen, sonst verliert man es. Wir müssen anpassungsfähig bleiben, aber es ist natürlich wichtig, dasselbe Spiel zu spielen."

„Ich bedaure, Sir", sagte Daintry, „aber ich verstehe nicht, wovon Sie sprechen."

Er wurde sich bewußt, daß er zuviel Whisky getrunken hatte, und er wurde sich bewußt, daß C und Percival absichtlich vermieden, Blicke zu tauschen – sie wollten ihn nicht demütigen. Sie haben Köpfe aus Granit, dachte er, aus Granit.

„Sollen wir noch einen letzten Whisky nehmen?" sagte C. „Oder vielleicht doch lieber nicht. Das war ein langer, ungemütlich feuchter Tag. Percival ...?"

Daintry sagte: „Ich möchte noch einen."

Percival schenkte ein. Daintry sagte: „Es tut mir leid, wenn ich dickköpfig bin, aber ich möchte die Dinge doch etwas klarer sehen, bevor ich zu Bett gehe, sonst kann ich nicht einschlafen."

„Die Sache ist wirklich ganz einfach", sagte C. „Setzen Sie Ihre Sonderkontrolle ruhig an, wenn Sie wollen. Vielleicht scheuchen Sie damit den Vogel auf, ohne daß was schiefgeht. Er wird bald erfassen, worum es geht – das heißt, wenn er schuldig ist. Sie könnten sich eine Art Falle ausdenken – der alte Trick mit dem markierten Fünfer versagt selten. Wenn wir ganz sicher sind, daß er unser Mann ist, dann, scheint mir, werden wir ihn eben eliminieren müssen. Kein Gerichtsverfahren, keine Publicity. Können wir vorher noch Informationen über seine Kontaktleute bekommen, um so besser, aber wir dürfen eine Flucht in die Öffentlichkeit nicht riskieren, mit anschließender Pressekonferenz in Moskau. Auch eine Verhaftung kommt nicht in Frage. Angenommen, er arbeitet in Sektion 6, dann kann er einfach keine Information geben, die uns schadet wie der Skandal einer öffentlichen Gerichtsverhandlung."

„Eliminieren? Sie meinen ..."

„Ich weiß, Eliminierung ist für uns was ziemlich Neues. Liegt mehr auf der Linie von KGB oder CIA. Deshalb wollte ich ja, daß Sie und Percival einander hier treffen. Wir brauchen vielleicht Unterstützung durch sein Team von Wissenschaftlern. Nichts Sensationelles. Ein ärztliches Attest. Keine Leichenschau, wenn sich's vermeiden läßt. Selbstmord wäre ja einfach, aber ein Selbstmord bedeutet immer auch eine Obduktion, und diese wieder könnte zu einer Anfrage im Parlament führen. Jeder weiß, was ein Department des Foreign Office bedeutet. ‚Handelte es sich um eine Frage der Staatssicherheit?' Sie kennen ja die Art Fragen, die so ein kleiner Abgeordneter garantiert stellen würde. Kein Mensch glaubt die offiziellen Antworten. Die Amerikaner schon gar nicht."

„Ja", sagte Percival, „das verstehe ich gut. Er sollte still und friedlich sterben und auch schmerzlos, der arme Kerl. Schmerzen zeichnen sich manchmal auf dem Gesicht ab, und wir müssen an Verwandte denken, die es geben könnte. Ein natürlicher Tod ..."

„Leicht geht das nicht, ich weiß, wegen all der neuen Antibiotika“, sagte C. „Nehmen wir einen Augenblick an, es ist tatsächlich Davis, der Mann ist knapp über vierzig. In der Blüte des Lebens.“

„Richtig. Ein Herzanfall ließe sich vielleicht gerade noch einrichten. Außer ... weiß jemand von Ihnen, ob er viel trinkt?“

„Sie sagten doch etwas von Port, nicht wahr, Daintry?“

„Ich habe aber nicht gesagt, daß er schuldig ist“, erwiderte Daintry.

„Wir alle nicht“, sagte C. „Wir nehmen Davis bloß als mögliches Beispiel ... um das Problem besser prüfen zu können.“

„Ich würde mir gern einmal seine Krankengeschichte ansehen“, sagte Percival, „und ihn unter irgendeinem Vorwand kennenlernen. Er wäre ja sozusagen mein Patient, nicht? Das heißt, wenn ...“

„Sie und Daintry könnten das irgendwie gemeinsam deichseln. Es ist ja nicht besonders eilig. Wir müssen ganz sicher sein, daß er unser Mann ist. Und nun – es ist ein langer Tag gewesen – zu viele Hasen und zu wenig Fasane – schlafen Sie gut. Frühstück auf's Zimmer. Speck mit Eiern? Wurst? Tee oder Kaffee?“

Percival sagte: „Die ganze Musik, Kaffee, Speck, Eier und Wurst, wenn ich bitten darf.“

„Um neun Uhr?“

„Um neun Uhr.“

„Und Sie, Daintry?“

„Nur Kaffee und Toast. Um acht, wenn es geht. Ich schlafe nie lang, und eine Menge Arbeit wartet auf mich.“

„Sie sollten öfter ausspannen“, sagte C.

3

Oberst Daintry hatte einen Rasiertrieb. Zwar hatte er sich schon vor dem Abendessen rasiert, doch nun bearbeitete er mit seinem Remington das Kinn ein zweites Mal. Nachdem er ein bißchen Haarstaub ins Waschbecken geschüttelt und sich mit den Fingern über die Wangen gestrichen hatte, fühlte er sich zufriedengestellt. Danach schaltete er sein elektrisches Zahnputzgerät ein. Das leise Surren genügte, das Klopfen an der Tür zu übertönen; deshalb überraschte es ihn, im Spiegel zu sehen, wie die Tür aufging und Dr. Percival schüchtern eintrat.

„Tut mir leid, wenn ich Sie störe, Daintry."

„Kommen Sie nur herein. Haben Sie etwas vergessen mitzunehmen? Kann ich Ihnen was leihen?"

„Nein, nein. Ich wollte nur noch vor dem Zubettgehen ein bißchen mit Ihnen plaudern. Sie haben da einen lustigen kleinen Apparat. Und elegant. Ist vermutlich besser als eine gewöhnliche Zahnbürste?"

„Das Wasser dringt zwischen die Zähne", sagte Daintry. „Mein Zahnarzt hat ihn mir empfohlen."

„Ich trage zu diesem Zweck immer einen Zahnstocher bei mir." Er zog ein kleines rotes Etui von Cartier aus der Tasche. „Hübsch, nicht? Achtzehn Karat. Mein Vater hat ihn schon benützt."

„Ich glaube, meines ist hygienischer", sagte Daintry.

„Oh, da bin ich nicht so sicher. Das hier läßt sich leicht reinigen. Ich war fachärztlicher Berater, wissen Sie, mit allem Drum und Dran in der Harley Street, bevor ich in dieses Theater hineingeriet. Ich weiß nicht, warum sie mich haben wollten – vielleicht zum Unterzeichnen von Totenscheinen." Er trottete im Zimmer herum und interessierte sich für alles. „Ich hoffe, Sie halten sich diese unsinnigen Fluorpräparate vom Leib." Vor einer Fotografie in einem Faltrahmen auf dem Toilettentisch blieb er stehen. „Ist das Ihre Frau?"

„Nein. Meine Tochter."
„Hübsches Mädchen."
„Meine Frau und ich leben getrennt."
„Ich hab nie geheiratet", sagte Percival. „Ehrlich gestanden, mich haben Frauen nie besonders interessiert. Mißverstehen Sie mich nicht – Jungens auch nicht. Ein gutes Forellenwasser dagegen ... Kennen Sie die Aube?"
„Nein."
„Ein sehr kleiner Fluß mit sehr großen Fischen."
„Fürs Fischen hatte ich eigentlich nie viel Interesse", sagte Daintry und begann, sein Gerät einzuräumen.
„Da rede ich und rede, nicht?" sagte Percival. „Nie kann ich direkt zur Sache kommen. Das ist auch wieder wie beim Fischen. Manchmal wirft man die Angel hundertmal falsch aus, bevor man die Fliege richtig placiert."
„Ich bin kein Fisch", sagte Daintry, „und es ist nach Mitternacht."
„Lieber Freund, seien Sie mir bitte nicht böse! Jetzt halte ich Sie aber wirklich nicht mehr vom Schlaf ab, ich verspreche es Ihnen. Ich wollte nur nicht, daß Sie mit Sorgen zu Bett gehen."
„Hatte ich Sorgen?"
„Mir schien, Sie waren über C's Einstellung ein bißchen schockiert – ich meine, darüber, wie er die Dinge betrachtet."
„Ja, da könnten Sie schon recht haben."
„Sie sind noch nicht sehr lange bei uns, nicht wahr, sonst wüßten Sie, wie sehr wir alle in Kästchen leben, Sie verstehen schon – in Kästchen."
„Ich verstehe das noch immer nicht."
„Ja, das sagten Sie schon einmal, nicht? Verständnis ist in unserem Geschäft nicht so notwendig. Ah, man hat Ihnen das Ben-Nicholson-Zimmer gegeben."
„Ich weiß nicht ..."
„Ich bin im Miró-Zimmer. Gute Lithographien, nicht wahr?

Genau genommen war dieser Wandschmuck meine Idee. Lady Hargreaves wollte Jagd- und Sportbilder. Zu den Fasanen passend."

„Ich verstehe nichts von modernen Bildern", sagte Daintry.

„Schauen Sie sich einmal diesen Nicholson an. Was für eine kluge Ausgewogenheit. Vierecke in verschiedenen Farben. Und doch sind sie so glücklich aufeinander abgestimmt. Keine Disharmonie. Der Mann hat ein wundervolles Auge. Würde man nur eine einzige der Farben ändern oder die Größe eines Quadrats, alles wäre total verdorben." Percival zeigte auf ein gelbes Viereck. „Das ist unsere Sektion 6. Das ist von nun an Ihr Viereck. Sie brauchen sich vom blauen und dem roten nicht beirren zu lassen. Sie haben nichts anders zu tun, als unseren Mann festzunageln und es mir dann zu sagen. Sie tragen keine Verantwortung dafür, was sich in den blauen und roten Vierecken abspielt. Genau genommen nicht einmal, was im gelben geschieht. Sie berichten einfach. Ohne schlechtes Gewissen. Ohne Schuldgefühle."

„Eine Tat hat nichts mit ihren Folgen zu tun. Darauf wollen Sie hinaus?"

„Über die Folgen wird anderswo entschieden, Daintry. Sie dürfen die Gespräche von heute abend nicht zu ernst nehmen. C stellt gern Ideen in den Raum, um zuzusehen, was daraus wird. Er schockiert gern. Sie kennen ja seine Menschenfresser-Story. Soviel ich weiß, wird der Verbrecher – wenn es einen Verbrecher gibt – ganz konservativ der Polizei übergeben. Kein Anlaß, sich eine schlaflose Nacht zu machen. Versuchen Sie doch, dieses Gemälde zu verstehen. Vor allem das gelbe Viereck. Könnten Sie es nur mit meinen Augen sehen, dann würden Sie heute gut schlafen."

ZWEITER TEIL

ERSTES KAPITEL

I

Ein früh gealterter junger Mann mit Haar, das bis auf die Schultern hing, und mit dem unirdischen Blick eines Abbés aus dem achtzehnten Jahrhundert fegte eine Diskothek an der Ecke der Little Compton Street aus, als Castle vorbeiging.

Castle hatte einen früheren Zug als sonst genommen, er brauchte erst in einer Dreiviertelstunde im Büro zu sein. Soho hatte um diese Tageszeit noch immer etwas von dem Zauber und der Unschuld, die ihm aus seinen Jugendtagen in Erinnerung geblieben waren. An dieser Ecke hier hatte er zum erstenmal eine fremde Sprache reden hören, im benachbarten billigen kleinen Restaurant sein erstes Glas Wein getrunken; die Old Compton Street in jenen Tagen zu überqueren, war einer Überquerung des Kanals noch am nächsten gekommen. Um neun Uhr morgens waren die Striptease-Lokale alle geschlossen und nur die Delikatessenläden wie eh und je geöffnet. Bloß die Namen neben den Klingelknöpfen zu den Wohnungen – Lulu, Mimi und dergleichen – verrieten etwas über die nachmittäglichen und abendlichen Tätigkeiten in Old Compton Street. In den Gossen floß frisches Wasser, und unter dem verhangenen, blassen Himmel begegneten ihm die Frühaufsteherinnen unter den Hausfrauen, die mit triumphierender Miene pralle Taschen voll Salami und Leberwurst trugen. Kein einziger Polizist war zu erblicken, aber nach Einbruch der Dunkelheit würde man sie hier paarweise patrouillieren sehen. Castle überquerte die friedliche Straße und trat in eine Buchhandlung ein, deren Kunde er nun schon seit mehreren Jahren war.

Für diesen Teil Sohos war es ein außerordentlich achtbarer Buchladen, ganz anders als jener auf der gegenüberliegenden Straßenseite mit der schlichten Aufschrift „Bücher" in scharlachroten Lettern. Im Schaufenster unter dem Ladenschild waren Akt-Magazine ausgestellt, die sichtlich niemand kaufte; sie waren wie ein Zeichen, das in einem längst entschlüsselten leichten Kode signalisierte, für welche Art intimer Waren und Interessen im Ladeninneren gesorgt wurde. Doch die Firma Halliday & Sohn vis-à-vis stellte dem scharlachroten „Bücher" ein Fenster voll Penguin- und Everyman-Ausgaben und antiquarische Bände der „Klassiker der Weltliteratur" entgegen. Den Sohn bekam man hier nie zu sehen, nur den alten Mr. Halliday selbst, gebeugt und weißhaarig: ihn umgab eine Atmosphäre von verbindlicher Würde wie ein alter Anzug, in dem er sich wahrscheinlich gern begraben lassen wollte. Alle seine Geschäftsbriefe wurden mit der Hand geschrieben; eben jetzt befaßte er sich mit einem.

„Ein schöner Herbstmorgen heute, Mr. Castle", bemerkte Mr. Halliday, während er mit großer Sorgfalt die Schlußfloskel „gern zu Ihren Diensten, Ihr Ergebener" kalligraphierte.

„Auf dem Land draußen hatten wir schon leichten Frost."

„Ein bißchen früh", stellte Mr. Halliday fest.

„Sagen Sie, haben Sie vielleicht ‚Krieg und Frieden'? Ich hab's nie gelesen. Jetzt wird's aber Zeit, nicht?"

„*Clarissa* haben Sie schon ausgelesen, Sir?"

„Nein, ich komme leider nicht weiter. Wenn ich nur dran denke, wieviel Bände noch zu bewältigen wären ... Ich brauche Abwechslung."

„Die Macmillan-Ausgabe ist vergriffen, aber ich glaube, ich habe eine tadellose einbändige Ausgabe der Klassiker der Weltliteratur aus zweiter Hand. In der Übersetzung von Aylmer Maude. Als Tolstoi-Übersetzer ist Aylmer Maude unschlagbar. Er war nicht bloß Übersetzer, sondern mit dem Autor persönlich befreundet." Er legte die Feder nieder und blickte betrübt auf das „gern zu Ihren Diensten, Ihr Ergebener". Das Schriftbild fand offensichtlich nicht sein Wohlgefallen.

„Diese Übersetzung möchte ich. Zwei Exemplare, natürlich."

„Wie geht es zu Hause, Sir, wenn ich fragen darf?"

„Mein Junge ist krank. Die Masern. Oh, nichts Besorgniserregendes. Keine Komplikationen."

„Das höre ich gern, Mr. Castle. Masern können einem in dieser Zeit eine Menge Sorgen bereiten. Und im Büro alles in Ordnung, wie ich hoffe? Keine internationalen Krisen?"

„Keine, von denen ich erfahren habe. Alles sehr ruhig. Ich denke ernstlich daran, in den Ruhestand zu gehen."

„Das höre ich nicht gern, Sir. Wir brauchen weitgereiste Herren wie Sie im Auswärtigen Dienst. Ich hoffe, Sie werden eine gute Pension bekommen?"

„Kaum. Wie gehen Ihre Geschäfte?"

„Ruhig, Sir, sehr ruhig. Die Moden ändern sich. Ich erinnere mich an die vierziger Jahre – wie da die Leute für einen neuen Band Klassiker der Weltliteratur Schlange standen. Heutzutage besteht wenig Nachfrage nach den großen Schriftstellern. Die Alten werden zu alt, und die jungen Leute – nun ja, sie scheinen eine lange Zeit jung zu bleiben, und ihr Geschmack ist ganz anders als unserer ... Mein Sohn macht bessere Geschäfte als ich – in dem Laden dort drüben."

„Der muß ein paar eigenartige Kunden haben."

„Ich möchte mich darüber nicht verbreitern, Mr. Castle. Die beiden Betriebe bleiben separiert – darauf habe ich immer bestanden. Hier wird kein Polizist je hereinkommen, um – das muß unter uns bleiben – ein Schmiergeld zu kassieren. Nicht, daß die Dinge, die mein Junge verkauft, wirklichen Schaden anrichten könnten. Es ist wie Eulen nach Athen tragen, sage ich immer. Verderbte Menschen kann man nicht mehr verderben, Sir."

„Ich muß Ihren Sohn einmal kennenlernen."

„Er kommt gegen Abend herüber, um mir bei der Buchhaltung zu helfen. Er hat den besseren Kopf für Zahlen, immer schon. Wir sprechen oft von Ihnen, Sir. Es interessiert ihn, was Sie kaufen. Ich glaube, er beneidet mich manchmal um die Art Kunden, die zu mir kommen, wenn es auch nicht viele sind. Zu ihm gehen die heimlichen Typen. Die reden nicht über ein Buch so wie Sie und ich."

„Sie könnten ihm sagen, daß ich eine Ausgabe von *Monsieur Nicolas* besitze, die ich verkaufen möchte. Nicht ganz das, was Sie gern haben, wie?"

„Ich bin aber auch nicht so sicher, Sir, daß es sein Fall ist. Auch das ist fast ein Klassiker, müssen Sie zugeben – für *seine* Kunden macht der Titel nicht genug neugierig, und kostspielig ist es auch. In den Katalogen würde es eher unter *erotica* eingereiht als unter *curiosa*. Natürlich könnte er jemanden finden, der es sich ausleiht. Er führt hauptsächlich Leihbücher, wissen Sie. Die Leute kaufen heute ein Buch, und morgen tauschen sie es um. Seine Bücher sind nicht für die Bibliothek da – wie früher einmal eine schöne Gesamtauflage von Scotts Werken."

„Sie vergessen nicht, es ihm zu sagen? *Monsieur Nicolas*."

„Bestimmt nicht, Sir. Restif de la Bretonne. Beschränkte Auflage. Erschienen bei Rodker. Mein Gedächtnis ist die reinste Enzyklopädie, sofern es ältere Bücher betrifft. Nehmen Sie ‚Krieg und Frieden' gleich mit? Wenn Sie mich fünf Minuten lang im Lager suchen lassen wollen."

„Sie können es per Post nach Berkhamsted schicken. Ich komme heute sowieso nicht mehr zum Lesen. Aber vergessen Sie nicht, Ihrem Sohn auszurichten ..."

„Ich habe noch nie eine Botschaft auszurichten vergessen, Sir, nicht wahr?"

Nachdem Castle den Laden verlassen und die Straße überquert hatte, lugte er einen Augenblick in das andere Geschäft hinein.

Alles, was er sah, war ein pickliger junger Mann, der trübsinnig ein Gestell von *Men Only* und *Penthouse* durchwühlte... Ein grüner Ripsvorhang schloß das Geschäftslokal hinten ab. Dahinter befand sich vielleicht sowohl informativere und teurere Ware wie auch scheuere Kundschaft, vielleicht sogar der junge Halliday, den kennenzulernen Castle noch nie das Glück gehabt hatte – wenn man das „Glück“ nennen konnte, dachte er.

2

Ausnahmsweise war Davis diesmal vor ihm ins Büro gekommen. Er sagte entschuldigend zu Castle: „Heute war ich früh dran. Vielleicht, sagte ich mir, kehrt der neue Besen immer noch aus. Deshalb fand ich ... vorgetäuschter Diensteifer... Das schadet nichts.“

„An einem Montagvormittag kommt Daintry nicht hierher. Es war irgendwo zum Wochenende auf Jagd. Ist schon etwas aus Zaire da?“

„Überhaupt nichts. Die Yankees verlangen noch mehr Informationen über die chinesische Mission in Sansibar.“

„Wir haben nichts Neues für sie. Das geht MI5 an.“

„Nach dem Lärm zu schließen, den die machen, könnte man glauben, Sansibar liegt nicht weiter von Amerika als Kuba.“

„Das stimmt auch fast – im Zeitalter der Düsenflugzeuge.“

Cynthia, die Tochter des Generalmajors, kam mit zwei Tassen Kaffee und einem Telegramm herein. Sie trug eine braune Hose und einen Rollkragenpullover. Sie hatte etwas mit Davis gemeinsam: auch sie spielte Theater. Wirkte der rechtschaffene Davis so wenig vertrauenswürdig wie ein Buchmacher, so sah Cynthia, die Hausbackene, so elegant aus wie ein junger Gardeoffizier. Schade, daß es mit ihrer Orthographie so sehr haperte, aber vielleicht war ihre Orthographie ebenso elisabethanisch wie ihr

Name. Vielleicht hielt sie nach einem Philip Sidney Ausschau, hatte aber bisher nur einen Davis gefunden.

„Aus Lourenço Marques“, teilte Cynthia Castle mit.

„Ihre Sache, Davis.“

„Von überwältigendem Interesse“, sagte Davis. „ ‚Ihr 253 vom 10. September verstümmelt. Bitte wiederholen.‘ Das ist wiederum *Ihre* Sache, Cynthia. Seien Sie ein braves Mädchen, chiffrieren Sie es noch einmal und geben Sie's wieder durch, diesmal aber in der richtigen Schreibung. So was hilft. Wissen Sie, Castle, als ich diesem Verein beitrat, war ich ein Romantiker. Ich dachte an Atomgeheimnisse. Man nahm mich bloß auf, weil ich ein guter Mathematiker und ein halbwegs guter Physiker war.“

„Atomgeheimnisse gehören in Sektion 8.“

„Ich dachte, ich würde zumindest ein paar interessante Apparate oder Behelfsmittel kennenlernen, wie unsichtbare Tinte. Sie wissen sicher alles über unsichtbare Tinte.“

„Ich wußte es einmal – und sogar, wie man Vogeldreck dafür verwenden kann. Ich besuchte einen Kurs, bevor ich gegen Ende des Krieges auf Mission geschickt wurde. Man gab mir eine hübsche kleine Holzschachtel mit, voll von Fläschchen, wie diese Chemiekästen für Kinder. Und ein elektrisch geheiztes Kesselchen sowie eine Garnitur Stricknadeln aus Plastik.“

„Wozu das, um Himmels willen?“

„Zum Öffnen von Briefen.“

„Und haben Sie das? Ich meine, einen geöffnet?“

„Nein, aber ich hab's einmal versucht. Man hat mir beigebracht, einen Briefumschlag nicht an der Klappe, sondern an der Seite zu öffnen, und wenn ich ihn dann wieder schließen mußte, sollte ich denselben Gummi verwenden. Das Pech war, daß ich nicht den richtigen Gummi hatte, deshalb mußte ich den Brief verbrennen, nachdem ich ihn gelesen hatte. Er war übrigens ganz unwichtig. Nur ein Liebesbrief.“

„Und was ist mit einer Luger? Sie hatten doch sicher eine.“

„Nein. Hier bei uns geht's nicht ganz so zu wie bei James Bond. Ich durfte gar keine Pistole mitführen, und das einzige Auto zu meiner Verfügung war ein Morris Minor aus zweiter Hand."

„Uns beiden zusammen hätte man doch wenigstens eine Luger geben können. Im Zeitalter des Terrorismus."

„Wir haben ja ein Verwürfelungsgerät", sagte Castle, in der Hoffnung, Davis zu beruhigen. Der bittere Ton in ihren Gesprächen war ihm wohlbekannt, der sich immer dann einschlich, wenn Davis etwas in die Quere gekommen war. Ein Glas Port zuviel, eine Enttäuchung mit Cynthia …

„Haben Sie je mit einem Mikrofilm gearbeitet, Castle?"

„Nie."

„Nicht einmal ein so alter Kumpel mit Kriegserfahrung wie Sie? Was war die geheimste Information, über die Sie je verfügten, Castle?"

„Ich wußte annähernd das Datum einer Invasion."

„In die Normandie?"

„O nein, nein. Nur die Azoren."

„Gab's dort je eine Invasion? Das hatte ich ganz vergessen – oder vielleicht auch nie gewußt. Na schön, alter Freund, dann werden wir also die Zähne zusammenbeißen und diese verdammte Zaire-Akte durchsehen. Können Sie mir sagen, warum die Amerikaner an unserer Vorausberechnung der Kupferproduktion interessiert sind?"

„Vermutlich wirkt sie sich auf das Budget aus. Und das wieder könnte sich auf die Hilfsprogramme auswirken. Vielleicht gerät die Regierung von Zaire in Versuchung, sich von anderswo zusätzlich Hilfe zu beschaffen. Sehen Sie, hier haben wir es schon – Bericht 397: Jemand mit einem ziemlich slawischen Namen war am 24. zum Lunch beim Präsidenten eingeladen."

„Müssen wir sogar so was der CIA weitergeben?"

„Selbstverständlich."

„Und glauben Sie, daß sie uns als Revanche ein kleines Geheimnis über ferngesteuerte Raketen verraten werden?"

So schlimm war es mit Davis sonst kaum. Seine Augen waren leicht gelb unterlaufen. Gott allein wußte, was er sich da gestern abend in seiner Junggesellenbude in der Davies Street zusammengemixt hatte. Er sagte mürrisch: „James Bond hätte Cynthia schon längst aufs Kreuz gelegt. Auf einem Sandstrand unter heißer Sonne. Geben Sie mir bitte Philip Dibbas Karteikarte?"

„Welche Nummer?"

„59800/3."

„Was hat er angestellt?"

„Es gibt ein Gerücht, daß seine Pensionierung als Postdirektor von Kinshasa nicht freiwillig erfolgte. Er ließ sich zu viele Fehldrucke von Briefmarken für seine Privatsammlung anfertigen. Damit sind wir unseren tüchtigsten Agenten in Zaire los." Davis schlug die Hände vors Gesicht und brach in ein Geheul echter Verzweiflung aus, wie ein Kettenhund.

Castle sagte: „Ich weiß, wie Ihnen zumute ist, Davis. Manchmal möchte ich mich auch pensionieren lassen ... oder mir einen anderen Job suchen."

„Dafür ist es zu spät."

„Wer weiß. Sarah sagt immer, ich könnte ein Buch schreiben."

„In geheimer Mission."

„Nicht über uns. Über die Apartheid."

„Das halte ich nicht gerade für ein Bestsellerthema."

Davis hielt mit den Eintragungen auf Dibbas Karte inne. Er sagte: „Spaß beiseite, alter Freund, schlagen Sie sich das bitte aus dem Kopf. Ohne Sie könnte ich diesen Job nicht aushalten. Ich würde durchdrehen, wenn hier niemand mehr wäre, mit dem man noch über alles mögliche lachen kann. Bei jedem andern traue ich mich nicht einmal zu lächeln. Selbst bei Cynthia nicht. Ich liebe sie, aber sie ist so verdammt loyal, sie wär's imstande und meldet mich als politisch ungeeignet für den Staatsdienst. Bei

Oberst Daintry. So wie James Bond, der das Mädchen umbringt, mit dem er geschlafen hat. Nur hat sie nicht einmal mit mir geschlafen."

„So ernst war's nicht gemeint", sagte Castle. „Wie könnte ich denn von hier weg? Wohin sollte ich wohl gehen? Außer in den Ruhestand. Ich bin zweiundsechzig, Davis. Schon übers Dienstalter hinaus. Manchmal glaube ich, man hat mich vergessen oder meine Personalakte verloren."

„Hier fragen sie nach dem Vorleben eines Kerls namens Agbo, eines Angestellten von Radio Zaire. 59800 schlägt ihn als Subagenten vor."

„Wofür?"

„Er hat einen Kontaktmann bei Radio Ghana."

„Klingt nicht besonders wertvoll. Jedenfalls gehört Ghana nicht zu unserem Revier. Geben Sie die Sache an 6B weiter, vielleicht können die ihn brauchen."

„Nicht so voreilig, Castle, wir wollen doch nicht einen Schatz aus der Hand geben. Wer weiß, was aus Agent Agbo noch alles werden kann? Am Ende könnten wir uns von Ghana aus gar bei Radio Guinea einnisten. Das würde sogar Penkowsky in den Schatten stellen. Ein Triumph ohnegleichen. Die CIA ist noch nie so weit in das dunkelste Afrika vorgedrungen."

So arg war es mit Davis wirklich noch nie gewesen.

„Wir sehen wahrscheinlich in 6A die Dinge nur von der langweiligsten Seite", sagte Castle.

Cynthia kam mit einem Briefumschlag für Davis zurück. „Hier unterschreiben bitte, und den Erhalt bestätigen."

„Was ist denn drin?"

„Wie soll ich das wissen? Er kommt von der Verwaltung." Sie entnahm der Tasse für die hinausgehende Post ein einziges Blatt Papier. „Ist das alles?"

„Wir leiden im Augenblick nicht gerade unter Überarbeitung, Cynthia. Haben Sie Zeit, mit mir zu Mittag zu essen?"

„Nein, ich muß für das heutige Abendessen einkaufen." Sie schloß nachdrücklich die Tür hinter sich.

„Na schön, ein andermal. Immer wieder ein andermal." Davis öffnete den Brief. Er sagte: „Worauf werden die nächstens noch verfallen?"

„Was ist los?" fragte Castle.

„Haben Sie denn nicht auch so was bekommen?"

„Oh, eine ärztliche Überprüfung? Natürlich. Ich weiß gar nicht mehr, wie oft ich schon untersucht wurde. Hat irgendwie mit der Krankenversicherung zu tun – oder mit der Pension. Bevor sie mich nach Südafrika schickten, versuchte Doktor Percival – kennen Sie eigentlich Doktor Percival schon? –, mich als Diabetiker hinzustellen. Man schickte mich zu einem Facharzt, der herausfand, daß ich zuwenig Zucker hatte statt zuviel ... Der arme Percival. Ich glaube, seit er bei uns ist, hat er im Medizinischen die Übung ein bißchen verloren. In diesem Verein hier ist die Sicherheit wichtiger als eine korrekte Diagnose."

„Dieser Wisch *ist* mit Percival gezeichnet, Emmanuel Percival. War Emmanuel nicht der Überbringen guter Nachrichten? Glauben Sie, daß man mich vielleicht auch ins Ausland schicken will?"

„Würden Sie denn gern gehen?"

„Ich hab immer geträumt, eines Tages schickt man mich nach Lourenço Marques. Unser Mann dort ist reif für eine Ablösung. Guten Port haben sie da, nicht wahr? Auch Revolutionäre trinken schließlich Portwein. Wenn nur Cynthia mit mir fahren könnte ..."

„Ich dachte, Ihnen ist ein Junggesellenleben lieber."

„Von Ehe war ja nicht die Rede. Bond mußte nie heiraten. Ich mag die portugiesische Küche."

„Jetzt wird's wahrscheinlich die afrikanische Küche sein. Wissen Sie überhaupt etwas von diesem Ort, abgesehen davon, was 69300 kabelt?"

„Ich habe einen ganzen Ordner über die Nachtklubs und Restaurants angelegt, bevor diese blöde Revolution dort ausbrach. Vielleicht sind jetzt alle geschlossen. Trotzdem glaube ich, 69300 weiß nicht einmal halb soviel wie ich darüber, was dort los ist. Er hat keine Ordner und ist auch so verdammt seriös – ich glaube, er nimmt sich Arbeit mit ins Bett. Stellen Sie sich einmal vor, was zwei wie wir dort für Spesen verrechnen könnten."

„Zwei wie ihr ...?"

„Cynthia und ich."

„Was für ein Träumer Sie sind, Davis. Sie wird sich nie mit Ihnen einlassen. Denken Sie doch an ihren Vater, den Generalmajor."

„Jeder Mensch träumt von etwas. Wovon träumen denn Sie?"

„Ach, manchmal träume ich von Sicherheit. Damit meine ich nicht Daintrys Art von Sicherheit. Im Ruhestand sein. Mit einer guten Pension. Die für mich und meine Frau ausreicht ..."

„Und für Ihren kleinen Bastard?"

„Ja, und natürlich auch für meinen kleinen Bastard."

„Mit Pensionen ist man in diesem Department nicht sehr großzügig."

„Nein, und wir werden wohl beide unsere Träume nicht verwirklichen."

„Trotzdem – diese ärztliche Untersuchung *muß* was zu bedeuten haben, Castle. Damals, als ich nach Lissabon ging – unser Mann dort führte mich in eine Art Keller hinter dem Estoril, wo man das Wasser unterm Tisch rauschen hören konnte ... Ich hab noch nie so guten Hummer gegessen wie dort. Ich hab über ein Restaurant in Lourenço Marques gelesen ... Mir schmeckt sogar ihr junger Wein, Castle. Wirklich, *ich* sollte dort sein – und nicht 69300. Der weiß gutes Leben nicht zu schätzen. Sie kennen doch den Ort, nicht wahr?"

„Ich habe zwei Nächte dort verbracht, mit Sarah – vor sieben Jahren. Im Hotel Polana."

„Nur zwei Nächte?"

„Ich mußte schnell weg aus Pretoria – wie Sie wissen –, noch bevor BOSS kam. Es war mir nicht sicher genug. So nahe der Grenze. Je weiter Sarah und BOSS voneinander getrennt waren, desto besser."

„Ach ja, Sie hatten Sarah. Sie Glückspilz. Im Hotel Polana. Mit dem Indischen Ozean vor der Tür."

Castle rief sich Davis' Junggesellenbude – die schmutzigen Gläser, *Penthouse* und *Nature* – in Erinnerung. „Wenn Sie's wirklich ernst meinen, Davis, rede ich mit Watson. Ich werde Sie für einen Austausch vorschlagen."

„Ich meine es todernst. Ich möchte weg von hier, Castle. Nur weg."

„So schlimm ist es?"

„Da sitzen wir und schreiben sinnlose Telegramme. Wir halten uns für wichtig, weil wir ein bißchen mehr als andere über Erdnüsse wissen oder darüber, was Mobutu bei einem privaten Dinner sagte ... Wissen Sie, daß ich in diesen Verein kam, um Aufregendes zu erleben? Aufregendes, Castle. Was für ein Idiot ich doch war. Ich verstehe nicht, wie Sie das all diese Jahre ausgehalten haben ..."

„Vielleicht hilft einem da die Ehe."

„Wenn ich je heirate, hier würde ich mein Leben nicht verbringen wollen. Mir hängt dieses verdammte Land zum Hals heraus, Castle, mit seinen Stromausfällen, seinen Streiks, der Inflation. Ich mache mir keine Sorgen um den Preis der Nahrungsmittel – es ist der Portweinpreis, der mich fertigmacht. Ich bin diesem Verein beigetreten in der Hoffnung, ins Ausland zu kommen, ich hab sogar Portugiesisch gelernt, aber da sitze ich, beantworte Telegramme aus Zaire – über Erdnüsse."

„Ich dachte immer, Sie amüsieren sich ganz gut, Davis."

„Oh, ich habe meinen Spaß, wenn ich leicht betrunken bin. Ich liebe dieses Mädchen, Castle. Sie geht mir nicht mehr aus dem Kopf. Und so spiele ich den Clown, um ihr zu gefallen, und je mehr ich den Clown spiele, desto weniger mag sie mich. Vielleicht, wenn ich nach Lourenço Marques ginge... Sie sagte einmal, daß auch sie ins Ausland gehen möchte."

Das Telefon klingelte. „Sind Sie's, Cynthia?" Aber sie war es nicht. Es war Watson, der Leiter von Sektion 6. „Sind Sie das, Castle?"

„Nein, Davis hier."

„Geben Sie mir Castle."

„Ja", sagte Castle, „hier Castle. Was gibt's?"

„C will uns sprechen. Holen Sie mich auf dem Weg hinunter ab, ja?"

3

Es war ein langer Abstieg, denn C's Büro lag ein Stockwerk unter der Erde, in einem Weinkeller, der in den neunziger Jahren des vergangenen Jahrhunderts einem Millionär gehört hatte. Der Raum, in dem Castle und Watson warteten, bis das grüne Licht oberhalb C's Tür aufleuchtete, hatte den benachbarten Keller für Holz und Kohle gebildet, und in C's Büro hatten die besten Weine Londons gelagert. Es ging das Gerücht, daß im Jahre 1946, als das Department das Haus übernommen und der Architekt den Umbau begonnen hatte, im Weinkeller eine falsche Mauer entdeckt worden war, hinter der wie Mumien der geheime Schatz des Millionärs, die erlesensten Spitzenweine, verborgen lagen. Sie wurden – der Legende zufolge – von einem ahnungslosen Ministerialbeamten um den Preis gewöhnlicher Tischweine an das Armee- und Marineverpflegungsamt verkauft. Diese Geschichte war sicher erfunden, aber sooft bei einer Christie-Auktion ein historischer Wein auftauchte, sagte Davis düster: „Das war einer von unseren."

Das rote Licht blieb ewig lang brennen. Es war, als wartete man in einem Auto, daß die Straße nach einem Verkehrsunfall geräumt werde.

„Wissen Sie, was los ist?“ fragte Castle.

„Nein. Er bat mich nur, ihm alle Leute der Sektion 6 vorzustellen, die er noch nicht kennt. Durch 6B ist er bereits durch, und jetzt kommen Sie dran. Ich stelle Sie nur vor und lasse Sie dann allein. Entsprechend der Vorschrift. Mir kommt das wie ein Überbleibsel aus den Tagen des Kolonialismus vor.“

„Dem alten C bin ich einmal begegnet. Bevor ich zum ersten Mal ins Ausland ging. Er trug ein schwarzes Monokel. Man fühlte sich ganz eingeschnürt, wenn einen das schwarze O so anstarrte, aber er schüttelte mir bloß die Hand und wünschte mir viel Glück. Man denkt doch hoffentlich nicht daran, mich wieder ins Ausland zu schicken?“

„Nein. Warum?“

„Erinnern Sie mich daran, daß wir über Davis sprechen.“

Das Licht wurde grün.

„Hätte ich mich heute früh nur besser rasiert“, sagte Castle.

Sie John Hargreaves wirkte, anders als der alte C, durchaus nicht einschüchternd. Ein Paar Fasane lag auf seinem Schreibtisch, und er führte ein Telefongespräch. „Ich habe sie heute morgen mitgebracht. Mary meinte, Sie würden sich darüber freuen.“ Er wies mit der Hand auf zwei Stühle.

Dort also hat Oberst Daintry das Wochenende verbracht, dachte Castle. Um Fasane zu schießen oder nur über den Sicherheitsdienst zu berichten? Er setzte sich, dem Protokoll entsprechend, auf den kleineren und härteren Stuhl.

„Es geht ihr gut. Leichter Rheumatismus im schlimmen Bein, das ist alles“, sagte Hargreaves und legte auf.

„Dies ist Maurice Castle, Sir“, sagte Watson. „Er leitet 6A.“

„ ‚Leitet‘ klingt ein bißchen zu großartig“, sagte Castle. „Wir sind nur zwei.“

„Sie haben mit Top-Secret-Quellen zu tun, nicht wahr? Sie – und Davis unter Ihrer Anleitung."

„Und Watsons Anleitung."

„Ja, natürlich. Aber Watson untersteht die ganze Sektion 6. Sie delegieren vermutlich eine Menge, Watson?"

„Ich finde, die einzige Sektion, die meine ganze Aufmerksamkeit braucht, ist 6C. Wilkins ist noch nicht lange bei uns. Er muß sich erst einarbeiten."

„Nun, ich will Sie nicht länger aufhalten, Watson. Besten Dank, daß Sie Castle heruntergebracht haben."

Hargreaves strich über das Gefieder eines der toten Vögel. Er sagte: „Wie Wilkins muß ich mich auch erst einarbeiten. Soviel ich sehe, liegen die Dinge nicht viel anders als zu der Zeit, da ich als junger Mensch in Westafrika war. Watson ist eine Art Provinzkommissar, und Sie sind ein Distriktskommissar, der innerhalb seines eigenen Territoriums ziemlich sich selbst überlassen ist. Sie kennen natürlich auch Afrika, nicht wahr?"

„Nur Südafrika", erwiderte Castle.

„Ja richtig, ich erinnere mich. Südafrika ist irgendwie nicht das wirkliche Afrika, finde ich. Nordafrika übrigens auch nicht. Den Teil behandelt 6C, nicht wahr? Daintry hat mir das alles erklärt. Das ganze Wochenende lang."

„Hatten Sie eine gute Jagd, Sir?" fragte Castle.

„Mittelmäßig. Ich glaube, Daintry war nicht sehr zufrieden. Sie müssen einmal zu uns kommen und Ihr Glück versuchen, im nächsten Herbst vielleicht."

„Ich wäre bestimmt ein Versager, Sir. Ich habe in meinem ganzen Leben noch nie etwas geschossen, nicht einmal einen Menschen."

„Ach, die sind am leichtesten zu treffen. Ehrlich gesagt, Vögel sind mir auch langweilig."

C schaute auf ein Blatt Papier auf dem Schreibtisch. „Sie haben in Pretoria sehr gute Arbeit geleistet. Sie werden als erstklassiger

Verwaltungsbeamter beschrieben. Sie haben die Kosten der Station erheblich reduziert."

„Ich habe einen Mann abgelöst, der sich glänzend darauf verstand, Agenten zu rekrutieren, aber von Finanzgebarung wenig Ahnung hatte. Für mich war das leicht. Ich habe vor dem Krieg eine Zeitlang in einer Bank gearbeitet."

„Daintry schreibt hier, daß Sie in Pretoria private Schwierigkeiten hatten."

„Ich würde das nicht ‚Schwierigkeiten' nennen. Ich verliebte mich."

„Aha, ja. Hier steht's ja. In eine Afrikanerin. Was die Leute dort kurz und bündig eine Bantu nennen. Sie haben die Rassengesetze gebrochen."

„Wir leben jetzt in einer gültigen Ehe. Aber dort unten hatten wir ziemlich große Schwierigkeiten."

„Ja. Das haben Sie uns ja berichtet. Wenn sich nur alle unsere Leute so korrekt verhielten, sobald sie in Schwierigkeiten geraten. Sie befürchteten, daß die südafrikanische Polizei Sie ausfindig macht und versucht, Ihr Leben zu zerstören."

„Es wäre doch sicher nicht richtig gewesen, unsere Dienststelle mit jemand so Angreifbarem besetzt zu lassen."

„Wie Sie sehen, habe ich Ihre Akte ziemlich eingehend studiert. Wir forderten Sie auf, sofort das Land zu verlassen, wenn wir uns auch nie gedacht hätten, daß Sie das Mädchen mitnehmen werden."

„Das Hauptquartier ließ ihre Personalakte überprüfen. Man fand alles in Ordnung. War es nicht auch von Ihrem Standpunkt her gesehen richtig, sie hinauszuschaffen? Ich hatte sie als Kontaktperson zu meinen afrikanischen Agenten eingesetzt. Meine Tarnung war, daß ich in meiner Freizeit an einer ernsthaften und kritischen Studie über die Apartheid arbeiten wolle, aber die Polizei hätte das Mädchen vielleicht zum Sprechen gezwungen. Deshalb brachte ich sie über Swasiland nach Lourenço Marques."

„Ja, Sie haben ganz richtig gehandelt, Castle. Und nun sind Sie verheiratet und haben ein Kind. Geht's der Familie gut?"

„Nun ja, zur Zeit hat mein Sohn die Masern."

„Ah, dann müssen Sie auf seine Augen achtgeben. Die Augen sind da die schwache Stelle. Der Grund, weshalb ich Sie vor allem sprechen wollte, Castle, ist ein Besuch, den wir in einigen Wochen von einem gewissen Mr. Cornelius Müller erhalten, einem der großen Tiere von BOSS. Ich glaube, Sie kennen ihn noch aus Pretoria."

„Das kann man wohl sagen."

„Wir wollen ihm Einblick in einen Teil des Materials geben, mit dem Sie sich befassen. Natürlich nur so weit, um zu untermauern, daß wir kooperativ sind – in gewissen Grenzen."

„Er weiß bestimmt mehr über Zaire als wir."

„Mozambique interessiert ihn am meisten."

„Dann sollten Sie mit Davis sprechen, Sir. Er ist über die Lage dort genauer im Bild als ich."

„Ach ja, richtig, Davis. Ich kenne Davis noch nicht."

„Noch etwas, Sir. Als ich in Pretoria war, habe ich mich mit diesem Müller sehr schwer getan. Wenn Sie in meiner Akte zurückblättern wollen, er war es, der mich auf Grund der Rassengesetze zu erpressen versuchte. Deshalb legte mir Ihr Vorgänger nahe, das Land so schnell wie möglich zu verlassen. Ich glaube nicht, daß das unseren persönlichen Kontakt erleichtern würde. Es wäre besser, die Arbeit mit ihm Davis zu übergeben."

„Dennoch bleiben Sie Davis' Vorgesetzter und der gegebene Beamte, mit ihm zu sprechen. Es wird für Sie nicht leicht sein, das weiß ich. Beide sprungbereit, dem anderen an die Kehle zu fahren, aber für ihn kommt es unerwartet. Sie wissen genau, was Sie ihm *nicht* zeigen dürfen. Es ist sehr wichtig, unsere Agenten zu schützen – selbst wenn das bedeutet, daß wir wichtige Unterlagen verheimlichen müssen. Davis hat nicht wie Sie persönliche Erfahrungen mit BOSS – und mit Mr. Müller."

„Warum müssen wir ihm überhaupt etwas zeigen, Sir?"

„Haben Sie noch nie überlegt, Castle, was mit dem Westen geschieht, wenn die südafrikanischen Goldminen durch einen Rassenkrieg stillgelegt würden? Und durch einen verlorenen Krieg noch dazu, wie in Vietnam. Bevor sich noch die Politiker auf einen Ersatz für Gold geeinigt haben. Und Rußland als dessen Hauptquelle. Das wäre ein wenig komplizierter als die Ölkrise. Und die Diamantenminen ... De Beers sind wichtiger als General Motors. Diamanten altern nicht, zum Unterschied von Autos. Da gibt es sogar noch ernstere Gesichtspunkte als Gold und Diamanten, nämlich Uran. Sie wissen noch nichts von einer Geheimakte des Weißen Hauses über die Operation Onkel Remus?"

„Nein. Es gingen Gerüchte um ..."

„Ob es uns paßt oder nicht, wir und Südafrika und die Vereinigten Staaten sind Partner in Onkel Remus. Und das bedeutet, daß wir zu Mr. Müller freundlich sein müssen – selbst wenn er Sie erpreßt hat."

„Und von mir erfährt er ..."

„Informationen über Guerrillas, Blockadeunternehmen Rhodesien, die neuen Machthaber in Mozambique, die russische und kubanische Einflußnahme ... Wirtschaftsinformationen ..."

„Da bleibt aber nicht viel übrig."

„Ein bißchen Vorsicht ist geboten bezüglich der Chinesen. Die Südafrikaner neigen dazu, sie mit den Russen in einen Topf zu werfen. Es könnte der Tag kommen, wo wir die Chinesen brauchen. Mir gefällt ebensowenig wie Ihnen, was Onkel Remus zugrunde liegt. Es ist das, was die Politiker Realpolitik nennen, und Realismus hat noch nie wen weitergebracht, jedenfalls in Afrika nicht, so wie ich es kennengelernt habe. Mein Afrika war ein sentimentales Afrika. Ich habe Afrika wirklich geliebt, Castle. Die Chinesen lieben es nicht, auch die Russen nicht, noch die Amerikaner – aber wir stehen mit dem Weißen Haus und Onkel Remus und Mr. Müller auf derselben Seite. Ja, in den alten

Tagen, da wars noch leicht, da hatten wir es mit Häuptlingen und Medizinmännern und Eingeborenenschulen und Dämonen und Regenköniginnen zu tun. Mein Afrika unterschied sich noch nicht so sehr von dem Afrika Rider Haggards. Es gibt Schlimmeres. Kaiser Tschaka war eine viel erfreulichere Gestalt als Feldmarschall Idi Amin Dada. Na schön, tun Sie Ihr Bestes mit Müller. Er ist persönlicher Vertreter des großen BOSS. Mein Vorschlag ist, Sie laden ihn zuerst einmal zu sich nach Hause ein – das wird ein heilsamer Schock für ihn."

„Ich weiß nicht, ob meine Frau damit einverstanden sein wird."

„Sagen Sie ihr, daß ich Sie darum gebeten habe. Ich überlasse es ihr – falls es ihr zu peinlich ist ..."

An der Tür wandte sich Castle um, als ihm sein Versprechen einfiel. „Darf ich noch etwas zum Thema Davis sagen, Sir?"

„Natürlich. Worum geht's?"

„Er sitzt schon zu lange an seinem Londoner Schreibtisch. Ich glaube, wir sollten ihn bei erster Gelegenheit nach Lourenço Marques versetzen. Im Austausch für 69300, der jetzt sicher auch schon einen Klimawechsel braucht."

„Hat Davis das vorgeschlagen?"

„Nicht direkt, aber ich glaube, er wäre froh, wegzukommen – wohin immer. Seine Nerven sind ziemlich angegriffen, Sir."

„Wodurch?"

„Liebeskummer, glaube ich. Und Schreibtischmüdigkeit."

„Oh, Schreibtischmüdigkeit, das verstehe ich gut. Wollen einmal sehen, was wir für ihn tun können."

„Ich mache mir wirklich ein bißchen Sorgen um ihn."

„Ich verspreche Ihnen, ihn im Auge zu behalten, Castle. Übrigens, Müllers Besuch ist streng geheim. Sie wissen ja, wie gern wir unsere kleinen Kästchen wasserdicht machen. Das muß Ihr persönliches Kästchen bleiben. Nicht einmal Watson weiß Bescheid. Und kein Wort zu Davis."

ZWEITES KAPITEL

In der zweiten Oktoberwoche stand Sam offiziell noch immer unter Quarantäne. Komplikationen waren keine eingetreten, also bedrohte eine Gefahr weniger seine Zukunft – diese Zukunft, die Castle stets wie ein unvorhersehbarer Hinterhalt erschien. Während er an einem Sonntagmorgen die High Street hinunterging, empfand er plötzlich den Wunsch, sich für Sams Gesundung sozusagen zu bedanken, wenn auch nur bei einem Mythos; so trat er auf ein paar Minuten durch den Hintereingang in die Pfarrkirche ein. Der Gottesdienst war fast zu Ende, und die Versammelten, die gutgekleideten Leute mittleren und höheren Alters, standen aufrecht, während sie fast trotzig sangen, als bezweifelten sie innerlich die Behauptung: „Ein grüner Hügel liegt in der Ferne, jenseits der Mauern einer Stadt." Die simplen, präzisen Worte mit ihrem einfachen Kolorit erinnerten Castle an den vertrauten Hintergrund, dem man so oft auf primitiven Bildern begegnet. Die Mauern der Stadt entsprachen der Turmruine hinter dem Bahnhof, und oben, über dem grünen Hügel des Gemeindeangers und den verlassenen Schießständen, hatte einst ein hoher Pfahl gestanden, an dem jemand erhängt worden sein mochte. Einen Augenblick war er nahe daran, ihren unglaublichen Glauben zu teilen – es konnte nicht schaden, ein Dankgebet an den Gott seiner Kindheit, den Gott der Gemeindewiese und der Burg, zu murmeln, weil bisher kein Unheil Sarahs Kind befallen hatte. Dann zersprengte ein Knall von der Durchbrechung der Schallmauer die Worte der Hymne, rüttelte an den alten Glasscheiben des Westfensters, erschütterte den Kreuzfahrerhelm, der an einem Pfeiler hing, und rief Castle wieder in die Welt von heute zurück. Er ging schnell hinaus und kaufte die Sonntagszeitungen. Die Schlagzeile auf der Titelseite des *Sunday Express* lautete: „Kinderleiche im Wald gefunden."

Am Nachmittag ging er mit Sam und Buller auf der Gemeindewiese spazieren und ließ Sarah schlafen. Er hätte Buller gern zu Hause gelassen, aber dessen erbitterter Protest hätte Sarah geweckt, also tröstete er sich mit dem Glauben, daß Buller kaum eine streunende Katze auf dem Anger finden würde. Seit dem Sommer vor drei Jahren, als ihm der Zufall einen üblen Streich gespielt hatte, wurde er diese Angst nicht mehr los: im Buchengehölz war er plötzlich vor einer Picknickgesellschaft gestanden, die eine teure Katze – sie trug ein blaues Halsband mit einer scharlachroten seidenen Leine – mitgebracht hatte. Diese Siamkatze hatte nicht einmal Zeit, einen Angst- oder Schmerzensschrei auszustoßen, bevor Buller ihr das Genick brach und die Leiche über seine Schulter schmiß, wie ein Mann einen Sack auf ein Lastauto wirft. Dann war Buller durch den Wald davongetrottet, sich aufmerksam links und rechts umblickend – wo es *eine* Katze gab, mußte es doch wohl noch eine zweite geben –, und Castle sah sich allein den wütenden und bekümmerten Picknickteilnehmern gegenüber.

Im Oktober traf man wohl kaum solche Ausflügler. Trotzdem wartete Castle, bis die Sonne fast im Untergehen war, und hielt Buller den ganzen Weg die Kings's Road hinunter, vorbei an der Polizeiwachstube Ecke High Street, an der Kette. Sobald er über den Kanal und die Eisenbahnbrücke und die neuen Häuser (sie standen bereits ein Vierteljahrhundert da, aber alles, was in seiner Kindheit noch nicht existiert hatte, erschien Castle neu) hinaus war, ließ er Buller frei, und Buller krümmte sich am Rand des Weges wie ein guterzogener Hund zusammen und deponierte ohne Hast sein Häuflein. Seine Augen starrten mit verinnerlichtem Blick in die Ferne. Nur bei solchen Erfordernissen der

Hygiene schien Buller ein verständiger Hund zu sein. Castle mochte Buller nicht – er hatte einen Grund gehabt, ihn zu kaufen, nämlich Sarah ein Gefühl der Sicherheit zu geben, aber Buller hatte sich als Wachhund ungeeignet erwiesen, so daß er nun nur noch eine weitere Belastung bedeutete, obgleich er mit hündischem Mangel an Urteilskraft Castle mehr als jedes andere menschliche Wesen liebte.

Das Farnkraut verfärbte sich in das staubige Gold eines schönen Herbstes, und auf dem Stechginster gab es nur noch wenige Blüten. Castle und Sam suchten vergeblich nach den Schießständen, die sich einst auf einem Abhang aus rotem Lehm über der Wildnis des Angers erhoben hatten. Sie waren jetzt in dem müden Grün ertrunken.

„Hat man hier Spione erschossen?" fragte Sam.

„Aber nein. Was fällt dir ein? Hier haben Schießübungen stattgefunden. Im Ersten Weltkrieg."

„Aber es gibt doch Spione, gibt es denn – keine richtigen Spione?"

„Doch ja, vermutlich. Warum fragst du?"

„Ich wollte es nur genau wissen, sonst nichts."

Castle erinnerte sich, wie er im selben Alter seinen Vater gefragt hatte, ob es wirklich Feen gäbe, und wie die Antwort darauf weniger wahrheitsgetreu ausgefallen war als seine eigene. Sein Vater war ein Gefühlsmensch; er wollte seinen kleinen Sohn um jeden Preis beruhigen, daß das Leben lebenswert sei. Ihm Unehrlichkeit vorzuwerfen, wäre ungerecht gewesen; eine Fee, hätte er wohl behauptet, sei ein Symbol, das zumindest für etwas annähernd Wahres stand. Selbst heute noch gab es ja Väter, die ihren Kindern erzählten, daß es Gott gebe.

„Spione wie 007?"

„Nun ja, nicht ganz so." Castle versuchte das Thema zu wechseln. Er sagte: „Als Kind glaubte ich, daß hier ein Drache in einem der Unterstände dort zwischen den Schützengräben wohnt."

„Wo sind die Schützengräben?"

„Man sieht sie nicht, sie sind jetzt vom Farnkraut überwuchert."

„Was ist ein Drache?"

„Du weißt doch – eines dieser gepanzerten Geschöpfe, die Feuer speien."

„So wie ein Panzer?"

„Nun ja, so ähnlich wie ein Panzer." Es gab nur wenig Berührungspunkte zwischen ihrer beider Vorstellungswelten, und das entmutigte ihn. „Mehr wie eine Rieseneidechse", sagte er. Dann fiel ihm ein, daß der Junge zwar schon viele Panzer gesehen hatte, doch aus dem Land der Eidechsen waren sie vor seiner Geburt ausgezogen.

„Hast du je einen Drachen gesehen?"

„Einmal sah ich Rauch aus einem Schützengraben aufsteigen und glaubte, es sei der Drache."

„Hast du dich gefürchtet?"

„Nein, ich fürchtete mich damals vor ganz anderen Dingen. Die Schule war mir verhaßt, und ich hatte nur wenige Freunde."

„Warum war dir die Schule verhaßt? Wird sie mir auch verhaßt sein? Ich meine die wirkliche Schule."

„Wir haben nicht alle dieselben Feinde. Vielleicht wirst du einmal keinen Drachen brauchen, der dir hilft, ich aber brauchte einen. Die ganze Welt haßte meinen Drachen und wollte ihn töten. Die Menschen fürchteten sich vor dem Rauch und den Flammen, die aus seinem Maul kamen, wenn er zornig war. Ich stahl mich nachts aus dem Schlafsaal und nahm für ihn Sardinenbüchsen aus meinem Fressalienvorrat mit. Er briet sie in der Dose mit seinem heißen Atem. Er mochte sie gern warm."

„Aber ist das *wirklich* geschehen?"

„Nein, natürlich nicht, aber jetzt kommt es mir fast vor, als wäre es so gewesen. Einmal weinte ich im Schlafsaal unter der Bettdecke, weil es die erste Semesterwoche war und bis zu den

Ferien zwölf endlose Wochen vor mir lagen, und ich fürchtete mich vor – vor allem und jedem. Es war Winter, und plötzlich sah ich, daß das Fenster meiner Schlafnische mit heißem Dampf beschlagen war. Ich wischte den Dampf mit der Hand weg und schaute hinunter. Da lag der Drache; flach auf der nassen schwarzen Straße, er sah aus wie ein Krokodil in einem Fluß. Er hatte noch nie die Gemeindewiese verlassen, weil jeder Mensch auf ihn losgegangen wäre – genauso wie sie alle gegen mich waren. Die Polizisten hatten sogar Gewehre in einem Schrank stehen, um ihn zu erschießen, wenn er je in die Stadt käme. Dennoch lag er nun da, ganz still, und atmete mir große warme Wolken aus seinem Rachen entgegen. Weißt du, er hatte gehört, daß die Schule wieder begonnen hatte, und er wußte, daß ich unglücklich und einsam war. Er war klüger als jeder Hund, viel intelligenter als Buller."

„Du ziehst mich auf", sagte Sam.

„Nein, ich erinnere mich nur."

„Was geschah dann?"

„Ich machte ihm ein geheimes Zeichen. Es bedeutete: ‚Gefahr im Anzug. Geh weg', weil ich nicht sicher war, ob er von den Polizisten und ihren Gewehren wußte."

„Und er ging weg?"

„Ja, ganz langsam. Er blickte über seinen Schwanz zurück, als wollte er mich nicht verlassen. Aber ängstlich oder einsam fühlte ich mich nie wieder. Zumindest nicht sehr oft. Ich wußte, ich muß ihm bloß ein Zeichen geben, dann verläßt er seinen Unterstand auf der Gemeindewiese und kommt mir zu Hilfe. Wir hatten eine Menge nur uns bekannter Zeichen, Kodes, Geheimschriften …"

„Wie ein Spion", sagte Sam.

„Ja", sagte Castle enttäuscht, „möglicherweise. Wie ein Spion."

Castle erinnerte sich, wie er einst einen Plan der Gemeindewiese angelegt hatte, in den er alle Schützengräben und alle von

Farnkraut verdeckten Pfade einzeichnete. Auch das wie ein Spion. Er sagte: „Zeit, nach Hause zu gehen. Deine Mutter wird sich ängstigen."

„Nein, das wird sie nicht. Ich bin ja bei dir. Ich möchte die Drachenhöhle sehen."

„Es war ja gar kein Drache da."

„Aber du weißt das nicht ganz sicher, oder?"

Mit Mühe fand Castle den alten Schützengraben. Der Unterstand, in dem der Drache gehaust hatte, war von Brombeergestrüpp überwachsen. Als er sich gewaltsam einen Weg bahnte, stieß sein Fuß gegen eine verrostete Konservendose und brachte sie ins Rollen.

„Siehst du", rief Sam, „du hast ihm ja doch zu essen gebracht." Er wand sich durch das Gestrüpp, doch weder ein Drache noch ein Skelett war zu sehen. „Vielleicht hat ihn die Polizei am Ende doch erwischt", sagte Sam. Dann hob er die Dose auf.

„Tabak", sagte er, „nicht Sardinen."

In dieser Nacht sagte Castle zu Sarah, als sie im Bett lagen: „Hältst du es wirklich nicht für zu spät?"

„Zu spät wofür?"

„Um meinen Job aufzugeben.""

„Natürlich nicht. Du bist ja noch kein alter Mann."

„Wir müßten vielleicht von hier wegziehen."

„Wieso? Dieser Ort ist um nichts schlechter als andre."

„Möchtest du nicht gern fort von hier? Dieses Haus – es ist eigentlich nicht viel los damit, nicht? Wenn ich vielleicht im Ausland einen Job fände ..."

„Sam soll Wurzeln schlagen können; wenn er weggeht, kann er dann auch wiederkehren. An einen Ort, der ihm aus der Kindheit vertraut ist. So wie du heimgekehrt bist. Zu etwas Altbekanntem. Etwas Sicherem."

„Einen Haufen alter Trümmer hinter der Eisenbahn?"

„Ja."

Er erinnerte sich an die Stimmen der Bürger, gesetzt und ernst wie sie selbst in ihren Sonntagskleidern, die in der steinernen Kirche ihrem wöchentlichen Glaubensanflug singend Ausdruck verliehen. „Ein grüner Hügel lieget in der Ferne, jenseits der Mauern einer Stadt."

„Die Trümmer sind hübsch", meinte sie.

„Aber *du*", sagte Castle, „kannst nie mehr in deine Kindheit zurück."

„Das ist etwas anderes, ich habe Sicherheit nicht kennengelernt. Bis ich dich traf. Und da gab's auch keine Trümmer, nur Hütten."

„Müller kommt herüber, Sarah."

„Cornelius Müller?"

„Ja. Er hat Karriere gemacht. Ich muß liebenswürdig zu ihm sein – Befehl von oben."

„Mach dir keine Sorgen. Er kann uns nichts mehr tun."

„Nein. Aber ich möchte nicht, daß du dich beunruhigst."

„Warum sollte ich das?"

„C will, daß ich ihn hierherbringe."

„Dann bring ihn doch. Und zeig ihm, wie du und ich … und Sam …"

„Du bist einverstanden?"

„Natürlich bin ich einverstanden. Eine schwarze Gastgeberin für Mr. Cornelius Müller. Und ein schwarzes Kind." Sie lachten mit einem Anflug von Angst.

DRITTES KAPITEL

I

„Wie geht's dem kleinen Bastard?“ fragte Davis, wie nun täglich seit drei Wochen.

„O danke, alles überstanden. Es geht ihm wieder ganz gut. Neulich wollte er wissen, wann Sie uns das nächstemal besuchen. Er mag Sie – ich kann mir nicht vorstellen, warum. Von dem Picknick, das wir vergangenen Sommer hatten, und dem Versteckspiel spricht er oft, und er findet, daß keiner sich so gut verstecken kann wie Sie. Er hält Sie für einen Spion. Er spricht über Spione, wie zu meiner Zeit Kinder über Feen sprachen. Das haben wir doch getan, nicht?“

„Leiht er mir seinen Vater heute abend?“

„Warum? Was ist los?“

„Dr. Percival kam gestern hierher, als Sie weg waren, und wir haben uns unterhalten. Wissen Sie, ich glaube, die wollen mich wirklich ins Ausland schicken. Er fragte mich, ob mir ein paar weitere Untersuchungen was ausmachen … Blut, Harn, Nierenröntgen, und so weiter. Man muß vorsichtig sein wegen Tropenkrankheiten, sagte er. Er gefiel mir recht gut. Scheint auch für Sport etwas übrigzuhaben.“

„Für Rennen?“

„Nein, nur fürs Angeln. Ein recht einsamer Sport. Wir haben manches gemeinsam, er hat auch keine Frau. Wir wollen uns zusammentun und uns heute ins Nachtleben stürzen. Hab mich schon lange nicht gestürzt. Diese Figuren vom Umweltschutzdepartment sind eine recht trübselige Bande. Können Sie sich nicht entschließen, mein Lieber, einen Abend lang den Strohwitwer zu spielen?"

„Der letzte Zug von Euston geht um elf Uhr dreißig."

„Heute bin ich Herr der Wohnung. Die Umweltschützler sind beide weg, in ein umweltverschmutztes Gebiet. Ein Bett können Sie haben. Doppel- oder Einzelbett, was Ihnen lieber ist."

„Ein einzelnes, bitte. Ich werde langsam alt, Davis. Ich weiß nicht, welche Pläne Sie und Percival haben ..."

„Ich dachte an ein Dinner im Café Grill und nachher ein bißchen Striptease in Raymond's Revuebar. Rita Rolls tritt dort auf ..."

„Glauben Sie, daß Percival für solche Dinge etwas übrig hat?"

„Ich hab ihm auf den Zahn gefühlt, und ob Sie's glauben oder nicht – er war noch nie bei einem Striptease. Er sagte, er würde liebend gern ein Auge riskieren, wenn er mit Kollegen geht, denen er trauen kann. Sie wissen ja, wie es einem bei unserer Arbeit geht. Ihm geht's genauso. Man kann bei einer Party über nichts reden, aus Gründen der Sicherheit. Der kleine Mann hat keine Chance, den Kopf zu heben. Aber wenn der kleine Mann stirbt, Gott bewahre, da kann man sich gleich eingraben lassen. Bei Ihnen ist das natürlich eine andere Sache – Sie sind verheiratet. Sie können immer mit Sarah reden und ..."

„Wir dürfen nicht einmal mit unseren Frauen reden."

„Wetten, Sie tun's doch."

„Ich tu's nicht, Davis. Und wenn Sie vorhaben, ein paar Nutten aufzugabeln, sollten Sie auch mit denen nicht reden. Viele von ihnen arbeiten für MI5 – ich vergesse ganz, wir heißen jetzt alle anders. Wir laufen jetzt unter DI. Ich frage mich, warum? Wahrscheinlich gibt's ein Semantikdepartment."

„Sie reden, als hätten Sie's auch gründlich satt."

„Ja. Vielleicht tut mir eine Party gut. Ich rufe Sarah an und sage ihr – was eigentlich?"

„Sagen Sie ihr die Wahrheit. Daß Sie mit einem der großen Tiere dinieren. Wichtig für Ihre Karriere in der Firma. Und daß ich Ihnen ein Bett gebe. Sie traut mir. Sie weiß, ich bringe Sie nicht vom rechten Weg ab."

„Ja, das weiß sie."

„Und, verdammt, das stimmt doch auch, nicht?"

„Ich rufe sie an, wenn ich mittagessen gehe."

„Warum nicht von hier, um Geld zu sparen?"

„Ich hab's nicht gern, wenn man mir zuhört."

„Glauben Sie wirklich, daß die sich die Mühe nehmen, uns abzuhören?"

„Würden Sie es an ihrer Stelle nicht tun?"

„Wahrscheinlich doch. Aber was für ein ödes Zeug die auf Band haben müssen."

2

Der Abend war nur ein halber Erfolg, obwohl er recht gut begonnen hatte. Dr. Percival in seiner langsamen, gemächlichen Art war ein ganz angenehmer Gesellschafter. Weder Castle noch Davis hatten das Gefühl, mit einem Vorgesetzten im Department zu sprechen. Als Oberst Daintrys Name erwähnt wurde, machte er sich milde über ihn lustig – er sei an einem Wochenende bei der Jagd mit ihm zusammengetroffen, erzählte er. „Er lehnt die abstrakte Kunst ab, und mich mag er auch nicht. Weil ich nicht mit Gewehren schieße", erklärte Dr. Percival. „Ich angle nur."

Sie saßen bereits in Raymond's Revuebar, um einen kleinen Tisch gedrängt, der gerade groß genug für drei Whiskygläser war, während ein hübsches junges Ding merkwürdige Possen in einer Hängematte aufführte.

„In *die* möchte ich gern meinen Haken bohren", sagte Davis.

Das Mädchen trank High and Dry aus einer Flasche, die an

einem Seil über der Hängematte hing, und zog nach jedem Schluck mit einer Gebärde fröhlicher Ungezwungenheit ein Kleidungsstück aus. Zu guter Letzt konnten die drei ihre nackten Hinterbacken vom Netz umspannt sehen, wie ein Masthuhn in der Netztasche einer Hausfrau aus Soho. Eine Runde von Geschäftsleuten aus Birmingham spendete heftigen Beifall, und einer von ihnen ging so weit, eine Diners-Club-Karte über seinem Kopf zu schwenken – vielleicht wollte er damit seine Zahlungsfähigkeit untermauern.

„Was angeln Sie eigentlich?" fragte Castle.

„Hauptsächlich Forellen oder Äschen", antwortete Percival.

„Ist da ein großer Unterschied?"

„Mein Lieber, fragen Sie einen Großwildjäger, ob ein Unterschied zwischen Löwen und Tigern ist."

„Was ist Ihnen lieber?"

„Darum geht's wirklich nicht so sehr. Ich fische einfach gern – jede Art von Fischen mit der Fliege. Die Äsche ist weniger intelligent als die Forelle, das heißt aber noch nicht, daß sie sich leichter fangen läßt. Sie verlangt eine andere Technik. Und sie ist eine Kämpfernatur – sie kämpft bis zum bitteren Ende."

„Und die Forelle?"

„Oh, die ist natürlich die Königin der Fische. Sie erschrickt leicht – ein Geräusch von Nagelschuhen oder einem Stock, und schon ist sie fort. Dann muß man auch seine Fliege genau setzen, beim ersten Mal. Sonst ..." Percival machte mit dem Arm eine Bewegung, als würfe er die Angel nach einem weiteren nackten Mädchen aus, das durch die Beleuchtung schwarz-weiß-gestreift wie ein Zebra wirkte.

„Was für ein Fundament", sagte Davis ehrfürchtig. Er saß da, das Whiskyglas auf halbem Weg zu seinen Lippen, und beobachtete, wie die Backen mit der Präzision der Räder einer Schweizer Uhr rotierten, nicht auf Rubin-, sondern auf Diamantlagern.

„Sie tun Ihrem Blutdruck nichts Gutes", sagte Percival zu ihm.

„Was?"

„Ich sagte Ihnen doch, daß er ziemlich hoch ist."

„Heute nacht müssen Sie mich damit in Ruhe lassen", sagte Davis. „Das ist die berühmte Rita Rolls in Person. Die unvergleichliche, die einmalige Rita."

„Sie sollten sich gründlicher untersuchen lassen, falls Sie wirklich ins Ausland gehen wollen."

„Mir geht's gut, Percival. Hab mich nie wohler gefühlt."

„Das ist ja gerade das Gefährliche."

„Beinahe haben Sie mir schon einen Schrecken eingejagt", sagte Davis. „Nagelschuhe und Stock. Jetzt verstehe ich, warum eine Forelle ..." Er nahm einen Schluck Whisky wie eine unangenehme Medizin, und stellte sein Glas wieder auf den Tisch.

Dr. Percival kniff ihn in den Arm und sagte: „Es war ja nur Spaß, Davis. Sie sind mehr der Äschen-Typ."

„Sie meinen, ein armseliger Fisch?"

„Unterschätzen Sie die Äsche nicht. Sie hat ein sehr empfindliches Nervensystem. Und sie ist eine Kämpferin."

„Dann bin ich mehr ein Dorsch", sagte Davis.

„Reden Sie mir nicht von Dorschen. So etwas fische ich nicht."

Die Lichter flammten wieder auf. Die Show war zu Ende. Alles, hatte die Direktion entschieden, wäre nach Rita Rolls ein Abstieg. Davis verweilte noch einen Augenblick in der Bar, um sein Glück bei einem Automaten zu versuchen. Er verspielte sämtliche Münzen, die er besaß, und nahm Castle noch zwei ab. „Heute hab ich kein Glück", sagte er düster. Er hatte sich sichtlich über Dr. Percival geärgert.

„Ein Schlummertrunk bei mir?" fragte Dr. Percival.

„Ich denke, Sie wollen mich vor dem Trinken schützen."

„Mein lieber Junge, ich hab ein bißchen übertrieben. Jedenfalls ist Whisky das ungefährlichste Getränk, das es gibt."

„Trotzdem hab ich allmählich Lust aufs Schlafengehen."

In der Great Windmill Street standen Prostituierte innerhalb der Eingangstüren unter rot abgeschirmten Lampen und fragten: „Kommst du rauf, Darling?“

„Wahrscheinlich würden Sie mich auch davor warnen?“ sagte Davis.

„Nun, die Ehe mit ihrer Regelmäßigkeit ist gesünder. Der Blutdruck wird weniger beansprucht.“

Der Nachtportier schrubbte die Stufen des Albany, als Dr. Percival sich von ihnen verabschiedete. Seine Wohnung im Albany war durch einen Buchstaben und eine Ziffer gekennzeichnet – D6 –, als wäre sie auch eine Sektion der alten Firma. Castle und Davis sahen ihm zu, wie er sich vorsichtig einen Weg bahnte, um seine Schuhe nicht naßzumachen – eine seltsame Maßnahme für jemanden, der es gewohnt war, knietief in eiskalten Flüssen zu waten.

„Tut mir leid, daß er mitkam“, sagte Davis. „Ohne ihn hätten wir einen netten Abend haben können.“

„Ich dachte, Sie mögen ihn.“

„Zuerst schon, aber heute abend ging er mir auf die Nerven mit seinen verdammten Angelgeschichten. Und dieses ganze Geschwätz über meinen Blutdruck! Was geht ihn mein Blutdruck an? Ist er wirklich Arzt?“

„Ich glaube nicht, daß er in den letzten Jahren viel praktiziert hat“, sagte Castle. „Er ist C's Verbindungsoffizier zu den Leuten von der Bakteriologischen Kriegführung – wahrscheinlich ist da jemand mit einem Medizinstudium erwünscht.“

„Dieses Porton-Gelände jagt mir einen Schauer über den Rücken. Da reden die Menschen so viel über die Atombombe, vergessen aber ganz unser kleines Unternehmen auf dem Lande. Dort macht sich kein Mensch die Mühe, einen Protestmarsch zu unternehmen. Niemand trägt ein Antibakterienabzeichen, aber wenn die Atombombe abgeschafft würde, dann hätten wir ja immer noch diese tödliche kleine Phiole ...“

Beim Claridge bogen sie um die Ecke. Eine große, dürre Frau in langem Abendkleid stieg in einen Rolls Royce, gefolgt von einem mürrischen Mann im Frack, der verstohlen auf die Uhr blickte – sie sahen wie Schauspieler aus einem Stück um die Jahrhundertwende aus: es war zwei Uhr morgens. Auf den Stufen zu Davis' Wohnung lag abgetretenes gelbes Linoleum mit Löchern wie in einem Schweizerkäse. Aber wenn man nur W. 1. in seinem Briefkopf führen konnte, übersah man derartige Details. Die Küchentür stand offen, und Castle erblickte einen Stapel schmutziges Geschirr im Spülbecken. Davis öffnete eine Schranktür; in den Fächern stand eine Unmenge fast leerer Flaschen – der Umweltschutz begann eben nicht im eigenen Heim. Davis versuchte eine Whiskyflasche mit genügend Inhalt zu finden, um zwei Gläser damit füllen zu können. „Na, dann nicht", sagte er, „dann wollen wir das Zeug mixen. Ist sowieso nur Verschnitt." Er mischte den Rest eines Johnnie Walker mit dem eines White Horse und erreichte dadurch eine Viertelflasche.

„Wäscht denn niemand hier je das Geschirr?" fragte Castle.

„Eine Frau kommt zweimal wöchentlich, wir sparen alles für sie auf." Davis öffnete eine Tür. „Das ist Ihr Zimmer. Leider ist das Bett nicht gemacht. Morgen ist die Frau fällig." Er hob ein schmutziges Taschentuch vom Boden auf und stopfte es in eine Schublade, der Ordnung halber. Dann führte er Castle in das Wohnzimmer zurück und fegte ein paar Zeitschriften von einem Fauteuil auf den Boden.

„Ich trage mich mit den Gedanken, meinen Namen urkundlich zu ändern", sagte Davis.

„Wie denn?"

„In Davis mit einem e. Davies in der Davies Street klingt so nobel." Er legte die Füße auf das Sofa. „Ich finde, meine Whiskymischung da schmeckt recht gut. Ich werde sie White Walker nennen. Vielleicht verdiene ich ein Vermögen mit dieser Idee – man könnte mit dem Bild eines wunderschönen weiblichen Gespensts dafür werben. Was halten Sie denn wirklich von Dr. Percival?“

„Freundlich war er ja sehr. Aber ich frage mich ...“

„Was?“

„Warum er sich die Mühe nahm, den Abend mit uns zu verbringen. Was er von uns wollte.“

„Einen vergnügten Abend mit Menschen, mit denen er sich unterhalten kann. Muß denn mehr dahinterstecken? Haben Sie es nicht satt, in gemischter Gesellschaft fortwährend diskret zu sein?“

„Er war nicht gerade indiskret. Nicht einmal uns gegenüber.“

„Bevor Sie kamen, war er's.“

„Worüber?“

„Diese Anlage in Porton. Offenbar sind wir den Amerikanern in einer gewissen Sorte Produkt weit voraus, und sie haben uns aufgefordert, uns auf ein tödliches kleines Biest zu konzentrieren, das sich in einer bestimmten Seehöhe gut einsetzen läßt, gleichzeitig aber auch Wüstenklima überleben kann ... Sämtliche Einzelheiten, Temperaturen und dergleichen, lassen einen an China denken. Oder vielleicht auch an Afrika.“

„Warum hat er Ihnen das alles erzählt?“

„Nun, man vermutet wohl, daß wir durch unsere afrikanischen Kontakte ein bißchen was über die Chinesen wissen. Seit diesem Bericht aus Sansibar stehen wir in einem recht guten Ruf.“

„Das war doch vor zwei Jahren, und der Bericht ist noch immer unbestätigt.“

„Nach außen hin, sagte er, dürfen wir nichts unternehmen. Keine Fragebogen an Agenten. Die Sache ist zu geheim. Bloß die Augen offenhalten, ob es irgendwelche Hinweise in irgendwelchen Berichten gibt, daß die Chinesen die Nase in das Vorzimmer zur Hölle stecken wollen, und ihm dann direkt darüber berichten.“

„Warum hat er mit Ihnen davon geredet, aber nicht mit mir?"

„Ach Gott, wahrscheinlich hätte er auch mit Ihnen darüber gesprochen, aber Sie verspäteten sich ja."

„Daintry hielt mich auf. Percival hätte zu uns ins Büro kommen können, wenn er darüber reden wollte."

„Worüber zerbrechen Sie sich den Kopf?"

„Ich frage mich nur, ob er Ihnen die Wahrheit sagte."

„Warum, um alles in der Welt, sollte er ...?"

„Er könnte ein falsches Gerücht in Umlauf bringen wollen."

„Doch nicht durch uns. Wir sind ja nicht gerade Klatschbasen, Sie und ich und Watson."

„Hat er mit Watson darüber gesprochen?"

„Nein, im Gegenteil – er plapperte was von wasserdichten Kästchen wie üblich. Top Secret, sagte er – aber das kann sich doch nicht auf Sie beziehen, oder?"

„Trotzdem halte ich's für besser, darüber zu schweigen, daß Sie es mir gesagt haben."

„Alter Freund, Sie haben die Berufskrankheit: Mißtrauen."

„Ja, es ist eine schwere Infektion. Deshalb denke ich daran, mich abzuseilen."

„Wollen Sie Gemüse ziehen?"

„Ich will was Nicht-Geheimes, Nicht-Wichtiges und verhältnismäßig Harmloses tun. Ich wäre fast schon einmal in eine Werbeagentur gegangen."

„Seien Sie ja vorsichtig. Die haben auch ihre Geheimnisse – Wirtschaftsgeheimnisse."

Das Telefon beim Treppenaufgang läutete. „Um diese Zeit", murrte Davis. „Das ist unsozial. Wer kann das sein?" Er rappelte sich vom Sofa auf.

„Rita Rolls", vermutete Castle.

„Schenken Sie sich noch einen White Walker ein."

Castle fand nicht die Zeit, sich einzugießen, als Davis ihm zurief: „Es ist Sarah, Castle."

Es war fast halb drei Uhr früh. Angst befiel ihn. Gab es Komplikationen, mit deren Auftreten man bei einem Kind gegen Ende der Quarantäne rechnen mußte?

„Sarah?“ fragte er. „Was ist los? Ist was mit Sam?“

„Verzeih mir Liebster. Warst du schon im Bett?“

„Nein. Was gibt's?“

„Ich fürchte mich.“

„Sams wegen?“

„Nein, nicht Sams wegen. Aber das Telefon hat seit Mitternacht zweimal geläutet, und niemand meldet sich.“

„Fehlverbindung“, sagte er erleichtert. „So was kommt immer wieder vor.“

„Jemand weiß, daß du nicht zu Hause bist. Ich fürchte mich, Maurice.“

„Was kann schon in der King's Road passieren? Keine zweihundert Meter weit ist doch eine Polizeiwachstube. Und Buller? Buller ist doch auch da, oder nicht?“

„Buller schläft fest und schnarcht.“

„Ich käme ja gern heim, wenn ich könnte, aber es gibt jetzt keine Züge. Und um diese Zeit bringt mich auch kein Taxi hinaus.“

„Ich fahre Sie hinüber“, sagte Davis.

„Nein, nein, kommt nicht in Frage.“

„Was denn?“ fragte Sarah.

„Ich hab mit Davis gesprochen. Er sagte, er bringt mich hinaus.“

„Ach nein, das will ich nicht. Jetzt, wo ich deine Stimme gehört habe, fühle ich mich schon besser. Ich wecke jetzt einmal Buller.“

„Sam ist in Ordnung?“

„Dem geht's prächtig.“

„Du hast doch die Nummer der Polizei. Wenn du sie brauchst, in zwei Minuten sind sie bei dir.“

„Ich bin ein Idiot, nicht? So ein Idiot."

„Ein geliebter Idiot."

„Ich lasse mich bei Davis entschuldigen. Und laßt euch den Whisky schmecken."

„Gute Nacht, Liebste."

„Gute Nacht, Maurice."

Daß sie ihn mit seinem Namen anredete, war ein Zeichen der Liebe – wenn sie beisammen waren, eine Einladung zur Liebe. Koseworte wie „Lieber" oder „Liebster" dienten der Alltagsanrede in Gegenwart Dritter, aber ein Name wurde nur unter vier Augen verwendet, durfte nie einem Stammesfremden verraten werden. Am Höhepunkt der Liebe rief sie laut seinen geheimen Stammesnamen. Er hörte sie auflegen, blieb jedoch noch einen Augenblick stehen, den Hörer an das Ohr gepreßt.

„Nichts wirklich Ernstes?" fragte Davis.

„Bei Sarah nicht, nein."

Er kam ins Wohnzimmer zurück und goß sich einen Whisky ein. Dann sagte er: „Ich glaube, Ihre Leitung ist angezapft."

„Woher wissen Sie das?"

„Ich weiß es nicht. Mein Instinkt sagt es mir, das ist alles. Ich überlege gerade, wie ich auf den Gedanken gekommen bin."

„Wir leben nicht in der Steinzeit. Heutzutage kann niemand mehr feststellen, ob sein Telefon angezapft wird."

„Wenn die nicht unvorsichtig sind. Oder sie wollen, daß man es weiß."

„Warum sollten sie wollen, daß ich es weiß?"

„Vielleicht, um Ihnen Angst einzujagen. Wer weiß das schon?"

„Außerdem: warum ausgerechnet ich?"

„Eine Frage der Sicherheit. Sie trauen ja niemandem. Am wenigsten Leuten in unserer Position. Wir sind die gefährlichsten. Wir kennen angeblich diese verdammten Top Secrets."

„Ich finde mich nicht gefährlich."

„Stellen Sie den Plattenspieler an“, sagte Castle.

Davis hatte eine Sammlung Popmusikplatten, die sorgfältiger in Ordnung gehalten wurde als alles übrige im Apartment. Sie war so peinlich genau katalogisiert wie die Bibliothek des Britischen Museums, und der Top-Hit jedes einzelnen Jahres fiel Davis so prompt ein wie ein Derbysieger. Er sagte: „Sie mögen natürlich etwas wirklich Altmodisches und Klassisches, nicht wahr?“ und legte *A Hard Day's Night* auf.

„Stellen Sie's lauter.“

„Es soll aber nicht lauter sein.“

„Trotzdem: drehen Sie's lauter.“

„So ist es scheußlich.“

„Wir sind aber mehr unter uns, habe ich das Gefühl“, sagte Castle.

„Sie glauben, die haben auch Wanzen eingebaut?“

„Würde mich nicht wundern.“

„Sie hat's aber schwer erwischt“, sagte Davis.

„Percivals Gespräch mit Ihnen beunruhigt mich – ich kann die Sache einfach nicht glauben ... das stinkt zum Himmel. Ich glaube, sie sind einer undichten Stelle auf der Spur und versuchen was rauszukriegen.“

„Sollen sie doch, von mir aus. Das ist schließlich ihre Pflicht, nicht wahr? Aber ich finde, sie sind nicht sehr geschickt, wenn man ihnen so leicht auf die Schliche kommt.“

„Gewiß – aber Percivals Geschichte könnte trotzdem wahr sein. Wahr und bereits geplatzt. Ein Agent würde, was immer er vermutet, sich verpflichtet fühlen, sie weiterzuleiten, falls ...“

„Und Sie glauben, daß *die* denken, wir sind die undichte Stelle?“

„Ja. Einer von uns oder vielleicht beide.“

„Da wir's aber nicht sind – was kümmert's uns schon?“ sagte Davis. „Es ist schon lange Zeit, ins Bett zu gehen, Castle. Wenn ein Mikro unter meinem Kissen liegt, können sie nur mein

Schnarchen hören." Er stellte die Musik ab. „Wir sind nicht aus dem Stoff, aus dem man Doppelagenten macht, wir beide."

Castle entkleidete sich und machte das Licht aus. Es war stickig in dem kleinen, unordentlichen Zimmer. Er versuchte das Fenster hochzuschieben, aber die Schnur war gerissen. Er starrte auf die frühmorgendliche Straße hinab. Niemand ging vorbei, nicht einmal ein Polizist. Ein einziges Taxi befand sich auf einem Standplatz ein Stückchen weiter unten in der Davis Street, Richtung Claridge's. Irgendwo in der Gegend der Bond Street klingelte sinnlos die Alarmglocke einer Warnanlage, und leichter Regen hatte eingesetzt. Er ließ das Pflaster schwarz erglitzern wie einen Polizistenmantel. Castle zog die Vorhänge zu und ging zu Bett, doch er schlief nicht ein. Ein Fragezeichen hielt ihn lange Zeit wach: Hatte es so nahe bei Davis' Wohnung immer schon einen Taxistandplatz gegeben? Er hatte doch einmal auf die andere Seite des Claridge wandern müssen, um einen zu finden. Noch eine Frage beunruhigte ihn, bevor er einschlief. Benutzten sie am Ende Davis, dachte er, um ihn zu beobachten? Oder benutzten sie einen unschuldigen Davis dazu, ihm eine markierte Banknote zuzuspielen? Er schenkte Dr. Percivals Porton-Geschichte wenig Glauben, und doch konnte sie, wie er Davis gesagt hatte, wahr sein.

VIERTES KAPITEL

1

Castle hatte begonnen, sich über Davis ernstlich Sorgen zu machen. Gewiß, Davis zog seine Melancholie ins Scherzhafte, aber die Melancholie war trotzdem tief eingewurzelt, und Castle hielt es für ein schlechtes Zeichen, daß Davis nicht mehr mit Cynthia schäkerte. Das, was er an Gedanken aussprach, hatte in zunehmendem Maße immer weniger mit ihrer Arbeit zu tun. Als Castle ihn einmal fragte: „Wer ist 69300/4?", antwortete Davis: „Ein Doppelzimmer im Polana mit Blick auf das Meer." Dennoch, an seinem Gesundheitszustand schien nichts Ernstliches auszusetzen zu sein, Dr. Percival hatte vor kurzem eine gründliche Durchuntersuchung vorgenommen.

„Wir warten wie gewöhnlich auf ein Kabel aus Zaire", sagte Davis. „59800 denkt nie an uns, wenn er an einem warmen Abend dasitzt und sich weltvergessen seinen Dämmerschoppen genehmigt."

„Am besten, wir schicken ihm eine Mahnung", meinte Castle. Er schrieb auf einen Zettel: „Unser 185 unbeantwortet wiederhole unbeantwortet" und legte ihn für Cynthia in die Ablage.

Davis sah heute nach einem Regattabesuch aus. Ein neues scharlach- und gelbgewürfeltes Seidentuch baumelte aus seiner Rocktasche wie eine Flagge an einem windstillen Tag, und seine Krawatte war flaschengrün, mit einem roten Muster. Selbst das Taschentuch, das aus seinem Ärmel hervorguckte, sah neu aus – es war pfauenblau. Er hatte wirklich die Toppflaggen gehißt.

„Hatten Sie ein nettes Wochenende?“ fragte Castle.

„Ja, o ja. Sozusagen. Sehr ruhig. Die Umweltjungen waren weg, um in Gloucester nach Fabriksrauch zu schnüffeln. Von einer Gummifabrik.“

Ein Mädchen namens Patricia (die sich immer dagegen verwahrte, Pat genannt zu werden) kam aus der Schreibstube herüber und nahm das einzige Kabel mit. Wie Cynthia entstammte auch sie militärischen Kreisen, sie war die Nichte Brigadier Tomlinsons. Nahe Verwandte von Männern einzustellen, die bereits dem Department angehörten, galt aus Sicherheitsgründen als gut; vielleicht erleichterte es auch die Arbeit mit den Personalakten, da viele Kontaktpersonen natürlich doppelt vorkamen.

„Ist das denn alles?“ fragte das Mädchen, als wäre sie es gewohnt, für wichtigere Sektionen als 6A zu arbeiten.

„Leider bringen wir nicht mehr zustande, Pat“, sagte Castle, und sie schlug die Tür mit einem Knall hinter sich zu.

„Sie hätten sie nicht verärgern sollen“, sagte Davis. „Vielleicht verpetzt sie uns bei Watson, und wir müssen dann nach der Schule nachsitzen und Telegramme schreiben.“

„Wo ist Cynthia?“

„Sie hat heute ihren freien Tag.“

Davis räusperte sich explosiv – wie ein Signal zum Start der Regatta klang es – und hißte in seinem Gesicht die rote Flagge der Handelsmarine.

„Ich wollte Sie gerade fragen ... Macht's Ihnen was aus, wenn ich mich um elf verdrücke? Ich verspreche Ihnen, um eins bin ich zurück, und es ist sowieso nichts zu tun. Falls mich jemand braucht, sagen Sie doch einfach, daß ich zum Zahnarzt gegangen bin.“

„Sie hätten Schwarz anlegen sollen“, sagte Castle, „um Daintry zu überzeugen. Diese bunten Fetzen, die Sie da tragen, passen nicht zum Zahnarzt.“

„Natürlich geh ich in Wirklichkeit nicht zum Zahnarzt. Die

Sache ist die, daß Cynthia mir versprochen hat, wir treffen uns im Zoo und sehen uns die Riesenpandas an. Glauben Sie, daß sie allmählich schwach wird?"

„Sie sind richtig verliebt, Davis, nicht wahr?"

„Ich will nur eines, Castle, ein seriöses Abenteuer. Ein Abenteuer ohne zeitliche Begrenzung. Einen Monat, ein Jahr, zehn Jahre. Ich hab die Affären für eine Nacht satt. Von der King's Road nach einer Party um vier Uhr früh mit einem Riesenkater heimwärts. Am nächsten Morgen denk ich: das war schön, das Mädchen war wunderschön, schade, daß ich nicht besser war, hätte ich nur nicht die Drinks gemischt ... und dann denke ich daran, wie's mit Cynthia in Lourenço Marques gewesen wäre. Mit Cynthia könnte ich wirklich *reden.* Das hilft dem kleinen Mann, wenn man ein bißchen über die Arbeit sprechen kann. Diese Bienen in Chelsea, kaum ist der Spaß vorbei, wollen sie gleich allerhand Sachen wissen. Was ich denn tue? Wo mein Büro ist? Ich hab immer behauptet, ich bin noch in Aldermaston, aber jetzt weiß schon jeder Mensch, daß dieser verdammte Platz gesperrt ist. Was soll ich sagen?"

„Irgendwas in der City?"

„Nicht sehr eindrucksvoll, und diese Bienen vergleichen ihre Aufzeichnungen." Er begann Ordnung zu machen. Er schloß und versperrte seine Kartei. Auf seinem Schreibtisch lagen zwei mit Maschinschrift bedeckte Seiten, die er in die Tasche steckte.

„Sie nehmen Dinge aus dem Büro mit?" fragte Castle. „Nehmen Sie sich vor Daintry in acht. Er hat Sie schon einmal erwischt."

„Er ist mit unserer Sektion fertig. Jetzt ist 7 dran. Übrigens ist dies hier sowieso nur der übliche Unsinn: Ausschließlich zu Ihrer persönlichen Information. Vernichten Sie das Blatt, nachdem Sie es gelesen haben. Vollkommen bedeutungslos. Ich werde es ‚Meinem Gedächtnis einverleiben', während ich auf Cynthia warte. Sie verspätet sich bestimmt."

„Erinnern Sie sich an den Fall Dreyfus. Werfen Sie die Papiere nicht in den Abfalleimer, damit die Putzfrau sie nicht findet."

„Ich werde sie als Opfergabe vor Cynthia verbrennen." Er ging hinaus, kam aber gleich wieder zurück. „Wünschen Sie mir bitte Glück, Castle."

„Natürlich. Von ganzem Herzen."

Die abgedroschene Phrase klang für Castle selbst unbeabsichtigt herzlich. Das überraschte ihn so, als hätte er an einem Ferientag am Strand in einer wohlbekannten Felsenhöhle die vorgeschichtliche Malerei eines menschlichen Gesichts entdeckt, die er bisher stets für eine zufällige Anordnung von Moos gehalten hatte.

Eine halbe Stunde später läutete das Telefon. Die Stimme eines Mädchens sagte: „J. W. möchte A. D. sprechen."

„Zu dumm", sagte Castle. „A. D. kann nicht mit J. W. sprechen."

„Wer spricht da?" fragte die Stimme mißtrauisch.

„Jemand namens M. C."

„Bleiben Sie einen Augenblick am Apparat, bitte." Aus der Leitung drang ein hoher, kläffender Ton an sein Ohr. Dann übertönte unmißverständlich Watsons Stimme die hündischen Geräusche.

„Hallo, ist dort Castle?"

„Ja."

„Ich muß mit Davis sprechen."

„Der ist nicht hier."

„Wo ist er?"

„Er kommt um eins zurück."

„Das ist zu spät. Wo hält er sich jetzt auf?"

„Bei seinem Zahnarzt." Castle sagte es widerstrebend. Er mochte nicht in die Lügen anderer hineingezogen werden; sie komplizierten die Dinge nur.

„Wollen wir lieber den Verwürfler einschalten", sagte Watson.

Es entstand die übliche Verwirrung: einer von ihnen drückte zu früh den richtigen Knopf und ging dann auf normale Transmission zurück, während der andere zu verwürfeln begann. Als ihre Stimmen endlich geordnet waren, fragte Watson: „Können Sie ihn nicht zurückholen? Er wird bei einer Konferenz benötigt."

„Ich kann ihn nicht gut aus dem Zahnarztstuhl zerren. Außerdem weiß ich gar nicht, wer sein Zahnarzt ist. Er steht nicht in der Kartei."

„Nicht?" Watsons Stimme klang mißbilligend. „Dann hätte er eine Notiz mit der Adresse hinterlassen sollen." Watson hatte einst versucht, Barrister zu werden, war aber gescheitert. Vielleicht hatte seine offenkundige Rechtschaffenheit bei den Richtern Anstoß erregt; ein moralischer Ton, fanden sie wohl, sei auf der Richterbank angebracht, nicht aber bei einem jungen Anwaltspraktikanten. Aber in „einem Department des Foreign Office" hatte ihm eben jene Eigenschaft, die ihm vor Gericht so schadete, zu raschem Aufstieg verholfen. Er hatte spielend Beamte einer älteren Generation – wie Castle – überrundet.

„Er hätte mich wissen lassen sollen, daß er weggeht", sagte Watson.

„Vielleicht bekam er ganz plötzlich Zahnschmerzen."

„C persönlich wünschte seine Anwesenheit. Er wollte nachher einen bestimmten Bericht mit ihm diskutieren. Er hat ihn doch noch erhalten?"

„Er erwähnte einen Bericht. Er schien aber anzunehmen, daß es sich um eine der üblichen Nebensachen handle."

„Um eine Nebensache? Es war Top Secret. Was hat er damit angefangen?"

„Ich glaube, er hat ihn im Safe verwahrt."

„Würden Sie das bitte überprüfen."

„Ich werde seine Sekretärin bitten – ach nein, das geht nicht, die ist heute nicht da. Ist es so wichtig?"

„C hält es für wichtig. Dann kommen Sie wohl am besten

selbst zur Konferenz, wenn Davis nicht da ist, aber es war seine Aufgabe. Zimmer 121, Punkt zwölf."

2

Die Konferenz schien ja doch nicht so überwältigend wichtig zu sein. Ein Angehöriger vom MI5, den Castle noch nie gesehen hatte, war anwesend, weil der wichtigste Punkt der Tagesordnung darin bestand, deutlicher als in der Vergangenheit zwischen den Verantwortungen vom MI5 und MI6 zu unterscheiden. Vor dem letzten Krieg hatte MI6 nie auf britischem Territorium operiert, und die Sicherheit lag dort in den Händen von MI5. Dieses System brach in Afrika mit der Niederlage Frankreichs zusammen und mit der Notwendigkeit, Agenten vom britischen Territorium in die Vichy-Kolonien einzuschleusen. Als wieder Frieden war, wurde das alte System nie mehr so richtig etabliert. Tansania und Sansibar waren offiziell zu einem Staat vereinigt, Mitglied des Commonwealth, aber die Insel Sansibar konnte man wegen ihrer chinesischen Truppenübungslager schwer zum britischen Territorium zählen. Es gab ein Durcheinander, weil sowohl MI5 wie MI6 in Dar-es-Salam vertreten und die Beziehungen zwischen den beiden nicht immer eng oder freundschaftlich gewesen waren.

„Rivalität", sagte C, als er die Konferenz eröffnete „ist bis zu einem gewissen Grad eine gesunde Sache. Aber manchmal hat sich Mangel an Vertrauen eingestellt. Wir haben nicht immer die Akten der Agenten einander zugänglich gemacht. Manchmal haben wir denselben Mann Spion und Gegenspion spielen lassen." Er setzte sich, um dem Mann von MI5 das Wort zu überlassen.

Castle kannte außer Watson nur wenige der Anwesenden. Ein magerer, ergrauter Mann mit vorstehendem Adamsapfel galt als der Firmenälteste. Er hieß Chilton. Er war schon seit der Zeit vor Hitler tätig und hatte sich erstaunlicherweise nie Feinde gemacht. Jetzt befaßte er sich vorzugsweise mit Äthiopien. Außerdem war er die größte lebende Autorität auf dem Gebiet kommerzieller Souvenirs aus dem achtzehnten Jahrhundert und wurde oft von Sotheby's als Sachverständiger beigezogen. Laker, ein ehemaliger Gardeoffizier mit rotem Haar und rotem Schnurrbart, kümmerte sich um die arabischen Republiken in Nordafrika.

Der Mann von MI5 hörte endlich auf, von Kompetenzüberschreitung zu reden. C sagte: „Nun, das hätten wir. Den Vertrag von Zimmer 121. Ich bin überzeugt, daß wir alle jetzt unsere Positionen besser verstehen. Sehr freundlich von Ihnen, daß auch Sie gekommen sind, Puller."

„Pullen."

„Verzeihung. Pullen. Und nun bitte ich Sie, uns nicht für ungastlich zu halten, aber wir haben einige kleine interne Angelegenheiten zu besprechen ..." Als Pullen die Tür hinter sich geschlossen hatte, sagte er: „Ich bin mit diesen MI5-Typen nie so recht glücklich. Irgendwie verbreiten sie, wo sie auch auftauchen, so eine Art Polizeigeruch. Es ist ja zu verstehen, wenn man wie sie mit Gegenspionage zu tun hat. Spionage, finde ich, ist viel mehr ein Beruf für Gentlemen, aber ich bin natürlich auch ein altmodischer Mensch."

Percival meldete sich aus einem entfernten Winkel. Castle hatte nicht einmal bemerkt, daß er anwesend war. „Also, mir hat immer MI9 am besten gefallen."

„Womit befaßt sich MI9 eigentlich?" fragte Laker und zwirbelte seinen Schnurrbart. Er hatte nicht übersehen, daß er einer der wenigen echten Militärs unter all den MI-Nummern war.

„Das hab ich schon lang vergessen", sagte Percival, „aber sie kommen mir eben weit freundlicher vor." Chilton bellte kurz – es war seine Art zu lachen.

Watson sagte: „Befaßten sie sich nicht mit Fluchtmethoden im

Krieg, oder war das 11? Ich wußte gar nicht, daß es die noch immer gibt."

„Nun ja, es stimmt schon, ich habe sie auch lange nicht mehr gesehen", meinte Percival mit seiner milde beruhigenden Art eines alten Hausarztes. Es klang, als redete er von Grippesymptomen. „Vielleicht wurden sie aufgelöst."

„Übrigens", fragte C, „ist Davis hier? Ich wollte einen Bericht mit ihm besprechen. Bei meiner Pilgerfahrt durch Sektion 6 bin ich ihm nie begegnet, glaube ich."

„Er ist beim Zahnarzt", sagte Castle.

„Ohne es mir mitzuteilen, Sir", beklagte sich Watson.

„Na schön, es ist nicht so dringend. In Afrika ist nie etwas dringend. Änderungen geschehen nur langsam und sind im allgemeinen nicht von Dauer. Ich wollte, man könnte das auch von Europa behaupten." Er raffte seine Papiere zusammen und entfernte sich so still wie ein Gastgeber, der zu spüren meint, daß seine Gäste sich ohne ihn viel besser unterhalten werden.

„Komisch", sagte Percival, „als ich Davis kürzlich sah, schienen seine Zähne in bester Ordnung zu sein. Er erzählte, daß er noch nie Schwierigkeiten hatte, ja nicht einmal Zahnstein. Übrigens, Castle, Sie könnten mir den Namen seines Zahnarztes beschaffen. Nur für mein medizinisches Dossier. Wenn er Scherereien hat, empfehlen wir gern unsere eigenen Leute. Das bedeutet geringeres Sicherheitsrisiko."

DRITTER TEIL

ERSTES KAPITEL

1

Dr. Percival hatte Sir John Hargreaves zum Mittagessen in seinen Klub, den Reform, eingeladen. Einmal im Monat, an einem Samstag, wenn die meisten Klubmitglieder bereits zum Weekend aufs Land gefahren waren, aßen sie abwechselnd im Reform und im Travellers. Das hatten sie sich zur Gewohnheit gemacht. Pall Mall lag in Stahlgrau, wie ein viktorianischer Kupferstich, vor ihnen, eingerahmt von den hohen Fenstern. Der Spätsommer war fast vorbei, die Uhren waren alle bereits umgestellt worden, und noch im leichtesten Wind konnte man das Herannahen des Winters verspüren. Sie begannen mit geräucherter Forelle, was Sir John Hargreaves veranlaßte, Dr. Percival mitzuteilen, daß er sich jetzt ernsthaft überlege, Forellen im Fluß auszusetzen, der seinen Park gegen die Felder hin begrenzte. „Ich brauche Ihren Rat, Emmanuel", sagte er. Sie nannten einander beim Vornamen, wenn sie sicher waren, daß es niemand hören konnte.

Längere Zeit plauderten sie über das Forellenfischen, vielmehr Dr. Percival plauderte darüber. Über dieses Thema, fand Hargreaves, gab es wenig zu sagen, doch er wußte, daß Dr. Percival durchaus imstande war, sich darüber bis zum Abendessen zu verbreiten. Er wurde jedoch von den Forellen auf ein anderes Lieblingsthema, seinen Klub, abgelenkt. „Wenn ich ein Gewissen hätte", sagte Dr. Percival, „würde ich hier nicht Mitglied bleiben. Ich bin dem Klub beigetreten, weil das Essen – auch die geräucherte Forelle, du entschuldigst schon, John – hier besser ist als überall sonst in London."

„Mir schmeckt das Essen im Travellers ebenso gut", sagte Hargreaves.

„Ja, aber Sie vergessen unseren Fleischpudding. Ich weiß, Sie hören es nicht gern, aber ich finde ihn besser als die Pastete Ihrer Frau. Teig schafft Abstand zum Saft. Pudding saugt den Fleischsaft ein. Pudding, könnte man sagen, kooperiert."

„Aber warum sollte Ihnen das Gewissensbisse verursachen, Emmanuel, wenn wir schon annehmen, Sie haben ein Gewissen, obwohl das höchst unwahrscheinlich ist?"

„Verstehen Sie: um hier Mitglied zu werden, mußte ich eine Erklärung unterzeichnen, daß ich den Reform-Beschluß aus dem Jahr 1866 unterstütze. Gut, dieser Entschluß war nicht ganz so schlimm wie manches, was folgte – zum Beispiel das Wahlrecht für Achtzehnjährige –, aber damit war diesem verderblichen Grundsatz vom allgemeinen Wahlrecht Tür und Tor geöffnet. Sogar die Russen billigen das jetzt aus Propagandagründen, aber sie sind zumindest so gerissen, dafür zu sorgen, daß die Dinge, für die man in ihrem Land stimmen kann, völlig bedeutungslos sind."

„Was für ein Reaktionär Sie doch sind, Emmanuel. Ich glaube aber, an dem, was Sie über Pudding und Pasteten sagen, ist was dran. Wir sollten es nächstes Jahr mit einem Pudding versuchen – wenn wir uns dann noch eine Jagd leisten können."

„Wenn nicht, dann nur, weil jeder wahlberechtigt ist. Seien Sie doch ehrlich, John, und geben Sie es zu, daß diese blödsinnige Idee in Afrika alles verpfuscht hat."

„Vermutlich dauert es eben eine Weile, bis ein demokratisches System funktioniert."

„Diese Art Demokratie wird nie funktionieren."

„Wäre es Ihnen denn wirklich lieber, daß nur das Familienoberhaupt ein Stimmrecht hat, wie früher einmal?" Hargreaves konnte nie beurteilen, wie weit Dr. Percival tatsächlich ernst meinte, was er sagte.

„Ja, warum nicht? Das Einkommen eines Menschen, das die Voraussetzung für sein Stimmrecht ist, würde natürlich jährlich neu festgesetzt, um der Inflation Rechnung zu tragen. Viertausend pro Jahr dürfte heute als Basis gelten, um jemandem das Stimmrecht einzuräumen. Damit hätten die Gruben- und die Hafenarbeiter eine Stimme, wodurch uns eine Menge Schwierigkeiten erspart blieben."

Nach dem Kaffee gingen sie wie stets über die großartige Gladstonesche Treppe in die Kälte Pall Malls hinaus. Durch das graue Wetter glühte das alte Mauerwerk des St. James's Palace wie ein verlöschendes Feuer, und die Schildwache flackerte scharlachrot, eine letzte ersterbende Flamme. Sie überquerten die Straße zum Park, und Dr. Percival sagte: „Was die Forellen anlangt, wollte ich doch noch ..." Sie wählten eine Bank, von der sie sehen konnten, wie die Enten mühelos wie magnetisches Spielzeug über die Oberfläche des Teichs glitten. Beide trugen sie den gleichen schweren Tweedmantel, den Mantel von Leuten, die vorzugsweise auf dem Land leben. Ein Mann mit Melone und Schirm ging an ihnen vorbei und runzelte die Stirn, als wäre ihm eben etwas eingefallen. „Das ist Browne mit einem e", sagte Dr. Percival.

„Wen Sie alles kennen, Emmanuel."

„Einer der Wirtschaftsberater des Premiers. Dem würde ich kein Wahlrecht geben, und wenn er noch soviel verdient."

„Wir sollten ein bißchen von beruflichen Dingen reden, einverstanden? Hier sind wir allein. Mir scheint, Sie haben Angst, im Reform werden unsere Gespräche abgehört?"

„Warum auch nicht? Wenn man von lauter Wahlrechtfanatikern umzingelt ist, die imstande waren, einem Haufen Kannibalen das Stimmrecht einzuräumen ..."

„Ziehen Sie nicht über die Kannibalen her", sagte Hargreaves,

„einige meiner besten Freunde waren Kannibalen, und nun, da Browne mit einem e außer Hörweite ist ..."

„Ich habe mich mit Daintry sehr eingehend über die Dinge unterhalten, John, und ich persönlich bin überzeugt, daß der Mann, den wir suchen, Davis ist."

„Ist auch Daintry davon überzeugt?"

„Nein. Das ist ganz unwesentlich, muß es sein, und Daintry hat das Hirn eines Paragraphenreiters. Ich muß zugeben, daß ich Daintry nicht mag. Humorlos, das ist er, aber selbstverständlich überaus gewissenhaft. Vor ein paar Wochen habe ich einen Abend mit Davis verbracht. Er ist kein fortgeschrittener Alkoholiker, wie Burgess und Mclean es waren, aber er trinkt eine Menge – und seit Beginn unserer Untersuchung trinkt er noch viel mehr, glaube ich. Wie diese beiden und wie Philby auch, steht er offensichtlich unter einer gewissen Anspannung. Er ist leicht manisch-depressiv – und ein Manisch-Depressiver hat gewöhnlich diesen schizoiden Zug, der für den Doppelagenten typisch ist. Er kann's nicht erwarten, ins Ausland zu kommen. Wahrscheinlich weil er weiß, daß er beobachtet wird, und vielleicht haben sie ihm verboten, auf gut Glück abzuhauen. Natürlich, ist er erst einmal in Lourenço Marques, können wir nicht an ihn heran, und für die anderen wäre der Platz sehr nützlich."

„Aber wie steht's mit Beweismaterial?"

„Es ist wohl noch ein bißchen Flickwerk, aber können wir es uns leisten, John, lückenlose Beweise abzuwarten? Schließlich wollen wir ihn ja gar nicht vor ein Gericht bringen. Sonst bleibt nur noch Castle übrig, denn Sie haben mir ja zugestimmt, das Watson nicht in Betracht kommt, und mit Castle haben wir uns genauso eingehend auseinandergesetzt. Glücklich verheiratet in zweiter Ehe, die erste Frau ging bei einem Bombenangriff zugrunde, stammt aus einer soliden Familie, der Vater war Arzt – eine dieser altmodischen Hausarzttypen, Mitglied der liberalen Partei, aber nicht, wohlgemerkt, der Reformpartei, der ein Leben lang seine Patienten betreut und oft vergißt, ihnen Rechnungen zu schicken; die Mutter lebt noch – sie war während des Krieges Blockwart im Luftschutzdienst und bekam einen Verdienstorden. So eine Vaterlandsfreundin, sie besuchte Versammlungen der Konservativen. Ein recht guter Stall, müssen Sie zugeben. Keinerlei Anzeichen für Alkoholismus bei Castle, auch mit Geld geht er sparsam um. Davis gibt nicht gerade wenig für Port und Whisky und für seinen Jaguar aus, spielt regelmäßig Toto – er behauptet, er versteht etwas von Tagesform und gewinnt eine Menge Geld –, das ist eine klassische Ausrede aller, die mehr ausgeben als sie verdienen. Daintry erzählte mir, er wurde dabei erwischt, wie er einen Bericht von 59800 aus dem Büro schmuggelte. Er behauptete, er wollte ihn während des Essens lesen. Und erinnern Sie sich auch an den Tag, an dem wir die Konferenz mit MI5 hatten, bei der Sie ihn dabeihaben wollten. Er verließ das Büro, um seinen Zahnarzt aufzusuchen – in Wirklichkeit ging er gar nicht zum Zahnarzt (seine Zähne sind in tadellosem Zustand, davon habe ich mich selbst überzeugt), und zwei Wochen später hatten wir den Beweis in Händen, daß wieder etwas durchgesickert war."

„Weiß man, wohin er ging?"

„Daintry ließ ihn bereits durch die Staatspolizei beschatten. Er ging in den Zoo. Durch den Eingang für Mitglieder. Der Mann, der ihn überwachen sollte, mußte sich beim normalen Eingang anstellen und verlor ihn so aus den Augen. Eine echte Feinheit."

„Wissen wir, mit wem er sich traf?"

„Er ist ein Schlaumeier. Muß gewußt haben, daß er beschattet wird. Es stellte sich heraus, daß er Castle gestanden hatte, er gehe gar nicht zum Zahnarzt. Er behauptete, er wolle sich mit seiner Sekretärin (es war ihr dienstfreier Tag), bei den Pandas treffen. Aber der Bericht, über den Sie mit ihm sprechen wollten, der war nicht im Safe – Daintry hat das überprüft."

„Der Bericht war nicht so wichtig. Nun ja, das alles klingt ein bißchen fragwürdig. Ich gebe es zu, aber ich würde nichts davon als eindeutigen Beweis gelten lassen, Emmanuel. Hat er seine Sekretärin wirklich getroffen?“

„Ja, das natürlich schon. Er hat den Zoo mit ihr verlassen, aber was geschah zwischendurch?“

„Haben Sie den Trick mit der markierten Note versucht?“

„Ich habe ihm streng vertraulich eine fingierte Geschichte über die Forschungsarbeiten in Porton erzählt, aber sie ist bisher nicht wieder aufgetaucht.“

„Ich sehe nicht ein, wie wir auf Grund dessen, was Sie bisher in Händen haben, handeln können.“

„Und wenn er den Kopf verliert und versucht, sich aus dem Staub zu machen?“

„Dann müssen wir rasch handeln. Haben Sie sich schon entschieden, wie?“

„Ich habe da eine hübsche kleine Idee, die ich verfolge, John. Erdnüsse.“

„Erdnüsse!“

„Diese gesalzenen kleinen Dinger, die man zu Cocktails ißt.“

„Ich weiß natürlich, was Erdnüsse sind, Emmanuel. Vergessen Sie nicht: ich war einmal Regierungskommissar in Westafrika.“

„Nun, sie sind die Lösung. Wenn Erdnüsse schlecht werden, setzen sie Schimmel an. Verursacht von *Aspergillus flavus* – aber Sie brauchen sich den Namen nicht zu merken. Er ist unwichtig, und ich weiß, daß Sie nie ein guter Lateiner waren.“

„Du lieber Gott, so reden Sie doch endlich.“

„Um es Ihnen leichter zu machen, beschränke ich mich auf den Schimmel. Dieser Schimmel erzeugt eine Gruppe höchst giftiger Substanzen, die unter dem Sammelnamen Aflatoxin bekannt sind. Und Aflatoxin ist die Lösung unseres kleinen Problems.“

„Wie wirkt es?“

„Über seine Wirkung auf den Menschen wissen wir noch

nichts Genaues, aber da kein Tier dagegen immun ist, sind wir es höchstwahrscheinlich auch nicht. Aflatoxin zerstört die Zellen der Leber. Es genügt, sie bloß drei Stunden lang dem Zeug auszusetzen. Die Symptome bei Tieren sind, daß sie den Appetit verlieren und lethargisch werden. Bei Vögeln werden die Flügel kraftlos. Eine pathologische Untersuchung ergibt Blutungen und Nekrose der Leber sowie Kongestion der Nieren – bitte um Entschuldigung für meinen ärztlichen Jargon. Der Tod tritt gewöhnlich innerhalb einer Woche ein."

„Verdammt, Emmanuel, ich hab immer gern Erdnüsse gegessen. Jetzt rühre ich sie nie mehr an."

„Oh, keine Angst, John. Ihre gesalzenen Erdnüsse sind ausgesucht – wenn man auch einen unglücklichen Zufall nicht ganz ausschließen kann; immerhin, bei der Geschwindigkeit mit der Sie eine Dose leeren, können sie wohl kaum verderben."

„Ihre Untersuchungen haben Ihnen anscheinend richtig Spaß gemacht. Manchmal, Emmanuel, graut's mir vor Ihnen."

„Sie müssen doch zugeben, daß wir hier eine sehr sympathische, saubere Lösung unseres Problems gefunden haben. Eine Obduktion ergäbe nur den Leberschaden, und meiner Ansicht nach würde es der Pathologe mit einer allgemeinen Warnung vor den Gefahren übermäßigen Portweinkonsums bewenden lassen."

„Sie haben wahrscheinlich auch schon ausgearbeitet, wie man an dieses Aero –"

„Aflatoxin, John. Da gibt's keine ernstlichen Schwierigkeiten. Ich lasse mir eben von einem meiner Boys in Porton ein wenig davon anfertigen. Man braucht nur eine sehr geringe Menge. Null Komma 0063 Milligramm pro Kilogramm Körpergewicht. Selbstverständlich habe ich Davis auf die Waage gestellt. Ein halbes Milligramm sollte ausreichen, aber sagen wir 0,75, damit nichts schiefgeht. Obwohl wir auch zuerst noch mit einer kleineren Dosis die Wirkung ausprobieren können. Ein Vorteil der ganzen Sache, der nebenbei anfällt, ist natürlich, daß wir wertvolle Erkenntnisse darüber gewinnen, wie Aflatoxin auf den menschlichen Körper wirkt."

„Finden Sie sich nicht manchmal selber abstoßend, Emmanuel?"

„Daran ist doch nichts Abstoßendes, John. Denken Sie doch einmal an alle anderen Todesarten, an denen Davis sterben könnte. Eine echte Zirrhose würde viel länger dauern. Mit einer Dosis Aflatoxin wird er kaum zu leiden haben. Zunehmende Lethargie, vielleicht ein bißchen Beschwerden in den Beinen, da er ja keine Flügel hat, und natürlich auch ein paar Anfälle von Übelkeit werden wohl auftreten. Innerhalb einer einzigen Woche zu sterben, ist ein ziemlich glückliches Schicksal, wenn man bedenkt, wieviel manche Leute zu leiden haben."

„Sie reden, als wäre er bereits zum Tod verurteilt."

„Nun, John, ich bin ganz überzeugt, er ist unser Mann. Ich warte nur, daß Sie mir grünes Licht geben."

„Wenn wenigstens Daintry überzeugt wäre."

„Ach, Daintry. Die Sorte Beweise, John, die Daintry verlangt, die können wir nicht abwarten."

„Nennen Sie mir nur *einen* unwiderlegbaren Beweis."

„Den habe ich noch nicht, aber man sollte lieber nicht zu lange zuwarten. Erinnern Sie sich doch, was Sie an dem Abend damals nach der Jagd sagten: Ein gefälliger Ehemann ist stets dem Liebhaber ausgeliefert. Noch einen Skandal in der Firma können wir uns nicht leisten, John."

Wieder ging ein Mann mit steifem Hut, den Mantelkragen aufgeschlagen, an ihnen vorbei und verschwand in die Oktoberdämmerung. Ein Licht nach dem anderen ging im Foreign Office an.

„Sprechen wir lieber noch ein wenig über den Fluß mit den Forellen, Emmanuel."

„Ach ja, Forellen. Sollen andere von ihren Lachsen schwärmen – dicke, fette, dumme Burschen sind das, mit dem blinden Trieb, stromaufwärts zu schwimmen, was ihren Fang bedeutend erleichtert. Man braucht nur hohe Stiefel, ein bißchen Muskeln und einen geschickten Gehilfen. Die Forelle dagegen – oh, die Forelle –, die ist wirklich die Königin der Fische.“

2

Oberst Daintry besaß in der St. James’s Street eine Zweizimmerwohnung, die er dank der Vermittlung eines anderen Angestellten der Firma gefunden hatte. Während des Krieges war sie von MI6 als Treffpunkt benutzt worden, um hier Kandidaten auf ihre Verwendbarkeit zu interviewen. Es gab nur drei Apartments in diesem Haus: sie wurden von einem alten Hausmeister betreut, der in einem abgelegenen Zimmer unter dem Dach wohnte. Daintry hauste im ersten Stock über einem Restaurant (die lärmende Fröhlichkeit hielt ihn wach, bis in den frühen Morgenstunden das letzte Taxi davonratterte). Über ihm wohnte ein Geschäftsmann im Ruhestand, der früher einmal mit dem in Kriegszeiten rivalisierenden Geheimdienst SOE in Verbindung gestanden hatte, und ein pensionierter General, der in Nordafrika gekämpft hatte. Der General war nun zu alt, als daß man ihn oft im Treppenhaus gesehen hätte, aber der Geschäftsmann, der an Gicht litt, ging noch aus – bis zum Carlton Club auf der anderen Straßenseite. Daintry konnte nicht kochen, und er sparte sich gewöhnlich eine Mahlzeit dadurch, daß er bei Fortnum’s kalte Würstchen einkaufte. Klubs hatten ihm nie behagt; war er hungrig, was selten vorkam, ging er zu Overton’s gleich unten im Haus. Von seinem Schlaf- und seinem Badezimmer überblickte man einen winzigen alten Hof mit einer Sonnenuhr und einer Silberschmiede. Nur wenige Leute, die die St. James’s Street entlanggingen, wußten von der Existenz dieses Hofes. Es war eine sehr stille Wohnung, recht gut geeignet für einen einsamen Mann.

Zum dritten Mal fuhr sich Daintry mit seinem Remington

übers Gesicht. Das Verlangen nach einem gepflegten Äußeren wuchs mit zunehmender Einsamkeit wie die Haare auf einer Leiche. Er wollte sich mit seiner Tochter zum Abendessen treffen, ein seltenes Ereignis. Er hatte vorgeschlagen, sie zu Overton's einzuladen, wo man ihn kannte, aber sie sagte, sie habe Appetit auf Roastbeef. Sie weigerte sich auch zu Simpson's zu gehen, wo Daintry ebenfalls bekannt war, und behauptete, dort sei die Atmosphäre zu maskulin. Sie bestand darauf, ihn bei Stone's in der Panton Street zu treffen, wo sie ihn um acht erwarten wollte. In seiner Wohnung besuchte sie ihn nie – das hätte sie ihrer Mutter gegenüber als illoyal empfunden, obwohl sie wußte, daß er die Wohnung nicht mit einer Frau teilte. Vielleicht war auch die Nähe der Wohnung schuld an ihrer Abneigung gegen Overton's.

Es irritierte Daintry stets, daß man beim Betreten von Stone's Restaurant von einem Mann in einem lächerlichen Zylinderhut gefragt wurde, ob man einen Tisch bestellt habe. Das frühere altmodische Eßlokal, an das er sich noch aus Jugendtagen erinnerte, war im Bombenkrieg zerstört und in einem Stil nach dem Geschmack von Spesenrittern wieder erbaut worden. Mit Wehmut gedachte Daintry der alten Kellner in ihren verstaubten Fräcken, der Sägespäne auf dem Fußboden und des Starkbiers aus der Brauerei in Burton-on-Trent. Jetzt war der ganze Treppenaufgang sinnloserweise mit riesigen Spielkarten getäfelt, die besser in ein Casino gepaßt hätten, und nackte weiße Statuen standen unter dem herabplätschernden Wasser eines Brunnens, der jenseits der Tafelglasscheiben am Ende des Restaurants sprudelte. Sie erweckten den Eindruck, daß durch sie der Herbst kälter würde als die Luft draußen. Seine Tochter erwartete ihn bereits.

„Verzeih, daß ich mich verspätet habe, Elizabeth", sagte Daintry. Er wußte, daß er um drei Minuten zu früh gekommen war.

„Spielt keine Rolle. Ich habe mir schon einen Drink genehmigt."

„Ich nehme auch einen Sherry."

„Ich habe Neuigkeiten für dich. Nur Mutter weiß schon davon."

„Wie geht es deiner Mutter?" fragte Daintry mit höflicher Förmlichkeit. Es war stets seine erste Frage, und er fühlte sich erleichtert, sobald er sie angebracht hatte.

„Recht gut, im großen und ganzen. Sie ist jetzt auf ein bis zwei Wochen nach Brighton gefahren. Luftveränderung."

Es war, als sprächen sie von einer Bekannten, von der er kaum etwas wußte – seltsam sich vorzustellen, daß er und seine Frau einander einmal nahe genug gestanden hatten, um zusammen in sexueller Erregung das schöne Mädchen zu zeugen, das ihm so elegant gekleidet gegenübersaß und ihren Tio Pepe trank. Trauer, die Daintry nie sehr fernlag, wenn er seine Tochter traf, senkte sich über ihn wie ein Schuldgefühl. Welche Schuld? fragte er sich selbst. Er war immer das gewesen, was man treu nannte.

„Hoffentlich hat sie schönes Wetter", sagte er. Er wußte, er hatte seine Frau gelangweilt, aber deshalb brauchte er doch keine Schuldgefühle zu empfinden? Schließlich hatte sie ihn heiraten wollen, obwohl sie alles über ihn wußte; freiwillig hatte sie sich in die eisige Welt langer Schweigeperioden gewagt. Er beneidete Männer, die, wenn sie heimkamen, es sich leisten konnten, den Klatsch eines normalen Bürolebens zu erzählen.

„Willst du denn meine Neuigkeit nicht erfahren, Vater?"

Über ihre Schulter hinweg bemerkte er plötzlich Davis. Davis saß allein an einem Tisch, der für zwei gedeckt war. Während er jemanden erwartete, trommelte er mit den Fingern, die Augen auf die Serviette gesenkt. Daintry hoffte, er würde nicht aufblicken.

„Eine Neuigkeit?"

„Ich hab's doch schon gesagt. Nur Mutter weiß davon. Und der Betreffende, natürlich", fügte sie mit verlegenem Lachen hinzu. Daintry sah sich nach den Tischen rechts und links von Davis um. Halb und halb erwartete er Davis' Beschattung zu entdecken, doch die zwei ältlichen Paare – schon weit fortgeschritten in ihrer Mahlzeit – wirkten bestimmt nicht wie Angehörige der Staatspolizei.

„Dich scheint das überhaupt nicht zu interessieren, Vater. Du bist mit deinen Gedanken ganz woanders."

„Entschuldige. Ich hab nur eben einen Bekannten gesehen. Also, was ist das große Geheimnis?"

„Ich heirate."

„Du heiratest!" rief Daintry aus. „Weiß deine Mutter davon?"

„Gerade sagte ich dir, daß sie es weiß."

„Tut mir leid."

„Warum sollte es dir leid tun, daß ich heirate?"

„Das meinte ich ja nicht. Ich meinte ... Natürlich tut es mir nicht leid, wenn er so jemanden wie dich verdient. Du bist ein sehr hübsches Mädchen, Elizabeth."

„Ich bin nicht zum Verkauf ausgeschrieben, Vater. Zu deiner Zeit haben, wahrscheinlich, gute Beine einen höheren Marktpreis gebracht."

„Was tut er?"

„Er arbeitet in einer Werbeagentur. Er betreut die gesamte Werbung für Jameson's Babypuder."

„Ist das was Gutes?"

„Etwas sehr Gutes. Sie geben eine riesige Summe dafür aus, Johnson's Babypuder als Marktleader zu verdrängen. Colin hat auch wundervolle Fernsehspots gemacht. Sogar die Kennmelodie hat er selbst geschrieben."

„Hast du ihn wirklich gern? Bist du *ganz* sicher ...?"

Davis hatte noch einen Whisky bestellt. Er betrachtete die Speisekarte – aber er mußte sie schon oft genug gelesen haben.

„Wir sind beide ganz sicher, Vater. Schließlich leben wir schon seit einem Jahr miteinander."

„Tut mir leid“, sagte Daintry noch einmal – an diesem Abend mußte er sich ständig entschuldigen. „Ich wußte das ja nicht. Deine Mutter vermutlich schon?“

„Sie hat's vermutet, verständlicherweise.“

„Sie sieht dich häufiger als ich.“

Er fühlte sich wie jemand, der in ein langes Exil abreist und vom Deck seines Schiffes auf den kaum noch auszunehmenden Küstenstrich seiner Heimat zurückblickt, während er hinter dem Horizont versinkt.

„Er wollte heute abend mitkommen, um sich dir vorstellen zu lassen, aber ich sagte ihm, daß ich diesmal mit dir allein sein wollte.“

„Diesmal“: es klang wie ein Abschied für lange; nun sah er nur noch den Horizont allein, das Land war verschwunden.

„Wann heiratet ihr?“

„Am Samstag, dem Einundzwanzigsten. Im Standesamt. Wir laden niemanden ein, außer natürlich Mutter. Und ein paar Freunde. Colin hat keine Eltern mehr.“

Colin, fragte er sich, wer ist Colin? Aber natürlich, das war der Mann bei Jameson's.

„Du bist herzlich eingeladen – aber ich habe immer das Gefühl, daß du dich fürchtest, Mutter zu begegnen.“

Was Davis auch gehofft haben mochte, jetzt hatte er die Hoffnung aufgegeben. Als er seine Whiskys bezahlte, sah er von der Rechnung auf und erblickte Daintry. Es war, als kämen zwei Auswanderer aus demselben Grund an Deck – um einen letzten Blick auf ihre Heimat zu werfen –, sahen einander und fragten sich, ob sie den andern ansprechen sollten. Davis wandte sich ab und ging zum Ausgang. Daintry sah ihm bedauernd nach – aber schließlich brauchte man jetzt noch nicht miteinander bekannt zu werden, eine lange Reise lag vor ihnen beiden.

Daintry stellte sein Glas hart auf den Tisch und verschüttete etwas Sherry. Ärger über Percival packte ihn plötzlich. Der

Mensch hatte keinen einzigen Beweis gegen Davis in der Hand, den ein Gericht gelten ließe. Er traute Percival nicht. Er erinnerte sich, wie Percival sich bei der Jagd aufgeführt hatte. Percival war nie einsam, lachte so leicht wie er redete, verstand etwas von Malerei, hatte keine Hemmungen Fremden gegenüber. Er hatte auch keine Tochter, die mit einem Fremden eine Wohnung teilte, in die er noch nie den Fuß gesetzt hatte, und von der er nicht einmal wußte, wo sie lag.

„Wir dachten, nachher gehen wir in irgendein Hotel zu Drinks und Sandwiches, oder vielleicht auch in Mutters Wohnung. Mutter muß danach wieder nach Brighton zurück. Aber wenn du gern kommen willst ..."

„Ich kann leider nicht. Dieses Wochenende bin ich nicht da", log er.

„Du planst aber wirklich lange voraus."

„Das muß ich", log er abermals kläglich. „Ich habe so viele Verabredungen. Ich bin ein beschäftigter Mensch, Elizabeth. Hätte ich gewußt ..."

„Ich wollte dich so gern überraschen."

„Wir sollten bestellen, meinst du nicht auch? Du nimmst das Roastbeef, nicht den Hammelrücken?"

„Das Roastbeef."

„Macht ihr Flitterwochen?"

„Oh, wir bleiben einfach ein Wochenende lang zu Hause. Vielleicht, daß wir im Frühling ... Im Augenblick hat Colin mit Jameson's Babypuder zuviel zu tun."

„Wir sollten es feiern", sagte Daintry. „Wie wär's mit einer Flasche Champagner?" Er mochte Champagner nicht, aber ein Herr tut seine Pflicht.

„Einfach ein Glas Rotwein wäre mir lieber."

„Über euer Hochzeitsgeschenk müssen wir auch noch sprechen."

„Ein Scheck wäre das klügste – und für dich einfacher. Du

gehst ja nicht gern einkaufen. Mutter schenkt uns einen herrlichen Teppich."

„Leider habe ich mein Scheckbuch nicht bei mir. Ich schicke dir den Scheck Montag hinüber."

Nach dem Essen verabschiedeten sie sich in der Panton Street; er bot ihr an, sie im Taxi nach Hause zu bringen, doch sie erklärte, sie wolle lieber zu Fuß gehen. Er hatte keine Ahnung, wo die Wohnung lag, in der sie mit diesem Mann lebte. Über ihr Privatleben wurde so wenig gesprochen wie über seines, nur hatte es von seinem nie viel zu sagen gegeben. Es geschah nicht oft, daß er ihre gemeinsamen Mahlzeiten genoß, weil es nicht viele Themen gab, über die sie sprechen konnten, doch jetzt, als er begriff, daß sie nie wieder miteinander allein sein würden, fühlte er sich irgendwie im Stich gelassen.

Er sagte: „Vielleicht könnte ich diese Wochenendverabredung verschieben."

„Colin würde sich sehr freuen, dich kennenzulernen, Vater."

„Könnte ich vielleicht einen Freund mitbringen?"

„Natürlich. Wenn du willst. Wen willst du denn bringen?"

„Bin noch nicht ganz sicher. Vielleicht jemanden aus dem Büro."

„Das wäre nett. Aber weißt du – du brauchst wirklich keine Angst zu haben. Mutter mag dich recht gern." Er sah ihr nach, als sie ostwärts in Richtung Leicester Square ging – und dann? – er hatte keine Ahnung –, ehe er sich westwärts wandte, in die St. James's Street.

ZWEITES KAPITEL

I

Der Spätsommer war für einen Tag zurückgekehrt, und Castle stimmte zu, ein Picknick zu veranstalten – Sam war nach der langen Quarantäne kribblig geworden, und Sarah bildete sich wunderlicherweise ein, daß etwaige letzte Krankheitskeime im Buchenwäldchen zusammen mit den herbstlich verfärbten Blättern davongeweht würden. Sie hatte eine Thermosflasche mit heißer Zwiebelsuppe, ein halbes kaltes Brathuhn, das man mit den Fingern zerteilen mußte, ein paar glacierte Korinthen-Brötchen, einen Hammelknochen für Buller und eine zweite Thermosflasche mit Kaffee vorbereitet. Castle fügte noch seine Hüftflasche mit Whisky hinzu. Zwei Decken zum Draufsitzen wurden mitgenommen, und Sam willigte sogar ein, einen Mantel mitzunehmen, für den Fall, daß es windig war.

„Verrückt, im Oktober ein Picknick zu machen", sagte Castle voll Freude über den überstürzten Entschluß. Das Picknick war eine willkommene Abwechslung nach der Zurückhaltung im Büro, dem Abwägen jedes Wortes, jedes Gedankens. Aber dann klingelte natürlich das Telefon, so alarmierend wie eine Polizeisirene, während sie gerade ihre Taschen auf den Fahrrädern befestigten.

Sarah sagte: „Das sind wieder diese Männer mit den Strumpfmasken. Jetzt verderben sie uns auch noch das Picknick. Mir wird die ganze Zeit über nicht aus dem Kopf gehen, was im Haus geschieht."

Castle erwiderte verdrossen (er hatte die Hand über die Muschel gelegt): „Nein, nein, keine Angst, es ist nur Davis."

„Was will er denn?"

„Er ist mit seinem Wagen in Boxmoor. Weil der Tag so schön ist, hat er gedacht, er kommt mich besuchen."

„Ach, zum Teufel mit Davis. Jetzt, wo alles vorbereitet ist. Wir haben sonst nichts im Haus, nur das Abendessen. Und das ist für vier nicht genug."

„Geh du allein mit Sam, wenn du Lust hast. Ich esse mit Davis im ‚Schwan'."

„Ohne dich macht das Picknick keinen Spaß", sagte Sarah.

Sam rief: „Ist das Mr. Davis? Mr. Davis soll mitkommen. Wir können Verstecken spielen. Ohne Mr. Davis sind wir zu wenige."

Castle sagte: „Wir könnten Davis ja mitnehmen, nicht wahr?"

„Ein halbes Huhn für vier ...?"

„Mit den Korinthen-Brötchen reicht's für ein ganzes Regiment."

„Ein Picknick im Oktober wird er nicht mögen, außer wenn er auch verrückt ist."

Aber Davis erwies sich als genauso verrückt wie sie. Er sagte, Picknicks seien herrlich, selbst an einem heißen Sonntag, wenn Wespen und Fliegen einen belästigen, aber im Herbst seien sie ihm am liebsten. Da in seinem Jaguar nicht Platz für alle war, traf er sich mit ihnen an einem vorausbestimmten Punkt auf der Gemeindewiese, und beim Essen eroberte er mit einer geschickten Drehung des Handgelenks den Wunschknochen des halben Huhns. Dann führte er ein neues Spiel ein. Die anderen mußten durch Fragen erraten, was er sich wünschte, und nur wenn sie es nicht errieten, ging der Wunsch in Erfüllung. Sarah fand instinktiv sofort das richtige heraus. Er hatte sich gewünscht, eines Tages Popidol zu sein.

„Na, ich hab mir sowieso kaum Chancen ausgerechnet, daß sich mein Wunsch erfüllt. Ich kann nämlich nicht Noten lesen."

Als die letzten Brötchen vertilgt waren, stand die Sonne schon tief über den Stechginsterbüschen und ein Wind erhob sich. Kupferfarbene Blätter schwebten auf den abgegrasten Weidegrund nieder. „Jetzt spielen wir Verstecken", schlug Davis vor, und Castle bemerkte, daß in Sams Blick, mit dem er Davis bedachte, Heldenverehrung lag.

Sie losten, wer sich als erster verstecken durfte, und Davis gewann. Er verschwand mit großen Sprüngen im Wald und sah in seinem Kamelhaarmantel wie ein dem Zoo entkommener Bär aus. Nachdem sie bis sechzig gezählt hatten, machten sich die anderen an die Verfolgung, Sam gegen den Rand der Gemeindewiese zu, Sarah in Richtung Ashridge und Castle in den Wald, in den er Davis zuletzt hatte verschwinden sehen. Buller folgte hinterdrein, er hoffte wahrscheinlich auf eine Katze. Ein leiser Pfiff führte Castle zu einer von Farnkraut überwucherten Mulde, in der Davis sich versteckt hatte.

„Ein verdammt kaltes Versteck", sagte Davis, „hier im Schatten."

„Sie haben das Spiel selbst vorgeschlagen. Wir wollten schon alle nach Hause fahren. Platz, Buller. Platz, zum Teufel."

„Ich weiß, aber ich hab doch gesehen, wie sehr der kleine Bastard sich's gewünscht hat."

„Sie verstehen Kinder offenbar besser als ich. Ich ruf sie lieber her. Wir holen uns sonst den Tod hier ..."

„Nein, warten Sie noch. Ich hab gehofft, daß Sie mich finden. Ich möchte mit Ihnen unter vier Augen sprechen. Etwas Wichtiges."

„Hat es nicht bis morgen im Büro Zeit?"

„Nein, Sie haben mich mißtrauisch gegen das Büro gemacht. Castle, ich glaube wirklich, ich werde beschattet."

„Ich sagte Ihnen ja, mir schien, daß Ihr Telefon angezapft ist."

„Ich hab es Ihnen nicht geglaubt. Aber seit diesem Abend ... Am Donnerstag führte ich Cynthia zu Scott's aus. Als wir herunterfuhren, war ein Mann im Lift. Und später war er auch bei Scott's und trank Black Velvet. Und heute, als ich nach Berkhamsted fuhr, bemerkte ich beim Marble Arch einen Wagen hinter mir – nur durch Zufall, weil ich einen Augenblick glaubte, ich kenne den Mann – ich kannte ihn nicht, aber dann sah ich ihn wieder bei Boxmoor hinter mir. In einem schwarzen Mercedes."

„Denselben Mann wie bei Scott's?"

„Natürlich nicht. So dumm sind die wieder nicht. Mein Jaguar hat's in sich, und außerdem war Sonntagsverkehr auf der Straße. Vor Berkhamsted habe ich ihn abgehängt."

„Man traut uns nicht, Davis, niemandem traut man, aber was macht das schon, wenn wir unschuldig sind?"

„Ach ja, ich weiß das alles. Es klingt wie ein alter Ohrwurm, nicht? ‚Was macht das schon, wenn wir unschuldig sind? Was macht das schon? Und fängt man mich, mein Sohn, die Liebe für ein schönes Kind spricht allen Leiden Hohn …' Vielleicht bring ich's doch noch einmal zum Popidol."

„Haben Sie ihn wirklich vor Berkhamsted abgehängt?"

„Ja, soviel ich weiß. Aber was soll das alles heißen, Castle? Ist es reine Routine, so wie es damals bei der Überprüfung durch Daintry ausgesehen hat? Sie sind länger als wir anderen alle in diesem verdammten Theater. Sie müßten sich auskennen."

„Ich habe es Ihnen doch erklärt, damals an dem Abend mit Percival. Vermutlich sind sie auf irgendeine undichte Stelle gestoßen und haben den Verdacht, daß ein Doppelagent im Spiel ist. Sie setzen also jetzt ihre Sicherheitskontrolle ein, und es macht ihnen nichts aus, wenn man's bemerkt. Wenn man schuldig ist, glauben sie, man könnte die Nerven verlieren."

„Ich, ein Doppelagent? Das denken Sie doch nicht im Ernst?"

„Nein, natürlich nicht. Machen Sie sich keine Sorgen. Haben Sie Geduld. Lassen Sie diese Leute ihre Untersuchung beenden, und sie werden's auch nicht glauben. Wahrscheinlich kontrollieren sie auch mich – und Watson."

Von weit weg rief Sarah: „Wir geben auf. Wir geben auf.“ Von noch weiter weg ertönte eine dünne Stimme: „O nein, wir geben nicht auf. Nicht rauskommen, Mr. Davis. Bitte, Mr. Davis…“

Buller bellte, und Davis nieste. „Kinder sind unbarmherzig“, sagte er.

Es raschelte im Farnkraut rund um ihr Versteck, und Sam tauchte auf. „Gefangen!“ rief er, und dann sah er Castle. „Oh, aber du hast gemogelt.“

„Nein“, sagte Castle, „ich konnte nicht rufen. Er hat mir die Pistole unter die Nase gehalten.“

„Wo ist die Pistole?“

„Schau in seine Brusttasche.“

„Dort ist nur ein Füllhalter“, sagte Sam.

„Es ist eine Gaspistole“, sagte Davis, „als Füllhalter getarnt. Siehst du diesen Knopf? Er spritzt etwas Tintenartiges aus – nur ist es keine Tinte, sondern Nervengas. James Bond durfte so etwas nie haben – es ist viel zu geheim. Hände hoch.“

Sam hob sie. „Sind Sie ein echter Spion?“ fragte er.

„Ich bin ein Doppelspion für Rußland“, sagte Davis, „wenn dir dein Leben etwas wert ist, mußt du mir fünfzig Meter Vorsprung geben.“ Er brach durch das Farnkraut und rannte in seinem schweren Mantel unbeholfen durch den Buchenwald. Sam verfolgte ihn hügelauf, hügelab. Davis erreichte die Böschung an der Straße nach Ashridge, wo er seinen roten Jaguar stehengelassen hatte. Er zielte mit seiner Füllfeder auf Sam und rief eine Botschaft herüber, die so verstümmelt wie eins von Cynthias Telegrammen klang: „Picknick… Danke… Sarah“, und nach einem lauten Knall im Auspuff war er verschwunden.

„Sag ihm, er soll wiederkommen“, rief Sam, „bitte sag ihm, er soll wiederkommen.“

„Natürlich. Warum auch nicht? Im Frühjahr dann.“

„Frühjahr, das dauert zu lang“, sagte Sam. „Dann bin ich in der Schule.“

„Wochenenden gibt's ja immerhin auch", erwiderte Castle, aber ohne Überzeugung. Zu genau erinnerte er sich, wie langsam sich für ein Kind die Zeit dahinschleppt. Ein Auto fuhr an ihnen vorbei, Richtung London, ein schwarzes Auto – vielleicht war es ein Mercedes, aber Castle verstand sich nicht auf Automarken.

„Ich hab Mr. Davis gern", sagte Sam.

„Ja, ich auch."

„Niemand spielt so gut Verstecken wie er. Nicht einmal du."

2

„Ich komme mit ‚Krieg und Frieden' nicht gut voran, Mr. Halliday."

„O je, o je. Es ist ein großartiges Buch, wenn man nur die Geduld dafür aufbringt. Sind Sie bis zum Rückzug aus Moskau gekommen?"

„Nein."

„Das ist eine schreckliche Geschichte."

„Uns Heutigen kommt sie um vieles weniger schrecklich vor. Schließlich waren die Franzosen Soldaten – und Schnee ist nicht so schlimm wie Napalm. Man schläft ein, sagt man – und man verbrennt nicht bei lebendigem Leib."

„Ja, wenn ich an alle diese armen Kinder in Vietnam denke ... Ich wollte bei einigen dieser Protestmärsche mitmachen, die die Leute hier veranstalten, aber mein Sohn duldet es nicht. Die Polizei fällt ihm auf die Nerven in seinem kleinen Laden da, aber was er mit seinen paar unanständigen Büchern anrichten könnte, das kann ich mir nicht ausmalen. Wie ich immer sage – den Menschen, die solche Bücher kaufen – denen kann man doch nicht mehr viel schaden, hab ich recht?"

„Nein, das sind nicht die sauberen jungen Amerikaner, die genauso ihre Pflicht tun wie die Napalmbombenschmeißer auch", sagte Castle. Ein Stückchen des Eisbergs wurde sichtbar, wenn es ihm wie hier nicht gelang, eine Bemerkung über seine Ansichten zu unterdrücken.

„Und trotzdem hätte keiner von uns irgendwas anrichten können“, sagte Halliday. „Die Regierung redet von Demokratie, aber nahm die Regierung je alle unsere Transparente und Slogans zur Kenntnis? Außer vor einer Wahl. Da halfen sie ihr, sich die Versprechen auszusuchen, die sie brechen wollte, das ist alles. Am nächsten Tag lasen wir in der Zeitung, daß wieder einmal ein unschuldiges Dorf versehentlich ausgerottet worden war. Oh, über kurz oder lang werden sie dasselbe in Südafrika tun. Zuerst waren es die kleinen gelben Babys – nicht gelber als wir –, nächstens sind es die kleinen schwarzen Babys ...“

„Reden wir von was anderem“, sagte Castle. „Empfehlen Sie mir eine Lektüre, die nicht vom Krieg handelt.“

„Immer empfehlenswert ist Trollope“, erwiderte Mr. Halliday. „Mein Sohn liebt Trollope sehr. Obwohl, das ist ganz etwas anderes als die Dinge, die er sonst verkauft, nicht wahr?“

„Ich habe nichts von Trollope gelesen. Ist er nicht ein bißchen kirchlich? Na schön, bitten Sie Ihren Sohn, mir einen Band auszuwählen und nach Hause zu schicken.“

„Ihrem Freund gefiel ‚Krieg und Frieden‘ auch nicht?“

„Nein. Genau genommen hatte er es noch vor mir satt. Auch für ihn zuviel vom Krieg, wahrscheinlich.“

„Ich brauche nur hinüberzulaufen und meinen Sohn zu fragen. Ich weiß, er zieht die politischen Romane vor – er nennt sie die soziologischen. Sehr gelobt hat er ‚Wie wir heute leben‘. Ein guter Titel. Immer zeitgemäß. Wollen Sie das Buch mitnehmen?“

„Nein, heute nicht.“

„Es sollen wieder zwei Exemplare sein, wie gewöhnlich, Sir, nicht wahr? Ich beneide Sie darum, daß Sie einen Freund besitzen, mit dem Sie über Literatur diskutieren können. Heutzutage sind viel zu wenige Menschen an Literatur interessiert.“

Nachdem Castle Mr. Hallidays Laden verlassen hatte, ging er zur U-Bahnstation Piccadilly Circus und suchte ein Telefon. Er wählte die letzte einer Reihe von Zellen und lugte durch das Glas auf seine Nachbarin, ein dickes, pickeliges Mädchen, das kicherte und Kaugummi lutschte, während sie etwas Erfreulichem lauschte. Eine Stimme meldete sich mit „Hallo“, und Castle sagte: „Verzeihung, schon wieder falsch verbunden“, und verließ die Zelle. Das Mädchen parkte ihren Gummi auf dem Rücken des Telefonbuchs, während sie sich in ein langes, vergnügliches Gespräch einließ. Er wartete bei einem Fahrscheinautomaten und behielt sie eine Zeitlang im Auge, um sich zu vergewissern, daß sie sich für ihn nicht interessierte.

3

„Was tust du da?“ fragte Sarah. „Hast du mich nicht rufen hören?“

Sie sah sich das Buch auf seinem Schreibtisch an und sagte: „ ‚Krieg und Frieden‘. Ich dachte, du hättest ‚Krieg und Frieden‘ schon satt?“

Er griff nach einem Blatt Papier, faltete es und schob es in die Tasche.

„Ich versuche, einen Essay zu schreiben.“

„Zeig ihn mir.“

„Nein. Erst, wenn er fertig ist.“

„Wem willst du ihn schicken?“

„Dem *New Statesman* ... oder *Encounter* ... was weiß ich.“

„Du hast schon sehr lange nichts mehr geschrieben. Ich freue mich, daß du wieder damit anfängst.“

„Ja. Das scheint mein Schicksal zu sein: ich muß immer wieder neu anfangen.“

DRITTES KAPITEL

I

Castle schenkte sich den zweiten Whisky ein. Sarah war schon eine ganze Weile bei Sam oben, und er saß allein da und wartete, daß die Türglocke läutete, wartete ... Seine Gedanken wanderten zurück bis zu dem Tag, an dem er mindestens eine Dreiviertelstunde gewartet hatte, im Büro von Cornelius Müller. Man hatte ihm die *Rand Daily Mail* zu lesen gegeben – eine sonderbare Wahl, denn diese Zeitung bekämpfte fast alles, was BOSS – die Organisation, für die Müller arbeitete – unterstützte. Schon beim Frühstück hatte er die Ausgabe dieses Tages gelesen, doch nun las er Seite für Seite ein zweitesmal, wenn auch nur, um die Zeit totzuschlagen. Sooft er auf die Wanduhr sah, begegnete er dem Blick eines der beiden jüngeren Beamten, die reglos hinter ihren Schreibtischen saßen und ihn wahrscheinlich abwechselnd im Auge zu behalten hatten. Erwarteten sie am Ende, er werde ein Rasiermesser aus der Tasche ziehen und sich die Pulsadern aufschneiden? Aber Folterungen, sagte er sich, überließ man immer der Geheimpolizei – zumindest glaubte er das. Und was ihn betraf, da brauchte man sich vor Folterungen schließlich überhaupt nicht zu fürchten, von keiner Dienststelle – ihn schützten die diplomatischen Vorrechte; er gehörte zu den Nicht-Folterbaren. So weit jedoch, daß es auch Sarah schützte, reichte kein diplomatisches Vorrecht. Während der letzten zwölf Monate in Südafrika hatte er die uralte Lektion lernen müssen, daß Angst und Liebe untrennbar miteinander verbunden sind.

Castle trank seinen Whisky aus und schenkte sich noch einen, einen kleinen, ein. Vorsicht war geraten.

Sarah rief zu ihm herunter: „Was tust du jetzt, Liebster?"

„Ich sitze und warte auf Mr. Müller", erwiderte er, „und trinke auch einen Whisky."

„Nicht zuviel, Liebster." Sie hatten beschlossen, er sollte Müller zuerst allein begrüßen. Müller würde von London zweifellos in einem Auto der Botschaft kommen. In einem schwarzen Mercedes, wie ihn die hohen Beamten in Südafrika benutzen? „Überwinden Sie die anfängliche Verlegenheit", hatte C gesagt, „und heben Sie sich die ernsten Dinge natürlich für die Gespräche im Amt auf. Zu Hause ist es leichter, den einen oder anderen nützlichen Hinweis aufzugreifen ... ich meine damit, was wir haben und was die anderen nicht haben. Und bewahren Sie, um Gottes willen, Ihre Nerven." Und nun kämpfte er mit Hilfe eines dritten Whiskys darum, die Nerven zu bewahren, während er angestrengt auf das Geräusch eines Autos, irgendeines Autos, lauschte, aber um diese Stunde gab es nur wenig Verkehr in der King's Road – alle Pendler waren inzwischen längst schon heimgekehrt.

Sind Angst und Liebe untrennbar miteinander verbunden, dann sind es auch Angst und Haß. Haß ist ein unwillkürliches Echo der Angst, denn Angst erniedrigt. Als man ihm endlich erlaubt hatte, die *Rand Daily Mail* wegzulegen, und sie ihn dabei unterbrachen, zum viertenmal denselben Leitartikel mit seinen üblichen sinnlosen Protesten gegen das Böse der bagatellisierten Apartheidpolitik zu lesen, wurde er sich seiner Feigheit im Innersten bewußt. Drei Jahre Leben in Südafrika und sechs Monate Liebe zu Sarah hatten ihn, er wußte es nur zu gut, in einen Feigling verwandelt.

Zwei Männer erwarteten ihn drinnen: Mr. Müller saß hinter einem großen Schreibtisch aus erlesenstem afrikanischen Holz, auf dem nichts außer einer sauberen Löschunterlage, einem auf

Hochglanz polierten Federhalter und einer vielsagend aufgeschlagenen Akte lag.

Er war ein nur wenig jüngerer Mann als Castle, knappe Fünfzig vielleicht, und hatte die Art Gesicht, das Castle unter normalen Umständen leicht vergessen hätte: ein Bürogesicht, glatt und fahl wie das eines Bankangestellten oder eines untergeordneten Staatsbeamten, ein Gesicht, das die Qualen jeglichen Glaubens, an Menschen oder an einen Gott, nicht gezeichnet hatten, ein Gesicht, bereit, Befehle zu empfangen und sie augenblicklich und ohne Widerrede auszuführen – ein Konformistengesicht. Bestimmt nicht das Gesicht eines Schlägers – wie es das Gesicht des anderen Mannes war, der in Uniform dasaß, die Beine herausfordernd über die Armstützen eines Lehnsessels gelümmelt, als wollte er zur Schau stellen, er brauche sich vor niemandem zu scheuen. *Sein* Gesicht hatte die Sonne nicht unberührt gelassen: es zeigte eine Art höllischer Röte, als wäre es zu lange einer Hitze ausgesetzt worden, die gewöhnliche Menschen nicht ertragen hätten. Müllers Brille hatte Goldränder; man war in einem goldgeränderten Land.

„Nehmen Sie Platz", sagte Müller zu Castle, gerade so höflich, daß man es als Zuvorkommenheit verstehen konnte, doch der einzige Platz, den er einnehmen konnte, war ein harter, schmaler Stuhl, ebensowenig dafür gemacht, bequem zu sitzen, wie ein Kirchenstuhl – wenn man von ihm verlangen sollte hinzuknien, lag auf dem harten Fußboden kein Kniekissen bereit. Er saß schweigend da, und die beiden Männer, der blasse und der feuerrote, betrachteten ihn auch und sagten nichts. Castle fragte sich, wie lange das Schweigen andauern würde. Cornelius Müller hatte aus der vor ihm liegenden Akte ein Blatt herausgelöst und begann nach einer Weile mit dem Ende seines goldenen Kugelschreibers darauf zu klopfen, immer auf dieselbe Stelle, als wollte er eine Nadel einhämmern. Das leise Tapptapptapp unterstrich das andauernde Schweigen wie das Ticken einer Uhr. Der andere

Mann kratzte sich die Wade oberhalb der Socke, und das war alles, was zu hören war, Tapptapp und Kratzkratz.

Endlich ließ sich Müller herab zu sprechen. „Ich freue mich, daß es Ihnen möglich war, uns aufzusuchen, Mr. Castle."

„Ja, es war mir nicht sehr angenehm, aber jetzt bin ich hier."

„Wir wollten einen unnötigen Skandal vermeiden, den ein Brief an Ihren Botschafter bedeutet hätte."

Jetzt war Castle an der Reihe zu schweigen; während er versuchte zu verstehen, was mit dem Wort „Skandal" gemeint war.

„Captain van Donck – das hier ist Captain van Donck – hat uns mit dieser Angelegenheit befaßt. Er fand, sie läge besser in unseren Händen als in denen der Geheimpolizei – wegen Ihrer Position bei der britischen Botschaft. Sie sind lange Zeit unter Beobachtung gestanden, Mr. Castle, aber in Ihrem Fall würde eine Verhaftung meiner Meinung nach nicht zweckmäßig erscheinen – die Botschaft würde auf Ihre diplomatischen Rechte verweisen. Natürlich könnten wir die Sache vor das Polizeigericht bringen, und dann würde man Sie bestimmt nach Hause schicken. Das wäre wahrscheinlich das Ende Ihrer Laufbahn, nicht wahr?"

Castle gab keine Antwort.

„Sie waren sehr unklug, ja sogar dumm", sagte Cornelius Müller, „aber anderseits finde ich ja, man sollte Dummheit nicht wie ein Verbrechen bestrafen. Captain van Donck und die Geheimpolizei nahmen allerdings einen anderen Standpunkt ein, einen legalistischen – und vielleicht haben sie recht. Ihm wäre lieber, Sie formell in Haft zu nehmen und Sie dann vor Gericht zu stellen. Er findet, daß die diplomatischen Vorrechte oft über Gebühr beansprucht werden, soweit es sich um untergeordnete Angestellte einer Botschaft handelt. Er möchte schon aus Prinzip Anklage erheben lassen."

Castle empfand den harten Stuhl jetzt schmerzhaft und wollte sich durch Rutschen bequemer setzen, doch er überlegte, daß man diese Bewegung als ein Zeichen der Schwäche auslegen könnte. Er gab sich die größte Mühe herauszufinden, was sie wirklich wußten. Wie viele seiner Agenten, fragte er sich, waren belastet? Er schämte sich seiner eigenen relativen Sicherheit. In einem normalen Krieg kann ein Offizier immer Seite an Seite mit der Truppe sterben und so seine Selbstachtung bewahren.

„Reden Sie endlich, Castle", verlangte Captain van Donck. Er nahm schwungvoll die Beine von der Armstütze herunter und wollte wohl aufspringen – so sah es aus, war eben wahrscheinlich nur Bluff. Er öffnete und schloß die eine Faust und starrte auf seinen Siegelring. Dann begann er mit dem Finger seinen goldenen Ring zu polieren, als wäre er eine Pistole, die gut geölt gehört. In diesem Lande konnte man dem Gold nicht entfliehen. Es fand sich im Staub der Städte, die Künstler verwendeten es als Malfarbe, und der Polizei erschiene es ganz natürlich, einem Mann damit den Schädel einzuschlagen.

„Reden, worüber?" fragte Castle.

„Sie sind wie die meisten Engländer, die in unsere Republik kommen", sagte Müller, „Sie empfinden automatisch eine gewisse Sympathie für die Schwarzafrikaner. Wir können Ihre Gefühle verstehen. Um so mehr, als wir selbst Afrikaner sind. Wir leben hier seit dreihundert Jahren. Die Bantu sind Neuankömmlinge wie Sie selbst. Aber ich brauche Ihnen ja keine Lektion in Geschichte zu geben. Wie gesagt, wir verstehen Ihren Standpunkt, auch wenn daraus sehr viel Ignoranz spricht. Wenn allerdings dieser Standpunkt einen Menschen dazu verführt, gefühlsmäßig zu handeln, dann wird die Sache gefährlich, und wenn er es so weit treibt, das Gesetz zu brechen ..."

„Welches Gesetz?"

„Ich glaube, Sie wissen sehr wohl, welches Gesetz."

„Es stimmt, daß ich beabsichtige, eine Arbeit über Apartheidspolitik zu schreiben, die Botschaft hat nichts dagegen einzuwenden; aber es handelt sich um eine seriöse soziologische und nicht einseitige Studie – und sie existiert vorläufig nur in meinem Kopf. Noch haben Sie wohl nicht das Recht, sie einer Zensur zu unterziehen. Auf jeden Fall würde sie auch nicht, wie ich mir vorstelle, hier in diesem Land veröffentlicht werden."

„Wenn Sie eine schwarze Hure ficken wollen", unterbrach ihn Captain van Donck ungeduldig, „warum gehen Sie dann nicht in ein Hurenhaus nach Lesotho oder Swasiland? Die gehören dort immer noch zu Ihrem sogenannten Commonwealth."

Da erkannte Castle zum erstenmal, daß Sarah und nicht etwa ihm Gefahr drohte.

„Ich bin zu alt, um auf Huren neugierig zu sein", sagte er.

„Wo waren Sie in der Nacht vom 4. auf den 5. und vom 7. auf den 8. Februar? Und wo am Nachmittag des 21. Februar?"

„Sie wissen es offenbar – oder glauben es zu wissen", sagte Castle. „Ich habe meinen Terminkalender im Büro."

Er hatte Sarah seit achtundvierzig Stunden nicht mehr gesehen. Befand sie sich bereits in den Händen von Männern wie Captain van Donck? Seine Angst und sein Haß wuchsen gleichzeitig. Er vergaß, daß er theoretisch ein Diplomat, wenn auch in untergeordneter Stellung, war. „Wovon sprechen Sie, zum Teufel? Und Sie?" fügte er, zu Cornelius Müller gewandt, hinzu, „Sie auch, was werfen Sie mir vor?"

Captain van Donck war ein roher und einfältiger Mensch, der an etwas glaubte, wenn auch an etwas Abstoßendes – er gehörte zu jenen, denen man verzeihen konnte. Wem aber Castle nie würde verzeihen können, das war dieser glatte, wohlerzogene Beamte von BOSS. Menschen dieser Art waren es – Menschen mit einer Ausbildung, die sie verstehen ließ, was sie anrichteten –, sie waren es, die einem noch den Himmel zur Hölle machten. Er erinnerte sich, wie oft sein kommunistischer Freund Carson zu ihm gesagt hatte: „Unsere schlimmsten Feinde hier sind nicht die Ahnungslosen und die Narren, egal wie unmenschlich sie sind, unsere schlimmsten Feinde sind die Intelligenzler und die Korruptionisten."

Müller sagte: „Sie wissen sehr genau, daß Sie mit Ihrer Geliebten, diesem Bantumädchen, das Gesetz zum Schutz der weißen Rasse gebrochen haben." Er sagte es in einem Ton, in dem so viel einsichtiger Vorwurf lag, als erklärte ein Bankangestellter einem unwichtigen Kunden, daß er sein Konto nicht weiter überziehen könne. „Es ist Ihnen doch klar, daß Sie jetzt im Gefängnis säßen, wenn es nicht die Vorrechte der Diplomaten gäbe."

„Wo haben Sie sie versteckt?" wollte Captain van Donck wissen, und Castle empfand bei dieser Frage unendliche Erleichterung.

„Versteckt?"

Captain van Donck war aufgesprungen und rieb an seinem Goldring. Er spuckte sogar darauf.

„Das genügt, Captain", sagte Müller. „Ich kümmere mich schon um Mr. Castle. Ich möchte Ihre Zeit nicht weiter in Anspruch nehmen. Vielen Dank für die große Hilfe, die Sie unserer Abteilung erwiesen haben. Ich möchte mit Mr. Castle allein sprechen."

Als sich die Tür hinter Captain van Donck geschlossen hatte, sah sich Castle, wie Carson es bezeichnet hätte, seinem wahren Feind gegenüber. Müller fuhr fort: „Nehmen Sie Captain van Donck nichts übel. Männer seiner Art sehen nicht über ihre Nasenspitze hinaus. Es gibt andere, viel vernünftigere Wege, diese Affäre beizulegen, als eine Anklage vor Gericht, die Sie ruiniert und uns nichts einbringt."

„Ich höre ein Auto kommen", rief eine weibliche Stimme aus der Gegenwart.

Sarah war es, die vom oberen Treppenabsatz zu ihm gesprochen hatte. Er trat ans Fenster. Ein schwarzer Mercedes fuhr an den voneinander nicht unterscheidbaren Häusern der Pendler entlang die King's Road herauf. Der Lenker suchte sichtlich eine Hausnummer, aber wie üblich waren mehrere Straßenlampen ausgefallen.

„Es ist tatsächlich Mr. Müller", rief Castle zurück. Als er seinen Whisky niederstellte, zitterte seine Hand vom krampfhaften Halten des Glases.

Beim Klang der Türglocke begann Buller zu bellen, doch nachdem Castle die Tür geöffnet hatte, wedelte er beim Anblick des Fremden völlig verständnislos mit dem Schwanz und sabberte liebevoll eine Speichelspur auf Cornelius Müllers Hosenbeine. „Braver Hund, braver Hund", sagte Müller vorsichtig.

Die Jahre hatten Müller merkbar gewandelt – sein Haar war jetzt fast weiß und sein Gesicht weitaus weniger glatt. Er wirkte nicht mehr wie ein Staatsbeamter, der überzeugt ist, stets das Richtige zu tun. Seit ihrer letzten Begegnung war etwas mit ihm geschehen: er sah menschlicher aus – vielleicht lag es daran, daß seine Beförderung ihm auch größere Verantwortung aufgeladen hatte und damit zugleich Unsicherheit und Fragen ohne Antwort.

„Guten Abend, Mr. Castle. Tut mir leid, daß ich mich so verspätet habe. In Watford – ich glaube, der Ort hieß Watford – war der Verkehr recht schlimm."

Man hätte ihn jetzt fast für einen schüchternen Menschen halten können, aber vielleicht kam es auch nur daher, daß er sich ohne sein vertrautes Büro mit dem Schreibtisch aus Edelholz und ohne seine beiden Untergebenen im Vorzimmer verlegen fühlte. Der schwarze Mercedes glitt weg – der Fahrer machte sich auf die Suche nach seinem Abendessen. Müller war sich selbst überlassen, allein in einer fremden Stadt, in einem fremden Land, wo die Briefkästen die Initialen der Herrscherin, E II, trugen, und nirgendwo, auf keinem einzigen Marktplatz, gab es ein Krüger-Denkmal.

Castle schenkte zwei Gläser Whisky ein. „Wir haben einander lange nicht gesehen", sagte Müller.

„Sieben Jahre?“

„Es war sehr liebenswürdig, daß Sie mich zum Dinner in Ihr Haus gebeten haben.“

„C hielt es für das beste. Um das Eis aufzutauen. Wir werden offenbar viel und eng miteinander arbeiten müssen. Onkel Remus zuliebe.“

Müllers Blicke wanderten vom Telefon zu einer Tischlampe und von dort zu einer Blumenvase.

„Alles in Ordnung. Machen Sie sich keine Sorgen. Wenn hier Wanzen installiert sind, so nur von meinen eigenen Leuten“, sagte Castle, „und ich bin ziemlich überzeugt, daß es nicht der Fall ist.“ Er erhob sein Glas. „Auf unser letztes Zusammentreffen. Erinnern Sie sich, daß Sie mir damals vorschlugen, ich sollte mir überlegen, ob ich nicht für Sie arbeiten will? Nun, jetzt ist es soweit. Wir arbeiten zusammen. Eine Ironie der Geschichte oder Vorherbestimmung? Ihre holländische Kirche glaubt an Vorherbestimmung.“

„Damals hatte ich natürlich keine Ahnung von Ihrer wirklichen Position“, sagte Müller. „Andernfalls hätte ich Ihnen nicht wegen dieser unseligen Bantufrau gedroht. Jetzt verstehe ich erst, daß sie eine Ihrer Agentinnen war. Wir hätten uns ihrer sogar beide bedienen können. Aber, sehen Sie, ich hielt Sie für einen dieser blindwütigen sentimentalen Anti-Apartheid-Leute. Ich war wie vor den Kopf geschlagen, als mir Ihr Chef mitteilte, Sie seien der Mann, mit dem ich über Onkel Remus zu sprechen hätte. Ich hoffe, Sie tragen mir nichts nach. Schließlich sind wir beide vom selben Fach, und wir stehen jetzt auf derselben Seite.“

„Ja. Das stimmt wohl.“

„Dennoch wüßte ich zu gern von Ihnen – jetzt spielt es ja keine Rolle mehr, nicht wahr? –, wie Sie diese Bantufrau über die Grenze schafften. Nach Swasiland, wahrscheinlich?“

„Ja.“

„Ich war der Meinung, wir hätten diese Grenze ziemlich dicht gemacht – außer für richtige Experten im Guerillakrieg. Sie habe ich nie für einen Experten gehalten, obwohl ich von Ihren kommunistischen Kontakten wußte; ich nahm aber an, Sie brauchten sie für Ihr Buch über die Apartheid, das dann nie erschien. Sie haben mich damals ganz schön hereingelegt. Von van Donck ganz zu schweigen. Sie erinnern sich noch an Captain van Donck?"

„O ja. Sehr lebhaft."

„Ich mußte wegen Ihrer Affäre die Geheimpolizei veranlassen, ihn zu degradieren. Er verhielt sich sehr ungeschickt. Ich war ganz sicher, Sie würden für uns arbeiten, wenn wir erst das Mädchen in einer Gefängniszelle verwahrt haben, und er ließ sie entwischen. Sehen Sie – aber lachen Sie nicht –, ich hätte geschworen, daß es ein Fall von echter Liebe war. Ich habe so viele Engländer gekannt, die damit begannen, die Apartheid zu attakkieren, und damit endeten, daß wir sie im Bett eines Bantumädels erwischten. Sie fühlen sich von der romantischen Idee, ein – wie sie meinen – ungerechtes Gesetz zu brechen ebenso angezogen wie von einem schwarzen Hintern. Nie hätte ich geträumt, daß dieses Mädchen – Sarah MaNkosi, so hieß sie doch wohl? – die ganze Zeit über als Agentin für MI6 arbeitete."

„Sie wußte es selbst nicht. Auch sie glaubte an mein Buch. Noch einen Whisky?"

„Danke. Gern." Castle schenkte zwei Gläser voll, im Vertrauen auf seine überlegene Konstitution.

„Nach allem, was man so hörte, war sie eine gescheite Person. Wir haben uns ihren Lebenslauf recht eingehend angesehen. Sie war an der Afrikanischen Universität in Transvaal, wo Onkel-Tom-Professoren immer schon gefährliche Studenten zur Folge hatten. Ich persönlich war allerdings immer der Meinung, daß der Afrikaner, je gescheiter er ist, um so leichter umgedreht werden kann – in die eine oder die andere Richtung. Wäre dieses Mädchen einen Monat lang bei uns im Gefängnis gewesen, hätten wir sie ganz sicher umdrehen können. Vielleicht hätte sie jetzt sogar uns beiden bei der Operation Onkel Remus nützen können. Oder doch nicht? Man vergißt immer, wie die Zeit vergeht. Jetzt ist sie wohl nicht mehr taufrisch. Bantuweiber altern ja so rasch. Sie sind im allgemeinen fertig – jedenfalls für unseren weißen Geschmack –, lang bevor sie dreißig sind. Wissen Sie, Castle, ich freue mich wirklich, daß wir zusammenarbeiten und daß Sie nicht so sind, wie wir bei BOSS glaubten: einer dieser idealistischen Typen, die die Natur des Menschen ändern wollen. Wir kennen doch die Leute, mit denen Sie Verbindung hatten, jedenfalls die meisten, und wir kennen die Sorte Unsinn, den sie Ihnen verzapft haben. Aber Sie haben *uns* übertölpelt, folglich haben Sie bestimmt auch diese Bantu und Kommunisten übertölpelt. Wahrscheinlich glaubten die auch, daß Sie ein Buch schreiben, das ihren Zwecken dienen würde. Hören Sie, ich bin nicht antiafrikanisch eingestellt wie Captain van Donck. Ich betrachte mich selbst als einen hundertprozentigen Afrikaner."

Das war gewiß nicht Cornelius Müller in Pretoria, der da sprach; dieser blasse Beamte, der brav seinen konformistischen Job verrichtete, hätte sich nie so unbekümmert und mit solchem Selbstvertrauen ausgesprochen. Auch seine Schüchternheit und die Unsicherheit, die noch vor wenigen Minuten spürbar gewesen waren, hatten sich verflüchtigt. Der Whisky hatte das bewirkt. Jetzt war Müller der hohe Beamte von BOSS, dem eine Auslandsmission anvertraut wurde und der seine Anweisungen von niemand Geringerem als einem General entgegennahm. Er konnte sich entspannen. Er konnte – ein unerfreulicher Gedanke – sich zu sich selbst bekennen, und er glich von Minute zu Minute mehr, in der Gewöhnlichkeit und Roheit seiner Ausdrucksweise, dem Captain van Donck, den er so verachtete, fand Castle.

„Ich habe genug vergnügliche Weekends in Lesotho verbracht", sagte Müller, „wo ich Schulter an Schulter mit meinen schwarzen Brüdern im Kasino des Holiday Inn saß. Ich muß zugeben, daß ich sogar ein kleines ... sagen wir, ein kleines Abenteuer dort hatte. Es war recht anders als sonst – aber natürlich nicht gegen das Gesetz. Ich war ja nicht in der Republik."

Castle rief: „Sarah, bring Sam herunter, damit er Mr. Müller Gute Nacht sagt."

„Sie sind verheiratet?" fragte Müller.

„Ja."

„Um so mehr fühle ich mich geschmeichelt, daß sie mich in Ihr Haus eingeladen haben. Ich habe ein paar kleine Geschenke aus Südafrika mitgebracht, vielleicht ist etwas dabei, das Ihre Frau haben möchte. Aber Sie haben noch immer nicht meine Frage beantwortet. Nun, da wir zusammenarbeiten – was ich, wie Sie sich erinnern, schon früher wünschte –, könnten Sie mir da nicht sagen, wie Sie dieses Mädchen hinausschafften? Jetzt kann das keinem Ihrer alten Agenten mehr schaden, und es hat doch eine gewisse Bedeutung für Onkel Remus und die Probleme, denen wir beide uns zu stellen haben. Ihr Land und meines – und die Vereinigten Staaten, selbstverständlich – haben jetzt eine gemeinsame Grenze."

„Vielleicht will sie es Ihnen selbst sagen. Darf ich Sie mit ihr und meinem Sohn Sam bekannt machen." Sie kamen zusammen die Treppe herab, als Cornelius Müller sich umwandte.

„Mr. Müller fragt eben, wie ich dich nach Swasiland schaffte, Sarah."

Er hatte Müller unterschätzt. Die geplante Überraschung fiel ins Wasser. „Ich freue mich so, Sie endlich kennenzulernen, Mrs. Castle", sagte Müller und schüttelte ihr die Hand.

„Vor sieben Jahren wäre es um ein Haar dazu gekommen", sagte Sarah.

„Ja. Sieben Jahre vergeudet. Sie haben eine wunderschöne Frau, Castle."

„Danke", sagte Sarah. „Sam, gib Mr. Müller die Hand."

„Das ist mein Sohn, Mr. Müller", sagte Castle. Er wußte,

Müller verstand sich auf Farbschattierungen, und Sam war sehr schwarz.

„Wie geht's, Sam? Gehst du schon lange in die Schule?"

„In ein bis zwei Wochen fängt die Schule für ihn an. So, jetzt lauf, Sam, und schnell ins Bett."

„Kannst du Verstecken spielen?" fragte Sam.

„Ich hab's einmal können, bin aber gern und jederzeit bereit, neue Regeln dazuzulernen."

„Bist du auch ein Spion wie Mr. Davis?"

„Ich sagte: Geh zu Bett, Sam."

„Hast du auch einen giftigen Füllhalter?"

„Sam! Marsch hinauf!"

„Und nun zu Mr. Müllers Frage, Sarah", sagte Castle. „Wo und wie bist du über die Grenze nach Swasiland hinübergekommen?"

„Ich glaube, ich sollte ihm das lieber nicht erzählen, meinst du nicht?"

Cornelius Müller sagte: „Ach, Schwamm drüber. Swasiland, das ist ein abgeschlossenes Kapitel aus einer anderen Welt."

Castle beobachtete, wie er sich mit der Selbstverständlichkeit eines Chamäleons der Farbe seiner Umgebung anpaßte. Genauso mußte er sich auch während jenes Wochenendes in Lesotho angepaßt haben. Vielleicht hätte Castle einen weniger anpassungsfähigen Müller liebenswerter gefunden. Während des ganzen Essens führte Müller höfliche Konversation. Ja, dachte Castle, mir wäre Captain van Donck wirklich lieber gewesen. Van Donck hätte beim Anblick Sarahs kehrtgemacht und augenblicklich das Haus verlassen. Vorurteilen und Idealen ist manches gemeinsam.

Cornelius Müller hatte keine Vorurteile und auch keine Ideale.

„Wie finden Sie das Klima hier, Mrs. Castle, nach Südafrika?"

„Meinen Sie das Wetter?"

„Ja, das Wetter."

„Weniger extrem", sagte Sarah.

„Vermissen Sie Afrika nicht bisweilen? Ich kam über Madrid und Athen hierher, habe es also schon vor mehreren Wochen verlassen, und wissen Sie, was mir am meisten fehlt? Die Abraumhalden rund um Johannesburg. Ihre Farbe, wenn die Sonne gerade im Untergehen ist. Und Sie vermissen gar nichts?"

Castle hätte Müller keine ästhetischen Gefühle zugetraut. War das ein Teil seiner neuen Interessen, die mit der Beförderung hinzugekommen waren, oder hatte er sich nur wieder der Gelegenheit und dem Land angepaßt, wie mit seiner Höflichkeit auch?

„Meine Erinnerungen sehen anders aus", sagte Sarah. „Mein Afrika sah anders aus als Ihres."

„Ach gehen Sie, wir sind schließlich beide Afrikaner. Übrigens habe ich für meine hiesigen Freunde einige Geschenke mitgebracht. Nicht ahnend, daß Sie eine der Unseren sind, habe ich einen Schal für Sie gebracht. Sie wissen doch, daß in Lesotho diese sehr feinen Gewebe hergestellt werden – von den königlichen Webern. Würden Sie einen Schal annehmen – von ihrem alten Feind?"

„Natürlich. Sehr freundlich von Ihnen."

„Glauben Sie, daß Lady Hargreaves eine Tasche aus Straußenleder Freude machen würde?"

„Ich kenne sie nicht. Da müssen Sie meinen Mann fragen."

Die entspricht wohl kaum ihrem Krokodil-Standard, dachte Castle, sagte aber: „Bestimmt ... wenn Sie von Ihnen kommt ..."

„Ich habe so etwas wie ein familiäres Interesse an Straußen, wissen Sie", erklärte Müller. „Mein Großvater war ein sogenannter Straußenmillionär – den der Krieg von 1914 um sein Geschäft brachte. Er besaß in der Kap-Provinz ein großes Haus. Es war einmal sehr glanzvoll, jetzt ist es eine Ruine. Straußenfedern kamen in Europa nie mehr richtig in Mode, und mein Vater ging bankrott. Aber meine Brüder halten noch immer einige Strauße."

Castle erinnerte sich, daß er eines dieser großen Häuser, das man jetzt als eine Art Museum führte, besucht hatte; der Direktor hatte alles, was von der Straußenfarm übriggeblieben war, darin verstaut. Es klang ein wenig nach Entschuldigung, was der Direktor über die reiche Ausstattung und den schlechten Geschmack sagte. Das Badezimmer war der Höhepunkt der Besichtigung – die Besucher wurden stets erst am Schluß ins Badezimmer geführt –, die Wanne wirkte wie ein großes weißes Doppelbett mit vergoldeten Armaturen, und an der Wand hing eine schlechte Kopie eines frühen Italieners: die echte Goldfolie an den Heiligenscheinen begann bereits abzubröckeln.

Nach dem Essen ließ Sarah sie allein, und Müller wollte gern ein Glas Portwein. Die Flasche stand noch ungeöffnet seit dem Weihnachtsfest vor einem Jahr – sie war ein Geschenk von Davis. „Ernstlich gesprochen", sagte Müller, „ich hoffe, Sie werden mir ein paar Einzelheiten über den Weg Ihrer Frau nach Swasiland mitteilen. Sie brauchen keine Namen zu nennen. Ich weiß, daß Sie einige Freunde bei den Kommunisten hatten – jetzt ist mir klar, daß das alles zu Ihrem Job gehörte. Man hielt Sie für einen Mitläufer aus Sentimentalität – genau wie wir. Carson, zum Beispiel, muß das angenommen haben – der arme Carson."

„Warum der ‚arme' Carson?"

„Er ging zu weit. Hatte Kontakte mit den Guerrillas. Er war auf seine Art ein guter Kerl und ein sehr guter Rechtsanwalt. Er bereitete der Geheimpolizei eine Menge Scherereien mit dem Paß-Gesetz."

„Tut er das nicht immer noch?"

„O nein. Er starb vor einem Jahr im Gefängnis."

„Das wußte ich nicht."

Castle ging zur Anrichte und schenkte sich noch einen doppelten Whisky ein. Mit einem großen Schuß Soda sah der J. & B. nicht stärker aus als ein einfacher.

„Mögen Sie diesen Port nicht?" fragte Müller. „Wir haben aus

Lourenço Marques immer einen wunderbaren Port bezogen. Ja, diese Tage sind leider vorbei."

„Woran starb er?"

„An Lungenentzündung", antwortete Müller. Er fügte hinzu: „Na ja, das hat ihm ein langes Verfahren erspart."

„Ich mochte Carson", sagte Castle.

„Ja. Ein Jammer, daß er unter Afrikanern immer nur Farbige verstand. Das ist die Art Fehler, den die Angehörigen der zweiten Generation begehen. Sie weigern sich zuzugeben, daß ein Weißer ein ebensoguter Afrikaner sein kann wie ein Schwarzer. Meine Familie zum Beispiel kam 1700 nach Afrika. Wir waren eine der ersten." Er sah auf die Uhr. „Mein Gott, ich bin viel zu lange geblieben. Mein Fahrer erwartet mich seit mindestens einer Stunde. Ich muß wirklich gehen. Darf ich mich verabschieden."

Castle sagte: „Vielleicht sollten wir uns, bevor Sie gehen, noch ein wenig über Onkel Remus unterhalten."

„Das hat im Büro Zeit", sagte Müller.

An der Tür wandte er sich um. Er sagte: „Tut mir wirklich leid, wegen Carson. Hätte ich gewußt, daß Sie es noch nicht gehört haben, wäre ich nicht so unvermittelt darauf zu sprechen gekommen."

Buller leckte seine Hosenbeine mit unkritischer Zunge. „Guter Hund", sagte Müller. „Braver Hund. Es geht doch nichts über die Treue eines Hundes."

2

Um ein Uhr morgens unterbrach Sarah ein langes Schweigen. „Du bist immer noch wach. Verstell dich nicht. War es wirklich so schlimm, das Wiedersehen mit Müller? Er war doch recht höflich."

„O ja. In England legt er sich englische Manieren zu. Er paßt sich sehr schnell an."

„Soll ich dir ein Mogadon holen?"

„Nein, ich schlafe bald ein. Nur – ich muß dir noch etwas sagen. Carson ist tot. Im Gefängnis."

„Haben sie ihn umgebracht?"

„Müller sagte, er ist an Lungenentzündung gestorben."

Sie legte ihren Kopf in die Beuge seines Arms und verbarg das Gesicht im Kissen. Er erriet, daß sie weinte. Er sagte: „Mir fiel heute abend unwillkürlich die letzte Nachricht ein, die ich von ihm bekam. Sie lag in der Botschaft, als ich von Müller und van Donck zurückkam. ‚Mach Dir keine Sorgen um Sarah. Nimm das erste Flugzeug nach L.-M. und warte im Polana auf sie. Auf die Leute ist Verlaß.' "

„Ja. Ich erinnere mich auch an diese Nachricht. Ich war bei ihm, als er sie schrieb."

„Ich konnte mich bei ihm nie richtig bedanken – außer durch sieben Jahre Schweigen und ..."

„Und?"

„Ach, ich weiß nicht mehr, was ich sagen wollte." Er wiederholte, was er zu Müller gesagt hatte: „Ich mochte Carson."

„Ja. Ich vertraute ihm. Mehr als seinen Freunden. Während der Woche, in der du in Lourenço Marques auf mich gewartet hast, war viel Zeit für heftige Diskussionen. Ich sagte ihm immer, er sei kein richtiger Kommunist."

„Wieso? Er war Parteimitglied. Eines der ältesten Mitglieder, die man im Transvaal übriggelassen hat."

„Natürlich. Das weiß ich. Aber es gibt eben solche und solche Mitglieder, nicht wahr? Ich erzählte ihm sogar von Sam, noch bevor du es von mir erfahren hast."

„Er hatte so eine Art, die Menschen an sich zu ziehen."

„Die meisten Kommunisten, die ich kannte – die haben gestoßen, nicht gezogen."

„Trotzdem, Sarah, er war ein echter Kommunist. Er hat Stalin überlebt, so wie die Römisch-Katholischen die Borgias überlebten. Dank ihm habe ich eine bessere Meinung von der Partei."

„Aber so weit hat er dich nie gezogen, oder doch?"

„Oh, es gab immer irgendwelche Dinge, die ich nicht schlucken konnte. Er pflegte zu sagen, du fischst die Mücke heraus und schluckst das Kamel runter. Du weißt, ich war nie religiös – ich habe Gott in der Schulkapelle hinter mich gebracht, aber es gibt Priester – und in Afrika bin ich ihnen manchmal begegnet –, die mich wieder glauben lehrten – einen Augenblick lang – bei einem Drink. Wären alle Priester so gewesen wie sie und hätte ich oft genug mit ihnen gesprochen, vielleicht hätte ich dann die Auferstehung, die Unbefleckte Empfängnis, Lazarus und die ganzen Wunder geschluckt. Ich erinnere mich an einen, dem ich zweimal begegnete – ich wollte ihn als Agenten verwenden, so wie ich dich verwendet habe. Aber er war nicht verwendbar. Er hieß Connolly – oder O'Connell? – und war in den Slums von Soweto tätig. Er sagte mir genau dasselbe wie Carson: Ich fische Mücken und schlucke Kamele ... Halb und halb glaubte ich eine Zeitlang schon an seinen Gott, so wie ich halb und halb an den von Carson glaubte. Vielleicht bin ich der geborene Halb-Gläubige. Wenn die Leute über Prag und Budapest reden und darüber, daß es kein menschliches Gesicht unter dem Kommunismus gibt, bleibe ich stumm. Denn ich habe es gesehen – einmal – das menschliche Gesicht. Ich sage mir, hätte es Carson nicht gegeben, wäre Sam in einem Gefängnis geboren worden und du wärst wahrscheinlich in einem gestorben. Eine Art Kommunismus – oder Kommunist – hat dich und Sam gerettet. Ich habe kein Vertrauen in Marx oder Lenin, so wenig wie zum heiligen Paulus, aber habe ich nicht das Recht, dankbar zu sein?"

„Warum quälst du dich so sehr damit? Niemand behauptet, daß es falsch ist, dankbar zu sein. Auch ich bin dankbar. Dankbarkeit ist etwas Gutes, wenn ..."

„Wenn ...?“

„Ich wollte wohl sagen, wenn sie dich nicht zu weit führt.“

Es dauerte Stunden, bis er einschlief. Er lag wach und dachte an Carson und Cornelius Müller, an Onkel Remus und Prag. Er wollte nicht einschlafen, ehe er nicht an Sarahs Atemzügen erkannte, daß sie vor ihm eingeschlummert war. Dann erst überließ er sich, wie Allan Quatermain, der Held seiner Kindheit, jenem langen und trägen unterirdischen Strom, der ihn dem Inneren des schwarzen Erdteils entgegentrug, wo er ein Heim für immer zu finden hoffte – in einer Stadt, die ihn als Bürger aufnehmen würde, als Bürger ohne Glaubenszwang, nicht die Stadt Gottes oder Marx', sondern die Stadt, genannt Friede der Seele.

VIERTES KAPITEL

1

Regelmäßig einmal im Monat unternahm Castle an seinem dienstfreien Tag mit Sarah und Sam eine Fahrt in die sandige und mit Kiefernwäldern bedeckte Gegend von Ostsussex, um seine Mutter zu besuchen. Niemand wäre je auf den Gedanken gekommen, zu fragen, ob dieser Besuch erforderlich war, doch selbst Castle bezweifelte, daß seine Mutter sich darüber freute, obgleich er zugeben mußte, daß sie sich nach besten Kräften um sie bemühte – allerdings hatte sie ihre eigenen Vorstellungen davon, was ihnen Freude bereitete. Unweigerlich enthielt das Tiefkühlfach die immer gleiche Sorte Vanilleeis für Sam – ihm war Schokolade lieber –, und obwohl sie nur ein paar hundert Meter vom Bahnhof entfernt wohnte, bestellte sie stets ein Taxi, um sie abzuholen. Castle, der seit seiner Rückkehr nach England kein Auto mehr wollte, hatte den Eindruck, daß sie in ihm den erfolg- und mittellosen Sohn sah, und Sarah erzählte ihm einmal, wie sie sich vorkomme – wie ein schwarzer Gast bei einem Gartenfest von Apartheidgegnern, um den für seinen Geschmack zuviel Aufhebens gemacht wurde.

Was darüber hinaus ihre Nerven in Mitleidenschaft zog, war Buller. Castle mochte nicht mehr darüber streiten, ob sie Buller zu Hause lassen sollten. Sarah war überzeugt, ohne ihren Schutz würde Buller von maskierten Räubern ermordet, auch wenn Castle erklärte, daß Buller gekauft wurde, um sie zu beschützen, und nicht, um selbst beschützt zu werden. Zuletzt fand er es einfacher, nachzugeben, obwohl seine Mutter Hunde aus tiefstem Herzen verabscheute und eine Birmakatze besaß, die zu vertilgen Bullers Ehrgeiz war. Vor ihrer Ankunft mußte daher die Katze in Mrs. Castles Schlafzimmer eingesperrt werden, und dieses traurige Schicksal, das Fehlen menschlicher Gesellschaft, wurde im Lauf eines langen Tages Gegenstand mehrfacher Andeutungen von seiten Mrs. Castles. Einmal fand sie Buller, mit ausgestreckten Pfoten und auf dem Bauch liegend und schwer atmend wie ein Shakespearischer Mörder, vor der Schlafzimmertür, wie er auf seine Chance wartete. Nachher schrieb Mrs. Castle über dieses Thema einen langen, vorwurfsvollen Brief an Sarah. Offenbar hatten die Nerven der Katze gelitten, mehr als eine Woche lang. Sie hatte sich geweigert, ihre tägliche Portion Whiskas zu fressen und fristete ihr Dasein nur von Milch allein – eine Art Hungerstreik.

Niedergeschlagenheit bemächtigte sich aller, sobald das Taxi durch den tiefen Schatten der mit Lorbeerbäumen bestandenen Auffahrt fuhr; an ihrem Ende erhob sich das um die Jahrhundertwende erbaute hochgiebelige Haus, das sein Vater für seine Pensionistentage gekauft hatte, weil es in der Nähe eines Golfplatzes lag. (Bald danach hatte er einen Schlaganfall und konnte nicht einmal mehr bis zum Klubhaus gehen.)

Mrs. Castle stand stets auf der Terrasse und erwartete sie, eine hochgewachsene, aufrechte Gestalt in einem altmodischen Rock, der ihre schmalen Fesseln gut zur Geltung brachte, und in einer Bluse mit hohem Kragen, der die Falten des Alters versteckte. Um seine Verzagtheit zu verbergen, gab sich Castle unnatürlich fröhlich und begrüßte seine Mutter mit einer übertriebenen Umarmung, die sie kaum erwiderte. Sie war der Meinung, öffentlich gezeigte Gefühle konnten nicht echte Gefühle sein. Eher hätte es ihr angestanden, einen Botschafter oder einen Gouverneur einer Kolonie zu heiraten als einen Landarzt.

„Du siehst wundervoll aus, Mutter“, sagte Castle.

„Ich fühle mich für mein Alter recht wohl.“ Sie war fünfundachtzig. Sie hielt Sarah eine reine weiße Wange, die nach Lavendelwasser duftete, zum Kuß hin. „Ich hoffe, daß Sam wieder ganz in Ordnung ist.“

„O ja, besser den je.“

„Hat er die Quarantäne hinter sich?“

„Natürlich.“

Beruhigt zeichnete ihn Mr. Castle durch einen hingehauchten Kuß aus.

„Du beginnst jetzt bald mit der Vorschule, nicht wahr?“

Sam nickte.

„Das wird dir gefallen, mit anderen Jungen zu spielen. Wo ist Buller?“

„In den ersten Stock hinauf. Er sucht Tinker Bell“, sagte Sam mit Befriedigung.

Nach dem Essen ging Sarah mit Sam und Buller in den Garten, um Castle eine Weile mit seiner Mutter allein zu lassen. Das hatte sich im Lauf der Zeit eingebürgert. Sarah meinte es gut, aber Castle hatte den Eindruck, daß seine Mutter aufatmete, wenn das Gespräch unter vier Augen zu Ende war. Unweigerlich schwiegen beide zunächst so lange, bis Mr. Castle jedem von ihnen eine Tasse Kaffee eingegossen hatte, die keiner wollte; anschließend schnitt sie ein Thema an, das sie sich, wie Castle wußte, schon viel früher zurechtgelegt hatte, nur um die peinliche Pause zu überbrücken.

„Das war ein schreckliches Flugzeugunglück, letzte Woche“, sagte Mrs. Castle und warf die Zuckerstückchen in die Tassen, eines für sich, zwei für ihn.

„Ja, gewiß. Schrecklich.“ Er versuchte sich zu erinnern, welche Fluglinie, und wo ... TWA? Kalkutta?

„Ich habe mir ausgemalt, was aus Sam würde, wenn du und Sarah an Bord gewesen wären.“

Gerade rechtzeitig fiel es ihm ein. „Aber das war doch in Bangladesch, Mutter. Wieso sollten wir denn ausgerechnet nach ...“

„Du bist schließlich im Foreign Office. Die können dich doch überallhin schicken.“

„O nein, das können sie nicht. Ich bin an meinen Schreibtisch in London gebunden. Außerdem weißt du sehr gut, daß wir dich als Vormund bestimmt haben, wenn je etwas passieren sollte.“

„Mich, eine Frau an die Neunzig.“

„Fünfundachtzig, Mutter.“

„Jede Woche lese ich von alten Frauen, die bei Busunfällen ums Leben kommen.“

„Du fährst doch nie Bus.“

„Ich sehe keinen Grund, warum ich es mir zum Prinzip machen sollte, nicht im Bus zu fahren.“

„Sei überzeugt, daß wir jemand Verläßlichen aussuchen, wenn dir je etwas zustoßen sollte.“

„Dann könnte es zu spät sein. Man muß sich gegen gleichzeitige Unfälle schützen. Und in Sams Fall – nun, da erheben sich spezielle Probleme.“

„Du meinst wohl seine Hautfarbe.“

„Du kannst ihn nicht zu einem Mündel unter Amtsvormundschaft machen. Viele von diesen Richtern – dein Vater sagte das immer – sind Rassisten. Und ist dir noch nie eingefallen, mein Lieber, daß es, wenn wir alle tot sind, da unten Leute geben könnte, die Anspruch auf ihn erheben?“

„Sarah hat keine Eltern mehr.“

„Vielleicht hält man das, was du einmal hinterläßt – so wenig es auch wäre – für ein Vermögen, ich meine, jemand da unten. Wenn Leute gleichzeitig sterben, gilt der Älteste von ihnen als der Erstverstorbene, zumindest hat man mir das so erklärt. Dann käme mein Geld noch zu deinem dazu. Sarah muß doch irgendwelche Verwandte haben, und die könnten Anspruch erheben ...“

„Mutter, bist du nicht auch ein bißchen rassistisch?“

„Nein, mein Lieber, ich bin überhaupt nicht rassistisch, aber möglicherweise altmodisch und patriotisch. Sam ist gebürtiger Engländer, das steht fest."

„Ich werde darüber nachdenken, Mutter." Diese Feststellung beendete die meisten ihrer Diskussionen, aber es war ganz gut, es auch mit einem Ablenkungsmanöver zu versuchen. „Ich frage mich manchmal, Mutter, ob ich nicht in den Ruhestand gehen soll."

„Deine Pension ist nicht sehr hoch, oder?"

„Ich habe einiges zurückgelegt. Wir leben sehr sparsam."

„Je mehr du zurückgelegt hast, um so eher solltest du einen Ersatzvormund bestimmen – nur für alle Fälle. Ich hoffe, ich bin ebenso liberal wie dein Vater, aber der Gedanke ist mir schrecklich, Sam nach Südafrika zurückgeschleppt zu sehen ..."

„Aber du würdest es ja nicht sehen, Mutter, wenn du tot bist."

„So sicher bin ich mir da nicht, mein Lieber, gar nicht so sicher. Ich bin doch keine Atheistin."

Es war einer der entnervendsten Besuche, und Castle wurde erst durch Buller gerettet, der mit finster entschlossener Miene aus dem Garten zurückkehrte und in den ersten Stock hinaufpolterte, um die eingesperrte Tinker Bell zu suchen.

„Zumindest will ich hoffen", sagte Mrs. Castle, „daß ich nie für Buller den Vormund abgeben muß."

„Das verspreche ich dir, Mutter. Ich habe strikte Anweisung hinterlassen, daß, falls ein Flugzeugunglück ohne Überlebende in Bangladesch und ein Unfall mit einem Bus für Senioren in Sussex gleichzeitig passieren, Buller vertilgt werden soll – so schmerzlos wie möglich."

„Ich persönlich hätte gewiß nicht diese Art Hund für meinen Enkel ausgesucht. Wachhunde wie Buller haben immer etwas gegen Farbige. Und Sam ist noch dazu ein nervöses Kind. Er erinnert mich an dich, wie du in diesem Alter warst – abgesehen von der Hautfarbe, natürlich."

„War ich ein nervöses Kind?“

„Du warst immer übertrieben dankbar, wenn man nur ein bißchen freundlich zu dir war. Das kommt von einem Gefühl der Unsicherheit, obgleich ich nicht weiß, warum du dich bei mir und deinem Vater hättest unsicher fühlen sollen ... Einmal hast du einem Mitschüler einen teuren Füllhalter geschenkt, weil der dir ein Stück Kuchen mit Schokolade angeboten hat.“

„Nun ja, Mutter. Jetzt bestehe ich schon darauf, den Gegenwert für mein Geld zu bekommen.“

„Da staune ich aber.“

„Und dankbar zu sein habe ich aufgegeben.“ Doch während er das sagte, fiel ihm Carsons Tod im Gefängnis ein und auch, was Sarah gesagt hatte. Er fügte hinzu: „Jedenfalls lasse ich die Dankbarkeit nicht zu weit gehen. Heute verlange ich mehr als ein Stück Kuchen.“

„Etwas an dir habe ich seltsam gefunden. Seit du Sarah kennst, hast du Mary nie mehr erwähnt. Ich habe Mary sehr lieb gehabt. Hättest du nur ein Kind von ihr gehabt.“

„Die Toten suche ich zu vergessen“, sagte er, aber das stimmte nicht. Er hatte früh in seiner ersten Ehe erfahren, daß er unfruchtbar war; deshalb hatte es kein Kind gegeben, aber sie waren glücklich. Die V2-Rakete, die in die Oxford Street einschlug, hatte seine Frau und damit seine gesamte Familie in Stücke gerissen, während er sich in Lissabon in Sicherheit befand und einen Kontakt aufnahm. Er hatte es versäumt, sie zu beschützen, und war nicht mit ihr gestorben. Das war der Grund, warum er niemals von ihr sprach, nicht einmal zu Sarah.

2

„Was ich an deiner Mutter nie verstanden habe“, sagte Sarah, als sie im Bett den vergangenen Tag auf dem Land besprachen,

„ist, daß sie Sam ganz einfach als deinen Sohn akzeptiert. Ist ihr denn nie aufgefallen, daß er für einen weißen Vater sehr schwarz ist?“

„Offenbar hat sie keinen Sinn für Schattierungen.“

„Mr. Müller hingegen hat ihn. Davon bin ich überzeugt.“

Unten klingelte das Telefon. Es war fast Mitternacht. „Zum Teufel“, sagte Castle, „wer ruft uns um diese Zeit an? Wieder deine maskierten Räuber?“

„Willst du denn nicht abheben?“

Es hörte auf zu läuten.

„Wenn es deine maskierten Räuber sind“, sagte Castle, „dann werden wir sie schon noch erwischen.“

Das Telefon klingelte ein zweites Mal. Castle sah auf seine Uhr.

„Mein Gott, willst du denn nicht abheben?“

„Es ist ganz bestimmt eine Fehlverbindung.“

„Dann gehe ich, wenn du nicht willst.“

„Zieh dir den Schlafrock an, sonst erkältest du dich.“ Aber kaum war sie aus dem Bett gestiegen, hörte das Telefon zu klingeln auf.

„Es wird sicher wieder klingeln“, sagte Sarah. „Erinnerst du dich, vergangenen Monat – dreimal, um ein Uhr morgens?“ Aber diesmal blieb das Telefon stumm.

Vom Gang herüber hörten sie rufen. Sarah sagte: „Verdammt, jetzt haben sie Sam aufgeweckt. Wer immer sie sind.“

„Ich geh schon zu ihm hinüber. Du frierst ja. Geh ins Bett zurück.“

Sam fragte: „Waren das Räuber? Warum hat Buller nicht gebellt?“

„So dumm ist Buller nicht. Hier gibt’s keine Räuber, Sam. Es war nur ein Freund von mir, der so spät anrief.“

„Dieser Mr. Müller?“

„Nein. Der ist kein Freund. Schlaf wieder ein. Das Telefon wird nicht mehr klingeln.“

„Woher weißt du das?“

„Ich weiß es eben.“

„Es hat aber mehr als einmal geklingelt.“

„Ja.“

„Aber du hast nicht abgehoben. Wieso weißt du dann, daß es ein Freund war?“

„Du stellst sehr viele Fragen, Sam.“

„War es ein geheimes Signal?“

„Hast du Geheimnisse, Sam?“

„Ja. Eine Menge.“

„Sag mir eins.“

„Nein. Dann ist es ja kein Geheimnis mehr, wenn ich es dir sage.“

„Also gut, ich habe eben auch meine Geheimnisse.“

Sarah war noch immer wach. „Er hat sich wieder beruhigt“, sagte Castle. „Er dachte, daß die Räuber uns anrufen.“

„Vielleicht waren es wirklich welche. Was hast du ihm gesagt?“

„Oh, ich sagte, es sind Geheimsignale.“

„Du bringst es immer wieder fertig, ihn zu beruhigen. Du liebst ihn, nicht wahr?“

„Ja.“

„Es ist seltsam. Ich kann's nicht verstehen. Ich wollte, er wäre wirklich dein Kind.“

„Ich wünsche mir das nicht. Du weißt es.“

„Aber ich habe nie verstanden, warum.“

„Ich hab's dir oft gesagt. Mir genügt, was ich jeden Tag von mir sehe, wenn ich mich rasiere.“

„Da siehst du einen guten Menschen, sonst nichts.“

„Ich finde nicht, daß die Beschreibung auf mich paßt.“

„Für mich wäre ein Kind von dir etwas, wofür ich leben kann, wenn du einmal nicht mehr da bist. Du wirst nicht ewig leben.“

„Nein, Gott sei Dank.“ Er hatte es ohne nachzudenken gesagt

und bereute seine Worte sofort. Ihre Zuneigung führte immer wieder dazu, daß er sich eine Blöße gab; wie sehr er auch darum kämpfte, sich dagegen abzuhärten, er kam dennoch immer in Versuchung, ihr alles zu sagen. Manchmal verglich er sie zynisch mit einem geschickten Untersuchungsbeamten, der den Verhörten mit Sympathie bearbeitet und ihm zur rechten Zeit eine Zigarette anbietet.

Sarah sagte: „Ich weiß, du machst dir Sorgen. Könntest du mir nur sagen, warum – aber ich weiß, du darfst es nicht. Eines Tages vielleicht ... wenn du frei bist ..."

Traurig fügte sie hinzu: „Falls du je frei bist, Maurice."

FÜNFTES KAPITEL

I

Castle ließ sein Fahrrad beim Bahnsteigschaffner des Bahnhofs Berkhamsted und ging die Stiege zum Bahnsteig für die Züge nach London hinauf. Er kannte fast alle Pendler vom Sehen, mit einigen von ihnen tauschte er auch einen kurzen Gruß. Ein kalter Oktobernebel lag über der grasbewachsenen Mulde vor der Burg und tropfte jenseits der Gleise von den Weiden in den Kanal. Castle wanderte auf dem Bahnsteig auf und ab; die Leute kannte er alle mit Ausnahme einer Frau in einem schäbigen Kaninchenpelz – Frauen benutzten diesen Zug selten. Er sah, wie sie in ein Abteil stieg, und wählte dasselbe, um sie aus der Nähe beobachten zu können. Die Männer schlugen ihre Zeitungen auf und die Frau schlug eine broschierte Ausgabe eines Romans von Denise Robins auf. Castle begann in Band zwei von „Krieg und Frieden" zu lesen. Es war eine Übertretung der Sicherheitsvorschriften, ja sogar eine kleine Protestaktion, dieses Buch in der Öffentlichkeit zum Vergnügen zu lesen. „Einen Schritt über diese Grenzlinie, der Grenze, die die Lebenden von den Toten trennt, so ähnlich liegen Ungewißheit, Leiden und der Tod. Und was findest du dort? Wer ist dort? Dort, jenseits dieses Feldes, dieses Baums ..."

Er sah aus dem Fenster und glaubte mit den Augen des Tolstoischen Soldaten den reglosen, geisterhaften Wasserspiegel des Kanals von Boxmoor zu sehen ... „dieses von der Sonne überglänzten Daches? Niemand weiß es, aber man möchte es wissen.

Man fürchtet sich und sehnt sich danach, diese Grenze zu überschreiten ...“

Als der Zug in Watford hielt, war Castle der einzige, der das Abteil verließ. Er stand neben der Tafel mit den Abfahrtszeiten und sah den letzten Fahrgast durch die Sperre gehen – die Frau war nicht dabei. Vor dem Bahnhof stellte er sich neben das Ende der Schlange, die auf den Bus wartete, und musterte nochmals die Gesichter. Dann sah er auf die Uhr, und mit einer wohlüberlegten Geste, die Ungeduld ausdrückte und einem etwaigen Beobachter, der ihm Aufmerksamkeit schenkte, galt, machte er sich zu Fuß auf den Weg. Niemand folgte ihm, dessen war er sicher, trotzdem fühlte er ein leichtes Unbehagen, wenn er an die Frau im Zug und seine geringfügige Übertretung der Vorschriften dachte. Man mußte peinlich genau auf der Hut sein.

Vom ersten Postamt, an dem er vorbeikam, rief er das Büro an und verlangte Cynthia – sie kam immer mindestens eine halbe Stunde vor Watson oder Davis oder ihm selbst.

Er sagte: „Wollen Sie bitte Watson ausrichten, daß ich mich etwas verspäte? Ich mußte unterwegs in Watford aussteigen, um mit einem Tierarzt zu sprechen. Buller hat einen komischen Ausschlag. Sagen Sie es auch Davis.“ Er überlegte einen Augenblick, ob es für sein Alibi nötig war, den Tierarzt tatsächlich aufzusuchen, entschied aber, daß zuviel Vorsicht manchmal genauso gefährlich war wie zuwenig. Je ungekünstelter, desto besser, so wie es auch lohnt, die Wahrheit zu sagen, wann immer das möglich ist, denn die Wahrheit läßt sich viel leichter merken als eine Lüge. Er ging in die Kaffeestube, die dritte auf der Liste, die er im Kopf hatte, und wartete dort. Den großen, mageren Mann im abgetragenen Mantel, der ihm folgte, erkannte er nicht. Der Mann blieb an seinem Tisch stehen und sagte: „Verzeihung, aber sind sie nicht William Hatchard?“

„Nein, ich heiße Castle.“

„Verzeihen Sie, bitte. Eine ungewöhnliche Ähnlichkeit.“

Castle trank zwei Tassen Kaffee und las die *Times.* Er wußte den Schein von Ansehen zu schätzen, den dieses Blatt stets einem Leser verlieh. Er sah, wie der Mann etwa fünfzig Meter weiter unten auf der Straße seine Schnürsenkel band, und empfand ein ähnliches Gefühl der Sicherheit wie damals, als er aus der Station im Krankenhaus zu einer ziemlich schweren Operation gebracht wurde – wieder kam er sich wie ein Gegenstand auf einem Fließband vor, das ihn einem vorherbestimmten Ende entgegenführte, ohne jede Verantwortung für wen oder was immer, selbst seinen eigenen Körper. Was auch geschah, alles würde ein anderer in die Hand nehmen. Jemand mit den besten beruflichen Voraussetzungen. So und nicht anders, dachte er, während er langsam und glücklich hinter dem Fremden einherging, so sollte man den Tod finden. Immer schon hatte er gehofft, er würde sich dem Tod mit eben diesem Gefühl nähern: daß er über kurz oder lang für immer von Angst befreit sein werde.

Der Weg, auf dem sie sich jetzt befanden, hieß „Ulmenblick“, obwohl weit und breit weder Ulmen noch andere Bäume zu sehen waren, und das Haus, zu dem er sich führen ließ, war ebenso anonym und uninteressant wie sein eigenes. Es hatte sogar ziemlich ähnliche farbige Glastafeln in der Eingangstür. Vielleicht hatte auch hier einmal ein Zahnarzt gearbeitet. Der magere Mann vor ihm blieb einen Augenblick neben der eisernen Gittertür eines Vorgartens stehen, der etwa die Größe eines Billardtisches hatte, und ging dann weiter. An der Tür gab es drei Klingeln, aber nur eine hatte ein Namensschild – eine unleserliche, verwischte Schrift, die in den verstümmelten Worten „...ition Limited“ endete. Während Castle läutete, sah er, daß sein Führer die Straße überquert hatte und auf der anderen Seite zurückkam. Als er dem Haus gegenüberstand, zog er ein Taschentuch aus dem Ärmel und wischte sich die Nase. Es war offenbar ein Zeichen „keine Gefahr“, denn Castle hörte fast gleichzeitig das Knarren von Schritten auf einer Treppe im Inneren des

Hauses. Er fragte sich, ob „sie" ihre Vorsichtsmaßregeln getroffen hatten, um ihn vor einem möglichen Verfolger zu schützen, und um sich selbst dagegen zu schützen, daß er sich verriet – oder natürlich auch gegen beides. Ihm war es gleich – er war auf dem Fließband.

Die Tür gab ein vertrautes Gesicht frei, das er nicht erwartet hatte – Augen von einem geradezu verblüffenden Blau über einem breiten Grinsen als Begrüßung, eine kleine Narbe auf der linken Wange, die, wie er wußte, von einer Verwundung stammte, die dem Kind in Warschau zugefügt worden war, als die Stadt wieder an Hitler fiel.

„Boris", rief Castle, „daß ich dich noch einmal treffe!"

„Schön, dich wiederzusehen, Maurice."

Sonderbar, dachte Castle, daß Sarah und Boris die einzigen Menschen auf der Welt waren, die ihn Maurice nannten. Für seine Mutter war er in Momenten der Zuneigung einfach „mein Lieber", und im Büro gab es nur Familiennamen oder Initialen. Sofort fühlte er sich in diesem fremden Haus, das er noch nie gesehen hatte, wohl: Es war ein schäbiges Haus, und die Teppiche auf der Treppe waren abgetreten. Irgendwie fiel ihm sein Vater ein. Vielleicht war er als Kind einmal mit ihm auf Patientenbesuch in genau so ein Haus gegangen.

Vom ersten Treppenabsatz folgte er Boris in ein kleines, quadratisches Zimmer mit einem Schreibtisch, zwei Stühlen und einem großen Rollbild, das eine zahlreiche Familie an einem Gartentisch mit ungewöhnlich reichhaltiger Nahrung zeigte. Sämtliche Gänge schienen gleichzeitig aufgetragen zu sein – ein Apfelkuchen stand neben einem Stück Roastbeef und ein Lachs sowie eine Schüssel mit Äpfeln neben einer Suppenterrine. Es gab einen Krug Wasser, eine Flasche Wein und eine Kaffeekanne. Mehrere Wörterbücher lagen auf einem Regal und ein Zeigestock lehnte an einer schwarzen Tafel, auf der, halb ausgelöscht, ein Wort in einer ihm unbekannten Sprache stand.

„Nach deinem letzten Bericht haben sie beschlossen, mich zurückzuschicken“, sagte Boris. „Dem über Müller. Ich bin gern hier. Mir gefällt England um so vieles besser als Frankreich. Wie bist du mit Iwan ausgekommen?“

„Ganz gut. Aber es war nicht dasselbe.“ Er griff nach einem Päckchen Zigaretten, das nicht da war. „Du weißt ja, wie die Russen sind. Ich hatte den Eindruck, daß er mir nicht traute. Und er wollte ständig mehr von mir, als ich je irgendwem versprochen hatte. Er verlangte sogar, daß ich versuchen sollte, meine Sektion zu wechseln.“

„Ich glaube, du rauchst Marlboro?“ sagte Boris und hielt ihm ein Päckchen hin. Castle nahm eine.

„Boris, hast du die ganze Zeit über, die du hier warst, gewußt, daß Carson tot ist?“

„Nein. Ich wußte es nicht. Erst vor ein paar Wochen hab ich's erfahren. Selbst jetzt noch kenne ich die Einzelheiten nicht.“

„Er starb im Gefängnis. An Lungenentzündung. Sagt man. Iwan muß es gewußt haben – aber sie haben dafür gesorgt, daß ich es erst durch Cornelius Müller erfahre.“

„War das ein so großer Schock für dich? Unter den gegebenen Umständen? Ist man einmal verhaftet, gibt es nie viel Hoffnung.“

„Das weiß ich, aber dennoch habe ich immer geglaubt, ich werde ihn eines Tages wiedersehen – irgendwo, weit weg von Südafrika, in Sicherheit, vielleicht in meinem Haus –, und dann hätte ich ihm dafür danken können, daß er Sarah gerettet hat. Jetzt ist er tot, ohne daß ich ‚Danke‘ sagen konnte.“

„Alles, was du für uns getan hast, war eine Art Dank. Das hat er bestimmt verstanden. Du brauchst dir nichts vorzuwerfen, nichts zu bedauern.“

„Nein? Man kann Bedauern nicht wegdiskutieren – mit dem Bedauern ist es so ähnlich wie mit der Liebe.“

Er dachte mit einer Art Ekel: die Lage ist unmöglich, ich habe niemanden auf der Welt, mit dem ich über alles reden kann, ausgenommen diesen Menschen Boris, dessen richtigen Namen nicht einmal ich kenne. Er konnte weder mit Davis reden – sein halbes Leben mußte er vor Davis verbergen, noch mit Sarah, die nicht einmal von Boris' Existenz wußte. Boris hatte er eines Tages sogar von jener Nacht im Hotel Polana erzählt, als er die Wahrheit über Sam erfuhr. Ein Aufsichtsorgan spielte wohl ungefähr die Rolle, die der Priester für den Katholiken einnahm – ein Mann, der einem die Beichte ohne Gefühlsregung abnahm, was es auch zu beichten gab. Er sagte: „Als sie meine Aufsicht austauschten und Iwan an deine Stelle trat, fühlte ich mich unerträglich einsam. Mit Iwan konnte ich von nichts anderem als dem Geschäft reden."

„Tut mir leid, daß ich fort mußte. Ich habe mit ihnen deswegen gestritten. Ich tat, was ich konnte, nur um zu bleiben. Aber du weißt ja, wie es in deinem eigenen Verein zugeht. Genauso geht es bei uns zu. Wir leben in Kästchen, und unser Kästchen, das wählen immer die anderen aus." Wie oft Castle diesen Vergleich schon in seinem eigenen Büro gehört hatte! Beide Seiten benutzten dieselben Phrasen.

Castle sagte: „Höchste Zeit, daß wir das Buch auswechseln."

„Ja. Ist das alles? Du hast am Telefon ein dringendes Signal gegeben. Sind neue Nachrichten über Porton da?"

„Nein. Ich traue ihrer Geschichte nicht so ganz."

Sie saßen auf unbequemen Stühlen, zu beiden Seiten des Schreibtisches, wie Lehrer und Schüler. Nur war in diesem Fall der Schüler viel älter als der Lehrer. Nun, überlegte Castle, es kam auch im Beichtstuhl vor, daß ein alter Mann seine Sünden einem jungen Priester anvertraut, der sein Sohn hätte sein können. Bei den seltenen Treffen mit Iwan war das Gespräch immer kurz. Informationen wurden gegeben, Fragelisten entgegengenommen, alles ging streng sachlich vor sich. Bei Boris konnte er sich entspannen. „War Frankreich eine Beförderung für dich?" Er nahm eine zweite Zigarette.

„Ich weiß nicht. Man weiß das nie genau, nicht wahr? Vielleicht ist meine Rückkehr hierher die Beförderung. Es kann heißen, daß sie deinen letzten Bericht sehr ernst genommen haben und fanden, ich kann besser damit zurechtkommen als Iwan. Oder war Iwan gefährdet? Du glaubst die Porton-Geschichte nicht, aber hast du einen wirklich stichhaltigen Beweis, daß deine Leute befürchten, es gebe eine undichte Stelle?"

„Nein. In einem Spiel wie dem unseren verläßt man sich auf seinen Instinkt, und fest steht, daß sie tatsächlich die ganze Sektion einer Routine-Überprüfung unterzogen haben."

„Du sagst selbst *Routine*."

„Ja, es kann reine Routine sein, gewisse Dinge geschehen ganz offen, doch meiner Meinung nach geht es schon wesentlich weiter. Ich glaube, daß Davis' Telefon abgehört wird, und meines vielleicht auch, obwohl ich das für nicht sehr wahrscheinlich halte. Jedenfalls sollten wir diese Telefonsignale zu mir nach Hause bleiben lassen. Du hast den Bericht gelesen, den ich über Müllers Besuch und Operation Onkel Remus geschrieben habe. Ich hoffe zu Gott, daß er eurerseits über andere Kanäle geleitet wurde, wenn es tatsächlich eine undichte Stelle gibt. Ich habe das Gefühl, sie könnten mir eine markierte Banknote zustecken."

„Du brauchst keine Angst zu haben. Wir sind in bezug auf diesen Bericht sehr vorsichtig gewesen. Obwohl ich nicht annehme, daß Müllers Mission das ist, was du eine markierte Banknote nennst. Porton vielleicht, Müller aber nicht. Wir haben es aus Washington bestätigt. Onkel Remus nehmen wir sehr ernst, und wir wünschen, daß du dich darauf konzentrierst. Es könnte unsere Situationen im Mittelmeer, im Persischen Golf und im Indischen Ozean beeinflussen. Sogar im Pazifik. Auf lange Sicht ..."

„Für mich gibt's keine lange Sicht, Boris. Ich bin schon überfällig für den Ruhestand."

„Ich weiß."

„Ich möchte mich jetzt zurückziehen."

„Das paßt uns gar nicht. Die nächsten zwei Jahre könnten sehr wichtig werden."

„Für mich auch. Ich möchte sie gern auf meine Art und Weise verbringen."

„Womit?"

„Ich will mich um Sarah und Sam kümmern. Ins Kino gehen, in Frieden alt werden. Es wäre für euch sicherer, mich fallenzulassen, Boris."

„Warum?"

„Müller kam zu mir und saß an meinem Tisch und aß unser Essen und war höflich zu Sarah. Geradezu herablassend. Tat so, als gäbe es keine Rassenschranken. Wie mir dieser Mensch zuwider ist! Und wie ich alle diese verdammten Brüder von BOSS hasse. Ich hasse die Leute, die Carson getötet haben und es jetzt Lungenentzündung nennen. Ich hasse sie dafür, daß sie Sarah einsperren wollten und Sam im Gefängnis geboren worden wäre. Ihr tätet viel klüger daran, einen Mann einzusetzen, der nicht haßt, Boris. Haß führt zu Fehlern. Er ist genauso gefährlich wie Liebe. Ich bin doppelt gefährlich für euch, Boris, weil ich auch liebe. Auf beiden Seiten ist Liebe ein Fehler."

Er empfand eine ungeheure Erleichterung dabei, rückhaltlos mit jemandem zu sprechen, der ihn offenbar verstand. In den blauen Augen las er das Angebot einer Freundschaft ohne Einschränkungen, das Lächeln ermutigte ihn, für eine Weile die Last der Verschwiegenheit abzustreifen. Er sagte: „Onkel Remus hat mir gerade noch gefehlt – daß wir uns hinter der Szene mit den Staaten zusammentun, um diesen Apartheid-Schweinen zu helfen. Die ärgsten Verbrechen, Boris, liegen stets in der Vergangenheit, und die Zukunft hat noch nicht begonnen. Ich kann nicht fortwährend weiterplappern: ‚Denkt an Prag! Denkt an Budapest!' – das liegt Jahre zurück. Man muß sich mit der Gegenwart befassen, und die Gegenwart heißt Onkel Remus. Ich bin ein naturalisierter Schwarzer, seit ich Sarah liebe."

„Warum hältst du dich dann für gefährlich?"

„Weil ich sieben Jahre lang die Ruhe bewahrt habe und sie jetzt verliere. Wegen Cornelius Müller verliere ich sie. Vielleicht hat C ihn aus eben diesem Grund zu mir geschickt. Vielleicht will C, daß ich den Kopf verliere."

„Wir bitten dich nur, noch ein bißchen durchzuhalten. Natürlich sind die ersten Jahre in diesem Spiel immer die leichtesten, nicht wahr? Die Widersprüche fallen einem noch nicht so auf, und die Heimlichkeiten hatten noch keine Zeit anzuwachsen wie die Hysterie oder der Wechsel bei einer Frau. Versuch, dir weniger den Kopf zu zerbrechen, Maurice. Nimm Valium und ein Mogadon für die Nacht. Komm zu mir, sooft du niedergeschlagen bist und das Bedürfnis spürst, mit jemandem zu reden. Das ist weniger gefährlich."

„Ich hab doch schon genug getan, um meine Schuld an Carson abzuzahlen, oder nicht?"

„Ja, natürlich, aber wir können dich jetzt nicht aufgeben – wegen Onkel Remus. Wie du selbst gesagt hast, du bist jetzt ein naturalisierter Schwarzer."

Castle hatte das Gefühl, als tauchte er aus einer Narkose auf, eine Operation war erfolgreich abgeschlossen worden. Er sagte: „Verzeih mir. Ich hab mich wie ein Narr aufgeführt." Er erinnerte sich nicht mehr genau, was er alles gesagt hatte. „Gib mir einen Schluck Whisky, Boris."

Boris machte den Schreibtisch auf und entnahm ihm eine Flasche und ein Glas. Er sagte: „Ich weiß, du magst J. & B." Er schenkte großzügig ein und beobachtete, wie schnell Castle trank.

„Du trinkst neuerdings ein bißchen zu viel, nicht wahr, Maurice?"

„Ja. Aber niemand weiß es. Nur daheim. Sarah fällt es auf."

„Wie geht's zu Hause?"

„Sarah ist durch die Telefonanrufe beunruhigt. Sie glaubt immer, es sind maskierte Räuber. Und Sam hat Alpträume, weil er bald in die Vorschule muß – in eine weiße Schule. Und ich mache mir Sorgen, was mit beiden geschieht, wenn mir etwas zustößt. Irgend etwas geschieht ja doch immer am Ende, nicht wahr?"

„Überlaß das alles uns. Ich verspreche dir – wir haben deinen Fluchtweg sehr sorgfältig geplant. Im Notfall ..."

„*Meinen* Fluchtweg? Und was ist mit Sarah und Sam?"

„Die kommen nach. Du kannst dich auf uns verlassen, Maurice. Wir sorgen schon für sie. Wir wissen auch, was Dankbarkeit heißt. Denk an Blake – wir schauen auf unsere Leute." Boris ging zum Fenster. „Draußen ist alles in Ordnung. Du solltest jetzt losfahren. Mein erster Schüler kommt in einer Viertelstunde."

„Welche Sprache unterrichtest du?"

„Englisch. Aber lach mich nicht aus."

„Dein Englisch ist nahezu perfekt."

„Mein erster Schüler heute ist Pole, wie ich. Er ist vor *uns* geflüchtet, nicht vor den Deutschen. Ich mag ihn – er ist ein wütender Gegner von Marx. Du lachst. Das ist schon besser. Du darfst die Anspannung nie wieder so weit anwachsen lassen."

„Diese Sicherheitsüberprüfung. Das hält nicht einmal Davis aus – und der ist unschuldig."

„Mach dir keine Sorgen. Ich glaube, ich weiß schon, wie ich sie ablenken kann."

„Ich will versuchen, mir keine Sorgen zu machen."

„Von nun an benutzen wir den dritten Briefkasten, und wenn du Schwierigkeiten hast, gib mir sofort ein Zeichen – ich bin ausschließlich zu deiner Hilfe da. Du vertraust mir doch?"

„Natürlich vertraue ich dir, Boris. Ich wünschte nur, daß deine Leute mir auch vertrauen. Dieser Buch-Kode ist eine schrecklich langsame und altmodische Art der Kommunikation, und du weißt auch, wie gefährlich er ist."

„Das ist kein Zeichen von Mißtrauen. Das geschieht um deiner eigenen Sicherheit willen. Dein Haus kann jederzeit im

Rahmen der Routine-Überprüfung durchsucht werden. Anfangs wollten sie dir ein Mikrofilmgerät geben – das hab ich nicht zugelassen. Bist du nun zufrieden?"

„Ich habe noch einen Wunsch."

„Sag ihn mir."

„Ich wünsche mir was Unmögliches. Ich wünsche mir, daß alle diese Lügen nicht nötig wären. Und ich wünschte, wir wären auf derselben Seite."

„Wir?"

„Ja, du und ich."

„Aber das sind wir doch wohl?"

„Ja, in diesem Fall … vorübergehend. Du weißt, daß Iwan mich einmal zu erpressen versuchte?"

„Ein blöder Kerl. Deshalb haben sie mich vermutlich hierher zurückgeschickt."

„Es ist ein für allemal klar zwischen uns abgemacht: Ich gebe dir jede Information, die du willst, aus meiner Sektion. Ich habe nie behauptet, deinen Glauben zu teilen – ich werde nie ein Kommunist sein."

„Selbstverständlich. Wir haben deinen Standpunkt immer geachtet. Wir verwenden dich nur für Afrika."

„Aber was ich dir zukommen lasse, habe ich zu beurteilen. Ich kämpfe an eurer Seite in Afrika – aber nicht in Europa."

„Wir brauchen nichts von dir, außer daß du uns alle Einzelheiten über Onkel Remus beschaffst, die du bekommen kannst."

„Iwan wollte viel. Er hat mir gedroht."

„Iwan ist fort. Denk nicht mehr an ihn."

„Ihr hättet es leichter ohne mich."

„Nein. Müller und seine Freunde hätten es dann leichter", sagte Boris.

Wie ein Manisch-Depressiver hatte Castle seinen Ausbruch gehabt, die rückflutende Welle hatte sich gebrochen, und er empfand eine Erleichterung, wie er sie nie kennengelernt hatte.

2

Diesmal war der Travellers-Klub an der Reihe, und hier, wo er im Vorstand saß, fühlte sich Sir John Hargreaves völlig heimisch, ganz anders als im Reform. Es war heute viel kälter als bei ihrem letzten gemeinsamen Essen, und er sah keinen Grund, warum sie in den Park gehen und ihre Gespräche dort führen sollten.

„Oh, ich weiß, was Sie denken, Emmanuel, aber hier kennen Sie sowieso alle nur zu gut", sagte er zu Dr. Percival. „Man wird uns beim Kaffee völlig ungestört lassen. Die wissen jetzt schon, daß Sie über nichts anderes reden als über das Fischen. Wie fanden Sie übrigens die geräucherte Forelle?"

„Recht trocken", sagte Dr. Percival, „gemessen am Standard im Reform."

„Und das Roastbeef?"

„Vielleicht ein bißchen zu stark gebraten."

„Ihnen kann man wirklich keine Freude machen. Sie sind ein unmöglicher Mensch, Emmanuel. Da, nehmen Sie eine Zigarre."

„Wenn es eine echte Havanna ist."

„Natürlich."

„Werden Sie die in Washington auch kriegen?"

„Ich zweifle sehr, daß sich die *détente* bereits auf Zigarren erstreckt. Jedenfalls haben die Laserstrahlen Vorrang. Was für Scherze das alles sind, Emmanuel. Manchmal wünschte ich mir, ich wäre wieder in Afrika."

„Im alten Afrika."

„Ja. Das stimmt. Im alten Afrika."

„Das ist für immer dahin."

„Da bin ich nicht so sicher. Vielleicht wenn wir erst den Rest der Welt zerstört haben, werden die Straßen von der Vegetation überwuchert werden, und alle die neuen Luxushotels werden verfallen, die Wälder werden zurückkommen, die Häuptlinge, die Medizinmänner – im nordöstlichen Transvaal gibt es immer noch eine Regenkönigin."

„Werden Sie das denen in Washington auch erzählen?"

„Nein. Aber von Onkel Remus werde ich erzählen, ganz ohne Begeisterung."

„Sind Sie dagegen?"

„Die Staaten, wir und Südafrika – wir sind als Alliierte unvereinbar. Aber der Plan wird weiterentwickelt, weil das Pentagon Krieg spielen will, jetzt, wo es keinen richtigen Krieg hat. Nun, ich überlasse es Castle, mit ihrem Mr. Müller Krieg zu spielen. Der ist übrigens nach Bonn gefahren. Ich hoffe nur, daß die Bundesrepublik nicht auch mit dabei ist."

„Wie lange werden Sie wegbleiben?"

„Nicht länger als zehn Tage, hoffe ich. Ich mag das Klima in Washington nicht – in jeder Bedeutung des Wortes." Mit einem zufriedenen Lächeln streifte er ein beträchtliches Stück Zigarrenasche ab. „Doktor Castros Zigarren", sagte er, „sind in jeder Beziehung genauso gut wie die von Sergeant Batista."

„Ich wünschte, Sie müßten nicht eben jetzt wegfahren, John, gerade wenn wir einen Fisch an der Angel haben."

„Sie werden ihn auch ohne meine Hilfe an Land ziehen – außerdem ist's ja vielleicht nur ein alter Stiefel."

„Das glaube ich nicht. Man kriegt bald heraus, wie ein alter Stiefel an der Schnur zieht."

„Ich überlasse das beruhigt Ihren bewährten Händen, Emmanuel. Und natürlich auch Daintrys Händen."

„Und wenn wir uns nicht einigen können?"

„Dann haben Sie zu entscheiden. Sie sind mein Vertreter in dieser Sache. Aber, Emmanuel, tun Sie bloß nichts übereilt."

„Übereilen gibt's bei mir nur, wenn ich in meinem Jaguar sitze, John. Wenn ich fische, habe ich sehr viel Geduld."

SECHSTES KAPITEL

I

Castles Zug traf um vierzig Minuten verspätet in Berkhamsted ein. Irgendwo in der Nähe von Tring wurde die Strecke repariert, und als er in sein Büro kam, erschien ihm sein Arbeitszimmer ungewohnt leer. Davis war nicht da, aber das rechtfertigte kaum das Gefühl von Leere; oft genug hatte Castle sich allein im Zimmer befunden: wenn Davis beim Mittagessen, Davis im Waschraum, Davis mit Cynthia im Zoo war. Erst eine halbe Stunde später entdeckte er eine Nachricht von Cynthia in seiner Ablage: „Arthur fühlt sich nicht wohl. Oberst Daintry möchte Sie sprechen." Einen Augenblick lang zerbrach sich Castle den Kopf, wer denn dieser Arthur war; er war nicht gewohnt, an Davis anders als Davis zu denken. Zeigte sich Cynthia endlich, fragte er sich, nach der langen Belagerung sturmreif? Verwendete sie jetzt deshalb seinen Vornamen? Er klingelte nach ihr und fragte: „Was ist los mit Davis?"

„Ich weiß es nicht. Einer der Umweltmenschen rief für ihn an. Er sagte etwas von Magenkrämpfen."

„Vielleicht ein Kater?"

„Wenn es nur ein Kater wäre, hätte er selbst angerufen. Ich wußte nicht, was ich tun sollte, weil Sie nicht da waren. So rief ich Dr. Percival an."

„Was sagte er?"

„Dasselbe wie Sie – ein Kater. Offenbar waren sie gestern abend miteinander aus und tranken zuviel Port und Whisky. Er wird ihn gegen Mittag besuchen. Bis dahin hat er noch zu tun."

„Halten Sie es für etwas Ernstes?"

„Ich glaube nicht, daß es ernst ist, aber ich glaube auch nicht, daß es ein Kater ist. Wäre es ernst, hätte doch Dr. Percival sofort etwas unternommen, nicht wahr?"

„Während C in Washington ist, zweifle ich, ob er viel Zeit für Medizinisches hat", sagte Castle. „Jetzt gehe ich zu Daintry. Welches Zimmer?"

Er öffnete die mit 72 bezeichnete Tür. Daintry und Dr. Percival waren da – Castle hatte den Eindruck, in eine Auseinandersetzung zu platzen.

„Ja, richtig, Castle", sagte Daintry. „Ich wollte Sie sprechen."

„Ich mache, daß ich wegkomme", sagte Dr. Percival.

„Wir reden später miteinander, Percival. Ich bin nicht Ihrer Ansicht. Tut mir leid, aber so ist es. Ich stimme da nicht zu."

„Erinnern Sie sich, was ich Ihnen über Kästchen sagte – und über Ben Nicholson."

„Ich bin kein Maler", erwiderte Daintry, „und ich verstehe nichts von abstrakter Kunst. Auf alle Fälle sprechen wir noch darüber." Daintry schwieg ziemlich lange, nachdem sich die Tür geschlossen hatte. Dann sagte er: „Ich mag es nicht, wenn Leute voreilige Schlüsse ziehen. Mir hat man beigebracht, an Beweise zu glauben – handfeste Beweise."

„Macht Ihnen etwas Kummer?"

„Wenn es sich um eine Krankheit handelt, müßte er Blutuntersuchungen vornehmen, Röntgenaufnahmen machen ... Er dürfte die Diagnose nicht bloß erraten."

„Dr. Percival?"

Daintry sagte: „Ich weiß nicht, wie ich beginnen soll. Ich darf eigentlich mit Ihnen nicht darüber reden."

„Worüber?"

Auf Daintrys Schreibtisch stand das Foto eines sehr hübschen Mädchens. Daintrys Blick kehrte immer wieder zu dem Bild zurück. Er sagte: „Fühlen Sie sich nicht manchmal verdammt einsam in diesem Verein?“

Castle zögerte, dann sagte er: „Nun, ich vertrage mich gut mit Davis. Das macht sehr viel aus.“

„Davis? Ja richtig. Ich wollte mit Ihnen über Davis sprechen.“

Daintry stand auf und ging zum Fenster. Er wirkte wie ein Gefangener in seiner Zelle. Trübsinnig starrte er auf den drohenden Himmel, ohne Beruhigung zu finden. Er sagte: „Ein grauer Tag. Jetzt ist der Herbst endlich da.“

„ ‚Wandel und Verfall ringsum‘ “, zitierte Castle.

„Was ist das?“

„Ein Psalm, den wir in der Schule sangen.“

Daintry kehrte zu seinem Schreibtisch zurück und sah wieder das Foto an. „Meine Tochter“, sagte er, als fände er es nötig, das Mädchen vorzustellen.

„Gratuliere. Ein sehr schönes Mädchen.“

„Sie heiratet am Wochenende, aber ich glaube nicht, daß ich dabei sein werde.“

„Sie mögen den Mann nicht?“

„Oh, der dürfte ganz in Ordnung sein. Ich kenne ihn nicht. Aber worüber sollte ich mich mit ihm unterhalten? Über Jameson's Babypuder?“

„Babypuder?“

„Jameson's versucht, Johnson's auszubooten – sie erzählte mir irgendwas dergleichen.“

Er setzte sich und fiel in trostloses Schweigen.

Castle sagte: „Davis ist anscheinend krank. Ich hatte mich heute verspätet. Er hat sich einen schlechten Tag ausgesucht. Ich muß mich jetzt mit der Post aus Zaire befassen.“

„Tut mir leid. Dann will ich Sie lieber nicht aufhalten. Ich wußte nicht, daß Davis erkrankt ist. Hoffentlich ist es nichts Ernstes?“

„Ich glaube nicht. Dr. Percival geht mittags zu ihm.“

„Percival?" fragte Daintry. „Hat er denn keinen eigenen Arzt?"

„Nun, wenn Dr. Percival ihn besucht, so geschieht das auf Kosten der Firma, nicht wahr?"

„Gewiß, nur müßte er – durch seine Arbeit für uns – ein bißchen aus der Übung sein – ich meine als Arzt."

„Oh, es wird wahrscheinlich eine sehr leicht zu stellende Diagnose sein."

Er hörte das Echo eines anderen Gesprächs.

„Castle, ich wollte Sie eigentlich nur folgendes fragen – Sie sind doch mit Davis wirklich zufrieden?"

„Was meinen Sie mit ‚zufrieden'? Wir arbeiten gut zusammen."

„Manchmal muß ich ziemlich alberne Fragen stellen – mehr als simple Fragen –, aber das gehört zu meinem Job. Sicherheit. Das bedeutet ja zunächst noch weiter nicht viel. Davis spielt und wettet, nicht wahr?"

„Ja, ein bißchen. Er redet gern über Pferde. Ich bezweifle, daß er viel gewinnt oder viel verliert."

„Trinkt er?"

„Ich glaube nicht, daß er mehr trinkt als ich."

„Dann haben Sie also volles Vertrauen zu ihm?"

„Volles Vertrauen. Natürlich, wir können alle Fehler machen. Liegt irgendeine Beschwerde vor? Es täte mir leid, wenn Davis versetzt würde, außer nach L. M."

„Vergessen Sie meine Fragen", sagte Daintry. „Ich stelle dieselben Fragen über jeden. Sogar über Sie. Kennen Sie einen Maler namens Nicholson?"

„Nein. Gehört er zu uns?"

„Aber nein, aber nein. Manchmal", sagte Daintry, „habe ich das Gefühl, nicht ganz auf dem laufenden zu sein. Hätten Sie – aber Sie gehen abends vermutlich immer zu Ihrer Familie nach Hause?"

„Nun ja ... stimmt."

„Wenn Sie, aus irgendeinem Grund, einmal in der Stadt bleiben müssen ... könnten wir gemeinsam Abendessen."

„Das kommt nicht oft vor", sagte Castle.

„Nein, das kann ich mir denken."

„Wissen Sie, meine Frau ist nervös, wenn ich sie allein lasse."

„Natürlich. Ich verstehe. Es war nur ein momentaner Einfall." Er schaute wieder auf das Foto. „Ab und zu habe ich sie früher zum Abendessen ausgeführt. Ich hoffe von Herzen, daß sie glücklich wird. Man kann so gar nichts dazu tun, nicht wahr?"

Schweigen senkte sich wie ein altmodischer Smog herab und trennte sie voneinander. Keiner von ihnen konnte das Pflaster sehen; sie mußten ihren Weg mit ausgestreckter Hand ertasten.

Castle sagte: „Mein Sohn ist noch nicht im heiratsfähigen Alter. Ich bin froh, daß ich mir diese Sorgen noch nicht machen muß."

„Sie kommen doch am Sonnabend herein, nicht wahr? Wahrscheinlich können Sie nicht ein bißchen länger bleiben, eine Stunde oder zwei ... Ich kenne bei der Hochzeit keine Seele außer meine Tochter – und ihre Mutter, natürlich. Sie sagte – meine Tochter, meine ich –, daß ich jemanden vom Büro mitbringen kann, wenn ich will. Als Begleitung."

Castle sagte: „Natürlich. Ich komme gern ... wenn Sie wirklich glauben ..." Er konnte nur schwer widerstehen, wenn er einen Hilferuf vernahm, mochte er auch noch so sehr verschlüsselt sein.

2

Ausnahmsweise strich Castle das Mittagessen. Er litt nicht an Hunger, sondern an der Störung seiner Büroroutine. Er fühlte sich unbehaglich. Er wollte sich überzeugen, daß bei Davis alles in Ordnung war. Als er das große anonyme Gebäude um ein Uhr verließ, nachdem er alle seine Akten, einschließlich einer humorlosen Nachricht Watsons, im Safe versperrt hatte, erblickte er Cynthia auf der Türschwelle. Er sagte zu ihr: „Ich will nachsehen, wie es Davis geht. Kommen Sie mit?"

„Nein, warum sollte ich? Ich habe Einkäufe zu erledigen. Warum gehen *Sie* denn? Es ist doch nichts Ernstes, oder?"

„Nein, aber ich wollte doch vorbeischauen. Er ist ganz allein in der Wohnung, abgesehen von diesen Umweltkerlen. Und die kommen immer erst gegen Abend heim."

„Dr. Percival versprach, ihn zu besuchen."

„Ja, ich weiß, aber er wird jetzt schon fort sein. Ich dachte mir, Sie würden vielleicht gern mitkommen ... nur um zu sehen ..."

„Also gut, wenn wir nicht zu lange bleiben. Wir brauchen doch keine Blumen mitzubringen, nicht wahr? Wie in ein Krankenhaus." Sie war ein recht schroffes Mädchen.

Davis öffnete ihnen die Tür im Schlafrock. Castle sah, wie sein Gesicht beim Anblick Cynthias einen Moment aufleuchtete, doch dann begriff er, daß sie in Begleitung gekommen war.

Er bemerkte lustlos: „Ah. *Sie* sind es."

„Was fehlt Ihnen, Davis?"

„Weiß nicht. Nichts Besonderes. Die gute alte Leber macht Geschichten."

„Ich dachte, Ihr Freund sagte am Telefon etwas von Magenkrämpfen", meinte Cynthia.

„Na, die Leber liegt doch irgendwo neben dem Magen, nicht? Oder sind's die Nieren? Ich kenne mich in meiner eigenen Geographie jämmerlich schlecht aus."

„Ich mache Ihnen das Bett, Arthur", sagte Cynthia, „während Sie beide miteinander plaudern."

„Nein, nein, bitte nicht! Es ist nur ein bißchen zerwühlt. Setzen Sie sich und machen Sie sich's bequem. Nehmen Sie einen Drink."

„Sie und Castle können trinken, aber ich mache Ihr Bett."

„Sie hat einen eisernen Willen", sagte Davis. „Was wollen Sie, Castle? Einen Whisky?"

„Einen kleinen, danke."

Davis stellte zwei Gläser bereit.

„Sie sollten es lieber lassen, wenn Sie eine schlechte Leber haben. Was sagte denn Dr. Percival eigentlich?"

„Ach, er versuchte mir Angst einzujagen. Das tun Ärzte doch immer, nicht wahr?"

„Ich hab nichts dagegen, allein zu trinken."

„Er sagte, wenn ich mich nicht ein bißchen zusammenreiße, riskiere ich eine Zirrhose. Muß mich morgen röntgen lassen. Ich sagte ihm, daß ich nicht mehr trinke als andere Leute, aber er meinte, manche hätten eben eine schwächere Leber. Ärzte müssen immer das letzte Wort haben."

„An Ihrer Stelle würde ich diesen Whisky nicht trinken."

„Er sagte ‚reduzieren', und ich hab diesen Whisky auf die Hälfte reduziert. Und ich versprach ihm, den Port zu streichen. Das tu ich auch, ein bis zwei Wochen lang. Alles, um ihm gefällig zu sein. Ich freue mich, daß Sie da sind, Castle. Wissen Sie, dieser Dr. Percival hat mich wirklich ein bißchen erschreckt. Ich hatte den Eindruck, daß er mir nicht alles sagt, was er weiß. Es wäre doch ein Elend, nicht, wenn die beschlossen hätten, mich nach L. M. zu schicken, und *er* ließe mich dann nicht fahren. Und noch vor etwas habe ich Angst – haben sie mit Ihnen über mich gesprochen?"

„Nein. Bloß Daintry fragte mich heute vormittag, ob ich mit Ihnen zufrieden sei, und ich sagte – restlos."

„Sie sind ein wirklicher Freund, Castle."

„Es ist nur wegen dieser blöden Überprüfung. Sie erinnern sich doch an den Tag, als Sie sich mit Cynthia im Zoo trafen ... ich sagte ihnen, Sie sind beim Zahnarzt, aber trotzdem ..."

„Ja. Ich bin ein Mensch, der immer erwischt wird. Und dabei

halte ich mich fast stets an die Vorschriften. Das ist meine Art von Redlichkeit, möchte ich meinen. Sie sind ganz anders. Wenn ich einmal einen Bericht mitnehme, um ihn beim Essen zu lesen, werde ich geschnappt. Sie aber tragen immer wieder Berichte außer Haus. Sie nehmen Gefahren auf sich – wie Priester das angeblich tun müssen. Wenn wirklich durch mich etwas in falsche Hände käme – ohne meine Absicht natürlich –, dann würde ich zu Ihnen beichten gehen."

„Und die Absolution erwarten?"

„Nein. Aber ein bißchen Gerechtigkeit."

„Da sind Sie an der falschen Stelle, Davis. Ich habe nicht die leiseste Ahnung, was das Wort ‚Gerechtigkeit' bedeutet."

„Sie würden mich verurteilen, im Morgengrauen erschossen zu werden?"

„O nein. Leute, die ich mag, würde ich immer freisprechen."

„Dann sind aber eigentlich Sie es, der ein Risiko für den Geheimdienst bedeutet", sagte Davis. „Wie lange, glauben Sie, wird diese verdammte Überprüfung noch dauern?"

„Bis sie ihre undichte Stelle finden, vermutlich, oder beschließen, daß es gar keine undichte Stelle gab. Vielleicht hat irgendeiner in MI5 eine Aussage falsch gelesen."

„Oder irgendeine, Castle. Warum nicht eine Frau? Wenn es weder ich bin noch Sie oder Watson, könnte es doch eine der Sekretärinnen sein? Diese Vorstellung jagt mir einen Schauer über den Rücken. Kürzlich versprach Cynthia mir, mit mir zum Abendessen zu gehen. Ich wartete bei Stone's auf sie, und am nächsten Tisch wartete ein hübsches Mädel ebenfalls auf jemanden. Wir lächelten uns halb zu, weil wir beide versetzt worden waren. Sozusagen Leidensgefährten. Ich hätte sie angesprochen – schließlich hatte Cynthia mich sitzenlassen –, und dann fiel mir plötzlich ein: vielleicht hat man sie hierhergesetzt, um mich zu erwischen, vielleicht hat man gehört, wie ich vom Büro aus den Tisch telefonisch reservieren ließ. Vielleicht ist

Cynthia auf höheren Befehl weggeblieben. Und jetzt raten Sie, wer dann kam und sich zu dem Mädchen setzte – Daintry."

„Es war wahrscheinlich seine Tochter."

„Die verwenden ja auch Töchter in unserem Verein, nicht? Was für einen Idiotenberuf wir doch haben. Niemandem kann man trauen. Ich mißtraue jetzt sogar Cynthia. Sie macht mein Bett, Gott weiß, was sie darin zu finden hofft. Aber alles, was dabei herausschaut, sind die Brotkrumen von gestern. Vielleicht wird man sie analysieren. Eine Krume könnte einen Mikrofilm enthalten."

„Ich muß leider gehen. Der Postsack aus Zaire ist eingetroffen."

Davis stellte sein Glas nieder. „Hol mich der Teufel, der Whisky schmeckt einfach nicht mehr, seit Dr. Percival mir Geschichten erzählt hat. Glauben *Sie,* daß ich Zirrhose habe?"

„Nein. Schonen Sie sich für eine Zeitlang."

„Leichter gesagt als getan. Wenn mir langweilig ist, trinke ich was. Sie Glücklicher, Sie haben Sarah. Wie geht es Sam?"

„Er fragt oft nach Ihnen. Er sagt, niemand spielt so gut Verstecken wie Sie."

„Ein lieber kleiner Bastard. Ich wollte, ich hätte auch einen kleinen Bastard – aber nur von Cynthia. Welche Aussichten!"

„Das Klima von Lourenço Marques ist nicht sehr günstig ..."

„Oh, es heißt, Kindern unter sechs schadet es nicht."

„Nun, vielleicht wird Cynthia schwach. Schließlich macht sie schon Ihr Bett."

„Ja, sie würde mich allerdings bemuttern, aber was sie die ganze Zeit sucht, ist jemand, den sie bewundern kann – so eine ist sie. Sie hätte gern einen seriösen Menschen – wie Sie. Das Pech ist: wenn ich es ernst meine, kann ich mich nicht ernst aufführen. Den Ernsten zu spielen macht mich verlegen. Können Sie sich jemanden vorstellen, der mich bewundert?"

„Nun, Sam tut's."

„Ich bezweifle, daß Cynthia gern Verstecken spielt.“

Cynthia kam zurück. Sie sagte: „Ihr Bett war in einer sagenhaften Unordnung. Wann wurde es zuletzt gemacht?“

„Unsere Putzfrau kommt montags und freitags, und heute ist Donnerstag.“

„Warum machen Sie es nicht selbst?“

„Nun, ich streiche es irgendwie rund um mich zurecht, wenn ich mich niederlege.“

„Und diese Umwelttypen, was tun die?“

„Oh, die sind ausgebildet worden, Verschmutzungen erst dann zu sehen, wenn sie amtlich darauf hingewiesen werden.“

Davis begleitete die beiden bis zur Tür. Cynthia sagte: „Also dann bis morgen“, und ging die Treppe hinab. Über die Schulter rief sie zurück, daß sie eine Menge zu besorgen habe.

„ ‚Sie hätte mich nie angeblickt,
verböte sie mir, sie zu lieben‘ “,

zitierte Davis. Castle war überrascht. Er hätte sich nie vorgestellt, daß Davis Browning gelesen hatte – außer auf der Schule, selbstverständlich.

„Na schön“, sagte er, „zurück zum Postsack.“

„Tut mir leid, Castle. Ich weiß, wie sehr Sie der irritiert. Ich simuliere wirklich nicht. Und ich hab auch keinen Kater. Es ist nur was mit den Beinen und Armen – wie Pudding sind sie.“

„Gehen Sie zurück ins Bett.“

„Ich glaube, das ist das beste. Sam wäre jetzt beim Versteckenspielen mit mir gar nicht zufrieden.“ Davis lehnte sich an das Treppengeländer und verfolgte Castle mit den Augen. Als Castle das Ende der Treppe erreicht hatte, rief er: „Castle!“

„Ja?“ Castle blickte auf.

„Sie glauben nicht, daß mich das hindern könnte?“

„Hindern?“

„Ich wäre gleich ein anderer Mensch, wenn ich nach Lourenço Marques versetzt würde.“

„Ich hab getan, was ich konnte. Ich habe mit C gesprochen."

„Sie sind ein guter Kerl, Castle. Danke schön, wie es auch ausgeht."

„Marsch zurück ins Bett. Und ruhen Sie sich aus."

„Das tu ich." Aber er blieb stehen und schaute hinunter, während Castle sich umwandte und fortging.

SIEBENTES KAPITEL

I

Castle und Daintry trafen als letzte im Standesamt ein und setzten sich in die hinterste Reihe des düsteren braunen Raums. Vier leere Stuhlreihen trennten sie von den übrigen Gästen, etwa einem Dutzend Personen, gespalten in rivalisierende Clans wie bei einer Hochzeit in der Kirche; jeder Clan beäugte den anderen mit kritischem Interesse und leichter Geringschätzung. Nur Champagner mochte möglicherweise später zu einem Waffenstillstand zwischen den Gruppen führen.

„Das wird wohl Colin sein", sagte Oberst Daintry und deutete auf einen jungen Mann, der soeben neben seine Tochter vor den Tisch des Standesbeamten getreten war. „Ich weiß nicht einmal seinen Familiennamen", fügte er hinzu.

„Wer ist die Dame mit dem Taschentuch? Sie scheint sich über etwas aufzuregen."

„Das ist meine Frau", erwiderte Oberst Daintry. „Ich hoffe, es gelingt uns zu entwischen, bevor sie uns bemerkt."

„Das können Sie nicht tun. Ihre Tochter würde ja gar nicht wissen, daß Sie hier waren."

Der Standesbeamte begann seine Rede. Jemand machte „Pst", als befänden sie sich in einem Theater und der Vorhang wäre eben aufgegangen.

„Ihr Schwiegersohn heißt Clutters", flüsterte Castle.

„Sind Sie sicher?"

„Nein, aber so hab ich's verstanden."

Der Standesbeamte gab die Art gute Wünsche von sich, in denen Gott nicht vorkommt und die mitunter als Laienpredigt gilt; ein paar Leute gingen, nach einem entschuldigenden Blick auf die Uhr, fort.

„Glauben Sie nicht, daß wir auch gehen könnten?" fragte Daintry.

„Nein."

Trotzdem schien sie niemand zur Kenntnis zu nehmen, als sie in der Victoria Street standen. Die Taxis kurvten heran wie Raubvögel, und Daintry machte noch einen zaghaften Versuch zu fliehen.

„Das ist Ihrer Tochter gegenüber nicht fair", wandte Castle ein.

„Ich weiß ja nicht einmal, wohin alle diese Leute gehen", sagte Daintry.

„Wahrscheinlich in ein Hotel."

„Wir können hinterherfahren."

Und das taten sie auch – den ganzen Weg bis zu Harrods und noch weiter, durch einen dünnen Herbstnebel.

„Kann mir nicht denken, in welchem Hotel ..." sagte Daintry. „Ich glaube, wir haben sie verloren." Er beugte sich vor, um das vor ihnen fahrende Auto zu mustern. „Nein, Pech gehabt. Das ist der Hinterkopf meiner Frau, was ich da sehe."

„Da kann man sich leicht irren."

„Ich täusche mich da wohl kaum. Wir waren fünfzehn Jahre miteinander verheiratet." Düster fügte er hinzu: „Und sieben davon haben wir nicht miteinander gesprochen."

„Mit Champagner geht's leichter", sagte Castle.

„Ich mag aber Champagner nicht. Es ist wirklich nett, Castle, daß Sie mitgekommen sind. Allein wäre ich all dem nicht gewachsen."

„Wir trinken nur ein einziges Glas und gehen dann."

„Ich kann mir nicht vorstellen, wohin wir da fahren. In dieser

Gegend war ich seit Jahren nicht mehr. Wie viele neue Hotels es da gibt."

Der Verkehr in der Brompton Road zwang das Taxi, immer wieder stehenzubleiben und neu anzufahren.

„Im allgemeinen geht man in das Heim der Braut", sagte Castle, „wenn man nicht ein Hotel vorzieht."

„Sie hat kein Heim. Offiziell hat sie mit einer Freundin eine gemeinsame Wohnung. Aber offenbar lebt sie schon eine ganze Weile mit diesem Clutters. Clutters! Wie kann man nur so heißen!"

„Er muß nicht unbedingt Clutters heißen. Der Standesbeamte sprach sehr undeutlich."

Die Taxis lieferten jetzt die übrigen Gäste wie Päckchen in Geschenkpapier vor einem kleinen, allzu schmucken Häuschen in einer kurzen, bogenförmig geschwungenen Straße ab. Zum Glück waren es nicht sehr viele – für größere Partys eigneten sich die Häuser hier nicht. Schon bei zwei Dutzend Leuten hatte man das Gefühl, daß sich die Wände neigen oder der Fußboden einbrechen könnte.

„Jetzt dämmert mir, was das ist – die Wohnung meiner Frau", sagte Daintry. „Man hat mir erzählt, daß sie sich in Kensington etwas gekauft hat."

Sie zwängten sich durch die Menschenmenge auf der Treppe in einen Salon. Von jedem Tisch, den Bücherregalen, dem Piano, dem Kaminsims, starrten Porzellaneulen auf die Gäste, wachsam, beutegierig, mit grausam gekrümmten Schnäbeln. „Ja, das *ist* ihre Wohnung", sagte Daintry. „Sie hatte schon immer eine Leidenschaft für Eulen – aber die Leidenschaft ist seit meiner Zeit noch gewachsen."

Seine Tochter konnten sie in der Menge, die sich vor dem Buffet drängte, nicht entdecken. Champagnerflaschen knallten unaufhörlich. Es gab eine Hochzeitstorte, und sogar auf deren Aufbau aus rosa Zuckerguß balancierte eine Gipseule. Ein großer

Mann mit einem Schnurrbart, der genau wie Daintrys Schnurrbart gestutzt war, kam auf sie zu und sagte: „Ich weiß nicht, wer Sie sind, aber bedienen Sie sich bitte selbst mit Schampus."

Nach seiner Ausdrucksweise zu urteilen, mußte er fast noch den Ersten Weltkrieg erlebt haben. Er hatte das geistesabwesende Auftreten eines ziemlich bejahrten Gastgebers. „An den Kellnern haben wir gespart", fügte er hinzu.

„Ich heiße Daintry."

„Daintry?"

„Das ist die Hochzeit meiner Tochter", erklärte Daintry mit einer Stimme, die so trocken wie Zwieback klang.

„Oh, dann müssen Sie ja Sylvias Mann sein?"

„Ja. *Ihren* Namen habe ich leider nicht verstanden."

Der Mann entfernte sich mit dem Ruf „Sylvia! Sylvia!"

„Nichts wie weg", sagte Daintry verzweifelt.

„Sie müssen Ihre Tochter doch begrüßen."

Eine Frau drängte sich durch die Gäste am Buffet. Castle erkannte in ihr die Dame, die auf dem Standesamt geweint hatte, doch jetzt sah sie überhaupt nicht nach Tränen aus. Sie sagte: „Darling, Edward hat mir gesagt, daß du hier bist. Wie nett von dir. Ich weiß doch, wie entsetzlich viel du immer zu tun hast."

„Ja, wir müssen auch wirklich gehen. Dies hier ist Mr. Castle, aus meinem Büro."

„Dieses verdammte Büro. Wie geht's, Mr. Castle? Ich muß Elizabeth suchen – und Colin."

„Störe sie nicht. Wir müssen wirklich gehen."

„Ich bin selbst nur heute hier. Aus Brighton. Edward hat mich hergebracht."

„Wer ist Edward?"

„Er hat so viel geholfen. Hat den Champagner und die anderen Sachen bestellt. Eine Frau braucht bei solchen Gelegenheiten einen Mann. Du hast dich überhaupt nicht verändert, Darling. Wie lang ist's jetzt her?"

„Sechs, sieben Jahre?“

„Wie die Zeit verfliegt.“

„Du hast seither eine Menge neuer Eulen gesammelt.“

„Eulen?“ Sie entfernte sich mit dem Ruf: „Colin, Elizabeth, kommt hier herüber.“ Sie kamen Hand in Hand. Zu Daintrys Bild von seiner Tochter paßte kindliche Zärtlichkeit überhaupt nicht, aber möglicherweise dachte sie, daß Händchenhalten bei ihrer Hochzeit Pflicht war.

Elizabeth sagte: „Wie lieb von dir, Vater, daß du's doch geschafft hast. Ich weiß ja, wie sehr dir solche Sachen zuwider sind.“

„Das ist meine erste Erfahrung auf diesem Gebiet.“ Er sah ihren Begleiter an, der eine Nelke im Knopfloch seines ganz neuen Nadelstreifanzugs trug. Sein Haar war kohlrabenschwarz und um die Ohren herum sehr sorgfältig gekämmt.

„Guten Tag, Sir. Elizabeth hat so viel von Ihnen erzählt.“

„Umgekehrt kann ich leider nicht dasselbe behaupten“, sagte Daintry. „Sie sind also Colin Clutters?“

„Nicht Clutters, Vater. Wie kommst du nur darauf? Er heißt Clough. Ich meine, *wir* heißen Clough.“

Eine Welle von späten Gästen, die nicht auf dem Standesamt gewesen waren, hatte Castle von Oberst Daintry getrennt. Ein Mann in einer doppelreihigen Jacke sagte zu ihm: „Ich kenne keine Menschenseele hier – außer Colin, selbstverständlich.“

Man vernahm das Klirren zerbrechenden Porzellans. Mrs. Daintrys Stimme erhob sich über das Stimmengewirr. „Um Gottes willen, Edward, war das eine Eule?“

„Nein, nein, keine Angst, meine Liebe. Nur ein Aschenbecher.“

„Keine Menschenseele“, wiederholte der Mann in der Jacke. „Mein Name ist übrigens Joiner.“

„Castle.“

„Sie kennen Colin?“

„Nein, ich kam mit Oberst Daintry."

„Wer ist denn das?"

„Der Vater der Braut."

Irgendwo klingelte ein Telefon. Niemand achtete darauf.

„Sie sollten einmal mit dem jungen Colin reden. Ein heller Bursche."

„Er hat einen sonderbaren Familiennamen, nicht?"

„Sonderbar?"

„Na ja ... Clutters ..."

„Er heißt Clough."

„Oh, dann muß ich mich verhört haben."

Wieder zerbrach etwas. Edwards Stimme übertönte beruhigend das Getöse. „Keine Angst, Sylvia. Nichts von Bedeutung. Die Eulen sind alle intakt."

„Er hat eine regelrechte Revolution in unserer Werbung bewirkt."

„Sie arbeiten zusammen?"

„Man kann sagen, ich *bin* Jameson's Babypuder."

Der Mann, der Edward genannt wurde, packte Castle am Arm. Er fragte: „Heißen Sie Castle?"

„Ja."

„Jemand verlangt Sie am Telefon."

„Es weiß doch niemand, daß ich hier bin."

„Ein Mädchen. Sie ist ziemlich aufgeregt. Sagt, es ist dringend."

Castle dachte an Sarah. Sie wußte, daß er zu dieser Hochzeit fuhr, aber nicht einmal Daintry hatte geahnt, wo sie zuletzt landen würden. War Sam wieder krank? Er fragte: „Wo ist das Telefon?"

„Kommen Sie mit mir." Doch als sie es erreichten – ein weißes Telefon neben einem weißen Doppelbett, bewacht von einer weißen Eule –, war der Hörer schon aufgelegt. „Tut mir leid", sagte Edward, „aber sie wird sicher wieder anrufen."

„Hat sie ihren Namen genannt?"

„Ich hab ihn nicht verstanden, bei diesem Krach hier. Ich hatte den Eindruck, daß sie weint. Kommen Sie, trinken Sie noch einen Schampus."

„Danke, wenn's recht ist, möchte ich lieber hier beim Telefon bleiben."

„Dann entschuldigen Sie bitte, daß ich Sie verlasse. Ich muß auf alle diese Eulen achtgeben, wissen Sie. Sylvia würde das Herz brechen, wenn eine von ihnen beschädigt würde. Ich schlug vor, sie aus dem Weg zu räumen, aber sie hat mehr als hundert. Ohne sie hätte das Haus ein bißchen kahl ausgesehen. Sind Sie ein Freund von Oberst Daintry?"

„Wir arbeiten im selben Büro."

„Eine dieser geheimen Sachen, wie? Für mich ein bißchen peinlich, ihn hier kennenzulernen. Sylvia wollte nicht glauben, daß er kommt. Vielleicht hätte ich selbst auch nicht kommen sollen. Aus Taktgründen. Aber wer hätte sich dann um die Eulen gekümmert?"

Castle setzte sich auf den Rand des großen weißen Bettes, und die weiße Eule neben dem Telefon glotzte ihn an, als erkenne sie in ihm einen illegalen Einwanderer, der sich soeben auf diesem seltsamen Kontinent aus Schnee niedergelassen hatte; sogar die Wände waren weiß, und seine Füße standen auf einem weißen Teppich. Er hatte Angst – Angst um Sam, Angst um Sarah, Angst um sich selbst, Angst strömte wie ein unsichtbares Gas aus dem Mundstück des stummen Telefons. Er und alle, die er liebte, waren von diesem geheimnisvollen Anruf bedroht. Der Lärm der Stimmen aus dem Salon war jetzt nicht wirklicher als ein Gerücht von Eingeborenenstämmen in weiten Fernen jenseits der Schneewüste. Dann klingelte das Telefon. Er stieß die weiße Eule beiseite und hob ab.

Zu seiner Erleichterung hörte er Cynthias Stimme. „Ist dort M. C.?"

„Ja, wieso wußten Sie, wo Sie mich finden?"

„Ich versuchte es beim Standesamt, aber da waren Sie schon weg. Dann fand ich eine Mrs. Daintry im Telefonbuch."

„Was ist los, Cynthia? Ihre Stimme klingt so komisch."

„M. C., etwas Entsetzliches ist geschehen. Arthur ist tot."

Wieder, wie schon einmal, fragte er sich einen Augenblick, wer denn Arthur sein mochte.

„Davis? Tot? Aber er wollte doch nächste Woche ins Büro kommen?"

„Ich weiß. Die Putzfrau fand ihn, als sie – als sie sein Bett machen wollte." Ihre Stimme brach.

„Ich komme sofort ins Büro zurück, Cynthia. Haben Sie mit Dr. Percival gesprochen?"

„Er hat mich angerufen, um es mir mitzuteilen."

„Ich muß es Oberst Daintry sagen."

„Oh, M. C., wenn ich doch netter zu ihm gewesen wäre. Das einzige, was ich je für ihn getan habe, war – daß ich ihm sein Bett gemacht habe." Er hörte, wie sie den Atem anhielt, um nicht in Weinen auszubrechen.

„Ich komme, so rasch ich kann." Er legte auf.

Der Salon war so gedrängt voll und genauso lärmend wie früher.

Die Hochzeitstorte war angeschnitten worden, und die Leute suchten nach bescheidenen Plätzchen, wo sie ihre Portionen in Sicherheit bringen konnten. Daintry stand, ein Tortenstück in der Hand, hinter einem mit Eulen übersäten Tischchen. Er sagte: „Um Gottes willen, Castle, machen wir uns aus dem Staub. Ich fühle mich hier fehl am Platz."

„Daintry, ich hatte einen Anruf vom Büro. Davis ist tot."

„Davis?"

„Ist tot. Dr. Percival ..."

„Percival!" rief Daintry. „Mein Gott, dieser Mensch ..." Er schob das Tortenstück heftig mitten unter die Eulen, und eine große graue Eule kippte über den Tischrand und zerschellte auf dem Fußboden.

„Edward“, kreischte eine Frauenstimme, „John hat die graue Eule zerbrochen.“

Edward stürzte auf Daintry und Castle zu. „Ich kann nicht überall gleichzeitig sein, Sylvia.“

Mrs. Daintry tauchte hinter ihm auf. Sie sagte: „John, du verdammter alter Idiot. Das werde ich dir nie verzeihen ... Was hast du hier überhaupt zu suchen, zum Teufel noch einmal, in *meinem* Haus?“

Daintry sagte: „Kommen Sie, Castle. Ich kaufe dir eine andere Eule, Sylvia.“

„Die ist unersetzlich, unersetzlich.“

„Ein Mann ist tot“, sagte Daintry. „Auch er ist unersetzlich.“

2

„Das hätte ich nicht erwartet“, sagte Dr. Percival zu ihnen. Castle fand, das sei eine merkwürdig gleichgültige Redewendung bei einem solchen Anlaß, eine Redewendung so kalt wie die arme Leiche, die in einem zerknitterten Pyjama auf dem Bett ausgestreckt lag, mit weit offener Jacke und entblößter Brust, die man zweifellos vor geraumer Zeit vergeblich nach dem letzten Herzschlag abgehorcht und untersucht hatte. Castle hatte Dr. Percival bisher als einen sehr herzlichen Menschen empfunden, doch diese Herzlichkeit war angesichts des Toten eingefroren, und ein nicht dazupassender Ton wie eine verlegene Rechtfertigung lag in der seltsamen Redewendung, die er benutzt hatte.

Die plötzliche Veränderung der Umgebung traf Castle, als er jetzt in diesem ungepflegten Zimmer stand, wie ein Schlag – nach dem Gewirr fremder Stimmen, den Schwärmen von Porzellaneulen und dem Knallen von Champagnerkorken bei Mrs. Daintry. Dr. Percival war nach diesem einen unglückseligen Satz wieder in Schweigen verfallen, und auch niemand sonst sagte etwas. Er war von dem Bett einen Schritt zurückgetreten, so als stellte er ein Gemälde einigen unfreundlichen Kritikern zur Schau und warte mit bösen Ahnungen auf ihr Urteil. Auch Daintry schwieg. Er schien sich damit zu begnügen, Dr. Percival zu beobachten, als wäre es dessen Sache, einen offenkundigen Fehler wegzudisputieren, den man auf dem Bild finden konnte.

Castle konnte das lange Schweigen nicht mehr ertragen.

„Wer sind diese Männer im Wohnzimmer? Was tun sie?"

Dr. Percival wandte sich widerstrebend vom Bett ab. „Welche Männer? Ach, die. Ich bat die Staatspolizei, sich ein wenig umzuschauen."

„Warum? Glauben Sie, daß man ihn umgebracht hat?"

„Nein, nein. Natürlich nicht. Nichts dergleichen. Seine Leber war in einem grauenhaften Zustand. Vor ein paar Tagen wurde er geröntgt."

„Warum sagten Sie dann, das hätten Sie nicht erwartet ...?"

„Ich erwartete nicht, daß es so schnell ginge."

„Es wird doch wohl eine Obduktion vorgenommen?"

„Natürlich. Natürlich."

Die „Natürlich" vervielfachten sich wie Fliegen um die Leiche.

Castle ging in das Wohnzimmer zurück. Auf dem Kaffeetisch standen eine Flasche Whisky und ein benutztes Glas, daneben lag eine Nummer des *Playboy*.

„Ich habe gesagt, er muß das Trinken aufgeben", rief Dr. Percival Castle nach. „Aber er wollte nicht hören."

Im Zimmer werkten zwei Männer. Der eine von ihnen nahm das *Playboy*-Heft, durchblätterte es und schüttelte die Seiten aus. Der andere durchsuchte die Schreibtischladen. Er sagte zu seinem Gefährten: „Hier ist sein Adreßbuch. Geh die Namen durch. Überprüf die Telefonnummern, falls sie nicht übereinstimmen."

„Ich verstehe immer noch nicht, was die suchen", sagte Castle.

„Nur eine Sicherheitsmaßnahme", erklärte Dr. Percival. „Ich versuchte Sie zu erreichen, Daintry, weil dies ja eigentlich Ihre Sache ist, aber Sie waren bei einer Hochzeit oder sowas."

„Ja."

„Es scheint in letzter Zeit eine gewisse Achtlosigkeit im Büro um sich gegriffen zu haben. C ist zwar fort, aber er hätte bestimmt gewünscht, daß wir uns versichern, ob der arme Kerl nicht am Ende etwas hat herumliegen lassen."

„Wie Telefonnummern in Verbindung mit falschen Namen?" fragte Castle. „Das würde ich nicht gerade eine Achtlosigkeit nennen."

„Diese Freunde müssen eine Routine einhalten. Stimmt's, Daintry?"

Aber Daintry antwortete nicht. Er stand auf der Schwelle des Schlafzimmers und sah die Leiche an.

Einer der Männer sagte: „Guck dir das mal an, Taylor." Er reichte dem anderen ein Blatt Papier. Dieser las laut vor: „Bonne Chance, Kalamazoo, Widow Twanky".

„'n bißchen komisch, nicht?"

Taylor sagte: „Bonne Chance ist französisch, Piper. Kalamazoo klingt wie eine Stadt in Afrika."

„Afrika, he? Das könnte wichtig sein."

Castle sagte: „Schauen Sie lieber in einer Abendzeitung nach. Dort werden Sie wahrscheinlich entdecken, daß das die Namen von drei Pferden sind. Er hat am Wochenende immer beim Rennen gewettet."

„Ah", machte Piper. Es klang etwas entmutigt.

„Ich glaube, wir sollten unsere Freunde von der Staatspolizei ihre Arbeit in Ruhe verrichten lassen", sagte Doktor Percival.

„Was ist mit Davis' Familie?" fragte Castle.

„Das Büro kümmert sich darum. Der einzige nahe Blutsverwandte scheint ein Cousin in Droitwich zu sein. Ein Zahnarzt."

Piper sagte: „Hier ist was, das mir nicht ganz lupenrein vorkommt, Sir." Er hielt Dr. Percival ein Buch entgegen, und Castle fing es ab. Es war eine kleine Auswahl von Robert Brownings Gedichten. Drinnen klebte ein Exlibris mit einem Wappenschild und dem Namen einer Schule, der Königlichen Höheren Schule von Droitwich. Offenbar war der Band im Jahr 1910 einem Schüler namens William Davis als Preis für englischen Aufsatz verliehen worden, und William Davis hatte mit schwarzer Tinte und feiner, affektierter Handschrift dazugeschrieben: „Meinem Sohn Arthur von seinem Vater anläßlich der Eins in Physik, 29. Juni 1953." Browning und Physik und ein sechzehnjähriger Junge waren wohl eine seltsame Zusammenstellung, aber vermutlich doch auch nicht das, was Piper mit „nicht lupenrein" gemeint hatte.

„Was ist es?" fragte Dr. Percival.

„Gedichte von Browning. Ich verstehe nicht, was daran nicht lupenrein sein sollte."

Trotzdem mußte er zugeben, daß das kleine Buch nicht zur Militärschule Aldermaston, dem Toto und dem *Playboy* paßte, und nicht zur öden Alltagsarbeit im Büro und der Post aus Zaire; ob man im Leben jedes Menschen, auch des einfachsten, Hinweise auf die Kompliziertheit der Seele finden kann, wenn man nur nach seinem Tod lange genug herumkramt? Freilich, Davis mochte das Buch nur aus Pietät gegenüber dem Vater aufbewahrt haben, aber es war nicht zu übersehen, daß er es gelesen hatte. Und hatte er nicht, als Castle ihn das letzte Mal am Leben sah, Browning zitiert?

„Wenn Sie genau hinsehen, Sir, sind gewisse Stellen angezeichnet", sagte Piper zu Dr. Percival. „Sie verstehen mehr von Buchkodes als ich. Ich dachte nur, ich sollte Sie aufmerksam machen."

„Was halten Sie davon, Castle?"

„Ja, es *sind* Stellen angezeichnet." Er blätterte in dem Band.

„Das Buch gehörte seinem Vater, und es könnten die Zeichen

daher auch von seinem Vater stammen – aber die Tinte sieht zu frisch aus; er hat ein ‚c' hingeschrieben."

„Etwas von Bedeutung?"

Castle hatte Davis nie ernst genommen, weder sein Trinken noch seine Wetten, nicht einmal seine hoffnungslose Liebe zu Cynthia, aber über einen Toten setzte man sich nicht so leicht hinweg. Zum erstenmal empfand er echte Neugier, etwas über Davis zu wissen. Durch seinen Tod war Davis wichtig geworden. Durch seinen Tod gewann er so etwas wie Format. Vielleicht sind die Toten weiser als wir. Er blätterte in den Seiten des Bändchens wie ein Mitglied der Browning-Gesellschaft, das sich danach sehnt, einen Text zu interpretieren.

Daintry riß sich von der Schlafzimmertür los. Er sagte: „Daran ist ja wohl nichts, oder doch ... an diesen markierten Stellen?"

„Nichts was?"

„Von Bedeutung." Er wiederholte Percivals Frage.

„Von Bedeutung? Vielleicht doch. Für seinen ganzen Geisteszustand."

„Was meinen Sie damit?" fragte Percival. „Glauben Sie wirklich ...?" Seine Frage klang so voll Hoffnung, als wünsche er sich innigst, daß der Mann, der tot nebenan lag, ein Sicherheitsrisiko bedeutet hatte, und, dachte Castle, wenn man so will, dann hatte er das auch. Liebe und Haß, sie sind beide gefährlich, hatte er warnend zu Boris gesagt. Ein Bild trat vor sein geistiges Auge: ein Schlafzimmer in Lourenço Marques, das Surren einer Klimaanlage, und Sarahs Stimme am Telefon: „Da bin ich", und dann das plötzliche Gefühl überwältigender Freude. Seine Liebe zu Sarah hatte ihn zu Carson hingeführt, und Carson führte ihn schließlich zu Boris. Der Liebende geht durch die Welt wie ein Anarchist: er trägt eine Zeitbombe mit sich.

„Sie glauben wirklich, es gibt so etwas wie einen Beweis dafür ...?" fuhr Dr. Percival fort. „Sie sind im Entschlüsseln geschult. Ich nicht."

„Hören Sie zu. Diese Stelle ist mit einem vertikalen Strich unter dem Buchstaben ‚c' bezeichnet.

‚Nur sagen will ich, was ein Freund sonst wohl sagt,
Bloß um ein weniges bänger:
Deine Hand will ich halten, solang es sein mag ...' "

„Haben Sie eine Ahnung, was dieses ‚c' heißt?" fragte Percival – und wieder hörte Castle die bange Hoffnung heraus, die ihn so irritiert hatte. „Es könnte doch, nicht wahr, ‚Code' bedeuten, um ihn daran zu erinnern, daß er die betreffende Passage bereits einmal verwendet hat? In einem Buchkode muß man doch wohl darauf achten, daß dieselbe Stelle nicht zweimal verwendet wird."

„Völlig richtig. Hier ist eine weitere markierte Stelle:

‚Wie sind sie's wert, dies graue Augenpaar,
Dies dunkle, vielgeliebte Haar,
Daß ihretwillen sich ein Mann verzehrt,
Die Höll' auf Erden schon erfährt ...' "

„Klingt mir nach Poesie, Sir", sagte Piper.

„Wieder eine vertikale Linie und ein ‚c', Dr. Percival."

„Sie glauben also, daß ...?"

„Davis sagte einmal zu mir: ‚Wenn ich es ernst meine, kann ich mich nicht ernst aufführen.' So mußte er sich wohl bei Browning die Worte leihen."

„Und das ‚c'?"

„Stand nur für den Namen eines Mädchens, Dr. Percival. Cynthia. Seine Sekretärin. Ein Mädchen, das er liebte. Eine von uns. Kein Fall für die Staatspolizei."

Daintry war die ganze Zeit dagestanden, grübelnd, unruhig, schweigend, in seine eigenen Gedanken verloren. Jetzt sagte er in einem scharf anklagenden Ton: „Es muß eine Obduktion vorgenommen werden."

„Natürlich", sagte Dr. Percival, „wenn sein Arzt das verlangt. Ich bin ja nicht sein Arzt. Ich bin nur sein Kollege – obwohl er mich konsultierte und wir die Röntgenbefunde haben."

„Sein Arzt sollte jetzt hier anwesend sein."

„Ich lasse ihn rufen, sobald diese Männer ihre Arbeit beendet haben. Sie, Oberst Daintry, wissen besser als jeder andere, wie wichtig das ist. Sicherheit steht an oberster Stelle."

„Ich bin neugierig, was die Obduktion ergeben wird, Dr. Percival."

„Das glaube ich Ihnen schon jetzt sagen zu können – seine Leber ist fast völlig zerstört."

„Zerstört?"

„Durch Alkohol natürlich, Oberst. Was denn sonst? Haben Sie denn nicht zugehört, als ich es Castle sagte?"

Castle überließ sie ihrem versteckten Duell. Es war Zeit, einen letzten Blick auf Davis zu werfen, bevor der Pathologe ihn in die Arbeit nahm. Er war froh, daß das Gesicht kein Anzeichen von Schmerz zeigte. Er zog die Pyjamajacke über der hohlen Brust zusammen. Ein Knopf fehlte. Knöpfeannähen gehörte nicht zu den Aufgaben einer Putzfrau. Das Telefon neben dem Bett klingelte einmal kurz, doch danach folgte nichts. Vielleicht hatte, weit weg, jemand ein Mikrofon und ein Bandgerät aus der Leitung entfernt. Davis stand nicht länger unter Überwachung. Er hatte sich ihr entzogen.

ACHTES KAPITEL

I

Castle arbeitete an einem Bericht, sein letzter Bericht sollte es sein. Mit Davis' Tod mußten die Informationen aus der afrikanischen Sektion klarerweise aufhören. Drangen weitere Nachrichten nach außen, dann gab es keinen Zweifel, wer dafür verantwortlich war, wenn sie aber aufhörten, würde die Schuld bestimmt dem Toten zugeschrieben werden. Davis hatte ausgelitten; seine Personalakte wurde abgeschlossen und in einer Aktenzentrale deponiert, wo sich niemand die Mühe nahm, sie zu prüfen. Was lag schon daran, wenn man eine heimtückische Geschichte herauslesen konnte? Wie eine Kabinettgeheimakte würde sie dreißig Jahre lang wohlverwahrt bleiben. So traurig es war, Davis' Tod war ein Akt der Vorsehung gewesen.

Castle hörte, wie Sarah Sam laut vorlas, bevor sie ihn für die Nacht versorgte. Es war eine halbe Stunde nach seiner üblichen Schlafenszeit, aber hatte heute abend auch einen Extratrost gebraucht, weil die erste Schulwoche recht unglücklich verlaufen war.

Was für eine lange und langsame Arbeit war es doch, einen Bericht in einen Buchkode umzuschreiben. Jetzt würde er „Krieg und Frieden" nie zu Ende bringen. Morgen schon wollte er sein Exemplar sicherheitshalber zusammen mit dem abgefallenen Herbstlaub verbrennen, ohne auf den Trollope zu warten. Er empfand gleichzeitig Erleichterung und Bedauern – Erleichterung, daß er seine Dankesschuld an Carson, soweit es in seinen

Kräften stand, abgezahlt hatte, und Bedauern darüber, daß er nun nicht mehr imstande sein würde, das Dossier über Onkel Remus abzuschließen und sich an Cornelius Müller zu rächen.

Als er seinen Bericht fertiggeschrieben hatte, ging er hinunter und wartete auf Sarah. Morgen war Sonntag. Er mußte den Bericht im Briefkasten hinterlassen, jenem dritten Briefkasten, der nie mehr verwendet werden würde; von einer Telefonzelle am Picadilly Circus hatte er, bevor er seinen Zug in Euston nahm, den Bericht angekündigt. Eine übermäßig zeitraubende Angelegenheit, diese Art seiner letzten Kontaktaufnahme, aber eine schnellere und gefährlichere Verbindung war nur dem äußersten Notfall vorbehalten. Er goß sich einen dreifachen J. & B. ein, und das Stimmengemurmel droben schenkte ihm vorübergehend ein Gefühl des Friedens. Eine Tür wurde leise ins Schloß gedrückt, Schritte bewegten sich über den Gang im ersten Stock; die Stufen krachten immer beim Heruntergehen. Er dachte, daß manche Leute dies alles als eine trübsinnige, ja unerträgliche häusliche Routine empfinden würden. Für ihn bedeutete es ein Gefühl der Sicherheit, die einzubüßen er gebangt hatte, jede Stunde seines Lebens. Er wußte genau, was Sarah sagen würde, wenn sie ins Wohnzimmer kam, und er wußte, was er darauf antworten würde. Das vertraute Beisammensein war ein Schutz gegen die Dunkelheit draußen in der King's Road und die brennende Lampe vor der Polizeiwachstube an der Ecke. Er hatte sich immer ausgemalt, wie ein uniformierter Polizist, den er wahrscheinlich vom Sehen gut kannte, den Mann von der Staatspolizei hierher begleiten würde, wenn die Stunde schlug.

„Hast du dir schon deinen Whisky genommen?"

„Kann ich *dir* einen geben?"

„Einen kleinen, Liebster."

„Ist mit Sam alles in Ordnung?"

„Er hat schon geschlafen, während ich seine Decke feststeckte."

Wie in einem unverstümmelten Kabel stand alles an der richtigen Stelle. Er reichte ihr das Glas; bis zu diesem Augenblick hatte er ihr nicht erzählen können, was geschehen war.

„Wie war die Hochzeit, Liebster?"

„Ziemlich scheußlich. Der arme Daintry hat mir leid getan."

„Warum ‚arm'?"

„Er hat eine Tochter verloren und hat wahrscheinlich keinen einzigen Freund."

„In deinem Büro gibt's lauter einsame Menschen, glaube ich."

„Ja. Alle die, die keine Paare bilden können. Trink aus, Sarah."

„Warum so eilig?"

„Ich will uns beiden noch einmal einschenken."

„Warum?"

„Ich habe schlechte Nachrichten, Sarah. Vor Sam konnte ich es dir nicht sagen. Es geht um Davis. Davis ist tot."

„Tot? *Davis?*"

„Ja."

„Wie?"

„Dr. Percival behauptet, es ist seine Leber."

„Aber eine Leber löst sich doch nicht so auf – von einem Tag zum anderen."

„Dr. Percival sagt es trotzdem."

„Du glaubst ihm nicht?"

„Nein. Nicht ganz. Und Daintry auch nicht, glaube ich."

Sie goß sich zwei Finger hoch ein – das hatte er von ihr noch nie gesehen. „Der arme, arme Davis."

„Daintry verlangt eine unabhängige Obduktion. Percival zeigte sich damit ganz einverstanden. Offenbar fühlt er sich sicher, daß seine Diagnose bestätigt wird."

„Wenn er so sicher ist, muß es doch stimmen?"

„Ich weiß nicht. Ich weiß es wirklich nicht. In unserer Firma kann man sich so vieles richten. Vielleicht sogar einen Obduktionsbefund."

„Was werden wir Sam sagen?"

„Die Wahrheit. Es hat keinen Sinn, den Tod vor einem Kind geheimzuhalten. Sterben ist etwas Alltägliches."

„Aber er hat doch Davis so lieb gehabt. Liebster, laß mich es ihm verschweigen, nur ein oder zwei Wochen lang. Bis er sich in der Schule zurechtgefunden hat."

„Du kannst das am besten beurteilen."

„Wenn du doch nur mit allen diesen Menschen nichts mehr zu schaffen hättest."

„Das kommt schon – in ein paar Jahren."

„Ich meine jetzt. Jetzt gleich. Holen wir Sam aus dem Bett und fahren wir ins Ausland. Mit dem nächsten Flugzeug, irgendwohin."

„Warte nur, bis ich meine Pension habe."

„Ich könnte doch arbeiten, Maurice. Wir könnten nach Frankreich gehen. Dort wäre alles leichter. Die sind Schwarze gewohnt."

„Es geht nicht, Sarah. Noch nicht."

„Warum? Sag mir einen einzigen triftigen Grund..."

Er versuchte so zu antworten, daß es möglichst unbeschwert klang. „Weißt du, man hat gesetzliche Kündigungsfristen einzuhalten."

„Überlegen denn die solche Dinge wie Kündigungsfristen?"

Er erschrak, wie schnell sie die Situation durchschaute, als sie schon sagte: „Haben sie vielleicht Davis ordnungsgemäß gekündigt?"

Er erwiderte: „Wenn es seine Leber war..."

„Das glaubst du doch nicht etwa, oder? Vergiß nicht, ich habe einmal für dich gearbeitet – für sie. Ich war deine Agentin. Glaub ja nicht, daß ich nicht bemerkt habe, wie ängstlich du im vorigen Monat warst – sogar wegen des Gasmanns. Es hat eine undichte Stelle gegeben – habe ich recht? In deiner Sektion?"

„Ich glaube, daß sie das glauben."

„Und sie haben die Schuld Davis zugeschoben. Hältst du Davis für schuldig?“

„Es muß nicht unbedingt ein Fall von bewußtem Verrat sein. Er war sehr sorglos.“

„Glaubst du vielleicht, sie haben ihn getötet, weil er sorglos war?“

„In einem Kreis wie dem unseren gibt es wohl so etwas wie verbrecherische Sorglosigkeit.“

„Und wenn sie dich verdächtigt hätten statt Davis? Dann wärst du jetzt tot. Gestorben an zuviel J. & B.“

„Oh, ich war immer ein sehr bedachtsamer Mensch.“ Als traurigen Scherz fügte er hinzu: „Nur damals nicht, als ich mich in dich verliebte.“

„Wohin gehst du?“

„Ich brauche ein bißchen frische Luft, und Buller auch.“

2

Auf der anderen Seite des langen Reitweges durch das Gemeindeland, das aus irgendeinem Grund „Kalter Hafen“ hieß, zog sich der Buchenwald zur Straße nach Ashridge hinab. Castle saß auf einer Bank, während Buller das Laub des vergangenen Jahres durchstöberte.

Er wußte, daß er keinen Grund hatte, sich hier aufzuhalten. Neugier war keine Entschuldigung. Er hätte den Bericht bloß einwerfen und dann gehen sollen. Ein Auto kam langsam die Straße aus der Richtung Berkhamsted heraufgefahren, und Castle sah auf die Uhr. Vier Stunden waren vergangen, seit er sein Signal von der Telefonzelle am Piccadilly Circus aus gegeben hatte. Er konnte gerade noch die Kennzeichentafel des Wagens erkennen, aber sie war ihm, wie er hätte erwarten können, ebenso fremd wie das Auto, ein kleiner roter Toyota. Neben dem Pförtnerhäuschen am Eingang zu Ashridge Park hielt das Auto an. Weder ein anderer Wagen noch ein Fußgänger war in Sicht. Der Fahrer schaltete die Lichter aus, schaltete sie dann aber, als hätte er etwas vergessen, wieder ein. Ein Geräusch hinter ihm ließ Castles Herzschlag stocken, doch es war nur Buller, der sich im Farnkraut herumtrieb.

Castle kletterte durch die hohen Bäume mit der olivfarbenen Rinde, die schwarz gegen das letzte Licht standen, hügelan. Mehr als fünfzig Jahre war es her, daß er die Höhlung in einem der Stämme entdeckt hatte ... vier, fünf, sechs Bäume weit weg von der Straße. Damals hatte er sich fast bis zu seiner vollen Größe recken müssen, um das Loch zu erreichen, aber sein Herz hatte dabei genauso unregelmäßig geschlagen wie jetzt. Als Zehnjähriger hatte er eine Botschaft für jemanden, den er liebte, hinterlassen: das Mädchen war erst sieben. Er hatte ihr das Versteck gezeigt, als sie beide an einem Picknick teilnahmen, und ihr gesagt, er werde, wenn er das nächstemal herkomme, dort für sie etwas Wichtiges hinterlassen.

Bei erster Gelegenheit deponierte er ein großes, in fettabstoßendes Papier gewickeltes Pfefferminzbonbon, und als er dann später das Loch untersuchte, war das Bonbon verschwunden. Als nächstes hinterließ er ihr einen Zettel mit einer Liebeserklärung – in Blockbuchstaben, weil sie eben erst lesen gelernt hatte –, doch als er zum dritten Mal hinkam, fand er den Zettel immer noch vor, aber mit einer obszönen Zeichnung verschmiert. Irgendein Fremder, dachte er, muß das Versteck entdeckt haben; er wollte nicht glauben, daß sie dafür verantwortlich war, bis sie ihm die Zunge herausstreckte, als sie auf der anderen Seite der High Street an ihm vorüberging; da erkannte er, daß sie enttäuscht war, weil sie kein Bonbon mehr vorgefunden hatte. Es war seine erste schmerzhafte sexuelle Erfahrung, und er dachte nicht mehr an den Baum, bis er rund fünfzig Jahre später von einem Mann in der Halle des Regent Palace Hotels – den er nie mehr wiedersah – aufgefordert wurde, noch einen Briefkasten, ein sicheres Versteck, vorzuschlagen.

Er nahm Buller an die Leine und beobachtete von seinem uneingesehenen Platz im Farnkraut die Straße. Der Mann aus dem Auto mußte eine Taschenlampe zu Hilfe nehmen, um das Loch zu finden. Castle sah seine untere Hälfte einen Augenblick lang schwach beleuchtet, als die Lampe den Stamm beschien: einen dicken Bauch, eine offene Hosenklappe. Eine raffinierte Vorsichtsmaßnahme, er hatte sogar eine entsprechende Menge Urin aufgespart. Als sich die Lampe umwandte und den Weg zurück zur Straße nach Ashridge beleuchtete, trat Castle den Heimweg an. Er sagte sich: „Das ist mein letzter Bericht", und seine Gedanken wanderten zu dem siebenjährigen Mädchen zurück. Bei jenem Picknick, als er sie kennengelernt hatte, war ihm vorgekommen, sie sei einsam; sie war schüchtern und häßlich, und vielleicht fühlte er sich aus diesen Gründen zu ihr hingezogen.

Warum, fragte er sich, sind manche Menschen unfähig, Erfolg oder Macht oder große Schönheit zu lieben? Weil wir uns ihrer unwürdig fühlen, weil wir uns angesichts eines Versagers sicherer fühlen? Das, glaubte er, war nicht der Grund. Vielleicht wünschte man das richtige Gleichgewicht, wie Christus es hatte, jene legendäre Gestalt, an die er so gern geglaubt hätte. „Kommet zu mir, die ihr mühselig und beladen seid." So jung das Mädchen bei jenem Picknick im August gewesen war, war sie doch schwer beladen durch ihre Furchtsamkeit und Verschämtheit. Vielleicht wollte er sie bloß fühlen lassen, daß sie von jemandem geliebt wurde, und hatte dann selbst begonnen, sie zu lieben. Nicht aus Mitleid, ebensowenig wie er aus Mitleid geschehen war, daß er sich in Sarah verliebte, die ein anderer Mann geschwängert hatte. Er war hier, um das Gleichgewicht wiederherzustellen. Das war alles.

„Du bist lange ausgewesen", sagte Sarah.

„Ich hatte den Spaziergang dringend nötig. Was macht Sam?"

„Schläft natürlich tief und fest. Willst du noch einen Whisky?“

„Ja. Nur einen kleinen.“

„Einen kleinen? Warum?“

„Weiß nicht. Vielleicht nur um zu zeigen, daß ich auch ein bißchen bremsen kann. Weil ich mich vielleicht etwas glücklicher fühle. Frag mich nicht warum, Sarah. Glück verflüchtigt sich, wenn man darüber spricht.“

Die Ausrede befriedigte offenbar beide. Sarah hatte im letzten Jahr ihres Aufenthalts in Südafrika gelernt, den Dingen nicht zu sehr auf den Grund zu gehen; doch er lag in dieser Nacht lange Zeit wach und wiederholte sich immer wieder die letzten Worte des letzten Berichts, den er mit Hilfe von „Krieg und Frieden“ zusammengebraut hatte. Er hatte das Buch mehrmals aufs Geratewohl aufgeschlagen, eine Schicksalsbefragung à la *sortes Virgilianae*, bevor er die Sätze fand, auf denen sein Kode basierte. „Ihr sagt: Ich bin nicht frei. Aber ich habe meine Hand erhoben und ließ sie sinken.“ Es war, als würde er mit der Wahl dieser Stelle beiden Diensten ein Zeichen trotzigen Widerstands übermitteln. Das letzte Wort seiner Botschaft, sobald sie von Boris oder jemand anderem entschlüsselt war, hieß: „Lebwohl.“

VIERTER TEIL

ERSTES KAPITEL

1

Seit Davis' Tod überschwemmten Träume Castles Nächte, Träume, zusammengesetzt aus den Trümmern einer Vergangenheit, die ihn bis in die frühen Morgenstunden verfolgten. Davis spielte darin keine Rolle, vielleicht weil die Gedanken an ihn in der nun kleiner gewordenen und von Traurigkeit befallenen Unterabteilung so viele wache Stunden füllten. Davis' Schatten schwebte über der Post aus Zaire, und die Telegramme, die Cynthia verschlüsselte, waren verstümmelter denn je.

In der Nacht also träumte Castle von einem Südafrika, das seinen Haßgefühlen entstammte; manchmal aber mischte sich unter die Stücke und Scherben auch ein anderes Afrika, das er sehr liebte, aber vergessen hatte. In einem Traum begegnete er plötzlich Sarah, die in einem von Unrat übersäten Johannesburger Park auf einer nur für Schwarze bestimmten Bank saß; er wandte sich ab, um sich auf eine andere zu setzen. Carson verließ ihn vor dem Eingang zu einem Waschraum und benützte die für Schwarze reservierte Tür; er selbst blieb draußen stehen, voll Scham darüber, daß es ihm an Mut mangelte. Aber in der dritten Nacht war sein Traum von ganz anderer Art.

Als er erwachte, sagte er zu Sarah: „Komisch. Ich träumte von Rougemont. Jahrelang habe ich nicht mehr an ihn gedacht."

„Rougemont?"

„Richtig, ich vergaß, daß du Rougemont nicht kanntest."

„Wer war das?"

„Ein Farmer im Freistaat. Ich mochte ihn auf seine Art ebenso wie Carson."

„War er auch Kommunist? Doch wohl nicht, als Farmer?"

„Nein. Er war einer von denen, die man töten wird, wenn deine Leute die Herrschaft übernehmen."

„Meine Leute?"

„Ich meine natürlich ‚unsere Leute' ", verbesserte er sich unglücklich, als wäre er in Gefahr, einen Wortbruch zu begehen.

Rougemont lebte am Rand eines wüstenartigen Gebiets, nicht weit von einem alten Schlachtfeld des Burenkriegs. Seine Vorfahren, Hugenotten, waren, als die Verfolgungen ausbrachen, aus Frankreich geflohen, aber er sprach nicht Französisch, nur Afrikaans und Englisch. Die Anpassung an den holländischen Lebensstil war schon vor seiner Geburt vollzogen – Apartheid war jedoch nicht eingeschlossen. Er hielt sich davon fern – er stimmte nicht für die Nationalisten, er verachtete die Vereinigte Partei und ein unbestimmtes Gefühl für Loyalität hinderte ihn, sich der kleinen Gruppe der Fortschrittlichen anzuschließen. Das war nicht Heroismus, doch er glaubte wohl – wie vor ihm sein Großvater –, daß Heroismus dort begann, wo die Politik aufhörte. Seine Arbeiter behandelte er mit Güte und Verständnis, ohne jede Herablassung. Castle war Zeuge, wie er eines Tages mit seinem schwarzen Vormann über den Stand der Ernte debattierte – es war eine Auseinandersetzung zweier Gleichgestellter. Die Familie Rougemonts und der Stamm des Vormanns waren etwa zur selben Zeit nach Südafrika gekommen. Rougemonts Großvater war nicht, wie der Cornelius Müllers, ein Straußenmillionär aus der Kap-Provinz; als Sechzigjähriger noch war Großvater Rougemont unter de Wets Kommando gegen die englischen Eindringlinge geritten und auf dem *kopje* verwundet worden, dem von Winterwolken verhangenen Hügel hinter der Farm, in dessen Felsen vor vielen Jahrhunderten die Buschmänner ihre Tierzeichnungen eingeritzt hatten.

„Man muß sich das einmal vorstellen, wie sie unter Beschuß und den Rücken schwer bepackt dort hinaufkletterten", hatte Rougemont zu Castle bemerkt. Er bewunderte die britischen Truppen für ihren Mut und ihre Ausdauer fern der Heimat eher wie legendenumwobene Räuber aus dem Geschichtsbuch, wie die Wikinger etwa, die einst über die angelsächsische Küste hergefallen waren. Er hegte keinen Groll gegen jene Wikinger, die geblieben waren, sondern nur so etwas wie Mitgefühl für ein Volk ohne Wurzeln in diesem alten, müd gewordenen und schönen Land, das seine Familie schon vor drei Jahrhunderten besiedelt hatte. Einmal hatte er Castle bei einem Glas Whisky gesagt: „Sie haben erzählt, daß Sie eine Studie über die Apartheid schreiben wollen, aber Sie werden unsere Schwierigkeiten und Probleme nie verstehen. Ich hasse die Apartheid genau wie Sie, aber anders als alle meine Arbeiter sind Sie für mich ein Fremder. Wir gehören hierher – Sie sind genauso ein Außenseiter wie die Touristen, die da kommen und gehen." Castle war überzeugt, sobald der Tag der Entscheidung kam, würde Rougemont das Gewehr von der Wand seines Wohnzimmers nehmen, um sein mühsam kultiviertes Stück Land am Rand der Wüste zu verteidigen. Er würde nicht im Kampf für die Apartheid oder für die weiße Rasse sterben, sondern für so und so viele Morgen Land, die er sein eigen nannte, ungeachtet der Heimsuchungen durch Dürre und Überschwemmungen, Erdbeben und Viehseuchen, und von Schlangen, die er als kleineres Übel ansah, etwa wie Moskitos.

„War Rougemont einer von deinen Agenten?" fragte Sarah.

„Nein, aber merkwürdigerweise war er es, durch den ich Carson kennenlernte." Er hätte hinzufügen können: „Und Carson war die Ursache, daß ich mich Rougemonts Feinden angeschlossen haben." Rougemont hatte Carson als Anwalt für einen seiner Arbeiter genommen, den die Polizei eines Gewaltverbrechens beschuldigte, das er nicht begangen hatte.

Sarah sagte: „Manchmal habe ich den Wunsch, ich könnte immer noch als Agentin für dich arbeiten. Damals hast du mir so viel mehr erzählt als heute."

„Ich hab dir nie viel erzählt – vielleicht hast du es geglaubt; aber ich erzählte dir so wenig wie möglich. Deiner eigenen Sicherheit zuliebe, und das meiste war gelogen. So wie die Geschichte, daß ich ein Buch über die Apartheid schreiben will."

„In England wird alles anders, habe ich gedacht", sagte Sarah. „Ich habe geglaubt, hier gibt es keine Geheimnisse mehr." Sie seufzte auf und schlief gleich darauf wieder ein, aber Castle lag noch lange Zeit wach. In solchen Augenblicken überwältigte ihn fast die Versuchung, sich ihr anzuvertrauen, ihr alles zu sagen, ganz so wie ein Mann, der eine vorübergehende Affäre mit einer anderen Frau beendet hat, seiner eigenen Frau plötzlich die ganze traurige Geschichte anvertrauen möchte, um ihr ein für allemal zu erklären, was es mit seinem rätselhaften häufigen Verstummen, mit den kleinen Schwindeleien und den Sorgen, die sie nicht geteilt hatten, eigentlich auf sich hatte. Aber genau wie dieser andere Mann entschied er: „Warum sie beunruhigen, wenn doch alles vorbei ist?"denn er glaubte wirklich, wenn auch nur für kurze Zeit, daß alles vorbei sei.

2

Es kam Castle seltsam vor, im selben Zimmer zu sitzen, das er so viele Jahre mit Davis geteilt hatte, und sich über den Schreibtisch hinweg dem Mann mit dem Namen Cornelius Müller gegenüberzusehen – einem sonderbar veränderten Müller, einem Müller, der zu ihm sagte: „Bei meiner Rückkehr aus Bonn habe ich gehört, was geschehen ist. Es tut mir so leid ... ich habe Ihren Kollegen zwar nicht gekannt, aber natürlich ... für Sie muß es ein großer Schock gewesen sein ...", einem Müller, der begann, wie ein gewöhnlicher Mensch auszusehen, nicht mehr wie ein Amtsträger von BOSS, sondern wie jemand, den er genausogut zufällig im Zug nach London hätte kennenlernen können. Er war von der Anteilnahme, die aus Müllers Stimme sprach, betroffen – es klang so merkwürdig aufrichtig. Wir hier in England, dachte er, stehen dem Tod schon zynisch gegenüber, wenn er uns nicht unmittelbar betrifft, aber selbst dann gilt es in Gegenwart eines Fremden als höflich, sich den Anschein von Unbeteiligtheit zu geben; Geschäft und Tod vertragen sich nicht gut. In der holländischen Reformierten Kirche jedoch, der Müller angehörte, war der Tod noch immer das bedeutendste Ereignis im Familienleben, entsann sich Castle. Einmal hatte er in Transvaal an einem Begräbnis teilgenommen, und es war weniger die Trauer, die er in Erinnerung behielt, als die Würde, ja sogar Etikette des Anlasses. Für Müller besaß der Tod gesellschaftliche Relevanz, auch wenn Müller ein Amtsträger war.

„Ja", sagte Castle, „das hat niemand erwartet." Er fügte hinzu: „Ich habe meine Sekretärin gebeten, die Akten betreffend Zaire und Mozambique hereinzubringen. Bei Malawi sind wir auf MI5 angewiesen, und ohne Erlaubnis von dort kann ich Ihnen dieses Material nicht zeigen."

„Ich spreche die Leute, wenn ich mit Ihnen hier fertig bin", sagte Müller. Und dann: „Es war schön für mich, einen Abend in Ihrem Haus zu verbringen, und daß ich Ihre Frau kennenlernen konnte ..." er zögerte, bevor er weitersprach, „und ihren Sohn."

Castle hoffte, daß diese einleitenden Bemerkungen nur als höfliche Vorbereitung dienten und daß Müller sogleich wieder seine Nachforschungen aufnehmen würde, wie Sarah nach Swasiland gekommen war. Ein Feind mußte eine Karikatur bleiben, wollte man ihn auf sichere Distanz halten: unter keinen Umständen durfte er sich in einen lebenden Menschen verwandeln. Die Generale hatten recht – zwischen den Schützengräben dürfen keine Weihnachtswünsche ausgetauscht werden.

Er sagte: „Sarah und ich haben uns natürlich sehr gefreut, Sie bei uns zu sehen." Er klingelte. „Tut mir leid. Die brauchen verdammt lang, um die Akten zu finden. Davis' Tod hat unseren Tagesablauf etwas in Unordnung gebracht."

Ein Mädchen, das er nicht kannte, erschien. „Ich habe vor fünf Minuten um die Akten telefoniert", sagte er. „Wo ist Cynthia?"

„Sie ist nicht da."

„Warum ist sie nicht da?"

Das Mädchen sah ihn steinern an. „Sie hat sich den Tag freigenommen."

„Ist sie krank?"

„Nicht wirklich."

„Wer sind Sie?"

„Penelope."

„Nun, Penelope, wollen Sie mir bitte wirklich sagen, was Sie mit ‚nicht wirklich' meinen?"

„Sie ist durcheinander. Das versteht man doch, nicht? Heute ist das Begräbnis. Arthurs Begräbnis."

„Heute? Ach, das tut mir leid. Ich hatte es ganz vergessen." Er fügte hinzu: „Trotzdem, Penelope, möchte ich um diese Akten bitten."

Als sie das Zimmer verlassen hatte, sagte er zu Müller: „Entschuldigen Sie bitte diese Konfusion. Sie müssen einen seltsamen Eindruck davon haben, wie wir hier an die Dinge herangehen. Ich hatte tatsächlich vergessen, daß heute Davis' Beerdigung ist – um elf Uhr ist der Trauergottesdienst. Man hat ihn verschoben – wegen der Obduktion. Das Mädchen erinnerte sich daran. Ich nicht."

„Tut mir leid", sagte Müller. „Ich hätte einen anderen Termin vereinbart, wenn ich es gewußt hätte."

„Sie können nichts dafür. Die Sache ist so – ich habe einen Terminkalender fürs Büro und einen privaten Terminkalender.

Sie sind hier vorgemerkt, Donnerstag zehn Uhr, sehen Sie. In meinem privaten Kalender, den ich zu Hause aufbewahre, habe ich wohl das Begräbnis eingetragen. Ich vergesse immer wieder, die beiden zu vergleichen."

„Trotzdem ... ein Begräbnis zu vergessen ... ist das nicht ein bißchen merkwürdig?"

„Ja, Freud würde behaupten, ich wollte es vergessen."

„Geben Sie mir einfach einen anderen Termin, und ich gehe. Paßt es morgen oder übermorgen?"

„Nein, nein. Was ist denn wichtiger? Onkel Remus oder zuzuhören, wie über dem armen Davis Gebete gesprochen werden? Wo liegt eigentlich Carson begraben?"

„In seiner Heimat. In einer kleinen Stadt in der Nähe von Kimberley. Vielleicht überrascht es Sie zu hören, daß ich dabei war?"

„Nein, gar nicht. Sie mußten wahrscheinlich die Trauergäste identifizieren und beobachten."

„Irgend jemand – da haben Sie recht – mußte sie beobachten. Aber ich ging aus freien Stücken."

„Und nicht Captain van Donck?"

„Nein. Den hätte man schnell erkannt."

„Ich verstehe nicht, was diese Mädchen mit den Akten treiben."

„Dieser Davis – er stand Ihnen wohl nicht sehr nahe?" sagte Müller.

„Nicht so nahe wie Carson. Den Ihre Leute umgelegt haben. Aber mein Sohn hatte Davis gern."

„Carson starb an Lungenentzündung."

„Ach ja, richtig. Sie haben es ja gesagt. Das hatte ich auch vergessen."

Als die Akten endlich gebracht wurden, blätterte Castle sie durch, um Müllers Fragen beantworten zu können, aber er war nicht wirklich bei der Sache.

„Über diesen Punkt haben wir noch keine verläßliche Information", hörte er sich schon zum drittenmal sagen. Das war natürlich eine gezielte Lüge – er schützte eine Informationsquelle vor Müller –, denn nun, nachdem man in gemeinsamer Arbeit bis zu dem Punkt vorgedrungen war, an dem die Gemeinsamkeit aufhörte, ohne daß einer der beiden das aussprach, näherten sie sich schwankendem Boden.

Er fragte Müller: „Läßt sich Onkel Remus überhaupt durchführen? Ich kann mir nicht vorstellen, daß sich die Amerikaner je wieder auf so etwas einlassen – ich meine, mit militärischem Einsatz auf einem fremden Kontinent. Sie verstehen von Afrika genausowenig wie von Asien – außer, natürlich, was bei Hemingway steht. Der würde auf eine einmonatige Safari gehen, die ein Reisebüro organisiert, und dann über weiße Jäger und Löwenjagden schreiben – über diese armen, halbverhungerten Biester, die für Touristen reserviert bleiben."

„Die Idealform, die Onkel Remus vorschwebt", erwiderte Müller, „macht den Einsatz von Truppen beinahe überflüssig. Jedenfalls einen größeren Einsatz. Ein paar Techniker, das natürlich schon, aber die haben wir bereits zur Verfügung. Die Amerikaner verfügen über eine Station zum Orten von Raketen und eine Station zum Orten von Satelliten in der Republik, und sie haben auch zur Versorgung dieser Stationen die Rechte des Überfliegens – aber das wissen Sie bestimmt alles. Niemand hat dagegen protestiert, Demonstrationen sind ausgeblieben. Es hat weder Studentenunruhen in Berkeley noch Anfragen im Kongreß gegeben. Unser interner Sicherheitsapparat hat sich bisher als ausgezeichnet erwiesen. Wie Sie sehen, haben sich unsere Rassengesetze zumindest in einer Hinsicht bewährt: sie sind eine hervorragende Tarnung. Wir brauchen niemanden wegen Spionage vor Gericht zu stellen – das würde nur Aufmerksamkeit erregen. Ihr Freund Carson war gefährlich – aber er wäre noch gefährlicher gewesen, hätten wir ihn wegen Spionage vor Gericht gestellt. Auf diesen Ortungsstationen geschieht zur Zeit eine Menge – deshalb wollen wir eine enge Zusammenarbeit mit Ihren Leuten. Sie stellen genau fest, was Gefahrenquellen sind, und wir können uns in aller Ruhe mit ihnen befassen. In mancher Hinsicht seid ihr weitaus besser in der Lage als wir, Klarheit über die liberalen Elemente zu schaffen. Oder sogar über die nationalistischen Schwarzen. Nehmen Sie nur ein Beispiel: Ich bin dankbar für das Material, das Sie mir über Mark Ngambo gegeben haben – selbstverständlich kannten wir es bereits. Doch nun können wir überzeugt sein, daß wir nichts Wichtiges übersehen haben. Aus diesem Winkel droht keine Gefahr – zumindest jetzt nicht. Sehen Sie, die nächsten fünf Jahre sind von größter Bedeutung – für unser Überleben, meine ich."

„Aber ich frage mich, Müller, können Sie denn überleben? Sie haben eine lange offene Grenze – viel zu lang für Minenfelder."

„Für die altmodische Sorte gewiß", erwiderte Müller. „Es kommt uns zugute, daß die Wasserstoffbombe die Atombombe zu einer bloß taktischen Waffe degradiert hat. Das Wort ‚taktisch' hat so einen beruhigenden Klang. Niemand wird einen nuklearen Krieg beginnen, weil weit, weit entfernt, in einem Gebiet, das fast ausschließlich aus Wüste besteht, eine taktische Waffe eingesetzt wurde."

„Und die Strahlung?"

„Wir haben Glück mit unseren Wüstengebieten und den herrschenden Winden. Überdies ist die taktische Bombe verhältnismäßig sauber. Sauberer als die Bombe von Hiroshima, und wir wissen ja, wie beschränkt deren Wirkung war. In den Gebieten, die vielleicht ein paar Jahre lang strahlenverseucht sein werden, gibt es nur wenige weiße Afrikaner. Wir planen, alle Invasionen, die es dort gibt, abzulenken."

„Ich bekomme allmählich ein klareres Bild", sagte Castle. Sam fiel ihm ein, so wie er sich an ihn erinnert hatte, als er das Zeitungsfoto des Dürregebiets gesehen hatte – die Kinderleiche mit den ausgebreiteten Armen und dem Geier, nur wäre der Geier durch die Strahlung auch schon verendet.

„Ich bin ja hier, um Ihnen ein Gesamtbild zu geben – auf die Einzelheiten brauchen wir nicht einzugehen – damit Sie jede Information, die Sie erhalten, auch richtig auswerten können. Die Ortungsstationen sind augenblicklich neuralgische Punkte."

„Mit ihrer Hilfe lassen sich, wie mit den Rassengesetzen, eine Menge Sünden vertuschen?"

„Stimmt. Wir beide brauchen einander ja nichts vorzumachen. Ich weiß, daß Sie angewiesen wurden, mir gewisse Dinge vorzuenthalten, und ich verstehe das durchaus. Ich habe genau dieselben Anweisungen wie Sie. Das einzig Wichtige ist: wir sollten beide genau das gleiche Bild im Auge behalten; wir stehen beide auf derselben Seite, also müssen wir dasselbe Bild sehen."

„Das heißt also, wir sind im selben Kästchen?" fragte Castle, dessen Ironie sich jetzt gegen alles richtete, gegen BOSS, gegen seinen eigenen Geheimdienst, ja selbst gegen Boris.

„Kästchen? Ja, vielleicht kann man es auch so nennen." Er sah auf die Uhr. „Sagten Sie nicht, daß das Begräbnis um elf ist? Es ist zehn Minuten vor elf. Sie sollten sich auf die Beine machen."

„Das Begräbnis kann auch ohne mich stattfinden. Wenn es ein Leben nach dem Tode gibt, wird Davis schon verstehen, und wenn nicht ..."

„Ich bin ganz davon überzeugt, daß es ein Leben nach dem Tode gibt", sagte Cornelius Müller.

„Ach ja? Jagt Ihnen der Gedanke nicht Schrecken ein?"

„Wieso denn? Ich habe immer versucht, meine Pflicht zu tun."

„Aber Ihre kleinen taktischen Atomwaffen da. Denken Sie doch an alle die Schwarzen, die vor Ihnen sterben müssen und Sie dann dort erwarten."

„Terroristen", sagte Müller, „die ich bestimmt nie wieder sehen werde."

„Ich meine nicht die Guerillas. Ich meine die Familien in den verseuchten Gebieten. Kinder, Mädchen, Großmütterchen."

„Die werden wohl ihren eigenen Himmel haben."

„Apartheid auch im Himmel?"

„Ich weiß schon, Sie machen sich über mich lustig. Aber ich kann mir nicht vorstellen, daß diese Menschen unsere Art Himmel freuen würde. Sie schon? Aber das überlasse ich alles den Theologen. Ihr habt ja schließlich die Kinder in Hamburg auch nicht gerade verschont, nicht wahr?"

„Gott sei Dank war ich daran nicht beteiligt, so wie jetzt."

„Wenn Sie nicht zum Begräbnis gehen, Castle, sollten wir weiterarbeiten, finde ich."

„Verzeihung. Sie haben recht." Er bedauerte seine Worte wirklich; er fürchtete sich sogar, wie er sich an jenem Morgen im BOSS-Büro in Pretoria gefürchtet hatte. Sieben Jahre lang hatte er sich in nie nachlassender Aufmerksamkeit einen Weg durch die Minenfelder gebahnt, und jetzt, vor Cornelius Müllers Augen, hatte er den ersten falschen Schritt getan. Hatte er sich möglicherweise in eine Falle locken lassen, die jemand aufgestellt hatte, der seinen Charakter verstand?

„Ich weiß natürlich", sagte Müller, „daß ihr Engländer das Argumentieren um des Argumentierens willen liebt. Sogar Ihr C hat mich mit der Apartheidpolitik aufgezogen, aber wenn es um Onkel Remus geht ... nun, dann müssen Sie und ich uns alle Scherze verkneifen."

„Ja, wir sollten uns lieber wieder mit Onkel Remus beschäftigen."

„Ich habe die Genehmigung, Ihnen – natürlich nur in großen Zügen – mitzuteilen, wie es mir in Bonn ergangen ist."

„Sie hatten Schwierigkeiten?"

„Nichts Ernstliches. Die Deutschen haben – zum Unterschied von anderen ehemaligen Kolonialmächten – insgeheim goße Sympathien für uns. Man könnte sagen, das geht noch zurück bis zu den Tagen, als Kaiser Wilhelm II. sein Telegramm an Präsident Krüger schickte. Sie sind wegen Südwestafrika besorgt; lieber wäre Ihnen ein Südwestafrika unter unserer Kontrolle als ein Vakuum. Schließlich haben sie im Südwesten viel rücksichtsloser geherrscht als wir es je getan haben, und der Westen braucht unseren Uran."

„Sie haben ein Abkommen mitgebracht?"

„Ein Abkommen sollte man es nicht nennen. Wir leben nicht mehr in einer Zeit der Geheimverträge. Ich hatte nur Kontaktgespräche auf meiner Ebene, nicht mit dem Außenminister und nicht mit dem Bundeskanzler. Genauso wie Ihr C mit der CIA in Washington verhandelt hat. Meine Hoffnung ist, daß die Gespräche von uns dreien zum gegenseitigen besseren Verständnis geführt haben."

„Ein Geheimverständnis statt eines Geheimvertrages?"

„Genau das."

„Und die Franzosen?"

„Dort sehe ich keine Schwierigkeiten. Wenn wir Kalvinisten sind, sind sie Kartesianer. Descartes scherte sich nicht um die religiösen Verfolgungen seiner Zeit. Die Franzosen haben einen großen Einfluß im Senegal und an der Elfenbeinküste, sie verstehen sich sogar recht gut mit Mobutu in Kinshasa. Kuba wird sich nicht noch einmal ernstlich in Afrika einmischen (dafür haben die Amerikaner schon gesorgt), und Angola ist noch viele Jahre lang keine Gefahr mehr. Heutzutage will niemand den Weltuntergang. Sogar ein Russe stirbt lieber in seinem Bett als im Bunker. Und schlimmstenfalls gewinnen wir mit Hilfe einiger Atombomben – der kleinen taktischen, selbstverständlich – fünf Jahre Frieden, wenn wir angegriffen werden."

„Und danach?"

„Das ist der springende Punkt unseres Einverständnisses mit den Deutschen. Wir brauchen eine technische Revolution und die modernsten Bergbaumaschinen, obwohl wir es aus eigenen

Kräften weiter gebracht haben, als irgend jemand ahnt. In fünf Jahren können wir die Zahl unserer Arbeitskräfte in den Minen auf weniger als die Hälfte reduzieren, können die Löhne für Facharbeiter mehr als verdoppeln und können beginnen, etwas zu produzieren, was die Amerikaner bereits haben: eine schwarze Mittelklasse."

„Und die Arbeitslosen?"

„Die können in ihre Reservate zurückkehren. Dafür waren die Reservate ja immer gedacht. Ich bin optimistisch, Castle."

„Und die Apartheid bleibt?"

„Eine gewisse Apartheid wird es immer geben, so wie hier auch – zwischen Armen und Reichen."

Cornelius Müller nahm seine goldgeränderte Brille ab und polierte das Gold, bis es glänzte. Er sagte: „Hoffentlich hat Ihrer Frau der Schal gefallen. Wenn Sie zurückkehren wollen, wissen Sie, daß Sie uns jetzt, wo wir Ihre wahre Position kennen, stets willkommen sind. Selbstverständlich mit Ihrer Familie. Seien Sie sicher, man wird sie als Weiße honoris causa behandeln."

Castle wollte schon erwidern: „Aber ich bin ein Schwarzer honoris causa", besann sich aber diesmal noch rechtzeitig. „Danke."

Müller öffnete seine Aktentasche und entnahm ihr ein Blatt Papier. Er sagte: „Ich habe über meine Gespräche in Bonn einige Notizen für Sie gemacht." Er zog einen Kugelschreiber heraus, aus Gold, selbstverständlich. „Vielleicht haben Sie zu dem einen oder anderen Thema bis zu unserem nächsten Gespräch ein paar nützliche Informationen. Paßt Ihnen Montag? Um die gleiche Zeit?" Er fügte noch hinzu: „Vernichten Sie dies, bitte, wenn Sie es gelesen haben. BOSS sähe es nicht gern, wenn dieser Zettel irgendwo auftaucht, nicht einmal in Ihrer geheimsten Geheimakte."

„Natürlich. Wie Sie wollen."

Als Müller gegangen war, steckte er das Papier in die Tasche.

ZWEITES KAPITEL

1

Es waren nur sehr wenige Leute in der St.-Georgs-Kirche am Hanover Square, als Dr. Percival mit Sir John Hargreaves, der erst in der vergangenen Nacht aus Washington zurückgekehrt war, eintraf.

Ein Mann mit einem schwarzen Flor am Ärmel stand allein in der ersten Reihe des Seitenchors; vermutlich der Zahnarzt aus Droitwich, dachte Dr. Percival. Er ließ niemanden vorbei – als wollte er sein Recht verteidigen, daß der nächste lebende Verwandte die ganze erste Bankreihe für sich beanspruchen darf. Dr. Percival und C setzten sich in den hinteren Teil der Kirche. Cynthia, Davis' Sekretärin, saß noch zwei Reihen hinter ihnen. Oberst Daintry hatte neben Watson auf der anderen Seite des Chors Platz genommen, wo noch einige, Dr. Percival nicht genau bekannte Gesichter zu sehen waren. Vielleicht hatte er sie einmal in einem Korridor oder auch bei einer Konferenz mit MI5 flüchtig erblickt, oder es waren überhaupt Eindringlinge – ein Begräbnis zieht ja Fremde an wie eine Hochzeit. Zwei wuschelköpfige Männer in der letzten Reihe waren fast sicher Davis' Mitbewohner vom Umweltschutz-Department. Jemand begann leise auf der Orgel zu präludieren.

Dr. Percival flüsterte Hargreaves ins Ohr: „Hatten Sie einen guten Flug?"

„Drei Stunden Verspätung in Heathrow", erwiderte Hargreaves. „Das Essen war ungenießbar." Er seufzte – vielleicht erinnerte er sich mit Sehnsucht an die Fleischpastete seiner Frau oder an die geräucherte Forelle im Klub. Die Orgel hauchte einen letzten Ton aus und verstummte dann. Einige Leute knieten nieder, einige standen auf. Es herrschte Ungewißheit, was man tun sollte.

Der Vikar, den wahrscheinlich keiner der Anwesenden – auch der Tote im Sarg nicht – kannte, intonierte: „Wende Deine Plage von mir; denn ich bin verschmachtet von der Strafe Deiner Hand."

„Welche Plage hat eigentlich Davis letztlich umgebracht, Emmanuel?"

„Keine Angst, John. Mit der Obduktion ging alles in Ordnung."

Der Gottesdienst, fand Dr. Percival, der seit vielen Jahren keinem Begräbnis beigewohnt hatte, vermittelte eine Menge belangloser Auskünfte. Der Vikar las jetzt aus dem Ersten Brief an die Korinther: „Nicht ist alles Fleisch einerlei Fleisch; sondern ein anderes Fleisch ist der Menschen, ein anderes des Viehs, ein anderes der Vögel." Niemand kann leugnen, daß diese Behauptung stimmt, dachte Dr. Percival. Der Sarg enthielt keinen Fisch; er hätte ihn sonst mehr interessiert – eine Riesenforelle zum Beispiel. Er warf einen raschen Blick in die Runde. Hinter den Wimpern des Mädchens schimmerte eine Träne. Oberst Daintry sah zornig oder vielleicht verdrossen aus; seine Miene versprach nichts Gutes. Auch Watson machte sich sichtlich über irgend etwas Sorgen – wahrscheinlich fragte er sich, wer Davis' Platz nun einnehmen sollte.

„Ich habe mit Ihnen nach der Totenfeier zu sprechen", sagte Hargreaves, und auch das mochte lästig werden.

„‚Siehe, ich sage euch ein Geheimnis'", las der Vikar. Das Geheimnis, ob ich den Richtigen umgebracht habe? fragte sich Dr. Percival. Aber das wird nie gelöst werden, wenn nicht weiterhin Informationen durchsickern – das allerdings ließe darauf schließen, daß ihm ein unglückseliger Irrtum unterlaufen war. C wäre schon sehr verärgert, und Daintry erst recht. Schade, jammerschade, daß man einen Menschen nicht wieder in den Strom des Lebens zurückwerfen konnte wie einen Fisch. Der Vikar, der bei der in der englischen Literatur so vertrauten Passage, „O Tod wo ist dein Stachel?" triumphierend die Stimme gehoben hatte, so wie ein schlechter Schauspieler in der Rolle des Hamlet den berühmten Monolog überbetont, verfiel wieder in sein Geleier, als er jetzt zu dem langweiligen akademischen Schluß kam: „Aber der Stachel des Todes ist die Sünde; die Kraft aber der Sünde ist das Gesetz." Es hörte sich an wie ein Lehrsatz des Euklid.

„Was sagten Sie?" flüsterte C.

„*Q. E. D.*", erwiderte Dr. Percival.

2

„Was haben Sie denn gemeint mit Ihrem Q. E. D.?" fragte Sir John Hargreaves, als es ihnen endlich gelang, ins Freie zu kommen.

„Ich fand, es war eine passendere Antwort auf die Worte des Vikars als Amen."

Danach gingen sie fast schweigend in Richtung Travellers Club. Einem stillen Einverständnis zufolge hielten sie den Travellers an diesem Tag für ein Mittagessen geeigneter als den Reform – Davis war durch seine Reise in unerforschte Regionen ein Ehren-Traveller geworden, und einen Anspruch auf Stimmrecht hatte er gewiß verloren.

„Ich kann mich gar nicht erinnern, wann ich zum letztenmal an einem Begräbnis teilgenommen habe", sagte Dr. Percival. „Bei einer alten Großtante, glaube ich, vor mehr als fünfzehn Jahren. Eine recht steife Zeremonie, nicht?"

„Mir haben die Begräbnisse in Afrika gefallen. Mit sehr viel Musik – selbst wenn als einziges Instrument Töpfe und Pfannen und leere Sardinenbüchsen benutzt wurden. Unwillkürlich kam man dabei auf den Gedanken, daß der Tod zuletzt doch ein Riesenspaß sein könnte. Wer war das Mädchen, das geweint hat?"

„Davis' Sekretärin. Sie heißt Cynthia. Er war offenbar in sie verliebt."

„So was passiert häufig, stelle ich mir vor. In einem Verein wie dem unsrigen unvermeidlich. Daintry hat sie doch wohl gründlich überprüft?"

„Aber ja, natürlich. Sie gab uns sogar – ganz unbewußt – einige nützliche Informationen – Sie erinnern sich an diese Sache im Zoo."

„Im Zoo?"

„Als Davis . . ."

„Ja richtig, jetzt erinnere ich mich."

Der Klub war, wie gewöhnlich am Wochenende, nahezu leer. Sie wollten das Essen – das geschah fast automatisch – mit geräucherter Forelle beginnen, doch es gab sie nicht. Dr. Percival nahm als Ersatz widerstrebend geräucherten Lachs. Er sagte: „Hätte ich Davis nur besser gekannt, ich glaube, ich hätte ihn richtig gern gehabt."

„Und trotzdem glauben Sie noch immer, daß er die undichte Stelle war?"

„Er hat den eher simplen Menschen ausgezeichnet gespielt, wirklich gerissen. Ich bewundere Gerissenheit – und Mut auch. Er muß eine Menge Mut besessen haben."

„Mut, Unrecht zu tun."

„John, John! Wir beide, Sie und ich, wir können es uns wirklich nicht leisten, von Recht und Unrecht zu reden. Wir sind doch keine Kreuzritter – wir leben im falschen Jahrhundert. Es ist lang her, seit Saladin aus Jerusalem vertrieben wurde. Nicht, daß Jerusalem dadurch viel gewonnen hätte."

„Trotzdem, Emmanuel … Verrat kann ich nicht bewundern."

„Vor dreißig Jahren, ich war noch Student, gefiel ich mir ganz gut in der Rolle des Kommunisten. Und jetzt …? Wer ist der Verräter – Davis oder ich? Ich habe damals wirklich an den Internationalismus geglaubt, und jetzt kämpfe ich mit Zähnen und Klauen für den Nationalismus."

„Sie sind erwachsen geworden, Emmanuel, das ist das Ganze. Was trinken Sie lieber – Bordeaux oder Burgunder?"

„Bordeaux, wenn's Ihnen nichts ausmacht."

Sir John Hargreaves beugte sich tief über die Weinkarte und studierte sie gründlich. Er sah unglücklich aus – vielleicht aber nur deshalb, weil er sich nicht zwischen St. Emilion und Médoc entscheiden konnte. Endlich traf er seine Wahl und bestellte. „Ich frage mich manchmal, warum Sie bei uns mittun, Emmanuel."

„Sie haben es doch gerade selbst gesagt: ich bin erwachsen geworden. Ich glaube nicht, daß man durch den Kommunismus letzten Endes mehr erreichen wird, als das Christentum erreicht hat, und ich bin nicht der Kreuzfahrertyp. Kapitalismus oder Kommunismus? Vielleicht ist Gott ein Kapitalist. Ich will, solange ich noch lebe, auf jener Seite stehen, die voraussichtlich gewinnt. Schauen Sie nicht so schockiert drein, John. Sie glauben, ich bin ein Zyniker, ich will aber nur nicht allzuviel Zeit verlieren. Die Gewinner werden die besseren Krankenhäuser bauen und mehr für Krebsforschung ausgeben können. Wenn erst einmal dieser ganze Atomunsinn die Hirne nicht mehr vernebelt. Inzwischen genieße ich das Spielchen, das wir alle spielen. Ich genieße. Mehr ist es nicht. Ich gebe nicht vor, mich für Gott oder Marx zu begeistern. Achtung vor Menschen mit einem Glauben. Das sind unverläßliche Spieler. Trotzdem mag man einen geschickten Spieler auf der anderen Seite des Bretts und lernt ihn schätzen – man hat mehr Spaß."

„Selbst dann, wenn er ein Verräter ist?"

„Ach, Verräter – das ist ein altmodisches Wort, John. Der

Spieler ist ebenso wichtig wie das Spiel. Mit einem schlechten Gegenspieler würde mich das Spiel nicht freuen."

„Und dennoch ... haben Sie Davis getötet? Oder haben Sie ihn gar nicht getötet?"

„Er starb an seinem Leberschaden. Lesen Sie den Befund."

„Ein glücklicher Zufall?"

„Die gezinkte Karte – Ihr Vorschlag – tauchte auf, der älteste Trick von allen. Nur er und ich wußten von meinen kleinen Phantastereien über Porton."

„Sie hätten damit auf meine Rückkehr warten sollen. Haben Sie das Ganze mit Daintry besprochen?"

„Sie haben die Entscheidung mir übertragen, John. Wenn man den Fisch an der Leine spürt, bleibt man nicht am Ufer stehen und wartet, bis jemand daherkommt und gute Ratschläge verteilt."

„Dieser Château Talbot – finden Sie den ganz auf der Höhe?"

„Er ist ausgezeichnet."

„Dann müssen die in Washington meinen Gaumen ganz ruiniert haben. Mit ihren blöden trockenen Martinis." Er nippte noch einmal an seinem Wein. „Oder Sie sind dran schuld. Geht Ihnen denn gar nichts nahe, Emmanuel?"

„Nun ja, dieser Gottesdienst ist mir schon ein bißchen nahegegangen – haben Sie gemerkt, daß sogar die Orgel spielte –, und auch das Begräbnis. Das muß ja alles eine Menge kosten, und Davis kann wohl nicht viel Bares hinterlassen haben. Glauben Sie, daß dieser arme Teufel von einem Zahnarzt das Ganze bezahlt hat – oder unsere Freunde im Osten? Was mir nicht ganz das Richtige erschiene."

„Zerbrechen Sie sich darüber nicht den Kopf, Emmanuel. Unsere Firma zahlt das schon. Beträge aus unserem schwarzen Fonds gehen nicht über die Bücher." Hargreaves schob sein Glas beiseite. Er sagte: „Dieser Talbot schmeckt nicht wie ein Jahrgang 71."

„Ich war selbst ganz verblüfft, daß es bei Davis so schnell gewirkt hat. Ich hatte sein Gewicht genau einkalkuliert und gab ihm eine Dosis, die ich nicht für letal hielt. Wissen Sie, Aflatoxin ist bisher noch nie an Menschen getestet worden, und ich wollte ganz sichergehen, daß wir die richtige Dosis geben, wenn einmal ein Notfall vorliegt. Vielleicht war seine Leber doch schon in einem schlechten Zustand."

„Wie haben Sie es ihm eingegeben?"

„Ich kam einfach zufällig vorbei auf einen Drink, und er gab mir einen scheußlichen Whisky, den er ‚White Walker' nannte. Das Aflatoxin hat er neben diesem Geschmack gar nicht gespürt."

„Ich kann nur beten, daß Sie den richtigen Fisch erwischt haben", sagte Sir John Hargreaves.

3

In düstere Gedanken versunken, bog Daintry auf dem Weg nach Hause in die St. James's Street ein, und als er am White's Club vorüberkam, rief ihn jemand von der Vortreppe an. Er blickte vom Rinnstein auf, in den er gedankenverloren gestarrt hatte. Das Gesicht kannte er, konnte ihm aber im Moment keinen Namen geben, noch sich erinnern, wo er es schon einmal gesehen hatte. „Boffin" fiel ihm ein. Oder „Buffer"?

„Haben Sie nicht ein paar Maltesers für mich, Alter?"

Dann fiel ihm ein, bei welcher Gelegenheit sie einander begegnet waren, und der Gedanke war ihm peinlich.

„Wie wär's mit einem kleinen Lunch, Oberst?"

Buffy lautete sein absurder Name. Natürlich besaß der Kerl auch einen anderen, aber den hatte Daintry nie erfahren. Er sagte: „Tut mir leid. Zu Hause wartet mein Essen schon auf mich." Das war nicht einmal wirklich gelogen. Ehe er zum Hanover Square ging, hatte er eine Büchse Sardinen bereitgelegt, und vom gestrigen Essen waren noch Brot und Käse übrig.

„Dann kommen Sie auf einen Drink herein. Mahlzeiten zu Hause laufen einem nicht davon“, sagte Buffy, und Daintry fiel keine Ausrede mehr ein.

Da es noch früh war, saßen nur zwei Männer in der Bar. Sie kannten Buffy wohl ganz gut, denn sie begrüßten ihn ohne große Begeisterung. Buffy störte das sichtlich nicht. Er machte eine weitausholende Handbewegung, die den Barmann einschloß. „Das ist der Oberst.“ Die beiden Männer grunzten etwas in Daintrys Richtung, eine träge Höflichkeit. „Habe Ihren Namen nicht verstanden“, sagte Buffy, „damals bei dieser Jagd.“

„Und ich nicht den Ihren.“

„Wir haben uns“, erklärte Buffy, „bei Hargreaves kennengelernt. Der Oberst ist einer dieser Pst-Pst-Jungen à la James Bond.“ Der eine der beiden sagte: „Ich kann dieses Zeug von Ian nicht lesen.“

„Zu sexy für meinen Geschmack“, sagte der andere. „Übertrieben sexy. Ich mag einen guten Fick wie jeder andere Mensch auch, aber so wichtig ist die Sache auch wieder nicht, oder? Nicht, wie man’s macht, meine ich.“

„Was trinken Sie?“ fragte Buffy.

„Einen trockenen Martini“, sagte Oberst Daintry und fügte, eingedenk seiner Begegnung mit Dr. Percival, hinzu: „Sehr trocken.“

„Einen großen sehr Trockenen, Joe, und einen großen Pink. Ordentlich groß, alter Freund. Nicht knausern.“

Tiefes Schweigen senkte sich über die Bar herab, als dächte jeder an etwas anderes – an einen Roman Ian Flemings, an eine Jagdgesellschaft oder ein Begräbnis. Buffy sagte: „Der Oberst und ich haben eine gemeinsame Leidenschaft – Maltesers.“

Einer der beiden anderen tauchte aus seinen Meditationen auf und sagte: „Maltesers? Mir sind Smarties lieber.“

„Was, zum Teufel, sind Smarties, Dicky?"

„Kleine Schokoladedinger in allen möglichen Farben. Schmecken alle gleich. Aber, ich weiß nicht warum, ich mag die roten und gelben am liebsten. Die lila mag ich nicht."

Buffy sagte: „Ich sah Sie schon von weitem, Oberst. Sie waren ganz in Gedanken, haben sich mit sich selbst unterhalten, ganz konzentriert sogar, um die Wahrheit zu sagen. Um was ging's denn? Staatsgeheimnisse? Wohin wollten Sie denn?"

„Nur nach Hause", antwortete Daintry. „Ich wohne hier in der Nähe."

„Sie sahen richtig sauer aus. Ich sagte mir: Wir haben Sorgen. Das Vaterland ist in Gefahr. Die Pst-Pst-Jungen wissen mehr als wir."

„Ich komme von einem Begräbnis."

„Doch kein Verwandter, hoffentlich."

„Nein. Ein Kollege."

„Also, ein Begräbnis ist mir immer noch lieber als eine Hochzeit. Ich kann Hochzeiten nicht leiden. Ein Begräbnis dagegen hat was Endgültiges. Eine Hochzeit – das ist doch ein unglückseliges Übergangsstadium zu etwas anderem. Ich würde eher Scheidungen feiern – aber auch die sind oft nur ein Übergang zur nächsten Hochzeit. Die Leute werden richtige Gewohnheitstiere."

„Laß das, Buffy", sagte Dicky, der Smarties-Liebhaber, „hast selbst schon mal dran gedacht. Wir alle kennen die Geschichte mit deinem Heiratsvermittler. Du hast noch Glück gehabt, daß du entwischen konntest. Joe, noch einen Martini für den Oberst."

Daintry leerte mit dem Gefühl, fremden Menschen ausgeliefert zu sein, das erste Glas. Wie jemand, der aus einem Lehrbuch der Redewendungen einer ihm unbekannten Sprache einen Satz verwendet, sagte er: „Ich war auch bei einer Hochzeit. Vor nicht allzulanger Zeit."

„Auch was Geheimes? Einer von euch?"

„Nein. Meine Tochter. Sie hat geheiratet."

„Großer Gott", rief Buffy, „ich hätte nie gedacht, daß Sie auch zu diesen – ich meine, daß Sie ein Ehemann sind."

„Das geht ja nicht unbedingt daraus hervor", sagte Dicky.

Der dritte, der bis jetzt kaum ein Wort gesprochen hatte, sagte: „Du brauchst dich nicht so verdammt aufzuspielen, Buffy. Ich gehörte auch einmal zu denen, obwohl mir vorkommt, das ist ewig lang her. Überhaupt war's meine Frau, durch die Dicky seine Smarties kennengelernt hat. Erinnerst du dich noch an diesen Nachmittag, Dicky? Nach einem recht trübseligen Essen, wir haben schon gespürt, aus dem trauten Heim wird nichts Richtiges. Da sagte sie ‚Smarties', ganz einfach ‚Smarties' ... ich weiß nicht, warum. Vermutlich fand sie, über irgend etwas müssen wir ja sprechen. Sie hielt kolossal auf Formen."

„Kann nicht behaupten, daß ich mich erinnere, Willie. Smarties kenne ich doch schon eine halbe Ewigkeit. Also wenn man mich fragt, ich hätte gesagt, ich hab sie ganz allein entdeckt. Gib dem Oberst noch einen Trockenen, Joe."

„Nein, seien Sie nicht böse ... Ich muß jetzt wirklich nach Hause."

„Das ist meine Runde", rief der Mann namens Dicky. „Füll ihm nur kräftig nach, Joe. Er kommt von einem Begräbnis. Er braucht ein bißchen Aufheiterung."

„An Begräbnisse habe ich mich schon sehr früh gewöhnt", sagte Daintry zu seinem eigenen Erstaunen, nachdem er einen kräftigen Zug von seinem dritten trockenen Martini gemacht hatte. Ihm fiel auf, daß er sich viel ungezwungener mit diesen Fremden unterhielt, als es seine Art war, und die meisten Menschen waren ja Fremde für ihn. Er hätte gern selbst eine Runde ausgegeben, aber schließlich war es ihr Klub. Er fühlte sich sehr gut mit ihnen befreundet, aber er blieb doch, das war er überzeugt, in ihren Augen ein Fremder. Er wollte ihr Interesse gewinnen, doch viele, sehr viele Themen waren ihm versperrt.

„Wieso? Wurde so viel gestorben in Ihrer Familie?“ fragte Dicky neugierig, weil er leicht alkoholisiert war.

„Nein, daran lag es eigentlich nicht“, erwiderte Daintry, dessen Scheu mit dem dritten Martini davonschwamm. Aus irgendeinem Grund erinnerte er sich an eine ländliche Eisenbahnstation, wo er vor mehr als dreißig Jahren mit seiner Kompanie eingetroffen war – die Ortstafeln hatte man nach Dünkirchen wegen einer möglichen Invasion durch die Deutschen alle entfernt. Wieder war ihm, als entledigte er sich einer schweren Last, die er mit einem dumpfen Geräusch auf den Boden von White's fallen ließ. „Sehen Sie“, sagte er, „mein Vater war Geistlicher, deshalb kam ich als Kind zu so vielen Begräbnissen.“

„Darauf wäre ich nie gekommen“, sagte Buffy. „Ich hätte geglaubt, Sie stammen aus einer Offiziersfamilie – Sohn eines Generals, das gute alte Regiment und ähnliche Kernsprüche. Joe, mein Glas verdurstet. Aber freilich, wenn man so nachdenkt, das erklärt schon vieles, daß Ihr Vater Geistlicher war.“

„Was erklärt es denn?“ fragte Dicky. Er wirkte aus irgendeinem Grund gereizt und schien alles in Frage zu stellen. „Die Maltesers?“

„Nein, nein, die Maltesers sind wieder eine andere Geschichte. Darüber reden wir jetzt nicht. Würde zu lange dauern. Was ich gemeint habe, ist: der Oberst gehört zu den Pst-Pst-Jungen, und ein Geistlicher doch eigentlich auch, wenn man's bedenkt ... Ihr wißt ja, die Geheimnisse des Beichtstuhls und solche Sachen, die sind auch lauter Pst-Pst-Geschäfte.“

„Mein Vater war nicht römisch-katholisch. Nicht einmal Hochkirche. Er war Marinekaplan. Im ersten Krieg.“

„Der erste Krieg“, sagte der morose Mann namens Willie, der einmal verheiratet gewesen war, „war der zwischen Kain und Abel.“ Er gab diese Feststellung mit solcher Entschiedenheit ab, als wollte er damit eine überflüssige Konversation beenden.

„Auch Willies Vater war Geistlicher“, erklärte Buffy. „Ein

hohes Tier. Ein Bischof gegen einen Marinekaplan. Sein Stich!"

„Mein Vater war bei der Schlacht von Jütland dabei", teilte Daintry mit. Er wollte niemanden reizen, Jütland gegen ein Bistum ausspielen. Ihm war bloß eine neue Erinnerung gekommen.

„Aber er hat nicht gekämpft. Das zählt doch nicht, oder?" sagte Buffy. „Im Vergleich mit Kain und Abel."

„Sie sehen gar nicht so alt aus", sagte Dicky, während er einen Schluck nahm. Seine Stimme klang argwöhnisch.

„Mein Vater war damals noch nicht verheiratet. Er heiratete meine Mutter erst nach dem Krieg. In den zwanziger Jahren."

Daintry fand, daß das Gespräch langsam absurd wurde. Der Martini wirkte wie eine Wahrheitsdroge. Er wußte, daß er zuviel redete.

„Er heiratete Ihre Mutter?" fragte Dicky scharf wie ein Inquisitor.

„Natürlich heiratete er sie. In den zwanziger Jahren."

„Lebt sie noch?"

„Beide sind schon seit langem tot. Ich muß jetzt wirklich nach Hause. Mein Essen wird sonst kaputt", fügte Daintry hinzu; er dachte an die Sardinen, die auf dem Teller austrockneten. Das Gefühl, ein Gespräch unter Freunden zu führen, wich. Es drohte aggressiv zu werden.

„Und was hat das alles mit einem Begräbnis zu tun? Überhaupt, was für einem Begräbnis?"

„Kümmern Sie sich nicht um Dicky", sagte Buffy. „Er verhört gern Leute. Im Krieg war er in MI5. Noch Martini, Joe. Er hat's uns doch schon erzählt, Dicky. Irgend so ein kleiner Scheißkerl in seinem Büro."

„Und Sie haben gesehen, wie er eingegraben wurde?"

„Nein, nein. Ich war nur beim Trauergottesdienst. Am Hanover Square."

„Also in der St.-Georgs-Kirche", sagte der Sohn des Bischofs. Er hielt Joe sein Glas hin wie einen Kommunionsbecher.

Daintry brauchte eine ganze Weile, um sich aus der Bar bei White's loszureißen. Buffy begleitete ihn sogar bis zur Vortreppe. Ein Taxi fuhr vorbei. „Da sehen Sie, was ich meine", sagte Buffy. „Busse in der St. James's Street. Keiner war sicher." Daintry hatte keine Ahnung, was er meinte. Als er die Straße hinunterging, kam ihm zu Bewußtsein, daß er heute vor dem Essen mehr getrunken hatte als seit Jahren. Nette Kerle, aber Vorsicht war geboten. Er hatte viel zuviel geredet. Über seinen Vater, seine Mutter. Er ging an Lock's Hutladen vorbei, an Overton's Restaurant, blieb an der Ecke zur Pall Mall stehen. Er war zu weit gegangen – das erkannte er noch rechtzeitig. Er machte kehrt und ging zurück zu seiner Wohnung und der Mahlzeit, die ihn dort erwartete. Käse und Brot standen bereit, und auch die Sardinenbüchse, die er noch gar nicht geöffnet hatte. Er war nicht sehr fingerfertig, und die kleine Blechlasche riß, bevor er die Büchse zu einem Drittel geöffnet hatte. Trotzdem gelang es ihm, mit der Gabel den halben Inhalt stückweise herauszufischen. Das genügte – er war nicht hungrig. Er zögerte, ob er nach den Dry Martinis noch etwas trinken sollte, und entschied sich dann für eine Flasche Tuborg-Bier.

Sein Mahl dauerte weniger als vier Minuten, doch ihm, dem in Erinnerungen Versunkenen, schien es eine lange Zeit. Seine Gedanken purzelten wie bei einem Betrunkenen durcheinander. Zuerst fiel ihm ein, wie Dr. Percival und Sir John Hargreaves vor ihm die Straße hinuntergegangen waren, als der Gottesdienst beendet war, die Köpfe wie Verschwörer gesenkt. Als nächstes dachte er an Davis. Nicht, daß ihm Davis persönlich nahestand, aber sein Tod beunruhigte ihn. Laut sagte er zu seinem einzigen Zeugen – es war zufälligerweise ein Sardinenschwanz, der auf seiner Gabel balancierte: „Ein Schwurgericht würde niemals auf Grund solchen Beweismaterials jemanden schuldig sprechen." Schuldig sprechen? Er hatte keinen Beweis, daß Davis nicht – wie der Obduktionsbefund lautete – eines natürlichen Todes gestorben war; eine Zirrhose nannte man eine natürliche Todesart. Er versuchte, sich ins Gedächtnis zurückzurufen, was Dr. Percival ihm damals in der Nacht nach der Jagd gesagt hatte. In jener Nacht hatte er auch zuviel getrunken, so wie heute vormittag, weil er sich unter Leuten, die er nicht verstand, nicht wohl fühlte, und Percival war dann unaufgefordert in sein Zimmer gekommen und hatte über einen Künstler namens Nicholson geplaudert.

Daintry rührte den Käse nicht an; er trug ihn zusammen mit dem öligen Teller in die Küche zurück oder vielmehr, wie man heute sagen würde, in die Kitchenette – es war dort höchstens für eine Person Platz. Er erinnerte sich an den riesigen Baum im Souterrain, der in der obskuren Pfarrei in Suffolk als Küche diente; in dieser Pfarrei war sein Vater nach der Schlacht von Skagerrak an Land geschwemmt worden, und er erinnerte sich an Buffys achtlose Worte über das Beichtgeheimnis. Sein Vater hatte die Beichte nie gebilligt, noch den Beichtstuhl, den ein unverheirateter Geistlicher der Hochkirche in der benachbarten Pfarre errichtet hatte. Beichten gelangten, wenn überhaupt, aus zweiter Hand zu ihm, denn die Leute eröffneten sich manchmal seiner Mutter, die im Dorf sehr beliebt war, und er hatte sie diese Beichten, aus denen jede Anstößigkeit, Bosheit oder Grausamkeit herausgefiltert waren, an den Vater weiterleiten hören. „Ich finde, du solltest wissen, was Mrs. Baines mir gestern sagte."

Daintry sagte laut – tatsächlich, er begann sich das anzugewöhnen – in das Spülbecken hinein: „Es lag *kein* richtiges Beweismaterial gegen Davis vor." Er fühlte sich schuldig, weil er versagt hatte, er, ein Mann in mittleren Jahren, kurz vor dem Ruhestand – Ruhe, wovor? Es würde nur eine Art Einsamkeit eine andere ablösen. Er wünschte sich in die Pfarrei von Suffolk zurück. Er wollte den langen, von Unkraut überwucherten, von niemals blühenden Lorbeerbüschen gesäumten Weg hinauf wandern und durch die Eingangstür treten. Selbst die Diele war größer als seine jetzige ganze Wohnung. Einige Hüte hingen zur Linken an einem Ständer, und rechts nahm eine Granathülse aus Messing die Schirme auf. Er durchquerte die Diele, öffnete ganz sachte die Tür und überraschte dann seine Eltern Hand in Hand auf dem Chintz-Sofa, weil sie dachten, sie seien allein. „Soll ich kündigen", fragte er sie, „oder soll ich auf die Pensionierung warten?" Er wußte sehr wohl, daß ihrer beider Antwort „Nein" lauten würde. „Nein" vom Vater, weil der Kapitän seines Kreuzers seiner Meinung nach fast wie ein König mit göttlichen Rechten ausgestattet war und sein Sohn daher nicht besser als ein Vorgesetzter wissen konnte, welche Handlungsweise die richtige war; und „Nein" von der Mutter – ach, sie würde jedem Mädchen im Dorf, das Schwierigkeiten mit seinem Arbeitgeber hatte, immer raten: „Sei nicht vorschnell. Es ist nicht so leicht, einen anderen Posten zu finden." Sein Vater, der Ex-Marinekaplan, der an seinen Kapitän und an seinen Gott glaubte, hätte ihm die sogenannte christliche Antwort gegeben –, und seine Mutter hätte ihm die praktische und weltliche Antwort gegeben. Hatte er denn, wenn er jetzt kündigte, eine bessere Aussicht, andere Arbeit zu finden, als ein Hausmädchen in dem kleinen Dorf, in dem sie gelebt hatten?

Oberst Daintry kehrte ins Wohnzimmer zurück, die ölige Gabel noch immer in der Hand. Zum erstenmal seit Jahren besaß er die Telefonnummer seiner Tochter – sie hatte sie ihm nach der Hochzeit auf einer vorgedruckten Karte geschickt. Das war das einzige Bindeglied zu Elizabeths Alltagsleben. Vielleicht gelingt es mir, dachte er, mich zu einem Abendessen einladen zu lassen. Er würde es natürlich nicht direkt vorschlagen, aber wenn sie selbst es anbot ...

Er erkannte die Stimme nicht, die sich meldete. Er fragte: „Ist dort 673 1075?"

„Ja. Was wünschen Sie?" Es war die Stimme eines Mannes – eines Fremden.

Er verlor die Nerven und sein Namensgedächtnis. Er erwiderte: „Mrs. Clutter."

„Sie haben die falsche Nummer gewählt."

„Verzeihung." Er legte auf. Selbstverständlich hätte er sagen sollen: „Ich meinte Mrs. Clough", doch jetzt war es zu spät. Vermutlich war der Fremde sein eigener Schwiegersohn.

4

„Du warst mir nicht böse", fragte Sarah, „weil ich nicht kommen konnte?"

„Nein, natürlich nicht. Ich konnte selbst auch nicht – ich hatte eine Verabredung mit Müller."

„Ich hatte Angst, daß ich nicht rechtzeitig wieder zu Hause bin, bevor Sam aus der Schule kommt. Er hätte gefragt, wo ich war."

„Er muß es ja doch einmal erfahren."

„Ja, aber das hat noch viel Zeit. Waren viele Leute da?"

„Nicht viele, erzählte mir Cynthia. Watson natürlich, als Chef der Sektion. Dr. Percival. C. Von C. war es anständig, hinzugehen. Schließlich war Davis in der Firma keine große Nummer. Und sein Vetter war da – Cynthia glaubt, daß es sein Vetter war, weil er einen Trauerflor trug."

„Was geschah nach dem Gottesdienst?"

„Ich weiß es nicht."

„Ich meine – mit der Leiche."

„Oh, ich glaube, die wurde nach Golders Green zur Einäscherung gebracht. Das war Sache der Familie."

„Des Vetters?"

„Ja."

„In Afrika hatten wir bessere Leichenfeiern", sagte Sarah.

„Nun ja ... andere Länder, andere Sitten."

„Deine Kultur ist angeblich die ältere."

„Ja, aber alte Kulturen zeichnen sich nicht immer durch Gefühlstiefe bei Todesfällen aus. Wir sind nicht schlimmer als die Römer."

Castle trank seinen Whisky aus. Er sagte: „Ich gehe jetzt hinauf und lese Sam ein bißchen vor – sonst glaubt er, irgend etwas stimmt nicht."

„Schwöre, daß du ihm nichts sagen wirst", sagte Sarah.

„Vertraust du mir nicht?"

„Natürlich vertraue ich dir, aber ..." Das „Aber" verfolgte ihn die Treppe hinauf. Er hatte lange Zeit mit vielen „Aber" gelebt – wir vertrauen Ihnen, aber ... Daintry, der seine Aktentasche durchsuchte, der Fremde in Watford, dessen Pflicht es war, sich zu überzeugen, ob er allein zur Verabredung mit Boris gekommen war. Sogar Boris selbst. Er fragte sich: Ist es möglich, daß eines Tages mein Leben wieder so einfach sein wird wie in meiner Kindheit, daß ich nichts mehr mit den vielen „Aber" zu schaffen habe, daß mir jeder ganz natürlich sein Vertrauen schenkt, so wie Sarah mir vertraut – und Sam?

Sam erwartete ihn, ein schwarzes Gesicht auf einem sauberen Kissenbezug. An diesem Tag waren wohl die Bettlaken gewechselt worden, was den Kontrast so stark hervorhob wie bei einer Reklame für Black-and-White-Whisky. „Nun, wie steht's?" fragte er, weil ihm augenblicklich nichts einfiel, aber Sam gab keine Antwort – auch er hatte seine Geheimnisse.

„Wie war's in der Schule?"

„Ganz gut."

„Was für Gegenstände hattest du heute?"

„Rechnen."

„Wie ging's damit?"

„Ganz gut."

„Was noch?"

„Englisch Auf –"

„Aufsatz. Und wie war das?"

„Ganz gut."

Castle wußte, es würde nun nicht mehr lange dauern, und er hatte das Kind für immer verloren. Jedes „Ganz gut" klang ihm im Ohr wie das Geräusch ferner Explosionen, die die Brücken zwischen ihnen sprengten. Wenn er Sam fragen würde: „Vertraust du mir?", vielleicht wäre dann die Antwort: „Ja, aber ..."

„Soll ich dir vorlesen?"

„Ja, bitte."

„Was hättest du denn gern?"

„Das Buch über den Garten."

Castle wußte einen Augenblick nicht Bescheid. Sein Blick streifte über die zerfetzten Bände in dem einzigen Bücherregal, die von zwei Porzellanhunden gestützt wurden; sie sahen Buller ein bißchen ähnlich. Einige der Bücher stammten noch aus seiner eigenen Kindheit, die anderen hatte fast alle er ausgesucht, da Sarah erst spät zu Büchern gekommen war und die ihren alle Erwachsenenbücher waren. Er nahm einen Gedichtband heraus, den er seit der Kinderzeit sorgsam gehütet hatte. Zwischen ihm und Sam gab es keine Blutsbande, keine Gewähr dafür, daß ihnen beiden irgend etwas gleich gut gefiele, aber er hoffte doch immer, auch ein Buch könne eine Brücke sein. Er schlug den Band aufs Geratewohl auf, oder glaubte zumindest, es zu tun. Doch ein Buch ist wie ein sandiger Pfad, der die Spuren von Schritten festhält. In den letzten zwei Jahren hatte er Sam mehrmals aus diesem Buch vorgelesen, aber die Fußabdrücke seiner eigenen Kindheit reichten tiefer, und das Buch öffnete sich bei einem Gedicht, das er noch nie laut vorgelesen hatte. Nach der ersten oder zweiten Zeile wußte er, daß er es fast auswendig kannte. Es gibt in der Kindheit Verse, dachte er, die unser Leben stärker formen als die Heilige Schrift.

„O unverzeihbar' Sünd' und Tücke,
Wenn über Grenzen wir entweichen
Und durch des Gartens Mauerlücke
Zum Fluß im Tal hinunterschleichen."

„Was sind Grenzen?"

„Wo ein Land endet und ein anderes beginnt." Er hatte noch nicht zu Ende gesprochen, da schien es ihm eine schwer faßbare Definition, aber Sam nahm sie hin.

„Was heißt ‚unverzeihbare Sünde'? Sind das Spione?"

„Nein, nein, keine Spione. Dem Jungen im Gedicht wurde verboten, den Garten zu verlassen, und ..."

„Wer hat es ihm verboten?"

„Sein Vater, wahrscheinlich, oder seine Mutter."

„Und das ist eine Sünde?"

„Das wurde vor langer, langer Zeit geschrieben. Man war damals viel strenger, und es war sowieso nicht ernst gemeint."

„Ich hab geglaubt, Mord ist eine Sünde."

„Ja, natürlich, Mord ist unrecht."

„So unrecht, wie einen Garten zu verlassen?"

Castle begann zu bedauern, daß er auf dieses Gedicht gestoßen, daß er in diesen einen besonderen Fußabdruck seines eigenen langen Weges getreten war. „Soll ich dir nicht weiter vorlesen?" Seine Augen glitten über die nächsten Verszeilen. Sie schienen recht unverständlich.

„Nein, dieses Gedicht nicht. Ich versteh es nicht."

„Nun, was für ein anderes dann?"

„Da gibt es eines über einen Mann ..."

„Den Laternanzünder?"

„Nein, nicht das."

„Was tut denn der Mann?"

„Ich weiß es nicht. Er ist im Finstern."

„Das ist kein guter Anhaltspunkt."

Castle blätterte im Buch zurück, um einen Mann im Finstern zu finden.

„Er reitet auf einem Pferd."

„Ist es das?" fragte Castle und las:

„Wenn Mond und Sterne schimmern blaß,
Der Wind um sich greift frei,
Die lange Nacht ganz schwarz und naß ..."

„Ja, ja, das ist es."

„Da reitet ein Mann vorbei.
In später Nacht, und alles stumm,
Was reitet und reitet er da herum?"

„Lies weiter. Warum stockst du?"

„Wenn Bäume im Sturmwind stöhnen laut,
Und Schiffe versinken im Meer,
Dort auf der Straße, schaut nur, o schaut,
Reitet ein Mann daher.
Er reitet und reitet ein gutes Stück
Und kehret dann im Galopp zurück."

„Das ist es. Das gefällt mir am besten."

„Es ist ein bißchen unheimlich", sagte Castle.

„Deshalb mag ich es ja so. Trägt er eine Strumpfmaske?"

„Da steht doch nicht, daß er ein Räuber ist, Sam."

„Warum reitet er dann vor dem Haus hin und her? Hat er ein weißes Gesicht wie du und Mr. Müller?"

„Davon steht nichts im Gedicht."

„Ich glaube, er ist schwarz, schwarz wie mein Hut, schwarz wie mein Blut."

„Warum?"

„Ich glaube, alle Weißen fürchten sich vor ihm und sperren ihre Häuser zu, damit er nicht mit dem Messer hereinkommt und ihnen die Kehlen durchschneidet. Langsam", fügte er genießerisch hinzu.

Sam hat nie schwärzer ausgeschaut, dachte Castle. Er legte seinen Arm mit einer schützenden Geste um ihn, aber er konnte ihn nicht vor Gewalttätigkeit und Rachsucht schützen, die sich bereits im Herzen des Kindes zu regen begannen.

Er ging in sein Arbeitszimmer, schloß eine Schublade auf und entnahm ihr Müllers Notizen. Eine Überschrift lautete „Eine endgültige Lösung". Müller hatte offensichtlich nicht die geringsten Hemmungen gehabt, diese Worte einem Deutschen zuzuflüstern, und diese Lösung war – das lag auf der Hand – nicht zurückgewiesen worden, stand noch immer zur Diskussion. Wie eine Zwangsvorstellung tauchte das Bild wieder vor ihm auf – das Bild vom sterbenden Kind und dem Geier.

Er setzte sich hin und schrieb sorgfältig Müllers Notizen ab. Er nahm sich nicht einmal die Mühe, sie zu tippen. Wie bereits der Fall Hiss gezeigt hatte, vermochte eine Schreibmaschine die Anonymität nur zum Teil zu wahren, und er hatte sowieso keine Lust, sich der gewohnten Vorsichtsmaßnahmen zu bedienen. Den Buch-Kode hatte er mit jener letzten Nachricht, die mit „Lebewohl" endete, aufgegeben. Als er jetzt „endgültige Lösung" schrieb und die folgenden Worte exakt kopierte, identifizierte er sich zum ersten Mal völlig mit Carson. Carson hätte an diesem Punkt die äußerste Gefahr auf sich genommen. Er war jetzt, wie Sarah es einmal formuliert hatte, „zu weit gegangen".

5

Um zwei Uhr morgens wurde Castle, der noch immer wach lag, durch einen Schrei Sarahs aufgeschreckt. „Nein!“ schrie sie. „Nein!“

„Was hast du denn?“

Sie gab keine Antwort, doch als er das Licht andrehte, sah er, daß ihre Augen vor Furcht weit aufgerissen waren.

„Du hast sicher wieder einen Alptraum gehabt. Das war ja nur ein Alptraum.“

Sie sagte: „Er war entsetzlich.“

„Erzähl ihn mir. Man träumt es nie wieder, wenn man den Traum schnell erzählt, bevor man ihn vergißt.“

Er spürte, wie sie an seiner Seite zitterte. Ihre Furcht begann ihn anzustecken. „Es war doch nur ein Traum, Sarah, erzähl ihn mir. Schau, daß du ihn loswirst.“

Sie sagte: „Ich war in einem Zug. Er fuhr fort. Dich haben sie nicht mitgenommen, du bist auf dem Bahnsteig zurückgeblieben. Ich war allein. Du hattest die Fahrkarten. Sam stand neben dir. Es schien ihm nichts auszumachen. Ich wußte nicht einmal, wohin wir fahren würden. Und ich konnte den Schaffner im nächsten Abteil hören. Ich wußte, daß ich im falschen Wagen saß, in dem für Weiße reservierten.“

„Jetzt hast du mir den Traum erzählt, jetzt wird er nicht wieder vorkommen.“

„Ich wußte, daß er sagen wird: Hinaus mit Ihnen. Sie haben hier nichts zu suchen. Das ist ein Wagen für Weiße.“

„Es war nur ein Traum, Sarah.“

„Ja, ich weiß. Verzeih, daß ich dich aufgeweckt hab. Du brauchst deinen Schlaf so notwendig.“

„So ähnliche Träume hatte Sam auch, erinnerst du dich?“

„Sam und ich, wir sind beide rassebewußt, weißt du? Das verfolgt uns bis in den Schlaf. Manchmal frage ich mich, ob du mich vielleicht nur wegen meiner Farbe liebst. Wenn du ein Schwarzer wärst, würdest du eine Frau doch nicht nur deshalb lieben, weil sie eine Weiße ist, nicht wahr?"

„Nein. Ich bin kein Südafrikaner auf Wochenendurlaub in Swasiland. Ich habe dich nahezu ein Jahr lang gekannt, bevor ich mich in dich verliebt habe. Es kam langsam. In allen diesen Monaten, in denen wir im geheimen zusammenarbeiteten. Ich war ein sogenannter Diplomat, in einer bombensicheren Stellung. Du hast alles riskiert. Ich hatte keine Alpträume, aber ich lag in den Nächten wach und fragte mich, ob du wohl zu unserem nächsten Rendezvous kommen oder ob du spurlos verschwinden wirst – und daß ich dann niemals erfahren würde, was mit dir geschehen ist. Vielleicht würde ich bloß von einem der anderen eine Nachricht erhalten, daß keine Verbindung mehr möglich ist."

„Du hast dir also wegen der Verbindung Sorgen gemacht?"

„Nein. Um dich. Seit Monaten liebte ich dich. Ich wußte, ich kann nicht weiterleben, wenn du verschwindest. Jetzt sind wir endlich sicher."

„Bestimmt?"

„Natürlich. Habe ich es dir nicht sieben Jahre lang bewiesen?"

„Ich habe nicht gemeint, ob du mich liebst. Ich meinte: weißt du bestimmt, daß wir in Sicherheit sind?"

Diese Frage war nicht leicht zu beantworten. Der letzte verschlüsselte Bericht mit dem Schlußwort „Lebewohl" war voreilig gewesen, und die von ihm gewählte Stelle „Ich habe meine Hand erhoben und ließ sie sinken" war in einer Welt, in der es Onkel Remus gab, kein Zeichen von Freiheit.

FÜNFTER TEIL

ERSTES KAPITEL

1

Die Dunkelheit war mit Novembernebel und Nieseln frühzeitig eingebrochen, als er die Telefonzelle verließ. Auf keines seiner Signale hatte er Antwort erhalten. In der Old Compton Street schien das schummrige rote Licht der Anzeige „Bücher“, mit der Halliday junior auf seinen zweifelhaften Handel hinwies, etwas weniger unverschämt als sonst über die Straße; Halliday senior im gegenüberliegenden Laden stand wie gewöhnlich mit krummen Rücken unter der einzigen erleuchteten Kugellampe, um Strom zu sparen. Als Castle den Laden betrat, berührte der Alte, ohne aufzusehen, einen Schalter, um die beiderseitigen Regale mit den aus der Mode gekommenen Klassikern zu beleuchten.

„Sie gehen sparsam mit dem Strom um“, sagte Castle.

„Ah, Sie sind es, Sir. Ja, ich trage mein weniges dazu bei, der Regierung zu helfen, und nach fünf kommen sowieso nicht mehr sehr viele Kunden. Ein paar schüchterne Leute, die etwas verkaufen wollen, aber ihre Bücher sind selten in gutem Zustand, und ich muß sie zu ihrer Enttäuschung wegschicken – diese Leute glauben, jedes Buch, das an die hundert Jahre alt ist, muß wertvoll sein. Entschuldigen Sie bitte, Sir, aber der Trollope ist noch nicht da, falls Sie deswegen hergekommen sind. Es ist schwer, ein zweites Exemplar aufzutreiben – es lief einmal im Fernsehen, das ist die Schwierigkeit –, sogar die Penguin-Ausgabe ist vergriffen.“

„Ich habe es nicht mehr so eilig. Ein Exemplar genügt mir.

Das wollte ich Ihnen sagen. Deshalb komme ich her. Mein Freund lebt jetzt im Ausland."

„Oh, da werden Ihnen aber Ihre literarischen Abende fehlen, Sir. Erst neulich sagte ich zu meinem Sohn ..."

„Seltsam, Mr. Halliday, ich habe Ihren Sohn noch nie gesehen. Ist er jetzt da? Ich habe mir überlegt, ich könnte mit ihm über ein paar Bücher reden, die ich abstoßen will. Ich interessiere mich nicht mehr so sehr für *curiosa.* Das ist wahrscheinlich das Alter. Ist er drüben in seinem Laden?"

„Nein, Sir. Jetzt nicht, drüben ist er nicht. Ehrlich gesagt, er hat auch seine Probleme. Weil er zu geschäftstüchtig war. Er hat vor einem Monat in Newington Butts einen zweiten Laden eröffnet, und die Polizei dort ist weitaus weniger verständnisvoll als hier in Soho – oder teurer, wenn man es zynisch ausdrückt. Er hatte wegen dieser albernen Magazine den ganzen Nachmittag eine Verhandlung im dortigen Bezirksgericht, und er ist noch nicht zurück."

„Hoffentlich ziehen seine Scherereien nicht auch Schwierigkeiten für Sie nach sich, Mr. Halliday."

„Ach Gott, nein. Die Polizei zeigt sich sehr wohlwollend. Ich glaube wirklich, daß sie mich bedauern, weil ich einen Sohn habe, der sich mit solchen Geschäften abgibt. Aber ich habe ihnen gesagt, wenn ich noch jung wäre, würde ich vielleicht genau das gleiche tun, und sie haben nur gelacht."

Castle hatte sich immer schon gewundert, daß „sie" einen so dubiosen Mittelsmann wie den jungen Halliday gewählt hatten, dessen Laden die Polizei jederzeit durchsuchen konnte. Vielleicht handelte es sich um einen doppelten Bluff, dachte er. Die Leute der Sittenpolizei hatte man wohl kaum in den Feinheiten des Geheimdiensts geschult. Es war sogar möglich, daß Halliday junior ebensowenig wie sein Vater wußte, wofür man ihn benutzte. Das war etwas, das er gern erfahren hätte, denn er beabsichtigte ihm nichts Geringeres als sein Leben anzuvertrauen.

Er starrte über die Straße auf das rote Geschäftsschild und die Magazine mit den nackten Mädchen im Schaufenster, und er wunderte sich, was für eine seltsame Regung ihn trieb, ein so offenkundiges Risiko einzugehen. Boris hätte es nicht gebilligt, doch nun hatte er „ihnen" seinen letzten Bericht geschickt und seinen Rücktritt mitgeteilt und empfand den unwiderstehlichen Wunsch, direkt und persönlich mit ihnen zu sprechen, ohne zwischengeschaltete tote Briefkästen, Buch-Kodes und ausgeklügelte Signale von öffentlichen Telefonzellen.

„Haben Sie eine Ahnung, wann er zurückkommen wird?" fragte er Mr. Halliday.

„Nein, Sir. Könnte ich selbst vielleicht behilflich sein?"

„Nein, nein, ich möchte Sie nicht damit behelligen."

Er besaß keinen Telefon-Kode, um sich mit Halliday junior zu verständigen. Man hatte sie so gründlich auseinandergehalten, daß er sich manchmal fragte, ob ihr einziges Treffen für den äußersten Notfall geplant sein mochte.

Er fragte: „Fährt Ihr Sohn vielleicht einen roten Toyota?"

„Nein, aber er verwendet manchmal meinen, wenn er geschäftlich über Land zu Auktionen fährt, Sir. Er hilft mir da und dort, denn ich bin nicht mehr so beweglich wie früher einmal. Warum fragen Sie?"

„Ich dachte, ich hätte einmal ein solches Auto vor dem Laden stehen sehen."

„Das kann dann nicht unseres gewesen sein. Nicht hier in der Stadt, sicher nicht. Bei allen diesen Verkehrsstauungen wäre ein Auto nicht wirtschaftlich. Wir sparen, wo wir nur können, weil uns die Regierung zur Kasse bittet."

„Na, hoffentlich hat ihn das Bezirksgericht nicht zu hart angepackt."

„Sehr freundlich von Ihnen, Sir. Ich werde ihm sagen, daß Sie ihn sprechen wollten."

„Ich habe da eine Aufstellung bei mir, die Sie ihm vielleicht geben könnten. Streng vertraulich, wohlgemerkt. Ich möchte nicht, daß die Leute erfahren, welche Art Bücher ich in jüngeren Jahren gesammelt habe."

„Sie können sich auf mich verlassen, Sir. Ich habe Sie noch nie enttäuscht. Und der Trollope?"

„Ach, den Trollope brauche ich nicht mehr."

Am Bahnhof Euston löste Castle einen Fahrschein nach Watford – er wollte seine Streckenkarte von und nach Berkhamsted nicht vorzeigen. Schalterbeamte haben ein Gedächtnis für Strekkenkarten. Im Zug las er, um sich abzulenken, eine Morgenzeitung, die jemand im Abteil liegengelassen hatte. Sie enthielt ein Interview mit einem Filmstar, den er noch nie gesehen hatte (das Kino in Berkhamsted hatte man in eine Bingohalle umgewandelt). Offenbar hatte der Schauspieler ein zweites Mal geheiratet. Oder war es zum dritten Mal? Dem Reporter hatte er vor mehreren Jahren bei einem Interview erzählt, daß die Ehe für ihn eine erledigte Sache sei. „Sie haben also Ihre Meinung geändert?" fragte der Klatschkolumnist frech.

Castle las das Interview Wort für Wort genau. Dieser Mann konnte mit einem Reporter über die intimsten Dinge in seinem Leben reden: „Ich war sehr unerfahren, als ich meine erste Frau heiratete. Sie zeigte kein Verständnis ... Unsere sexuellen Beziehungen gingen völlig schief. Mit Naomi ist es ganz anders. Naomi weiß, wenn ich total erschöpft aus dem Studio nach Hause komme ... sooft wir können, fahren wir für eine Woche ganz allein in einen stillen Ort wie St. Tropez und holen alles nach." Ich habe ihm nichts vorzuwerfen, das wäre Heuchelei, dachte Castle. Ich will mich auch mit Boris aussprechen, wenn das geht; es kommt der Moment, wo man sich aussprechen muß.

In Watford verhielt er sich genauso vorsichtig wie beim letzten Mal, zögerte bei der Autobushaltestelle, ging schließlich weiter, wartete um die Ecke, ob ihm jemand folgte. Er kam zum Café, trat aber nicht ein, sondern ging weiter. Das letztemal war er von dem Mann mit dem offenen Schnürsenkel geführt worden, heute aber hatte er keinen Führer. Mußte er an der Ecke links oder rechts abbiegen? Alle Straßen in diesem Teil Watfords sahen gleich aus – lauter identische giebelseitige Reihenhäuser mit kleinen Vorgärten, in denen vor Nässe triefende Rosenstöcke standen – je zwei Häuser waren miteinander durch eine Garage für ein Auto verbunden.

Er versuchte aufs Geratewohl mehrmals die Straße zu finden, aber überall standen die gleichen Häuser, manchmal in Straßen, manchmal in Seitengassen, und er fühlte sich durch die Ähnlichkeit der Hausnamen zum Narren gehalten, während er „Ulmenblick“ suchte. Einmal fragte ihn ein Polizist, der ihn herumirren sah, ob er ihm behilflich sein könne. Müllers Originalbericht steckte schwer wie ein Revolver in seiner Tasche, als er verneinte; er sähe sich nur in der Gegend um, ob es hier ein geeignetes Objekt zum Mieten gebe. Der Polizist erklärte ihm, wenn er sich links halte, finde er in der dritten oder vierten Straße zwei solcher Häuser, und der Zufall führte ihn in der dritten Straße wirklich zu „Ulmenblick“. An die Hausnummer konnte er sich nicht mehr erinnern, aber eine Straßenlaterne beleuchtete das bunte Glas oberhalb einer Tür, das er wiedererkannte. Hinter keinem Fenster brannte Licht, und nachdem er auch die Karte mit der verstümmelten Anschrift „... ition Limited“ bei genauem Hinsehen entziffert hatte, läutete er ohne allzuviel Hoffnung die Glocke. Es war nicht anzunehmen, daß Boris um diese Zeit anwesend war, vielleicht befand er sich überhaupt nicht mehr in England. Er hatte den Kontakt zu den Leuten abgebrochen, warum sollten sie also eine gefährliche Verbindung offenhalten? Castle läutete ein zweites Mal, doch es meldete sich niemand. Er hätte in diesem Augenblick selbst Iwan willkommen geheißen, der ihn zu erpressen versucht hatte. Es war niemand – buchstäblich niemand – mehr da, mit dem er sich aussprechen konnte.

Bei seiner Suche war er an einer Telefonzelle vorbeigekommen, jetzt kehrte er dorthin zurück. In einem Haus auf der anderen Straßenseite konnte er durch das vorhanglose Fenster eine Familie bei einem Eßtisch sehen: der Vater und zwei halbwüchsige Kinder, ein Junge und ein Mädchen, nahmen eben ihre Sitze ein, die Mutter trug eine Schüssel auf, und der Vater schien ein Tischgebet zu sprechen, denn die Kinder senkten die Köpfe. Er entsann sich dieser Sitte aus seiner Kindheit, hielt sie aber schon seit langem für ausgestorben – vielleicht waren diese Leute Katholiken, bei denen sich solche Bräuche länger hielten. Er begann die einzige Nummer zu wählen, die zu wählen ihm übrigblieb, eine Nummer, die nur für den äußersten Notfall reserviert war; er legte den Hörer in Intervallen, die er von seiner Uhr ablas, immer wieder auf. Nachdem er fünfmal gewählt hatte, ohne daß jemand sich meldete, verließ er die Zelle. Es war, als hätte er in die leere Straße hinaus fünfmal um Hilfe geschrien – doch er wußte nicht, ob ihn jemand gehört hatte. Vielleicht waren nach seinem Schlußbericht sämtliche Kommunikationswege für immer abgeschnitten.

Er blickte über die Straße. Der Vater machte einen Scherz, die Mutter lächelte verständnisvoll, und das Mädchen zwinkerte dem Jungen zu, als wollte es sagen: „Jetzt fängt der Alte schon wieder an." Castle ging in Richtung Bahnhof die Straße hinunter – niemand folgte ihm, niemand beobachtete ihn durch ein Fenster, während er vorbeiging, niemand überholte ihn. Er hatte die Empfindung, er sei unsichtbar, ausgesetzt in einer fremden Welt, in der es keine menschlichen Wesen gebe, die ihn als ihresgleichen ansahen.

Am Ende der Straße blieb er neben einer häßlichen Kirche stehen, die so neu wirkte, als hätte man sie über Nacht aus den glitzernden Ziegeln eines Kinderbaukastens errichtet. Drinnen brannte Licht, und dasselbe Gefühl der Einsamkeit, das ihn zu Halliday getrieben hatte, trieb ihn jetzt in das Gebäude. An dem mit Flitterkram überladenen Altar und den sentimentalen Statuen erkannte er, daß es eine katholische Kirche war. Hier gab es keine glaubensfeste bürgerliche Gemeinde, die Schulter an Schulter von einem grünen Berg in der Ferne sang. Nicht weit vom Altar schlummerte ein alter Mann über seiner Schirmkrücke, und zwei Frauen, die ihrer unauffällig-düsteren Kleidung nach Schwestern hätten sein können, warteten offenbar darauf, in den Beichtstuhl eingelassen zu werden. Eine Frau im Regenmantel kam hinter einem Vorhang hervor, und eine Frau ohne Regenmantel ging hinein. Es war wie ein Wetterhäuschen, das Regen anzeigt. Castle setzte sich nicht weit davon nieder. Er war müde – die Zeit für seinen dreifachen J. & B. war schon längst vorbei. Sarah machte sich gewiß Sorgen, und während er dem leisen Summen des Gesprächs im Beichtstuhl lauschte, wuchs der Wunsch in ihm, sich nach sieben Jahren des Schweigens einmal offen und rückhaltslos auszusprechen. Boris hat man zurückgeholt, dachte er, ich werde nie mehr imstande sein, zu jemandem rückhaltslos zu sprechen – außer, natürlich, ich lande auf der Anklagebank. Ich könnte das, was sie dort ein „Geständnis" nennen, ablegen – unter Ausschluß der Öffentlichkeit natürlich, das Verfahren würde ja unter Ausschluß der Öffentlichkeit geführt werden.

Die zweite Frau tauchte wieder auf, und die dritte ging in den Beichtstuhl. Die zwei anderen waren ihre Geheimnisse recht rasch losgeworden – unter Ausschluß der Öffentlichkeit. Jede von ihnen kniete vor einem Altar nieder, und aus ihren Mienen sprach die Selbstgefälligkeit getaner Pflicht. Als die dritte Frau herauskam, wartete außer ihm niemand mehr. Der alte Mann war aufgewacht und begleitete eine der Frauen aus der Kirche. Durch einen Spalt im Vorhang des Priesters erspähte er flüchtig ein schmales weißes Gesicht; eine Kehle räusperte sich und befreite sich vom Novembernebel. Castle dachte: Ich möchte sprechen; warum spreche ich nicht? So ein Priester muß mein Geheimnis wahren. Boris hatte zu ihm gesagt: „Komm zu mir, wann immer du Lust hast, dich auszusprechen; es ist die kleinere Gefahr", doch er war überzeugt, daß Boris nie wiederkehren würde. Sprechen war ein therapeutischer Akt – er bewegte sich langsam auf den Beichtstuhl zu, wie ein Patient, der zum erstenmal zitternd einen Psychiater aufsucht.

Ein Patient, der nicht die leiseste Ahnung hat, wie er sich verhalten soll. Er zog den Vorhang hinter sich zu und stand zögernd in dem winzigen Raum, der übrigblieb. Wie sollte er beginnen? Der schwache Duft nach Kölnischwasser stammte wohl noch von einer der Frauen. Ein Schieber ging klappernd auf, und er konnte ein scharfes Profil wie das eines Bühnendetektivs sehen. Das Profil hustete und murmelte etwas.

Castle sagte: „Ich möchte mit Ihnen sprechen."

„Was stehen Sie hier so herum?" fragte das Profil. „Haben Sie Ihre Knie zu gebrauchen verlernt?"

„Ich möchte nur mit Ihnen sprechen", sagte Castle.

„Mit *mir* sprechen Sie hier nicht", erklärte das Profil. Ein leises Klick-Klick-Klick begleitete seine Worte. Der Mann hatte einen Rosenkranz im Schoß und schien mit ihm nervös zu spielen. „Hier sprechen Sie mit Gott."

„Nein, das will ich nicht. Ich bin nur hierhergekommen, um zu reden."

Der Priester wandte widerstrebend den Kopf. Seine Augen waren blutunterlaufen. Castle hatte den Eindruck, daß ein grimmiger Zufall ihn auf einen Menschen hatte treffen lassen, der genau wie er ein Opfer von Einsamkeit und Schweigen war.

„Knien Sie nieder, Mann. Was sind Sie für ein Katholik?"

„Ich bin kein Katholik."

„Was haben Sie dann hier zu suchen?"

„Ich möchte nur mit jemandem sprechen, sonst nichts."

„Wenn Sie Instruktionen wünschen, können Sie Ihren Namen und Ihre Adresse im Pfarrhaus hinterlassen."

„Ich will keine Instruktionen."

„Sie vergeuden meine Zeit“, sagte der Priester.

„Erstreckt sich das Beichtgeheimnis nicht auch auf Nicht-Katholiken?“

„Sie sollten zu einem Priester Ihrer eigenen Kirche gehen.“

„Ich habe keine Kirche.“

„Dann brauchen Sie meiner Meinung nach einen Arzt“, sagte der Priester. Er schlug den Schieber zu, und Castle verließ den Beichtstuhl. Das ist das absurde Ende einer absurden Handlung, dachte er. Weshalb hatte er nur erwartet, der Mann würde ihn verstehen, selbst wenn er mit ihm hätte sprechen dürfen? Eine Geschichte, wie er sie zu erzählen hatte, die vor so vielen Jahren in einem fremden Land begann, die war viel zu lang.

2

Sarah kam heraus, um ihn zu begrüßen, als er seinen Mantel in der Diele aufhängte. Sie fragte: „Ist etwas passiert?“

„Nein.“

„Du bist noch nie so spät nach Hause gekommen, ohne mich vorher anzurufen.“

„Weißt du, ich war da und dort, um mit verschiedenen Leuten zu sprechen. Aber keiner war zu Hause. Vermutlich nehmen sich alle ein verlängertes Wochenende.“

„Willst du deinen Whisky, oder willst du gleich essen?“

„Den Whisky. Einen ganz großen.“

„Größer als sonst?“

„Ja, und ohne Soda.“

„Es ist also doch etwas geschehen.“

„Nichts Wichtiges. Aber es ist so kalt und naß draußen, fast wie im Winter. Schläft Sam schon?“

„Ja.“

„Wo ist Buller?“

„Im Garten, auf Katzenjagd."

Er ließ sich im gewohnten Sessel nieder, und die gewohnte Stille breitete sich zwischen ihnen aus. Sonst empfand er diese Stille wie einen wärmenden Schal um seine Schultern. Stille war Entspannung, Stille bedeutete, daß Worte zwischen ihnen beiden unnötig waren – ihre Liebe stand zu sehr außer Frage, um einer Versicherung zu bedürfen: ihre Liebe war versichert auf Lebenszeit. Doch an diesem Abend, an dem er das Original von Müllers Aufzeichnungen in seiner Tasche trug und deren Kopie sich wohl schon in den Händen des jungen Halliday befand, spürte er die Stille wie ein Vakuum, das ihm den Atem raubte; Stille war das Fehlen von allem, selbst von Vertrauen. Sie war ein Vorgeschmack des Grabes.

„Noch einen Whisky, Sarah."

„Du trinkst wirklich zuviel. Denk an den armen Davis."

„An Alkohol ist der nicht gestorben."

„Aber ich dachte ..."

„Du dachtest, was alle anderen dachten. Und es stimmt nicht. Wenn es dir zu mühsam ist, mir noch einen Whisky einzugießen, dann sag es einfach, und ich nehme ihn mir selbst."

„Ich sagte doch nur: denk an Davis ..."

„Ich will nicht beschützt werden, Sarah. Du bist Sams Mutter, nicht meine."

„Ja, ich *bin* seine Mutter, und du bist nicht einmal sein Vater."

Sie blickten einander erstaunt und entsetzt an. Sarah sagte: „Ich wollte nicht ..."

„Es ist nicht deine Schuld."

„Verzeih mir."

Er sagte: „So wird es in Zukunft immer aussehen, wenn wir nicht miteinander reden können. Du wolltest wissen, was ich getan habe. Ich habe den ganzen Abend einen Menschen gesucht, mit dem ich sprechen kann, aber es war niemand da."

„Worüber sprechen?"

Er verstummte vor dieser Frage.

„Warum kannst du nicht mit *mir* sprechen? Weil *sie* es dir verbieten, wahrscheinlich. Der Official Secrets Act – dieser ausgemachte Unsinn."

„An denen liegt es nicht."

„An wem denn?"

„Als wir nach England kamen, Sarah, schickte mir Carson jemanden. Er hatte dich und Sam gerettet. Alles, was er dafür von mir wollte, war, ich sollte ihm ein bißchen helfen. Ich war ihm dankbar und willigte ein."

„Was soll daran Unrechtes sein?"

„Meine Mutter hat mir erzählt, als Kind hätte ich bei einem Tauschgeschäft immer zuviel hergegeben, aber es war nicht zuviel, was ich dem Mann gegeben habe, der euch vor BOSS gerettet hat. Jetzt weißt du es also, Sarah: ich wurde ein sogenannter Doppelagent. Das bringt lebenslänglichen Kerker."

Er hatte es immer gewußt, daß diese Szene eines Tages von ihr und ihm gespielt werden mußte, sich jedoch nie den Text vorstellen können, den er und sie sprechen würden. Sie sagte: „Gib mir deinen Whisky." Er reichte ihr sein Glas, sie trank einen großen Schluck. „Bist du in Gefahr?" fragte sie. „Ich meine: jetzt? Heute nacht?"

„Ich bin immer in Gefahr gewesen, seit wir zusammen leben."

„Aber ist es jetzt schlimmer?"

„Ja. Ich glaube, sie haben entdeckt, daß es eine undichte Stelle gibt und hielten Davis für den Schuldigen. Ich glaube nicht daran, daß Davis eines natürlichen Todes gestorben ist. Dr. Percival hat einmal etwas gesagt …"

„Sie haben ihn umgebracht, meinst du?"

„Ja."

„Genauso, wie sie dich umgebracht hätten?"

„Ja."

„Und trotzdem willst du für sie weiterarbeiten?"

„Ich habe meinen letzten Bericht abgegeben – dachte ich. Ich habe die ganze Geschichte an den Nagel gehängt, aber dann – dann war alles plötzlich anders. Durch Müller. Ich mußte es sie wissen lassen. Ich hoffe, es ist mir geglückt. Ich weiß es nicht."

„Wie hat dein Amt die undichte Stelle entdeckt?"

„Vermutlich gibt es irgendwo einen Überläufer – wahrscheinlich dort draußen –, der Zugang zu meinen Berichten hatte und sie wieder nach London meldete."

„Aber wenn er diesen einen auch meldet?"

„Ach, ich weiß schon, was du sagen willst. Davis ist tot. Ich bin der einzige im Büro, der mit Müller arbeitet."

„Aber wie konntest du das nur tun, Maurice? Es ist Selbstmord."

„Vielleicht rettet es vielen Menschen das Leben – Menschen aus deinem Volk."

„Rede mir nicht von meinem Volk. Ich habe kein Volk mehr. Du bist ‚mein Volk'." Er dachte: Das ist doch was aus der Bibel. Das habe ich schon irgendwo gehört. Nun, sie war in einer Methodistenschule gewesen.

Sie legte den Arm um ihn und hielt das Glas an seinen Mund. „Warum nur hast du mir nichts gesagt, so viele Jahre lang."

„Ich hatte Angst, Sarah." Während er ihren alttestamentarischen Namen aussprach, fiel ihm der andere wieder ein. Eine Frau namens Ruth war es, die gesagt hatte, was Sarah auch gesagt hatte – oder etwas sehr Ähnliches.

„Angst vor mir und nicht vor denen?"

„Angst um dich. Du weißt nicht, wie lang mir die Zeit vorkam, während ich im Hotel Polana auf dich gewartet habe. Ich dachte schon, ich sehe dich nie wieder. Solange es hell war, habe ich die Autonummern gezählt, durch das Fernglas. Gerade Nummern bedeuteten, daß Müller dich erwischt hat. Ungerade, daß du zu mir unterwegs bist. Diesmal gibt es kein Hotel Polana mehr und keinen Carson. Nichts wiederholt sich."

„Was soll ich tun?"

„Das beste wäre, du gingst mit Sam zu meiner Mutter. Du trennst dich von mir. Gib vor, wir hätten eine böse Auseinandersetzung gehabt, und du willst die Scheidung einreichen. Wenn nichts geschieht, dann bleibe ich ja hier und wir können wieder zusammenkommen."

„Was soll ich denn tun, die ganze Zeit lang, Autonummern zählen? Was wäre die zweitbeste Lösung?"

„Wenn sie sich immer noch um mich kümmern – ich weiß nicht, ob sie's noch tun –, sie haben mir versprochen, mich ins Ausland in Sicherheit zu bringen, aber ich muß allein fort. Du mußt also auch in diesem Fall mit Sam zu Mutter ziehen. Der einzige Unterschied ist der, daß wir nicht miteinander in Verbindung treten können. Du wirst nicht wissen, was mit mir geschehen ist, vielleicht sehr lange nicht. Mir ist es fast lieber, wenn mich die Polizei holt – da können wir uns zumindest vor Gericht wiedersehen."

„Aber Davis kam doch auch nie vor ein Gericht, nicht wahr? Nein, Maurice, wenn sie sich noch um dich kümmern, dann geh. Dann weiß ich wenigstens, daß du in Sicherheit bist."

„Du hast mir mit keinem Wort Vorwürfe gemacht, Sarah."

„Wieso Vorwürfe?"

„Weil man das, was ich bin, einen Verräter nennt."

„Was schert mich das?" sagte sie. Sie legte ihre Hand in seine, eine innigere Geste als ein Kuß – man kann auch einen Fremden küssen. Sie sagte: „Es hat keinen Sinn, uns heute nacht noch weiter zu quälen. Wir haben noch Zeit, und wir müssen schlafen."

Doch als sie im Bett lagen, fielen sie einander sofort in die Arme, ohne nachzudenken, ohne zu sprechen, als hätten sie dies vor einer Stunde abgemacht und durch ihr Gespräch bloß hinausgeschoben. Monate waren sie so nicht mehr im Liebesakt vereint gewesen. Nun, da sein Geheimnis keines mehr war, brach ihre Liebe auf, und er hatte sich kaum aus ihr zurückgezogen, als er schon einschlief. Sein letzter Gedanke war: Wir haben noch Zeit – es wird Tage, vielleicht Wochen dauern, bevor die Meldung nach London zurückkommt. Morgen ist Samstag. Ein ganzes Wochenende haben wir noch Zeit, uns zu entscheiden.

ZWEITES KAPITEL

1

Sir John Hargreaves saß im Herrenzimmer seines Landhauses und las Trollope. Es hätte eine Zeitspanne fast vollkommenen Friedens sein sollen, dieses ruhige Wochenende, das nur der diensthabende Beamte mit einer dringenden Nachricht unterbrechen durfte, und dringende Nachrichten gab es im Geheimdienst äußerst selten; die Teestunde verbrachte seine Frau ohne ihn, da sie wußte, daß Earl Grey am Nachmittag ihm den Cutty Sark um sechs verleidete. Während seiner Dienstzeit in Westafrika hatte er Trollopes Romane schätzen gelernt, obwohl er eigentlich kein Freund von Romanen war. In Augenblicken der Gereiztheit hatte er *The Warden* und *Barchester Towers* sehr beruhigend gefunden. Sie stärkten die Geduld, die Afrika erforderte. Mr. Slope erinnerte ihn an einen aufdringlichen und selbstgerechten Distriktskommissar, und Mrs. Proudie an die Frau des Gouverneurs. Nun aber wurde er durch einen Roman aufgerüttelt, der ihn in England ebenso beruhigen hätte sollen wie ihn die Lektüre in Afrika beruhigt hatte. Der Roman trug den Titel *The Way We Live Now;* irgend jemand, er wußte nicht mehr wer, hatte ihm erzählt, daß man daraus eine gute Fernsehserie gemacht hatte. Er mochte zwar das Fernsehen nicht, war aber überzeugt gewesen, daß ihm der Trollope gefallen würde.

So fand er an diesem Nachmittag eine Zeitlang dasselbe ruhige Vergnügen, das er stets an Trollope gefunden hatte – eine ausgewogene Welt der Viktorianischen Zeit, in der das Gute gut und das Böse böse war, und man leicht zwischen beiden unterscheiden konnte. Er hatte keine Kinder, die ihn eines Besseren hätten belehren können, er und seine Frau hatten nie Kinder gewollt; darin waren sie sich einig, wenn vielleicht auch aus verschiedenen Gründen. Er hatte sich zu den Belastungen des Berufslebens nicht auch noch private Belastungen aufladen wollen (Kinder wären in Afrika eine Quelle ständiger Angst gewesen), und seine Frau, nun ja, dachte er liebevoll, wollte ihre Figur und ihre Unabhängigkeit erhalten. Das ihnen gemeinsame Desinteresse an Kindern vertiefte ihre Liebe zueinander. Während er, einen Whisky griffbereit neben sich, Trollope las, trank sie in ihrem Zimmer ebenso zufrieden ihre Tasse Tee. Für beide war es ein friedliches Wochenende, ohne Jagd, ohne Gäste, mit früh einbrechender Dunkelheit über dem novemberlichen Park; fast hätte er sich vorstellen können, in Afrika zu sein, in irgendeinem Rasthaus im Busch, auf einem der langen Trecks, die ihm stets großes Vergnügen bereiteten, fern vom Hauptquartier. Der Koch würde jetzt hinter dem Rasthaus ein Huhn rupfen, und die herumstreunenden Hundebastarde würden in der Hoffnung auf Abfälle zusammenlaufen ... Die Lichter in der Entfernung, an der Schnellstraße, hätten ebensogut die Lichter des Dorfs sein können, wo die Mädchen einander die Läuse aus den Haaren klaubten.

Er las über den alten Melmotte – den Schwindler, wie ihn seine Klubkollegen bezeichneten. Melmotte nahm seinen Platz im Restaurant des Unterhauses ein. „Es war ebenso unmöglich, ihn zu vertreiben, wie neben ihm zu sitzen. Selbst die Kellner wollten ihn nicht bedienen; aber mit Geduld und Ausdauer setzte er es dennoch durch, daß er endlich sein Abendessen bekam."

Hargreaves empfand gegen seinen Willen Sympathie für den isolierten Melmotte, und er erinnerte sich mit Bedauern an seine eigenen Worte zu Dr. Percival, als dieser zugab, Davis zu mögen. Er hatte das Wort „Verräter" gebraucht, so wie Melmottes Kollegen das Wort „Schwindler“ verwendeten. Er las weiter: „Diejenigen, die ihn beobachten, erklärten untereinander, daß ihm seine eigene Verwegenheit Vergnügen bereitete; doch in Wahrheit war er in diesem Augenblick möglicherweise der unglücklichste Mann in London.“ Er hatte Davis nie kennengelernt – hätte ihn nicht erkannt, wäre er ihm auf einem Korridor des Amtes begegnet. Er dachte: Vielleicht habe ich vorschnell geurteilt – dumm reagiert – aber es war ja Percival, der ihn beseitigt hat – ich hätte Percival nicht die Entscheidung überlassen dürfen ... Er las weiter: „Aber selbst er, von dem sich alle Welt abgewandt hatte, mit nichts vor sich als dem äußersten Elend, das die Empörung über Verletzung der Gesetze verhängen kann, vermochte die letzten Augenblicke seiner Freiheit zu nützen, um sich zumindest den Ruf der Kühnheit zu erwerben.“ Armer Kerl, dachte er, Mut kann man ihm nicht absprechen. Ahnte Davis, welchen Trank Dr. Percival in seinen Whisky leeren könnte, wenn er das Zimmer für einen Augenblick verließ?

Eben da klingelte das Telefon. Er hörte, wie seine Frau in ihrem Zimmer den Hörer abnahm. Sie versuchte, seine Ruhe besser zu schützen, als Trollope es getan hatte, mußte aber dennoch weiterverbinden – es mochte wohl sehr dringend sein.

Unwillig hob er den Hörer ab. Eine Stimme, die er nicht erkannte, sagte: „Hier Müller.“

Er befand sich noch in der Welt Melmottes. Er fragte: „Müller?“

„Cornelius Müller.“

Nach einer verlegenen Pause erklärte die Stimme: „Aus Pretoria.“

Einen Augenblick glaubte Sir John Hargreaves, daß ihn der Fremde aus dieser fernen Stadt anrief, dann aber erinnerte er sich: „Ja, ja, richtig. Kann ich etwas für Sie tun?“ Er fügte hinzu: „Ich hoffe, daß Castle ...“

„Ich möchte mit Ihnen über Castle sprechen, Sir John.“

„Montag bin ich wieder im Büro. Wollen Sie vielleicht meine Sekretärin anrufen ..." Er sah auf die Uhr. „Sie wird noch im Büro sein."

„Morgen sind Sie nicht dort?"

„Nein. Ich verbringe dieses Wochenende zu Hause."

„Könnte ich Sie aufsuchen, Sir John?"

„Ist es denn so dringend?"

„Ich halte es für sehr dringend. Ich fürchte, ich habe einen schweren Fehler gemacht. Ich möchte unbedingt mit Ihnen sprechen, Sir John."

Adieu, Trollope, dachte Hargreaves, und die arme Mary – ich versuche ja, das Büro von uns fernzuhalten, wenn wir hier sind, und doch stört man uns immer wieder. Er erinnerte sich an den Abend nach der Jagd, als Daintry sich so starrköpfig gezeigt hatte ... Er fragte: „Haben Sie einen Wagen?"

„Ja, selbstverständlich."

Er dachte: Wenn ich heute halbwegs gastfreundlich bin, bleibt mir immer noch der freie Samstag. Er sagte: „Es sind nicht ganz zwei Stunden Fahrt, wenn Sie zum Abendessen hierherkommen wollen."

„Natürlich. Das ist sehr liebenswürdig von Ihnen, Sir John. Ich hätte Sie nicht gestört, wenn ich die Sache nicht für wichtig hielte. Ich ..."

„Wir können vielleicht nur ein Omelett zustande bringen, Müller. Sie müssen eben mit dem Vorhandenen vorliebnehmen", fügte er hinzu.

Er legte den Hörer auf; die apokryphe Geschichte, die man über ihn und die Kannibalen erzählte, fiel ihm ein. Er ging zum Fenster und sah hinaus. Afrika wich zurück. Die Lichter waren die Lichter der Schnellstraße, die nach London und ins Büro führte. Er ahnte den bevorstehenden Selbstmord Melmottes voraus – es gab keine andere Lösung. Er ging in den Salon: Mary goß sich eine Tasse Earl Grey aus der silbernen Teekanne ein, die sie in einer Auktion bei Christie erstanden hatte. Er sagte: „Tut mir leid, Mary. Wir bekommen einen Gast zum Abendessen."

„Das habe ich befürchtet. Als er so darauf bestand, dich zu sprechen ... Wer ist es denn?"

„Der Mann, den BOSS uns aus Pretoria geschickt hat."

„Konnte er sich denn nicht bis Montag gedulden?"

„Er behauptet, dafür ist es zu dringend."

„Ich kann diese Apartheid-Arschlöcher nicht ausstehen." Vulgäre englische Redewendungen nahmen sich dank ihres amerikanischen Akzents immer sehr seltsam aus.

„Ich auch nicht, aber wir müssen mit ihnen zusammenarbeiten. Wir können doch hoffentlich irgendein Abendessen organisieren?"

„Es ist noch kaltes Roastbeef da."

„Besser als das Omelett, das ich ihm versprochen habe."

Es wurde ein ungemütliches Essen – über Berufliches durfte nicht geredet werden –, obwohl Lady Hargreaves sich mit Hilfe des Beaujolais nach Kräften bemühte, Gesprächsthemen zu finden. Sie gestand, in Afrikander-Kunst und -Literatur völlig unbewandert zu sein, doch diese Unwissenheit wurde von Müller offenbar geteilt. Er räumte ein, daß es dort irgendwelche Dichter und Romanschriftsteller gebe, und erwähnte den Hertzog-Preis, fügte jedoch hinzu, daß er keinen von ihnen gelesen habe. „Die meisten von ihnen sind unzuverlässig", sagte er.

„Unzuverlässig?"

„Sie mischen sich in die Politik ein. Ein Dichter sitzt jetzt im Gefängnis, weil er die Terroristen unterstützt hat." Hargreaves versuchte das Thema zu wechseln, doch fielen ihm in Verbindung mit Südafrika nur Gold und Diamanten ein, und die hatten auch mit Politik zu tun, genauso wie die Schriftsteller. Das Wort Diamant beschwor Namibia herauf, und er erinnerte sich, daß der Millionär Oppenheimer die Fortschrittspartei unterstützte.

Sein Afrika war das ausgepowerte Afrika des Buschs gewesen, aber im Süden überlagerte die Politik alles wie das Geröll bei einem Bergwerk. Er war erleichtert, als sie sich mit einer Flasche Whisky in zwei bequeme Fauteuils zurückziehen konnten; es fiel einem leichter, in einem weichen Lehnsessel über harte Tatsachen zu sprechen, weil es einem in einem Lehnsessel schwerfiel, zornig zu werden.

„Sie müssen entschuldigen“, sagte Hargreaves, „daß ich Sie nicht bei Ihrer Ankunft in London begrüßen konnte. Ich mußte nach Washington – man kann sich diesen Routinebesuchen nicht gut entziehen. Hoffentlich haben sich meine Leute um Sie gekümmert.“

„Ich mußte auch weg“, sagte Müller. „Nach Bonn.“

„Das war wohl alles eher als ein Routinebesuch, stelle ich mir vor? Durch die Concorde ist London so verdammt nah an Washington herangerückt – die erwarten dort fast schon, daß man zum Mittagessen hinüberfliegt. Ich hoffe, in Bonn verlief alles zu Ihrer Zufriedenheit – soweit wie möglich, natürlich. Aber vermutlich haben Sie das alles bereits mit unserem Freund Castle besprochen.“

„Mehr Ihr Freund als meiner, denke ich.“

„Ja, ja. Ich weiß, daß es vor Jahren zwischen Ihnen und ihm kleine Unannehmlichkeiten gab. Aber das sind doch wohl alte Geschichten, nicht?“

„Gibt es das, Sir, alte Geschichten? Die Iren sind da anderer Meinung, und das, was Sie den Burenkrieg nennen, sehen wir immer als unseren Krieg an, nur nennen wir ihn Unabhängigkeitskrieg. Ich mache mir Sorgen wegen Castle. Deshalb falle ich Ihnen auch heute abend zur Last. Ich bin indiskret gewesen. Ich habe ihm einige Aufzeichnungen übergeben, die ich über meinen Besuch in Bonn gemacht hatte. Natürlich nichts streng Geheimes, aber trotzdem könnte jemand, der zwischen den Zeilen zu lesen versteht ...“

„Meine Güte, Castle können Sie vertrauen. Ich hätte ihn nicht gebeten, Sie über alles ins Bild zu setzen, wenn er nicht der geeignetste dafür gewesen wäre."

„Ich war in seinem Haus zum Abendessen eingeladen. Zu meiner Überraschung stellte ich fest, daß er mit einer Schwarzen verheiratet ist, mit eben jenem Mädchen, das die Ursache dessen war, was Sie ‚kleine Unannehmlichkeiten' nennen. Er scheint sogar ein Kind mit ihr zu haben."

„Wir haben hier keine Rassentrennung, Müller. Und sie wurde gründlich überprüft, das können Sie mir glauben."

„Trotzdem, es waren die Kommunisten, die ihre Flucht organisiert haben. Castle war mit Carson eng befreundet. Sie wissen das doch wohl?"

„Wir wissen alles über Carson – und über die Flucht. Castle hatte die Aufgabe, mit den Kommunisten Kontakt zu halten. Bereitet Ihnen Carson noch immer Schwierigkeiten?"

„Nein. Carson starb im Gefängnis. An Lungenentzündung. Ich habe gesehen, wie nahe das Castle ging, als ich es ihm sagte."

„Wie denn nicht? Wenn sie Freunde waren." Hargreaves warf einen bedauernden Blick zu seinem Trollope hinüber, der neben der Flasche Cutty Sark lag. Müller sprang unvermittelt auf und ging quer durchs Zimmer. Vor der Fotografie eines Schwarzen mit einem dunklen Schlapphut jener Art, wie ihn die Missionare tragen, blieb er stehen. Das Gesicht war auf einer Seite von Lupus entstellt, und es lächelte demjenigen, der die Kamera hielt, auch nur mit einer Hälfte seines Mundes zu.

„Armer Kerl", sagte Hargreaves.

„Er starb, kurz nachdem ich diese Aufnahme machte. Er wußte es. Er war ein tapferer Kerl, wie alle Krus. Ich wollte eine Erinnerung an ihn haben."

Müller sagte: „Ich habe Ihnen noch nicht alles gestanden, Sir. Ich gab Castle irrtümlich die falschen Aufzeichnungen. Ich hatte die einen angefertigt, um sie ihm zu zeigen, und die anderen, um meine Berichte danach zusammenzustellen, und verwechselte die beiden. Zwar ist nichts streng Geheimes dabei – ich hätte ja etwas streng Geheimes hier im Land nie zu Papier gebracht –, aber es waren einige indiskrete Sätze darunter ..."

„Sie müssen sich wirklich keine Sorgen machen, Müller."

„Ich mache sie mir aber. Ich kann mir nicht helfen. In diesem Land lebt man in einer so ganz anderen Atmosphäre. Sie haben hier, verglichen mit uns, so wenig zu befürchten. Diesen Schwarzen da auf der Fotografie – mochten Sie den?"

„Er war mein Freund – ein Freund, den ich liebte."

„Das kann ich von keinem einzigen Schwarzen behaupten", erwiderte Müller. Er wandte sich um. An der gegenüberliegenden Wand des Zimmers hing eine afrikanische Maske.

„Ich traue Castle nicht", sagte er. „Ich kann nichts beweisen, aber intuitiv spüre ich ... hätten Sie nur jemand anderen beauftragt, mit mir zu arbeiten."

„Nur Davis und Castle hatten mit Ihrem Material zu tun."

„Davis ist derjenige, der gestorben ist?"

„Ja."

„Sie nehmen hier die Dinge so leicht. Manchmal beneide ich Sie darum. Dinge wie ein schwarzes Kind zum Beispiel. Sie müssen wissen, Sir, daß unserer Erfahrung nach kein Mensch anfälliger für Versuchungen ist als ein Mann im Geheimdienst. Wir hatten vor ein paar Jahren in BOSS eine undichte Stelle, in der Sektion, die sich mit den Kommunisten befaßt. Einer unserer intelligentesten Leute. Auch bei ihm kam es zu Freundschaften – und die Freundschaften wurden bestimmend. Carson war in diesen Fall auch verwickelt. Und dann gab's noch einen anderen Fall – einer unserer Leute war ein brillanter Schachspieler. Den Nachrichtendienst sah er mit der Zeit als eine Art Schachspiel an. Interessant fand er es nur, wenn er gegen einen wirklich erstklassigen Gegenspieler eingesetzt wurde. Schließlich wurde er unzufrieden. Die Spiele waren zu leicht – so nahm er die eigene Seite aufs Korn. Ich glaube, das machte ihn glücklich, solange das Spiel eben dauerte."

„Was geschah dann?"

„Er ist jetzt tot."

Wieder fiel Hargreaves Melmotte ein. Die Menschen hielten den Mut für eine der wichtigsten Tugenden. Wie verhielt es sich aber mit dem Mut eines ausgemachten Schwindlers und Bankrotteurs, der seinen Platz im Speisesaal des Unterhauses behauptete? Ist Mut an sich schon eine Rechtfertigung? Ist Mut, was immer auch sein Anlaß sein mag, auf jeden Fall eine Tugend? Er sagte: „Für uns ist erwiesen, daß Davis das Leck war, das wir zu schließen hatten."

„Und sein Tod ein glücklicher Zufall?"

„Leberzirrhose."

„Ich sagte Ihnen, Carson starb an Lungenentzündung."

„Zufälligerweise weiß ich, daß Castle nicht Schach spielt."

„Es gibt auch andere Motive. Geldgier."

„Das trifft auf Castle gewiß nicht zu."

„Er liebt seine Frau", sagte Müller, „und sein Kind."

„Na und?"

„Beide sind schwarz", erwiderte Müller naiv, und sein Blick wanderte durch das ganze Zimmer zu der Fotografie des Kru-Häuptlings an der Wand. Nicht einmal ich, dachte Hargreaves, bin, scheint's, über einen Verdacht erhaben, einen Verdacht, der wie ein Scheinwerfer am Kap über die rauhe See nach feindlichen Schiffen sucht.

Müller sagte: „Ich hoffe zu Gott, daß Sie recht haben und die undichte Stelle wirklich Davis war. Aber ich glaube es nicht."

Hargreaves sah hinter Müller her, der in seinem schwarzen Mercedes durch den Park davonfuhr. Die Lichter entfernten sich langsamer, hielten inne – er mußte das Pförtnerhaus erreicht haben, in dem seit den irischen Bombenanschlägen ein Mann von der Staatspolizei postiert war. Nun schien der Park nicht mehr eine Fortsetzung der afrikanischen Buschlandschaft – er war ein kleines Stückchen England nahe bei London, das für Hargreaves nie die Heimat bedeutet hatte. Es war fast Mitternacht. Er ging in sein Ankleidezimmer hinauf, zog sich aber das Hemd nicht aus. Er schlang ein Handtuch um seine Schultern und begann sich zu rasieren. Da er sich zuletzt vor dem Essen rasiert hatte, war es keine notwendige Maßnahme, doch er konnte während des Rasierens stets klarer denken. Er versuchte sich die Gründe genau ins Gedächtnis zurückzurufen, die Müller für seinen Verdacht gegen Castle angeführt hatte: seine Beziehungen zu Carson hatten nichts zu bedeuten. Eine schwarze Frau und ein Kind – Hargreaves erinnerte sich voll Trauer und Wehmut der schwarzen Geliebten, die er vor seiner Ehe viele Jahre lang gehabt hatte. Sie war an Schwarzwasserfieber gestorben, und als sie starb, hatte er das Gefühl, daß seine Liebe zu Afrika zu einem großen Teil mit ihr zu Grabe getragen wurde. Müller hatte von Intuition gesprochen – „Ich kann nichts beweisen, aber intuitiv spüre ich ..." Hargreaves war der letzte, der über Intuitionen gelacht hätte. In Afrika hatte er mit Intuition gelebt, hatte sich angewöhnt, seine Boys intuitiv auszusuchen – nicht nach den zerfetzten Notizbüchern voll unleserlicher Referenzen, die sie bei sich trugen. Einmal hatte ihm Intuition das Leben gerettet.

Während er sein Gesicht abtrocknete, dachte er: Ich werde Emmanuel anrufen. Dr. Percival war der einzige wirkliche Freund, den er in der ganzen Firma hatte. Er öffnete die Tür zum Schlafzimmer und schaute hinein. Der Raum war finster, und er glaubte, seine Frau wäre eingeschlafen, bis sie sagte: „Worauf wartest du, Liebling?"

„Ich komme gleich. Ich möchte nur noch Emmanuel anrufen."

„Ist dieser Müller fort?"

„Ja."

„Der gefällt mir nicht."

„Mir auch nicht."

DRITTES KAPITEL

I

Castle erwachte und sah auf die Uhr, obwohl er immer glaubte, auch ohne Uhr die genaue Zeit im Kopf zu haben – er wußte, es würde ein paar Minuten vor acht Uhr sein, so daß ihm gerade noch Zeit blieb, in sein Arbeitszimmer hinunterzugehen, und er die Nachrichtensendung einschalten konnte, ohne Sarah aufzuwecken. Überrascht stellte er fest, daß die Uhr fünf Minuten nach acht zeigte – noch nie hatte ihn sein Zeitsinn getäuscht, und er begann an seiner Taschenuhr zu zweifeln; doch als er das Arbeitszimmer erreichte, waren die wichtigen Nachrichten bereits vorbei – er hörte nur noch die Füller mit lokalem Bezug, mit denen der Nachrichtensprecher die Löcher überbrückte: ein schwerer Unfall auf der Schnellstraße M4, ein kurzes Interview mit Mrs. Whitehouse, die irgendeine neue Kampagne gegen pornographische Bücher begrüßte, und, vielleicht als Illustration zu ihren Worten, die banale Tatsache, daß ein obskurer Buchhändler namens Holliday – „Verzeihung, *Halliday*" – sich vor dem Polizeirichter in Newington Butts wegen des Verkaufs eines pornografischen Films an einen vierzehnjährigen Jungen verantworten mußte. Sein Fall war an den Central Criminal Court verwiesen und er selbst gegen eine Kaution von zweihundert Pfund auf freien Fuß gesetzt worden.

Er ist also in Freiheit, dachte Castle, hat die Kopie von Müllers Aufzeichnungen in der Tasche und steht wahrscheinlich unter Polizeiaufsicht. Vielleicht fürchtete er sich, sie in irgendeinem toten Briefkasten zu deponieren, vielleicht fürchtete er sich sogar, sie zu vernichten; am wahrscheinlichsten war noch, daß er sich entschloß, sie zu behalten und zu seinem Vorteil zu einem Tauschgeschäft mit der Polizei zu verwenden. „Ich bin ein wichtigerer Mann, als Sie glauben; wenn diese Kleinigkeit arrangiert werden kann, zeige ich Ihnen Dinge ... Lassen Sie mich mit jemandem von der Staatspolizei sprechen." Castle konnte sich gut ausmalen, wie von diesem Augenblick an das Gespräch weitergehen würde: die skeptische Polizeibehörde, Halliday, der die erste Seite von Müllers Aufzeichnungen als Köder herzeigte.

Castle öffnete die Schlafzimmertür; Sarah schlief noch. Er sagte sich, daß nun der Augenblick da war, von dem er immer gewußt hatte, er würde kommen; jetzt mußte er klar denken und entschlossen handeln. Hoffnung war so wenig am Platz wie Verzweiflung. Das waren Gefühle, die nur das Denkvermögen verwirrten. Er mußte davon ausgehen, daß Boris fort, die Verbindung abgeschnitten und er auf sich selbst angewiesen war.

Er ging ins Wohnzimmer hinunter, wo Sarah ihn nicht telefonieren hören konnte, und rief ein zweitesmal die Nummer an, die man ihm – ausschließlich für den Notfall – gegeben hatte. Er wußte nicht, in welchem Zimmer das Telefon klingelte – der Nummer zufolge irgendwo in Kensington. Er wählte dreimal mit einem Intervall von je zehn Sekunden und hatte den Eindruck, daß sein SOS-Signal in einem leeren Zimmer ertönte, aber sicher war das nicht ... Es gab keine andere Stelle, an die er sich um Hilfe wenden konnte, ihm blieb nichts anderes übrig, als das Feld zu räumen. Er saß vor dem Telefon und machte Pläne, vielmehr er ging sie nochmals durch und überprüfte sie, denn gemacht hatte er sie schon vor langem. Nichts Wichtiges blieb mehr zu vernichten, dessen war er fast ganz sicher, keine Bücher, die er für seine Kodes benutzt hatte ... er war überzeugt, daß keine Papiere mehr zu verbrennen waren ... er konnte das versperrte leere Haus ruhig zurücklassen ... einen Hund konnte man natürlich nicht verbrennen ... was sollte er mit Buller anfangen? Wie absurd, sich in diesem Augenblick Sorgen um einen Hund zu machen, um einen Hund, den er nicht einmal mochte; aber seine Mutter würde nie erlauben, daß Sarah Buller als ständigen Bewohner in das Haus in Sussex mitbrachte. Er könnte ihn vielleicht in einem Zwinger unterbringen, überlegte er, hatte aber keine Ahnung, wo es einen solchen gab ... Das war das einzige Problem, über das er sich nie den Kopf zerbrochen hatte. Er sagte sich, daß es kein wichtiges Problem sei, während er hinaufging, um Sarah zu wecken.

Warum schlief sie an diesem Morgen so tief? Während er sie anblickte, erinnerte er sich mit einer Welle von Zärtlichkeit, wie man sie sogar angesichts eines schlafenden Feindes empfinden kann, daß er nach dem Liebesakt so tief im Nichts versunken war wie seit Monaten nicht, und das einfach darum, weil sie offen miteinander gesprochen und weil Sie aufgehört hatten, etwas voreinander zu verbergen. Er küßte sie, sie schlug die Augen auf, und er erriet, daß sie sofort wußte, es sei keine Zeit zu verlieren; sie konnte jetzt nicht, wie sonst, langsam erwachen, die Arme recken und sagen: „Ich habe geträumt ..."

Er sagte: „Du mußt gleich meine Mutter anrufen. Es wirkt glaubhafter, wenn *du* das tust, wenn wir uns zerstritten haben. Frag sie, ob du mit Sam ein paar Tage bei ihr wohnen kannst. Du kannst ruhig ein bißchen lügen. Um so besser, wenn sie glaubt, daß du lügst. Dann hast du es leichter, wenn du bei ihr bist, ihr nach und nach die Geschichte zu erzählen. Du kannst sagen, ich hätte etwas Unverzeihliches getan ... Wir haben ja über alles gestern nacht gesprochen."

„Aber du hast gesagt, wir hätten Zeit ..."

„Ich habe mich geirrt."

„Ist etwas geschehen?"

„Ja. Du mußt auf der Stelle mit Sam weg."

„Und du bleibst hier?"

„Entweder helfen sie mir, von hier herauszukommen, oder die Polizei kommt mich holen. Du darfst nicht hier sein, wenn das geschieht."

„Dann ist es also das Ende für uns?"

„Natürlich nicht. Solange wir leben, werden wir immer wieder zusammenkommen. Irgendwie. Irgendwo."

Sie sprachen kaum miteinander, sie kleideten sich rasch an wie Fremde auf einer Reise, die gezwungen waren, dasselbe Schlafwagenabteil zu benutzen. Nur als sie Sam aufwecken ging, wandte sie sich an der Tür um und fragte: „Was soll ich wegen der Schule tun? Es wird sich zwar niemand Sorgen machen ..."

„Laß das jetzt. Ruf am Montag dort an und sag, daß er krank ist. Ich will euch beide so schnell wie möglich aus dem Haus haben. Falls die Polizei kommt."

Fünf Minuten später kam sie zurück und sagte: „Ich habe mit deiner Mutter gesprochen. Sehr begeistert war sie nicht. Sie hat jemand zum Essen eingeladen. Was geschieht mit Buller?"

„Mir wird schon was einfallen."

Zehn vor neun war sie bereit, mit Sam das Haus zu verlassen. Ein Taxi stand vor der Tür. Castle empfand schmerzlich die absurde Unwirklichkeit dieser Situation. Er sagte: „Wenn nichts geschieht, kannst du zurückkommen. Wir haben eben unseren Streit begraben." Zumindest Sam war vergnügt. Castle beobachtete, wie er mit dem Fahrer scherzte.

„Wenn ..."

„Du bist auch ins Polana gekommen."

„Ja, aber du sagst selbst, daß sich nichts wiederholt."

Sie vergaßen sogar, einander beim Taxi zu küssen, erinnerten sich dann ungeschickt daran; es war ein oberflächlicher Kuß, eine leere Geste ohne Gefühl außer dem, daß dieser Abschied nicht wahr sein durfte, daß sie ihn träumten. Sie hatten immer ihre Träume ausgetauscht – jene intimen Geheimschriften, die noch schwerer zu entschlüsseln sind als ein Orakel.

„Kann ich dich anrufen?"

„Lieber nicht. Wenn alles gutgeht, telefoniere ich in ein paar Tagen aus einer Zelle."

Als das Taxi abfuhr, konnte er sie wegen der getönten Scheibe im Heckfenster nicht einmal mehr sehen. Er ging wieder ins Haus und packte einen kleinen Koffer, der sich gleich gut für das Gefängnis oder die Flucht eignete. Pyjama, Waschzeug, ein kleines Handtuch – nach einigem Zögern fügte er auch noch seinen Paß hinzu. Dann setzte er sich hin, und das Warten begann. Er hörte einen seiner Nachbarn wegfahren, dann senkte sich die Samstagstille herab. Es schien ihm, als sei er der einzige lebende Mensch in der ganzen Straße – außer den Polizisten in der Wachstube an der Straßenecke. Die Tür wurde aufgestoßen und Buller trottete schweifwedelnd herein. Er setzte sich auf die Hinterbeine und starrte Castle aus seinen hervorquellenden Augen unverwandt an. „Buller", murmelte Castle, „Buller, was für eine Landplage du doch bist, Buller." Bullers Blick wich nicht um Zentimeterbreite – das war die Art, einen Spaziergang durchzusetzen.

Buller fixierte ihn auch noch eine Viertelstunde später, als das Telefon klingelte. Castle ließ es klingeln. Es fing immer wieder von neuem an, wie ein weinendes Kind. Das konnte nicht das erhoffte Signal sein – kein Kontaktmann wäre so lange am Apparat geblieben –, sondern es war wohl, dachte Castle, eine Freundin Sarahs. Ihm galt der Anruf jedenfalls nicht. Er hatte keine Freunde.

2

Dr. Percival wartete in der Halle des Reform-Klubs neben dem mächtigen weißen Treppenaufgang, der aussah, als wäre er dafür erbaut worden, das schwere Gewicht würdiger liberaler

Staatsmänner, jener mit Voll- und Backenbärten gezierten Männer von unerschütterlicher Integrität, zu tragen. Nur noch ein einziges anderes Klubmitglied war in Sicht, als Hargreaves eintrat, und dieses war klein, unauffällig und kurzsichtig – der Herr hatte Schwierigkeiten, die Börsenkurse zu entziffern. Hargreaves sagte: „Ich weiß, daß ich an der Reihe wäre, Emmanuel, aber der Travellers ist geschlossen. Hoffentlich haben Sie nichts dagegen, daß ich Daintry gebeten habe, hierherzukommen."

„Nun ja, ich kenne amüsantere Gesellschaft", sagte Dr. Percival. „Sicherheitsprobleme?"

„Ja."

„Ich hatte gehofft, daß Sie nach Ihrer Washingtonreise ein bißchen ruhigere Zeiten haben würden."

„In diesem Job kann man nie damit rechnen, daß man lange in Ruhe gelassen wird. Wahrscheinlich würde mir das sowieso keinen Spaß machen, sonst wäre ich wohl schon in den Ruhestand getreten, nicht?"

„Reden Sie nicht von Ruhestand, John. Gott weiß, was für einen Foreign-Office-Typ man uns aufhalsen würde. Wo brennt's?

„Zuerst möchte ich was zu trinken." Sie stiegen die Treppe hinauf und setzten sich an einen Tisch auf dem Treppenpodest vor dem Restaurant. Hargreaves trank seinen Cutty Sark pur. Er sagte: „Nehmen Sie an, Sie hätten den falschen Mann umgebracht, Emmanuel, was dann?"

Dr. Percivals Miene verriet keine Überraschung.. Er prüfte eingehend die Farbe seines trockenen Martini, beroch ihn, entfernte mit dem Fingernagel einen winzigen Rest Zitronenschale, als müßte er das Getränk nach seinem eigenen Rezept herstellen.

„Ich bin überzeugt, das ist nicht geschehen", sagte er.

„Müller teilt Ihre Überzeugung nicht."

„Ach, Müller! Was weiß dieser Müller schon?"

„Er weiß nichts. Aber er hat eine Intuition."

„Wenn das alles ist …"

„Sie waren nie in Afrika, Emmanuel. In Afrika lernt man, sich auf Intuitionen zu verlassen."

„Daintry fordert wesentlich mehr als Intuition. Im Fall Davis hat er sich nicht einmal mit Tatsachen zufriedengegeben."

„Tatsachen?"

„Die Sache mit dem Zoo und dem Zahnarzt, um nur ein Beispiel zu nennen. Und Porton. Porton war ausschlaggebend. Was wollen Sie Daintry sagen?"

„Meine Sekretärin versuchte Castle heute frühmorgens telefonisch zu erreichen. Er meldete sich nicht."

„Er ist wahrscheinlich mit seiner Familie übers Wochenende weggefahren."

„Ja. Aber ich habe seinen Safe öffnen lassen – Müllers Aufzeichnungen sind nicht drin. Ich weiß, was Sie sagen werden. Jeder kann einmal leichtsinnig sein. Aber ich dachte, wenn Daintry nach Berkhamsted führe – wenn er dort niemanden antrifft, wäre das eine schöne Gelegenheit, das Haus einmal diskret zu untersuchen; und wenn Castle anwesend ist, wird er überrascht sein, Daintry zu sehen, und wenn er dann schuldig ist … wird er nervös werden …"

„Haben Sie 5 verständigt?"

„Ja, ich habe mit Philips gesprochen. Er wird Castles Telefon wieder abhören lassen. Ich hoffe zu Gott, daß alles das nichts bringt. Es würde bedeuten, daß Davis unschuldig war."

„Sie sollten sich über Davis nicht allzusehr den Kopf zerbrechen. Er ist kein Verlust für die Firma, John. Man hätte ihn nie einstellen sollen. Er war untüchtig und leichtsinnig und trank zuviel. Früher oder später hätte er uns sowieso Sorgen gemacht. Aber wenn Müller recht hat, wird Castle uns noch viel aufzulösen geben. Aflatoxin können wir nicht verwenden. Er ist kein schwerer Alkoholiker, das wissen alle. Man wird ihn vor Gericht stellen müssen, John. Außer es fällt uns noch etwas ein. Mit Verteidiger. Beweisverfahren unter Ausschluß der Öffentlichkeit. Wie das die Journalisten hassen! Schlagzeilen, Sensationsberichte. Daintry wird zufrieden sein, glaube ich, wenn schon sonst keiner. Er ist ein großer Pedant, wenn's darum geht, Angelegenheiten dem Gesetz entsprechend zu erledigen."

„Und da kommt er endlich selbst", sagte Sir John Hargreaves.

Daintry kam über die große Treppe langsam auf sie zu. Vielleicht wollte er jede Stufe einzeln auf Tragfähigkeit prüfen, als handle es sich um einen Indizienbeweis.

„Wenn ich nur wüßte, wie ich beginnen soll."

„Warum nicht wie bei mir – ein bißchen brutal?"

„Ach, er hat aber nicht Ihre dicke Haut, Emmanuel."

3

Die Stunden schleppten sich dahin. Castle versuchte zu lesen, aber ein Buch konnte die Anspannung nicht verringern. Zwischen zwei Absätzen quälte ihn der Gedanke, daß er irgendwo im Haus etwas Belastendes zurückgelassen hatte. Er hatte auf allen Regalen jedes Buch einzeln geprüft – kein einziges war darunter, das er je als Kode benutzt hatte; „Krieg und Frieden" hatte er vernichtet. Aus seinem Arbeitszimmer hatte er jedes benutzte Blatt Karbonpapier – auch das harmloseste – entfernt und verbrannt; das Telefonverzeichnis auf seinem Schreibtisch enthielt keine geheimeren Nummern als die des Metzgers und des Arztes, und dennoch war er überzeugt, etwas vergessen zu haben, das als Fingerzeig dienen konnte. Er erinnerte sich an die beiden Männer von der Staatspolizei, die Davis' Wohnung durchsucht hatten; er erinnerte sich an die Zeilen, die von Davis in dem Band Browning, der seinem Vater gehört hatte, mit „c" bezeichnet worden waren. In seinem Haus würde man keine Spuren von Liebe finden. Er und Sarah hatten einander nie Liebesbriefe geschrieben – Liebesbriefe wären in Südafrika Beweis eines Verbrechens gewesen.

Einen so langen Tag und einen so einsamen hatte er noch nie erlebt. Er war nicht hungrig, obwohl nur Sam gefrühstückt hatte, aber er sagte sich, man könne nicht wissen, was bis heute nacht alles geschehen oder wo er seine nächste Mahlzeit einnehmen würde. Er setzte sich in der Küche vor einen Teller Schinken, hatte aber kaum ein Stückchen gegessen, als ihm einfiel, daß es Zeit war, die Ein-Uhr-Nachrichten zu hören. Er hörte sie sich bis zum Ende an, selbst die Fußballergebnisse; denn man konnte nie sicher sein, ob nicht noch eine spät eingetroffene Nachricht angefügt wurde.

Aber natürlich hörte er nichts, was ihn im mindesten betraf. Nicht einmal einen Hinweis auf den jungen Halliday. Dies war auch unwahrscheinlich; von nun an wickelte sich sein Leben völlig unter Ausschluß der Öffentlichkeit ab. Für einen Mann, der sich viele Jahre lang mit sogenannten „geheimen Informationen“ befaßt hatte, kam er sich seltsam uniformiert vor. Er war versucht, noch einmal sein dringendes SOS auszuschicken, aber schon sein zweites Signal von zu Hause war sehr unvorsichtig gewesen. Er hatte keine Ahnung, wohin das Signal ging, aber diejenigen, die sein Telefon abhörten, würden sehr wohl imstande sein, das festzustellen. Von Stunde zu Stunde wuchs die Überzeugung vom vergangenen Abend in ihm, daß die Verbindung abgeschnitten, daß er sich selbst überlassen sei.

Den Rest des Schinkens gab er Buller, der ihm zum Dank die Hosenbeine mit Speichel bekleckerte. Castle hätte ihn schon längst spazierenführen sollen, aber es widerstrebte ihm, sein Haus zu verlassen, ja sogar, nur in den Garten zu gehen. Falls die Polizei kam, wollte er sich in seinen vier Wänden verhaften lassen und nicht im Freien, vor den Augen der Nachbarsfrauen, die durch die Fenster spähten. Droben in einer Schublade neben seinem Bett hatte er einen Revolver liegen – Davis gegenüber hatte er den Besitz abgeleugnet –, einen völlig legalen Revolver, noch aus der Zeit in Südafrika. Fast jeder Weiße besaß dort eine Waffe. Als er ihn kaufte, hatte er eine Kammer geladen, die zweite, um einen vorschnellen Schuß zu verhindern, und diese Ladung hatte jetzt ungestört sieben Jahre geruht. Er dachte: Ich könnte sie für mich verwenden, wenn die Polizei hereinstürmt, aber er wußte nur zu gut, daß Selbstmord für ihn nicht in Frage kam. Er hatte Sarah versprochen, daß sie eines Tages wieder beisammen sein würden.

Er las, er schaltete das Fernsehen ein, dann las er wieder. Eine verrückte Idee schoß ihm durch den Kopf; er würde in einen Zug nach London steigen, Hallidays Vater aufsuchen und ihn nach Neuigkeiten fragen. Aber vielleicht bewachten sie schon sein Haus und den Bahnhof. Um halb fünf, jene Übergangszeit, da sich die grauen Abendschatten sammeln, klingelte das Telefon ein zweites Mal, und diesmal meldete er sich unlogischerweise. Halb hoffte er, Boris' Stimme zu hören, obwohl er genau wußte, daß Boris nie das Risiko auf sich nehmen würde, ihn zu Hause anzurufen. Die strenge Stimme seiner Mutter klang so nah, als befände sie sich im selben Zimmer. „Bist du es, Maurice?"

„Ja."

„Ich bin froh, daß ich dich erreicht habe. Sarah hat geglaubt, du bist vielleicht weggefahren."

„Nein, ich bin noch immer hier."

„Was soll dieser Unsinn zwischen euch?"

„Es ist kein Unsinn, Mutter."

„Ich sagte ihr, sie soll Sam bei mir lassen, und sofort zurückfahren."

„Sie kommt doch nicht am Ende?" fragte er voll Angst. Einen zweiten Abschied hätte er nicht ertragen.

„Sie will nicht. Sie sagt, du würdest sie nicht ins Haus lassen. Das ist doch absurd."

„Das ist gar nicht absurd. Wenn sie kommt, gehe ich."

„Was ist denn, um Himmels willen, zwischen euch vorgefallen?“

„Du erfährst es schon noch.“

„Denkt ihr an Scheidung? Für Sam wäre das sehr schlimm.“

„Zur Zeit ist nur von Trennung die Rede. Laß erst einmal ein bißchen Zeit vergehen, Mutter.“

„Ich verstehe das nicht. Und ich hasse Sachen, die ich nicht verstehe. Sam will wissen, ob du Buller gefüttert hast.“

„Sag ihm, daß ich ihn gefüttert habe.“

Sie legte auf. Er fragte sich, ob irgendwo ein Recorder ihr Gespräch jetzt abspielte. Er brauchte einen Whisky, aber die Flasche war leer. Er ging in den Keller hinunter, einen ehemaligen Kohlenkeller, wo er jetzt Wein und Spirituosen aufbewahrte. Als er hinaufblickte, sah er auf dem Pflaster das reflektierte Licht einer Straßenlaterne und die Beine eines Mannes, der darunter stand.

Die Beine waren nicht in Uniform, sie konnten aber natürlich zu einem in Zivil gekleideten Beamten der Staatspolizei gehören. Wer der Mann auch war, er hatte sich jedenfalls ziemlich brutal genau vor der Tür aufgepflanzt, aber vielleicht wollte der Bewacher ihn nur zu einer unvorsichtigen Handlung herausfordern. Buller war hinter Castle hergegangen, bemerkte ebenfalls die Beine da droben und begann zu bellen. Er sah gefährlich aus, wie er da auf seinen Hinterbacken saß, die Schnauze hochgereckt, aber wären die Beine nah genug gewesen, hätte er sie nur besabbert. Während sie noch hinaufsahen, marschierten die Beine fort, und Buller grunzte enttäuscht. Die Gelegenheit war versäumt, einen neuen Freund zu gewinnen. Castle fand eine Flasche J. & B. (ihm fiel ein, daß die Farbe des Whiskys nicht mehr wichtig war) und ging damit hinauf. Er dachte: Hätte ich mir „Krieg und Frieden“ nicht vom Leib geschafft, könnte ich jetzt einmal ein paar Kapitel zum Vergnügen lesen.

Wieder trieb ihn die Ruhelosigkeit ins Schlafzimmer, um unter Sarahs Sachen nach alten Briefen zu suchen, obwohl er sich nicht vorstellen konnte, daß irgendwelche Briefe, die er ihr je geschrieben hatte, belastendes Material enthielten; aber in den Händen der Staatspolizei wurde vielleicht auch die harmloseste Bemerkung so verdreht, daß sie als Beweis ihrer Mitwisserschaft gelten konnte. Er vertraute nicht darauf, daß niemand dies wollen würde – in solchen Fällen besteht immer der Wunsch, jemandem eins auszuwischen. Er fand nichts – wenn man sich liebt und zusammen lebt, bewahrt man alte Briefe nicht wie Wertsachen auf. Jemand schellte an der Eingangstür. Er stand da und horchte und hörte es dann ein zweites- und ein drittesmal klingeln. Er sagte sich, daß dieser Besucher sich durch Stillhalten nicht verscheuchen ließe und daß es unsinnig wäre, die Tür nicht zu öffnen. Wenn die Verbindung am Ende doch nicht getrennt worden war, vielleicht hatten sie für ihn eine Nachricht, oder Anweisungen ... Ohne nachzudenken entnahm er der Schublade bei seinem Bett den Revolver mit der einzigen Patrone und steckte ihn in die Tasche.

In der Diele zögerte er dann doch. Das bunte Glasfenster malte gelbe, grüne und blaue Rauten auf den Boden. Ihm fiel ein, daß die Polizei, wenn er beim Öffnen der Tür den Revolver in der Hand hielt, berechtigt war, ihn in Notwehr niederzuschießen – das wäre eine einfache Lösung. Ein öffentliches Beweisverfahren konnte man sich gegen Tote ersparen. Dann rügte er sich selbst, weil keine seiner Handlungen durch Verzweiflung oder durch Hoffnung ausgelöst werden durfte. Er ließ die Waffe in der Tasche stecken und öffnete die Tür.

„Daintry", rief er aus. Ein bekanntes Gesicht zu sehen, hatte er nicht erwartet.

„Darf ich hereinkommen?" fragte Daintry. Es klang schüchtern.

„Selbstverständlich."

Buller tauchte plötzlich aus seinem Schlupfwinkel auf. „Er ist ganz ungefährlich", sagte Castle, als Daintry einen Schritt zurückwich. Er packte Buller beim Halsband, und Buller ließ zwischen beide seinen Speichel fallen, wie ein ungeschickter Bräutigam den Ehering. „Was führt Sie hierher, Daintry?"

„Ich fuhr zufälligerweise hier durch und dachte, ich könnte einen Sprung zu Ihnen machen." Das war so augenfällig unwahr, daß Castle Mitleid mit Daintry empfand. Er gehörte nicht zu diesen aalglatten, liebenswürdigen und dabei tödlichen Verhörbeamten, die MI5 ausbildete. Er war nichts weiter als ein Sicherheitsoffizier, dem man übertragen konnte, dafür zu sorgen, daß die Dienstvorschriften eingehalten und die Aktentaschen überprüft wurden.

„Wollen Sie einen Drink?"

„Ja, danke, gern." Daintrys Stimme war heiser – als müßte er für alles und jedes eine Begründung liefern. „Es ist sehr kalt und feucht draußen."

„Ich bin den ganzen Tag nicht draußen gewesen."

„Nein?"

Castle dachte: Das war ein arger Fehler, falls der Anruf heute früh aus dem Büro kam. Er fügte hinzu: „Nur den Hund habe ich einmal in den Garten geführt."

Daintry nahm das Whiskyglas, sah es lang an und blickte sich dann im Wohnzimmer um, machte schnell kleine Momentaufnahmen wie ein Pressefotograf. Fast konnte man seine Lider klicken hören. Er sagte: „Hoffentlich störe ich Sie nicht. Ihre Frau ..."

„Sie ist nicht hier. Niemand ist hier. Abgesehen von Buller, natürlich."

„Buller?"

„Der Hund."

Die zwei Stimmen unterstrichen noch die tiefe Stille im Haus. Abwechselnd unterbrachen sie sie mit ihren bedeutungslosen Sätzen.

„Hoffentlich habe ich Ihren Whisky nicht zu stark verdünnt", sagte Castle. Daintry hatte noch keinen Schluck gemacht. „Ich wußte nicht, wie stark Sie ...“

„Nein, nein. So mag ich ihn gerade gern.“ Wieder senkte sich Schweigen wie der schwere eiserne Vorhang in einem Theater.

Castle begann mit einem Geständnis. „Eigentlich habe ich ziemlich große Sorgen.“ Die Gelegenheit, Sarahs Unschuld zu beweisen, schien günstig.

„Sorgen?“

„Meine Frau hat mich verlassen, mit meinem Sohn. Sie ist zu meiner Mutter gezogen.“

„Heißt das, daß Sie sich zerstritten haben?“

„Ja.“

„Das tut mir sehr leid“, sagte Daintry. „Schrecklich, wenn so etwas passiert.“ Es klang, als wäre die Rede von etwas so Unvermeidlichem wie dem Tod. Er fügte hinzu: „Wissen Sie noch, wann wir uns zuletzt gesehen haben? Bei der Hochzeit meiner Tochter. Ich habe mich gefreut, daß Sie nachher zu meiner Frau mitgekommen sind. Es war sehr nett von Ihnen, mich nicht allein zu lassen. Und dann habe ich eine der Eulen zerbrochen.“

„Ja. Ich erinnere mich.“

„Ich glaube, ich habe mich gar nicht richtig für Ihre Begleitung bedankt. Es war noch dazu Samstag. Wie heute auch. Sie war entsetzlich wütend, meine Frau, meine ich, wegen der Eule.“

„Wir mußten ganz plötzlich weg, wegen Davis.“

„Ja, der arme Teufel.“ Wieder fiel der eiserne Vorhang herab, wie nach einem altmodischen Szenenschluß. Bald würde der letzte Akt beginnen. Jetzt konnte man sich noch am Theaterbuffet einen Drink gönnen. Beide tranken gleichzeitig.

„Was halten Sie von seinem Tod?“ fragte Castle.

„Ich weiß nicht, was ich davon halten soll. Ehrlich gesagt, versuche ich, nicht darüber nachzudenken.“

„Die nehmen doch an, daß er schuld an dem Durchsickern von Informationen aus meiner Sektion war, oder nicht?“

„Einem Sicherheitsbeamten vertraut man nicht alles an. Wie kommen Sie denn darauf?"

„Es ist doch nicht üblich, durch Leute von der Staatspolizei eine Hausdurchsuchung vornehmen zu lassen, wenn einer von uns stirbt."

„Nein, eigentlich nicht."

„Fanden Sie selbst seinen Tod nicht auch seltsam?"

„Warum fragen Sie das?"

Haben wir die Rollen getauscht? dachte Castle. Verhöre jetzt ich ihn?

„Eben sagten Sie doch, daß Sie versuchen, über Davis' Tod nicht nachzudenken."

„Sagte ich das? Ich weiß nicht mehr, woran ich gedacht habe. Vielleicht ist Ihr Whisky schuld. Man kann nicht behaupten, daß Sie ihn stark verdünnt haben."

„Von Davis hat nie und niemand je etwas erfahren", sagte Castle. Er hatte den Eindruck, daß Daintry auf seine Rocktasche blickte, die durch das Gewicht des Revolvers eine Delle in den Polster des Sessels drückte.

„Das glauben Sie?"

„Ich weiß es."

Nichts hätte ihn gründlicher verurteilen können als seine eigenen Worte. Daintry war vielleicht doch kein so schlechter Verhörleiter; und seine Schüchternheit, die zur Schau gestellte Verwirrung und seine Selbstentblößung gehörten in Wahrheit zu einer neuen Technik des Verhörs, die ihn auf eine höhere Stufe stellte als die Beamten von MI5.

„Sie wissen das?"

„Ja."

Er fragte sich, was Daintry nun tun würde. Er hatte keine Befugnis, jemanden festzunehmen. Er mußte ein Telefon finden und im Amt anfragen. Das nächste Telefon befand sich in der Polizeistation unten auf der King's Road – er würde doch nicht so unverfroren sein zu fragen, ob er Castles Telefon benutzen könne? Und hatte er den gewichtigen Gegenstand in seiner Tasche identifiziert? Fürchtete er sich? Ich hätte Zeit, davonzulaufen, dachte Castle, sobald er weg ist. Wenn es nur einen Ort gäbe, wo ich hinlaufen könnte; aber ohne Ziel fortzurennen, nur um den Moment der Festnahme hinauszuzögern, war kopflos. Lieber wollte er bleiben, wo er war – das schien ihm wenigstens nicht so würdelos.

„Ich habe es immer bezweifelt", sagte Daintry, „um ehrlich zu sein."

„Dann hat man Sie also doch eingeweiht?"

„Nur wegen der Kontrollen. Die mußte ich vornehmen."

„Das war ein scheußlicher Tag für Sie, nicht wahr, zuerst diese zerbrochene Eule, und dann liegt Davis tot auf seinem Bett?"

„Mir gefiel nicht, was Dr. Percival sagte."

„Was war es denn?"

„Er sagte: ‚Das hätte ich nicht erwartet!' "

„Ja. Jetzt erinnere ich mich."

„Es fiel mir wie Schuppen von den Augen", sagte Daintry. „Ich verstand plötzlich, was diese Leute im Schild geführt hatten."

„Sie zogen ihre Schlüsse zu vorschnell. Andere Möglichkeiten haben sie erst gar nicht richtig untersucht."

„Meinen Sie damit sich selbst?"

Castle dachte: So leicht mache ich es auch wieder nicht, ich denke gar nicht daran, ein Geständnis abzulegen, egal wie wirksam diese neue Technik auch sein mag. Er sagte: „Oder Watson."

„Ach richtig, Watson hatte ich vergessen."

„Alles in unserer Sektion geht durch seine Hände. Und dann gibt es natürlich auch noch 69300 in L. M. Seine Konten können sie nicht richtig überprüfen. Wer weiß schon, ob er nicht Einlagen auf Banken in Rhodesien oder Südafrika hat?"

„Nur zu wahr", sagte Daintry.

„Und dann, unsere Sekretärinnen. Es müssen ja nicht nur unsere eigenen Sekretärinnen sein, die in die Sache verwickelt sind. Sie sitzen alle zusammen in einer Schreibstube. Erzählen Sie mir doch ja nicht, daß nicht ab und zu ein Mädchen aufs Klo geht ohne vorher das Kabel, an dessen Dechiffrierung sie gerade gearbeitet, oder den Bericht, den sie getippt hat, wegzuschließen."

„Das ist mir schon klar. Ich habe die Schreibstube selbst überprüft. Es hat immer schon reichlich viel Nachlässigkeiten gegeben."

„Nachlässigkeit kann auch ganz oben beginnen. Davis' Tod könnte ein Musterbeispiel verbrecherischer Nachlässigkeit gewesen sein."

„Wenn er nicht schuldig war, dann war es Mord", sagte Daintry. „Er hatte keine Chance, sich zu verteidigen oder einen Verteidiger zu nehmen. Man hat sich vor den Auswirkungen gefürchtet, die ein Gerichtsverfahren eventuell auf die Amerikaner gehabt hätte. Dr. Percival sagte mir gegenüber was von Kästchen ..."

„Ach ja", sagte Castle. „Dieses Geschwätz kenne ich. Ich habe es oft genug gehört. Aber Davis liegt jetzt tatsächlich in seinem Kästchen."

Castle erfaßte, daß Daintrys Augen auf seiner Rocktasche ruhten. Täuschte Daintry Übereinstimmung vor, um ungefährdet mit seinem Auto entfliehen zu können? Daintry sagte: „Sie und ich, wir begehen beide auch denselben Fehler – wir ziehen vorschnelle Schlüsse. Davis kann ja doch schuldig gewesen sein. Wieso sind Sie Ihrer Sache so sicher, daß er es nicht wahr?"

„Man muß die Motive finden", erwiderte Castle. Er hatte gezögert, hatte nach Ausflüchten gesucht, war aber stark in Versuchung geraten zu erwidern: „Weil ich selbst die undichte Stelle bin." Er war jetzt überzeugt, daß die Verbindung abgeschnitten war und er keine Hilfe erwarten durfte. Was für einen Sinn hatte es also noch, die Sache hinauszuziehen? Er mochte Daintry, er hatte ihn seit dem Tag, an dem seine Tochter heiratete, gemocht. Daintry hatte mit einemmal menschliche Züge angenommen, durch die zertrümmerte Eule, durch seine Vereinsamung in seiner zertrümmerten Ehe. Wenn jemandem ein Geständnis Anerkennung einbrachte, dann wünschte Castle, sollte es Daintry sein. Was hinderte ihn, aufzugeben und geräuschlos abzugehen, wie die Polizei das nannte? Er fragte sich, ob er das Spiel nicht ausschließlich des Gesprächspartners wegen fortsetzte, um der Einsamkeit des Hauses zu entgehen und der Einsamkeit einer Gefängniszelle.

„Ich nehme an, daß Davis' Motiv Geld gewesen wäre", sagte Daintry.

„Davis machte sich nichts aus Geld. Er brauchte nur soviel, um ein bißchen auf Pferde wetten und sich einen guten Port leisten zu können. Man muß die Dinge schon ein wenig eingehender prüfen."

„Was meinen Sie damit?"

„Wenn unsere Sektion die einzige war, die verdächtigt wurde, konnten die undichten Stellen doch nur Afrika betreffen."

„Wieso?"

„Es gibt eine Menge anderer Informationen, die über meine Sektion laufen, die wir weiterleiten und die von größerem Interessc für die Russen sein müssen; aber wenn es eine undichte Stelle gab, verstehen Sie, dann müssen auch andere Sektionen in Verdacht kommen. Die undichte Stelle muß also mit dem von uns bearbeiteten Teil Afrikas zusammenhängen."

„Ja", stimmte Daintry zu. „Das verstehe ich."

„Das könnte ein Hinweis sein – es muß ja nicht gerade einer Ideologie zugrunde liegen, es brauchen nicht unbedingt Kommunisten im Spiel zu sein – aber auf eine starke Bindung an Afrika – oder zu Afrikanern. Ich glaube nicht, daß Davis je einen Afrikaner kennenlernte." Er machte eine Pause und fügte dann wohlüberlegt und mit einer gewissen Freude am gefährlichen

Spiel hinzu: „Außer, natürlich, meine Frau und mein Kind." Er war zwar bereit, sich bis an den Rand vorzuwagen, nicht aber zu springen. Er fuhr fort: „69300 lebt seit langem in L. M. Niemand weiß, was für Freundschaften er geschlossen hat – er hat seine afrikanischen Agenten, von denen viele Kommunisten sind."

So viele Jahre hatte er mit Heimlichkeiten leben müssen; nun fand er Spaß an diesem Spiel. „Genauso wie ich welche in Pretoria hatte", fuhr er fort. Er lächelte. „Sogar C hat eine gewisse Vorliebe für Afrika, wie Sie wissen."

„Jetzt scherzen Sie aber", sagte Daintry.

„Natürlich scherze ich. Ich will nur aufzeigen, wie wenig sie gegen Davis ins Treffen zu führen hatten, im Vergleich mit anderen, mit mir oder 69300 – und allen diesen Sekretärinnen, von denen wir gar nichts wissen."

„Sie wurden alle auf Herz und Nieren geprüft."

„Natürlich wurden sie das. Wir haben bestimmt die Namen aller ihrer Liebhaber in den Akten. Zumindest der Liebhaber des betreffenden Jahres, aber manche Mädchen wechseln ihre Liebhaber wie die Hemden."

Daintry sagte: „Sie haben eine Menge Verdächtiger genannt, aber nur bei Davis sind Sie sich sicher." Er fügte gequält hinzu: „Sie haben Glück, Sie sind kein Sicherheitsoffizier. Nach Davis' Begräbnis wollte ich mich am liebsten in den Ruhestand zurückziehen. Hätte ich es nur getan!"

„Warum haben Sie es nicht getan?"

„Und dann? Womit hätte ich mir die Zeit vertrieben?"

„Sie hätten Autonummern sammeln können. Das habe ich einmal getan."

„Warum haben Sie sich mit Ihrer Frau zerstritten?" fragte Daintry. „Verzeihen Sie. Das geht mich nichts an."

„Sie war nicht einverstanden mit dem, was ich tue."

„Für die Firma, meinen Sie?"

„Nicht ganz."

Castle sah, daß das Spiel gleich beendet sein würde. Daintry hatte bereits verstohlen auf seine Armbanduhr geblickt. Er fragte sich, ob es wirklich eine Uhr war oder ein getarntes Mikrofon. Vielleicht vermutete Daintry, daß das Tonband zu Ende sei. Würde er fragen, ob er auf die Toilette gehen könnte, um dort ein neues einzusetzen?"

„Nehmen Sie noch einen Whisky?"

„Nein danke, lieber nicht. Ich muß noch heimfahren."

Castle begleitete ihn in die Diele hinaus, und Buller auch. Buller bedauerte es, von einem neuen Freund Abschied zu nehmen.

„Danke für den Drink", sagte Daintry.

„Ich danke Ihnen, daß wir eine Menge Dinge besprechen konnten."

„Kommen Sie nicht mit hinaus, es ist ein scheußliches Wetter." Doch Castle folgte ihm in den kalten feinen Eisregen hinaus. Er bemerkte die Hecklichter eines Autos, das etwa fünfzig Meter weiter gegenüber der Polizeistation geparkt stand.

„Ist das Ihr Wagen?"

„Nein. Meiner steht ein Stück weiter oben auf der Straße. Ich mußte zurückgehen, weil ich im Regen die Hausnummern nicht ausmachen konnte."

„Dann also gute Nacht."

„Gute Nacht. Hoffentlich geht alles in Ordnung – mit Ihrer Frau meine ich."

Castle stand im langsam fallenden kalten Regen, lang genug, um Daintry zuzuwinken, als dieser vorüberfuhr. Er bemerkte, daß sein Auto nicht bei der Polizeistation anhielt, sondern nach rechts in die Straße nach London abbog. Natürlich konnte er auch beim Gasthaus „King's Arms" oder beim „Schwan" anhalten, um zu telefonieren, aber selbst in diesem Fall bezweifelte Castle, daß sein Bericht sehr klar ausfallen würde. Sie wollten sicher das Tonband anhören, bevor sie eine Entscheidung trafen –

Castle war nun fest überzeugt, daß in die Armbanduhr ein Mikrofon eingebaut worden war. Natürlich mochte bereits die Bahnstation überwacht werden und die Flughafenbehörden verständigt sein. Eines stand nach Daintrys Besuch mit Sicherheit fest: der junge Halliday hatte begonnen zu singen, sonst hätte man Daintry niemals zu ihm geschickt.

Unter der Eingangstür schaute er noch einmal die Straße hinauf und hinab. Beobachter war keiner zu sehen, doch die Scheinwerfer des Autos gegenüber der Polizeistation warfen ihre Strahlen noch immer durch den Regen. Wie ein Polizeiauto sah es nicht aus. Die Polizei – und wahrscheinlich auch die Staatspolizei – mußte sich mit britischen Erzeugnissen zufriedengeben, und dieses hier sah, obwohl er seiner Sache nicht sicher war, eher wie ein Toyota aus. Er erinnerte sich an den Toyota auf der Straße nach Ashridge. Er versuchte die Farbe auszumachen, aber der Regen verdunkelte alles. Im Nieseln, das jetzt in einen Regenschauer überging, waren rot und schwarz nicht zu unterscheiden. Er ging in das Haus zurück, und zum erstenmal wagte er wieder zu hoffen.

Er trug die Gläser in die Küche und spülte sie sorgfältig, als wollte er die Fingerabdrücke seiner Verzweiflung von ihnen entfernen. Dann stellte er wieder zwei Gläser im Wohnzimmer zurecht und ließ es zum ersten Mal zu, daß sich Hoffnung regte. Sie war ein zartes Pflänzchen und mußte sorgfältig gegossen werden, aber er sagte sich, daß das Auto bestimmt ein Toyota war. Den Gedanken, wie viele Toyotas es in der Gegend gab, unterdrückte er und wartete geduldig, daß die Glocke ertönte. Er fragte sich, wer da kommen und statt Daintry vor der Tür stehen würde. Boris würde es nicht sein – dessen war er sicher –, und auch nicht der junge Halliday, der nur mit Einwilligung des Untersuchungsrichters auf freien Fuß gesetzt worden war und es jetzt wahrscheinlich mit den Leuten von der Staatspolizei zu tun hatte.

Er ging in die Küche zurück und gab Buller einen Teller Hundekuchen – wer weiß, wie lange es dauern mochte, bis er wieder Futter bekam. Die Küchenuhr tickte lärmend – und dadurch verging die Zeit nur noch langsamer. Wenn wirklich ein Freund im Toyota saß, dann hatte er es nicht eilig.

4

Oberst Daintry fuhr in den Hof des „King's Arms" ein. Nur ein einziges Auto stand dort, und er blieb eine Zeitlang am Lenkrad sitzen, um zu überlegen, ob er jetzt telefonieren sollte und was er sagen würde, wenn er es tat. Im Reform-Klub, bei dem Essen mit C und Dr. Percival, hatte ihn Wut gepackt. Es gab Augenblicke, in denen er am liebsten seinen Teller mit der geräucherten Forelle weggestoßen und gesagt hätte: „Ich kündige. Ich will mit Ihrer beschissenen Firma nichts mehr zu tun haben." Die Heimlichtuerei und die Irrtümer, die man vertuschen mußte und nicht zugeben durfte, standen ihm bis zum Hals. Ein Mann kam quer über den Hof aus der Toilette, pfiff sich eins, während er im Schutz der Dunkelheit seine Hose zuknöpfte, und verschwand im Schankraum. Daintry dachte: Sie haben meine Ehe mit ihren Geheimnissen zerstört. Im Krieg war es einfach gewesen, Recht und Unrecht zu unterscheiden – einfacher noch als in dem, den sein Vater erlebt hatte. Der Kaiser war kein Hitler, aber in dem kalten Krieg, der jetzt ausgefochten wurde, konnte man schon, wie im Krieg des Kaisers, über Gut und Böse streiten. Die gute Sache, die einen irrtümlichen Mord hätte rechtfertigen können, die gab es nirgends. Wieder sah er sich im düsteren Haus seiner Kindheit, sah sich die Diele überqueren und in das Zimmer eintreten, wo sein Vater und seine Mutter Hand in Hand saßen. „Wir sind alle in Gottes Hand", sagte sein Vater, eingedenk der Skagerrakschlacht und Admiral Jellicoes. Seine Mutter sagte: „Mein Lieber, in deinem Alter ist es schwierig, einen anderen Posten zu finden." Er schaltete die Scheinwerfer aus und ging durch den langsamen, schweren Regen in den Schankraum. Er dachte: Meine Frau hat genug Geld, meine Tochter ist verheiratet, ich könnte – irgendwie – von meiner Pension leben.

Nur ein einziger Mann stand in dieser naßkalten Nacht am Tresen und trank eine Maß Bier. Er begrüßte Daintry mit „Schönen guten Abend", als wären sie alte Bekannte.

„Guten Abend. Einen doppelten Whisky", bestellte Daintry.

„Wenn man das so nennen kann" sagte der Mann, während der Barmann sich abwandte, um ein Glas unter eine Flasche Johnnie Walker zu halten.

„Was so nennen?"

„Den Abend, Sir. Aber was kann man schon vom Wetter erwarten, im November, nicht wahr?"

„Kann ich Ihr Telefon benutzen?" fragte Daintry den Barmann.

Der Barmann schob ihm den Whisky mit einer abweisenden Miene über die Theke. Dann nickte er in Richtung des Telefonapparates. Offensichtlich war er ein schweigsamer Mensch; er stand hier, um anzuhören, was die Gäste sagen wollten, nicht aber, um selbst mehr mitzuteilen als unbedingt nötig war, bis er – und dies zweifellos mit Vergnügen – verkünden konnte: „Sperrstunde, meine Herren."

Daintry wählte Dr. Percivals Nummer, und während er das Besetztzeichen hörte, übte er stumm die Sätze, die er sagen wollte. „Ich war bei Castle ... Er ist allein im Haus ... Er hat sich mit seiner Frau zerstritten ... Mehr ist nicht zu berichten ..." Er würde den Hörer so abrupt auflegen, wie er das jetzt tat; dann ging er zurück an die Bar, zu seinem Whisky und dem Mann, der durchaus plaudern wollte.

„Mhm", sagte der Barmann, dann nochmals „Mhm" und schließlich:

„Stimmt."

Der Gast wandte sich Daintry zu und schloß ihn in das Gespräch ein.

„Nicht einmal einfaches Rechnen bringen sie heute den Kindern bei. Ich fragte meinen Neffen – er ist neun –, wieviel ist vier mal sieben, und glauben Sie, er hätte es gewußt?"

Daintry trank seinen Whisky, den Blick auf den Telefonapparat gerichtet und im Geist noch immer mit den zu wählenden Worten beschäftigt.

„Ich freue mich, daß Sie mir recht geben", sagte der Mann zu Daintry.

„Und Sie?" fragte er den Barmann. „Ihr Geschäft würde auf den Hund kommen, nicht wahr, wenn Sie nicht wüßten, wieviel vier mal sieben ist?"

Der Barmann wischte verschüttetes Bier von der Theke und sagte: „Mhm."

„Also wissen Sie, Sir, ich wette, ich kann erraten, was für einen Beruf Sie haben. Fragen Sie mich nicht, wie ich's mache. Ich habe einen Riecher für so was. Wahrscheinlich, weil ich Gesichter studiere und die menschliche Natur. So sind wir auf's Rechnen gekommen, während Sie beim Telefon waren. Das ist ein Thema, sagte ich zu Mr. Barker hier, über das der Herr sicher genau Bescheid weiß. Habe ich nicht genau das gesagt?"

„Mhm", gab Mr. Barker zurück.

„Noch ein Bier, wenn's recht ist."

Mr. Barker schenkte ein.

„Meine Freunde verlangen von Zeit zu Zeit eine Vorstellung. Sie schließen manchmal sogar Wetten ab. Der ist Lehrer, sage ich von jemandem in der Untergrundbahn, oder der ist Apotheker, und dann erkundige ich mich höflich – wenn ich's den Leuten erkläre, macht's ihnen nichts aus –, und in neun von zehn Fällen habe ich recht. Mr. Barker hat's schon erlebt, wie ich das mache, stimmt's, Mr. Barker?"

„Mhm."

„Also, was Sie anlangt, Sie gestatten doch, daß ich mein kleines Spielchen spiele; nur damit Mr. Barker an so einem naßkalten Abend auch ein Vergnügen hat – Sie sind Staatsbeamter, habe ich recht?“

„Ja“, sagte Daintry. Er trank seinen Whisky aus und stellte das Glas nieder. Es war an der Zeit, daß er wieder versuchte, zu telefonieren.

„Wir kommen der Sache schon näher, wie?“ Der Gast fixierte ihn mit glasigen Augen. „Haben eine Art Vertrauensstellung. Sie wissen so mancherlei, von dem wir gewöhnlichen Menschen keine Ahnung haben.“

„Ich muß telefonieren“, sagte Daintry.

„Einen Augenblick, Sir. Ich will Mr. Barker nur beweisen ...“ Er wischte mit einem Taschentuch einen Tropfen Bier von seinem Kinn, und sein Gesicht näherte sich bedrohlich dem Daintrys. „Zahlen sind Ihr Beruf“, sagte er. „Sie sind Finanzbeamter.“

Daintry ging zum Telefon.

„Schau, schau“, sagte der Gast, „der ist aber heikel. Die wollen nicht, daß man sie erkennt. Wahrscheinlich ein Prüfer.“

Diesmal hörte er das Freizeichen und gleich darauf Dr. Percivals Stimme, sanft und beruhigend, als spreche immer noch der gute Onkel Doktor, der er längst aufgehört hatte zu sein.

„Ja? Hier Dr. Percival. Wer spricht?“

„Daintry.“

„Guten Abend, lieber Freund. Gibt es was Neues? Von wo sprechen Sie?“

„Aus Berkhamsted. Ich war bei Castle.“

„So? Was für einen Eindruck haben Sie?“

Zorn raubte ihm die Sprache, zerfetzte die vorbereiteten Worte wie einen Brief, den man nicht mehr abschicken will. „Wenn Sie meinen Eindruck wissen wollen: Sie haben den falschen umgebracht.“

„Aber doch nicht umgebracht“, sagte Dr. Percival sanft. „Eine falsche Dosierung. Das Zeug ist ja noch nie an Menschen ausprobiert worden. Aber was bringt Sie auf den Gedanken, daß Castle ...?“

„Weil er von Davis' Unschuld überzeugt ist.“

„Das sagte er selbst – klar und unmißverständlich?“

„Ja.“

„Was hat er vor?“

„Er wartet.“

„Worauf?“

„Daß etwas geschieht. Seine Frau ist mit dem Kind auf und davon. Er sagt, sie hätten gestritten.“

„Wir haben schon alle in Frage kommenden Stellen benachrichtigt“, sagte Dr. Percival, „alle Flughäfen – und selbstverständlich auch die Hafenbehörden. Wenn er versucht, abzuhauen, haben wir den Beweis, den wir brauchen – aber wir müssen ihn noch erhärten.“

„Bei Davis haben Sie nichts erhärtet.“

„Diesmal besteht C darauf. Was tun Sie jetzt?“

„Nach Hause fahren.“

„Haben Sie ihn nach Müllers Aufzeichnungen gefragt?“

„Nein.“

„Warum nicht?“

„Es war nicht notwendig.“

„Ausgezeichnete Arbeit, Daintry. Aber warum, glauben Sie, hat er Ihnen alles gestanden?“

Daintry legte den Hörer auf, ohne zu antworten, und ging zurück. Der Gast sagte: „Ich hab doch recht gehabt, was? Sie sind ein Steuerprüfer.“

„Ja.“

„Da sehen Sie es, Mr. Barker. Ich hab schon wieder ins Schwarze getroffen.“

Oberst Daintry ging langsam zu seinem Auto hinaus. Eine

Zeitlang saß er bei laufendem Motor und sah den Regentropfen auf der Windschutzscheibe zu, wie sie aufeinander Jagd machten. Dann fuhr er aus dem Hof und in Richtung Boxmoor und London zu der Wohnung in die St. James's Street, wo der Camembert von gestern auf ihn wartete. Er fuhr langsam. Der leichte Novemberregen hatte sich in einen richtigen Regen verwandelt, vermischt mit Eiskörnern. Er dachte: Das nennen sie dann Pflichterfüllung. Aber obwohl er nach Hause fuhr, zu dem Tisch, wo er, den Camembert neben sich, seinen Brief schreiben würde, beeilte er sich nicht. Im Geist hatte er seine Kündigung bereits vollzogen. Er sagte sich, daß er wieder ein freier Mann sei, aller Pflichten und Zwänge ledig, doch nie zuvor hatte er sich so unsagbar einsam gefühlt wie in diesem Augenblick.

5

Die Glocke ertönte. Castle hatte lange darauf gewartet, und dennoch zögerte er, zur Tür zu gehen; er fand jetzt, daß sein Optimismus absurd gewesen war. Der junge Halliday würde gewiß schon geplaudert haben, der Toyota war einer von Tausenden Toyotas, die Staatspolizei hatte offenbar nur abgewartet, bis er allein war, und er begriff, daß er Daintry gegenüber geradezu unsinnig indiskret gewesen war. Es schellte ein zweitesmal und dann ein drittesmal; er konnte nichts anderes tun als öffnen. Er ging zur Tür, die Hand auf dem Revolver in der Tasche, aber der gab nicht mehr Schutz als ein Talisman. Auf einer Insel konnte er sich den Weg ja nicht freischießen. Buller half ihm nur scheinbar mit seinem gefährlichen Knurren, denn er wußte, wenn die Tür aufging, würde Buller, egal wer draußen stand, ihn freudig wedelnd begrüßen. Durch das regentriefende bunte Glas konnte er nichts erkennen. Selbst als er die Tür öffnete, sah er nichts deutlich – nur eine gebeugte Gestalt.

„Eine scheußliche Nacht", beklagte sich aus der Dunkelheit eine Stimme, die er sofort erkannte.

„Mr. Halliday – Sie habe ich nicht erwartet."

Castle dachte: Er kommt, mich für seinen Sohn um Hilfe bitten, aber was kann ich schon tun?

„Braver Hund, braver Hund", sagte der fast unsichtbare Mr. Halliday nervös zu Buller.

„Kommen Sie nur herein", beruhigte ihn Castle. „Er ist ganz harmlos."

„Ich sehe schon, ein sehr schöner Hund."

Mr. Halliday trat vorsichtig ein, eng an die Wand gedrückt, und Buller wedelte mit dem, was von seinem Schwanz geblieben war, und sabberte.

„Sie sehen ja, Mr. Halliday, er kennt auf dieser Welt nur Freunde. Legen Sie doch den Mantel ab. Kommen Sie weiter und trinken Sie einen Whisky."

„Ich trinke zwar sonst kaum, aber jetzt sage ich nicht nein."

„Es hat mir wirklich leid getan, was ich im Radio von Ihrem Sohn gehört habe. Sie müssen sehr in Angst sein."

Mr. Halliday folgte Castle in das Wohnzimmer. Er sagte: „Das war doch vorauszusehen, Sir, aber vielleicht wird es ihm eine Lehre sein. Die Polizei hat eine Menge Zeug aus seinem Laden gekarrt. Der Inspektor zeigte mir ein, zwei Sachen – also, das war wirklich abstoßend. Aber, wie ich dem Inspektor sagte, ich glaube ja nicht, daß er das Zeug selbst gelesen hat."

„Hoffentlich hat die Polizei nicht auch Sie behelligt?"

„Ach nein. Wie ich Ihnen bereits sagte, glaube ich, daß sie mich bedauern. Sie wissen, daß mein Laden ganz anders ist."

„Hatten Sie Gelegenheit, ihm meinen Brief zu geben?"

„Ach, was das betrifft, Sir, hielt ich es für klüger, das nicht zu tun. Unter den gegebenen Umständen. Aber machen Sie sich keine Sorgen. Ich gab die Nachricht schon an die richtige Stelle weiter."

Er hob ein Buch auf, in dem Castle zu lesen versucht hatte, und sah den Titel an.

„Was sagen Sie da, wovon reden Sie denn?"

„Nun, Sir, Sie waren die ganze Zeit über in einem kleinen Mißverständnis befangen. Mein Sohn hatte nie irgend etwas mit den Dingen zu tun, mit denen Sie sich befassen. Aber man fand es ganz vernünftig – falls Schwierigkeiten auftauchen –, daß Sie glaubten ..." Er beugte sich über den Gaskamin, wärmte seine Hände am Feuer, und in seinen Augen lag belustigte Verschlagenheit, als er zu Castle aufblickte. „Nun, Sir, so wie die Dinge jetzt liegen, müssen wir Sie ziemlich schnell von hier wegbringen."

Es war ein Schock für Castle, zu sehen, wie wenig ihm selbst jene vertraut hatten, die am meisten dazu Grund hatten.

„Verzeihen Sie, bitte, die direkte Frage, Sir, aber wo halten sich Ihre Frau und Ihr Sohn jetzt auf? Meine Anweisungen besagen ..."

„Ich habe sie weggeschickt, heute morgen, als ich über Ihren Sohn im Radio hörte. Zu meiner Mutter. Sie glaubt, wir hätten uns zerstritten."

„Ah, gut, damit wäre eine Schwierigkeit aus dem Weg geräumt."

Nachdem sich der alte Mr. Halliday die Hände genügend gewärmt hatte, begann er im Zimmer umherzugehen: sein Blick schweifte über die Bücherregale. Er sagte: „Ich zahle Ihnen für diese Bücher genausoviel wie jeder andere Buchhändler. Fünfundzwanzig Pfund Anzahlung – mehr dürfen Sie sowieso nicht außer Landes nehmen. Ich habe die Summe bei mir. Die Bücher passen in mein Sortiment. Diese Klassiker- und diese Everyman's-Ausgaben. Die werden nicht nachgedruckt, wie sie das verdienen würden, und wenn man sie neu auflegt, dann zu abenteuerlichen Preisen!"

„Ich dachte", sagte Castle, „wir wären in Eile."

„Wenn ich in den letzten fünfzig Jahren etwas gelernt habe", sagte Mr. Halliday, „dann ist es, mir Zeit zu lassen. Fangen Sie erst einmal an zu hasten, dann machen Sie ganz bestimmt einen Fehler nach dem anderen. Hat man eine halbe Stunde Zeit, dann tut man gut daran, zu handeln, als hätte man drei Stunden vor sich. Sagten Sie nicht etwas von Whisky, Sir?"

„Wenn wir soviel Zeit haben ..." Castle schenkte zwei Gläser ein.

„Wir haben soviel Zeit. Ich nehme an, Sie haben bereits einen Koffer mit allem Nötigen gepackt?"

„Ja."

„Was werden Sie mit dem Hund tun?"

„Hierlassen, glaube ich. Ich habe mir nicht überlegt ... Vielleicht könnten Sie ihn zu einem Tierarzt bringen?"

„Das wäre nicht sehr klug, Sir. Eine Verbindung zwischen Ihnen und mir ... Es wäre nicht sehr günstig, wenn man den Hund sucht. Auf jeden Fall müssen wir dafür sorgen, daß er sich ein paar Stunden still verhält. Bellt er, wenn er allein ist?"

„Keine Ahnung. Er ist nicht gewöhnt, allein zu sein."

„Was ich überlege, ist, daß sich die Nachbarn beschweren könnten. Wie leicht könnte einer die Polizei anrufen, und wir wollen doch nicht, daß die ein leeres Haus vorfinden."

„Das werden sie sowieso bald genug."

„Spielt keine Rolle mehr, wenn Sie erst sicher im Ausland sind. Ein Jammer, daß Ihre Frau den Hund nicht mitgenommen hat."

„Das ging nicht. Meine Mutter hat eine Katze. Buller bringt jede Katze um, die er sieht."

„Ja, ja, schlimme Hunde, diese Boxer, wenn's um Katzen geht. Ich habe auch eine Katze." Mr. Halliday zog Buller am Ohr, und Buller wedelte ihn an. „Hab ich's nicht gesagt, wenn man in Eile ist, vergißt man verschiedenes. Wie den Hund, zum Beispiel. Haben Sie einen Keller?"

„Keinen schalldichten. Falls Sie ihn dort einschließen wollten."

„Ich bemerke, Sir, daß Sie in der rechten Rocktasche eine Waffe stecken haben – oder irre ich mich da?"

„Für den Fall, daß die Polizei kommt ... Es ist nur eine Patrone drin."

„Als letzter Ausweg aus der Verzweiflung, Sir?"

„Ich war noch nicht entschlossen, was ich tue."

„Besser, Sie geben mir den Revolver, Sir. Wenn man uns anhält, dann habe ich wenigstens einen Waffenschein, wegen der vielen Überfälle auf Läden heutzutage. Wie heißt er, Sir? Ich meine der Hund."

„Buller."

„Komm schön her, Buller, komm schön. Das ist aber ein braver Hund."

Buller legte die Schnauze auf Mr. Hallidays Knie. „Braver Hund, Buller, braver Hund. Du willst doch keine Schwierigkeiten machen, einem so guten Herrchen, wie du es hast?" Buller wackelte mit seinem Schwanzstumpf. „Man sagt, sie spüren es, daß man sie mag", sagte Mr. Halliday.

Er kratzte Buller hinter den Ohren, und Buller zeigte, wie gern er das hatte.

„Nun, Sir, wenn Sie mir jetzt ihre Waffe geben wollten ... Oh, du bringst also Katzen um? Was ... oh, du Böser ..."

„Man wird den Schuß hören", sagte Castle.

„Wir machen einen kleinen Spaziergang in den Keller. Ein Schuß – niemand achtet darauf. Man wird ihn für eine Fehlzündung halten."

„Er wird nicht mit Ihnen gehen."

„Wir wollen sehen. Komm, Buller, mein Junge. Komm, wir gehen spazieren. Spazieren, Buller."

„Sehen Sie. Er will nicht."

„Wir müssen fort, Sir. Kommen Sie also doch mit hinunter. Ich wollte es Ihnen ersparen."

„Ich will mir nichts ersparen."

Castle ging voran, die Kellertreppe hinab. Buller folgte ihm, mit Mr. Halliday hinterdrein.

„Ich würde das Licht nicht andrehen, Sir. Ein Schuß und ein ausgehendes Licht könnten ja doch Neugier erregen."

Castle schloß die ehemalige Kohlenrutsche.

„Nun, Sir, wenn Sie mir die Waffe geben ..."

„Nein, ich mache das selbst." Er streckte die Hand mit der Waffe aus, zielte auf Buller, und Buller, stets bereit für ein Spiel, hielt den Lauf der Waffe offenbar für einen Gummiknochen, nahm ihn zwischen die Kiefer und zerrte daran. Castle drückte zweimal ab, wegen der leeren ersten Kammer. Er fühlte Übelkeit aufsteigen.

„Ich muß noch einen Whisky trinken, bevor wir gehen", sagte er.

„Den verdienen Sie sich, Sir. Komisch, wie lieb man so ein dummes Tier gewinnt. Meine Katze ..."

„Ich habe Buller nicht ausstehen können. Nur, wissen Sie ... ich habe noch nie ein Lebewesen getötet."

6

„Unangenehm, in diesem Regen zu fahren", sagte Mr. Halliday und brach damit ein sehr langes Schweigen. Bullers Tod hatte ihnen die Zunge gelähmt.

„Wohin fahren wir? Nach Heathrow? Die Einwanderungsbehörde wird jetzt schon alarmiert sein."

„Ich bringe Sie in ein Hotel. Wenn Sie das Handschuhfach öffnen, Sir, finden Sie da einen Schlüssel. Zimmer 423. Sie brauchen nichts weiter zu tun, als mit dem Lift geradewegs hinaufzufahren. Gehen Sie nicht zum Empfang. Warten Sie in Ihrem Zimmer, bis jemand Sie holen kommt."

„Und wenn ein Stubenmädchen ...“

„Hängen Sie die Tafel ‚Bitte nicht stören‘ an die Tür.“

„Und dann ...“

„Das weiß ich nicht, Sir. Das ist alles, was ich an Instruktionen erhielt.“

Castle fragte sich, was Sam sagen würde, wenn er von Bullers Tod erfuhr. Er wußte, Sam würde ihm nie verzeihen. Er fragte: „Wie sind Sie in diese Sache hineingeschlittert?“

„Ich bin nicht hineingeschlittert, Sir. Ich war schon als Junge Parteimitglied. Ganz im geheimen, wie man sagen könnte. Ich meldete mich mit siebzehn zum Militär – freiwillig. Machte mich älter. Ich glaubte, ich komme nach Frankreich, aber man schickte mich nach Archangelsk. Vier Jahre lang war ich Kriegsgefangener. Ich sah eine Menge in diesen vier Jahren, und ich lernte auch eine Menge.“

„Wie hat man Sie behandelt?“

„Es war schon hart, aber ein junger Mensch hält viel aus. Und es gab immer irgend jemanden, der freundlich war. Ich lernte ein bißchen Russisch, gerade genug, um als Dolmetscher zu arbeiten, und wenn es nichts zu essen gab, gab man mir Bücher zu lesen.“

„Kommunistische Bücher?“

„Natürlich, Sir, Ein Missionar verteilt ja auch Bibeln, nicht wahr?“

„Dann sind Sie also ein gläubiger Kommunist.“

„Man fühlt sich oft einsam. Das muß ich schon zugeben. Sehen Sie, ich konnte ja nie zu Versammlungen gehen oder an Aufmärschen teilnehmen. Nicht einmal mein Sohn weiß Bescheid. Sie setzen mich, wenn sie können, für kleinere Aufgaben ein – so wie in Ihrem Fall, Sir. Oft und oft habe ich Ihre Berichte aus dem toten Briefkasten geholt. Ach, wie glücklich war ich an dem Tag, als Sie in meinen Laden kamen. Ich fühlte mich viel weniger allein.“

„Sind Sie nie auch nur ein Stückchen vom rechten Weg abgewichen, Halliday? Was da auch war, meine ich – Stalin, Ungarn, die Tschechoslowakei?"

„Ich hab in meiner Jugend in Rußland genug gesehen – und in England auch, als ich nach Hause kam, während der Krise. Das hat mich immun gemacht gegen solche Kleinigkeiten."

„Kleinigkeiten?"

„Erlauben Sie, Sir, aber ich muß schon sagen, daß Ihr Gewissen ziemlich selektiv arbeitet. Ich könnte Ihnen erwidern: Hamburg, Dresden, Hiroshima. Hat Ihren Glauben an die Demokratie, wie Sie es nennen, denn gar nichts auch nur ein bißchen erschüttert? Vielleicht doch, denn sonst säßen Sie jetzt nicht neben mir."

„Damals war Krieg."

„Meine Leute sind seit 1917 im Krieg."

Zwischen dem Hinüber – Herüber der Scheibenwischer schaute Castle in die nasse Nacht hinaus. „Sie fahren mich ja doch nach Heathrow."

„Nicht ganz." Mr. Halliday legte eine Hand, leicht wie ein fallendes Herbstblatt, auf Castles Knie. „Machen Sie sich doch keine Sorgen, Sir. *Sie* geben ja acht auf Sie. Ich beneide Sie. Sie werden Moskau erleben, bestimmt."

„Sind Sie nie dort gewesen?"

„Nie. Ich bin nie weiter gekommen als in das Gefangenenlager bei Archangelsk. Haben Sie je ‚Die drei Schwestern' gesehen? Ich sah sie nur einmal, aber ich werde nie vergessen, was die eine von ihnen sagt, und ich sage es mir auch, wenn ich nachts nicht schlafen kann: ‚Das Haus verkaufen, Schluß machen mit allem hier und fort, nach Moskau …' "

„Sie würden sehen, das heutige Moskau ist nicht das Moskau von Tschechow."

„Eine der Schwestern sagt auch noch: ‚Glückliche Menschen bemerken nicht, ob's Winter ist oder Sommer. Lebte ich in Moskau, mir wäre es gleichgültig, wie das Wetter ist.' Nun ja, wenn ich niedergeschlagen bin, dann tröste ich mich, daß auch Marx Moskau nicht kannte, und ich schaue über die Old Compton Street und denke: London ist noch immer das London von Marx. Soho ist das Soho von Marx. Hier wurde das Kommunistische Manifest gedruckt." Ein Lastauto tauchte plötzlich aus dem Regen auf, scherte aus, hätte sie fast gestreift und fuhr dann gleichgültig wieder in die Nacht hinein. „Schreckliche Fahrer sind das", sagte Mr. Halliday. „Sie wissen ganz genau, daß Ihnen in diesen Ungetümen nichts passieren kann. Wir sollten höhere Strafen für vorschriftswidriges Fahren haben. Wissen Sie, Sir, das war's, der eigentliche Fehler in Ungarn und der Tschechoslowakei – das vorschriftswidrige Fahren. Dubcek war ein vorschriftswidriger Fahrer – so einfach liegen die Dinge."

„Nicht für mich. Ich wollte nie in Moskau enden."

„Wahrscheinlich wird es Ihnen ein bißchen komisch vorkommen – schließlich gehören Sie nicht zu uns –, aber Sie werden sehen, das macht nichts. Ich weiß nicht, was Sie für uns getan haben, aber es muß wichtig sein, und sie werden sich um Sie kümmern, bestimmt. Es würde mich nicht wundern, wenn Sie den Lenin-Orden bekämen oder wenn man Sie auf einer Briefmarke verewigt, wie Sorge."

„Sorge war Kommunist."

„Und ich bin stolz, daß Sie in meinem alten Auto auf dem Weg nach Moskau sind."

„Und wenn wir hundert Jahre so weiterfahren, Halliday, mich können Sie nicht bekehren."

„Na, ich weiß nicht, immerhin haben Sie sehr viel getan."

„Nur bei Afrika habe ich euch geholfen, sonst nicht."

„Genau, Sir. Sie sind unterwegs. Afrika ist die These, würde Hegel sagen. Sie gehören zur Antithese, aber Sie sind ein aktiver Teil der Antithese – Sie sind einer von jenen, die schon noch zur Synthese gehören werden."

„Für mich ist das Fachchinesisch. Ich bin kein Philosoph."

„Ein Kämpfer braucht das auch nicht. Und Sie sind ein Kämpfer."

„Nicht für den Kommunismus. Ich bin nur das Opfer eines Unfalls."

„In Moskau wird man Sie heilen."

„In einer psychiatrischen Anstalt?"

Dieser Satz brachte Mr. Halliday zum Schweigen. Hatte Hegels Dialektik für ihn einen Knacks bekommen, oder schwieg er verletzt und weil ihn Zweifel gepackt hatten? Castle sollte es nie erfahren, denn vor ihnen lag das Hotel, der Regen verschmierte die Konturen seiner Lichter. „Steigen Sie hier aus", sagte Mr. Halliday. „Ich möchte lieber nicht gesehen werden." Als sie hielten, fuhr eine Lichterschlange von Autos an ihnen vorbei, die Rückstrahler des einen Wagens blitzten im Scheinwerferstrahl des folgenden Autos auf. Eine Boing 707 setzte im Schrägflug lärmend zur Landung auf dem Flughafen an. Mr. Halliday kramte im Fond des Wagens herum. „Da ist noch etwas, das ich vergessen habe." Er zog einen Plastiksack hervor, wie man sie für zollfreie Waren erhält. „Tun Sie Ihre Sachen da hinein. Sonst fallen Sie vielleicht auf, wenn Sie mit einem Koffer zum Fahrstuhl gehen."

„Da ist nicht genug Platz drin."

„Dann lassen Sie das Zeug hier, das Sie nicht hineinbringen."

Castle gehorchte. Er erkannte, daß trotz jahrelanger Erfahrung in Geheimhaltung der wahre Experte im Notfall der junge Rekrut aus Archangelsk war. Widerstrebend trennte er sich von seinem Pyjama – ein Gefängnis wird mich schon versorgen, dachte er – und seinem Pullover. Wenn ich bis dorthin komme, dann werden Sie mir auch etwas Warmes geben.

Mr. Halliday sagte: „Ich habe ein kleines Geschenk für Sie. Ein Exemplar des Bandes Trollope, den Sie bestellt haben. Ein zweites Exemplar werden Sie jetzt ja nicht mehr brauchen. Es ist ein langes Buch, aber Sie werden auch sehr viel warten müssen. Wie immer im Krieg. Es heißt *The Way We Live Now.*"

„Ist es das von Ihrem Sohn empfohlene Buch?"

„Ach, da habe ich Sie ein bißchen beschwindelt. Ich bin derjenige, der Trollope liest, nicht er. Sein Lieblingsautor ist ein gewisser Robbins. Sie müssen meinen kleinen Betrug verzeihen – ich wollte, daß Sie ein bißchen besser von ihm denken, trotz dieses Ladens. Er ist kein schlechter Junge."

Castle schüttelte Mr. Halliday die Hand. „Davon bin ich überzeugt. Hoffentlich geht mit ihm alles in Ordnung."

„Denken Sie daran: Gehen Sie direkt auf Zimmer 423 und warten Sie dort."

Castle ging, den Plastiksack in der Hand, auf die Lichter des Hotels zu. Ihm war zumute, als hätte er bereits den Kontakt mit allem, was ihm in England vertraut war, verloren – Sarah und Sam befanden sich außer Reichweite im Hause seiner Mutter, das nie sein Heim gewesen war. Er dachte: In Pretoria war ich mehr daheim. Dort hatte ich eine Aufgabe. Aber jetzt habe ich keine Aufgabe mehr. Durch den Regen rief ihm eine Stimme nach: „Viel Glück, Sir. Ich wünsche Ihnen viel Glück", und dann hörte er, wie das Auto wegfuhr.

7

Es war verwirrend – er ging durch die Hoteltür und befand sich mitten in der Karibik. Hier fiel kein Regen. Um einen Teich standen Palmen, und der Himmel erstrahlte von zahllosen, winzigen Sternen; er atmete die warme, dumpfe, feuchte Luft ein, deren er sich von einem weit zurückliegenden Urlaub kurz nach dem Krieg erinnerte: von ringsumher drangen – unvermeidbar in der Karibik – amerikanische Stimmen auf ihn ein. Es bestand keine Gefahr, daß ihn irgendwer an dem langen Empfangspult bemerken würde. Die Leute dort waren viel zu sehr von einem Strom amerikanischer Passagiere in Anspruch genommen, die man hier abgesetzt hatte; aus welchem Flughafen kamen sie wohl, Kingston? Bridgetown? Ein schwarzer Kellner brachte einem jungen Paar, das neben dem Teich saß, zwei Glas Rumpunsch. Da war der Fahrstuhl gleich neben ihm, erwartete ihn mit offenen Türen, und doch blieb er betroffen stehen... Das Pärchen saugte durch Strohhalme an seinem Punsch unter dem Sternenhimmel. Er streckte die Hand aus, um sich zu überzeugen, daß es wirklich nicht regnete, und jemand dicht hinter ihm sagte: „Also, wenn das nicht Maurice ist! Was machst du hier in dieser Spelunke?" Gerade noch auf halbem Weg stoppte er seine Hand, die in die Tasche fahren wollte, und wandte sich um. Wie gut, daß er seinen Revolver nicht mehr hatte.

Der Sprecher war ein gewisser Blit, der vor ein paar Jahren sein Kontaktmann in der amerikanischen Botschaft gewesen war. Bis dann Blit nach Mexiko versetzt wurde – vielleicht, weil er nicht Spanisch sprach. „Blit!" rief er mit falscher Begeisterung. Immer schon war es so gewesen. Blit hatte ihn gleich bei ihrer ersten Begegnung mit „Maurice" angeredet, er aber war nie weiter als „Blit" gekommen.

„Wo fliegen denn Sie hin?" fragte Blit, wartete aber nicht auf Antwort. Er hatte immer schon lieber über sich selbst gesprochen. „Ich fliege nach New York", sagte Blit. „Einfliegendes Flugzeug noch nicht eingetroffen. Verbringe die Nacht hier. Nette Idee, dieses Lokal hier. Wie auf den Jungferninseln. Würde meine Bermuda-Shorts anziehen, wenn ich sie da hätte."

„Ich habe geglaubt, Sie sind in Mexiko."

„Schon lange nicht mehr. Ich arbeite jetzt wieder am Schreibtisch für Europa. Und Sie sind immer noch im finsteren Afrika?"

„Ja."

„Sitzen Sie auch hier fest?"

„Ich muß noch ein bißchen hierbleiben", sagte Castle und hoffte, daß er seine zweideutige Antwort nicht näher erläutern müsse.

„Wie wär's mit einem Planter's Punsch? Sie machen ihn hier O. K., höre ich."

„Treffen wir uns doch in einer halben Stunde", sagte Castle.

„O. K., O. K. Beim Teich. Bis gleich."

„Beim Teich."

Castle stieg in den Fahrstuhl und Blit folgte ihm. „Fahren Sie hinauf? Ich auch. Welcher Stock?"

„Vierter."

„Ich auch. Können mit mir gratis fahren."

War es möglich, daß auch die Amerikaner ihn beobachteten? Unter den gegebenen Umständen war es nicht ungefährlich, etwas für Zufall zu halten.

„Essen Sie hier?" fragte Blit.

„Ich weiß noch nicht. Hängt davon ab ..."

„Sie sind aber ganz auf Geheimhaltung aus", sagte Blit. „Der gute alte Maurice!" Gemeinsam gingen sie den Gang entlang. Zimmer 423 kam zuerst, und Castle kramte so lange nach seinem Schlüssel, daß er Blit bis 427, nein, 429, weitergehen sah.

Nachdem er seine Tür versperrt hatte und die Tafel mit dem „Bitte nicht stören" draußen hing, fühlte Castle sich sicherer.

Die Zentralheizung war auf 24° eingestellt. Es hätte in der Karibik nicht heißer sein können. Er ging zum Fenster und sah hinaus. Unter ihm lag die runde Bar, über ihm der künstliche Himmel. Eine untersetzte Frau mit blauem Haar wanderte im Zickzack um den Teich; sie hatte sichtlich zuviel Rumpunsch getrunken. Er untersuchte das Zimmer sorgfältig nach Hinweisen auf die Zukunft, wie er sein Haus nach irgendwelchen Hinweisen auf die Vergangenheit untersucht hatte. Zwei Doppelbetten, ein Lehnstuhl, ein Kleiderschrank, eine Kommode, ein Schreibtisch, leer bis auf eine Löschunterlage, ein Fernsehapparat, eine Tür ins Badezimmer. Über dem Klositz klebte ein Streifen Papier mit der Versicherung, daß er hygienisch sei, die Zahnputzgläser waren in Plastik gewickelt. Er ging ins Schlafzimmer zurück, öffnete die

Schreibunterlage und erfuhr aus dem bedruckten Briefpapier, daß er sich im Starflight Hotel befand. Eine Geschäftskarte zählte die Speisesäle und Bars auf; in einem Saal gab es Musik und Tanz – er hieß Pizarro. Der Grillroom hingegen war nach Dickens benannt, und ein dritter Saal – mit Selbstbedienung – nach Oliver Twist. „Gönnen Sie sich doch noch etwas." Eine andere Karte informierte ihn, daß jede halbe Stunde ein Bus zum Flughafen Heathrow fuhr.

Unter dem Fernsehgerät entdeckte er einen Kühlschrank, der Miniaturflaschen mit Whisky, Gin und Brandy, Tonic-Water und Soda, zwei Sorten Bier und Viertelflaschen Champagner enthielt. Gewohnheitsmäßig entschied er sich für einen J. & B. und setzte sich nieder, um zu warten. „Sie werden sehr viel warten müssen", hatte Mr. Halliday gesagt, als er ihm den Trollope gab, und er begann, im Buch zu lesen, da es nichts anderes zu tun gab. „Möge sich der geneigte Leser bei Lady Carbury einführen lassen, von deren Charakter und Handlungen vieles abhängt, das er auf den folgenden Seiten vielleicht interessant finden mag; sie sitzt an ihrem Schreibtisch in ihrem Zimmer in ihrem Haus in der Welbeck Street." Dieses Buch fand er nicht geeignet, ihn von der Art, in der er heute lebte, abzulenken.

Er ging zum Fenster. Der schwarze Kellner ging unter ihm vorüber, und dann sah er, wie Blit auftauchte und sich umblickte. Ganz gewiß war noch keine halbe Stunde vergangen. Er überzeugte sich – erst zehn Minuten. Blit würde ihn wohl noch nicht erwarten. Er drehte das Licht im Zimmer ab, damit Blit ihn, wenn er heraufblickte, nicht sehen könne. Blit ließ sich an der kreisförmigen Bar nieder und gab seine Bestellung auf. Ja, es war ein Planter's Punsch. Der Kellner tat die Orangenscheibe und die Kirsche hinein. Blit hatte seine Jacke ausgezogen und trug ein Hemd mit kurzen Ärmeln, das sich in die Illusion aus Palmen, Teich und Sternennacht gut einfügte. Castle sah, wie er das Telefon der Bar benützte und eine Nummer wählte. Bildete Castle es sich nur ein, oder schaute Blit wirklich zum Fenster von 423 hinauf, während er sprach? Gab er einen Bericht? Und an wen?

Castle hörte, wie sich hinter ihm die Tür öffnete und die Beleuchtung eingeschaltet wurde. Als er sich rasch umdrehte, sah er in der Spiegelscheibe des Kleiderschranks ein Bild aufblitzen, das Bild eines Mannes, der nicht gesehen werden möchte; das Bild eines kleinen Mannes mit schwarzem Schnurrbart in einem dunklen Anzug, der eine schwarze Aktentasche trug. „Ich wurde aufgehalten durch den Verkehr", sagte der Mann in präzisem wenn auch unkorrektem Englisch.

„Holen Sie mich ab?"

„Uns fehlt es immerzu ein bißchen an Zeit. Es ist nötig für Sie, daß Sie den nächsten Autobus zum Flughafen erwischen." Er begann die Aktentasche auf dem Schreibtisch auszupacken: zuerst einen Flugschein, dann einen Paß, eine Flasche, deren Inhalt wie Gummi aussah, einen prallgefüllten Plastiksack, eine Haarbürste mit Kamm, einen Rasierapparat.

„Ich habe alles, was ich brauche", sagte Castle, sich dem präzisen Ton anpassend.

Der Mann überhörte ihn. Er sagte: „Sie werden finden, daß Ihr Ticket nur bis Paris gilt. Das ist etwas, was ich Ihnen erklären will."

„Sie werden doch sicher alle Flugzeuge überwachen."

„Sie werden besonders überwachen dasjenige nach Prag, das dieselbe Abflugzeit hat wie das nach Moskau, das verspätet ist durch Motorschaden. Ein ungewöhnlicher Zusammenfall. Vielleicht erwartet Aeroflot einen wichtigen Passagier. Die Polizei wird sehr aufmerksam sein bei Prag und Moskau."

„Sie werden schon früher achtgeben – bei den Kontrollschaltern. Die warten nicht erst beim Flugsteig."

„Dafür wird gesorgt. Sie müssen die Schalter passieren. Lassen Sie mich sehen Ihre Uhr – in etwa fünfzig Minuten. Der Bus geht in dreißig Minuten. Dies hier ist Ihr Paß."

„Was mache ich in Paris, wenn ich so weit komme?"

„Während Sie Flughafen verlassen, werden Sie abgeholt und erhalten anderes Ticket. Sie haben gerade soviel Zeit, anderes Flugzeug zu besteigen."

„Wohin?"

„Weiß nicht. Das erfahren Sie alles in Paris."

„Die Interpol wird die Polizei dort schon verständigt haben."

„Nein. Interpol handeln nie in politischen Fällen. Ist gegen die Vorschriften."

Castle schlug den Paß auf. „Fox", sagte er. „Sie haben einen passenden Namen gewählt. Die Jagdzeit ist noch nicht vorbei." Dann sah er die Fotografie an. „Aber mit diesem Bild schaffe ich es nie. Es schaut mir gar nicht ähnlich."

„Das stimmt. Aber jetzt werden wir Sie machen ähnlich Fotografie."

Er trug sein Arbeitszeug in das Badezimmer. Zwischen den Zahnputzgläsern befestigte er eine Vergrößerung des Paßbildes.

„Sitzen Sie bitte auf diesem Stuhl." Er begann Castles Brauen zu stutzen und machte sich dann über sein Haar her – der Mann auf dem Paß hatte einen Bürstenschnitt. Castle sah die Bewegungen der Schere im Spiegel – mit Staunen stellte er fest, daß ein Bürstenschnitt das ganze Gesicht veränderte, die Stirn verbreiterte, ja sogar den Ausdruck der Augen zu verwandeln schien. „Sie haben mich um zehn Jahre verjüngt", sagte Castle.

„Stillsitzen, bitte."

Der Mann begann die Haare eines schmalen Schnurrbarts festzukleben – den Schnurrbart eines Schüchternen, dem es an Selbstvertrauen fehlt. Er sagte: „Ein Bart oder dicker Schnurrbart erwecken immer Verdacht." Ein Fremder blickte aus dem Spiegel auf Castle zurück. „So, fertig. Ich glaube, es ist ganz gut." Er ging zu seiner Aktentasche und entnahm ihr einen kurzen weißen Stab, den er wie ein Fernrohr zu einem Spazierstock auseinanderzog. Er sagte: „Sie sind blind, ein Objekt des Mitleids, Mr.

Fox. Eine Hostess der Air France wurde gebeten, zum Hotelautobus zu kommen, sie wird Sie durch Kontrollen zu Ihrem Flugzeug bringen. In Paris-Roissy werden Sie, bei Verlassen des Flughafens, nach Orly gefahren – dort ist noch ein anderes Flugzeug mit Maschinenschaden. Vielleicht werden Sie dann nicht mehr Mr. Fox sein, ein neues Make-up im Auto, ein neuer Paß. Menschliche Visage ist unendlich anpassungsfähig. Ein gutes Argument gegen die Wichtigkeit der Erblichkeit. Wir werden mit fast dem gleichen Gesicht geboren – denken Sie an ein Baby –, aber die Umgebung ändert es."

„Es sieht ziemlich einfach aus", sagte Castle, „aber wird's auch klappen?"

„Wir glauben, es wird klappen", sagte der kleine Mann, während er seine Tasche packte. „Sie gehen jetzt hinaus, und vergessen Sie nicht, Ihren Stock zu verwenden. Bitte bewegen Sie nicht die Augen, bewegen Sie den ganzen Kopf, wenn jemand Sie anspricht. Versuchen Sie, die Augen ausdruckslos zu lassen."

Gedankenlos griff Castle nach *The Way We Live Now.*

„Nein, nein, Mr. Fox. Ein Blinder besitzt wahrscheinlich nicht ein Buch, und diesen Sack müssen Sie auch zurücklassen."

„Da drin ist nur ein Reservehemd, ein Rasierapparat ..."

„Ein Reservehemd trägt das Zeichen der Wäscherei."

„Sieht es nicht sonderbar aus, wenn ich kein Gepäck habe?"

„Das weiß der Zollbeamte erst, wenn er Ihr Ticket zu sehen verlangt."

„Was er wahrscheinlich tun wird."

„Macht nichts. Sie fahren ja nur nach Hause. Sie leben in Paris. Die Adresse steht im Paß."

„Was für einen Beruf habe ich?"

„Sie sind im Ruhestand."

„Zumindest das stimmt", sagte Castle.

Er verließ den Fahrstuhl und begann sich seinen Weg zum Hoteleingang zu ertasten, wo der Bus wartete. Als er durch die

Flügeltür ging, die zur Bar und zum Teich führte, erblickte er Blit. Blit sah eben ungeduldig auf die Uhr. Eine ältliche Frau ergriff Castles Arm und fragte: „Wollen Sie zum Bus?"

„Ja."

„Ich auch. Ich helfe Ihnen."

Er hörte, wie eine Stimme „Maurice" hinter ihm herrief. Er mußte langsam gehen, weil die Frau langsam ging. „He! Maurice!"

„Ich glaube, jemand ruft Sie", sagte die Frau.

„Das muß ein Irrtum sein."

Er hörte Schritte hinter sich. Er löste seinen Arm aus dem der Frau und drehte seinen Kopf, wie er instruiert worden war, und starrte ausdruckslos auf eine Stelle, etwas seitlich von Blit. Blit sah ihn erstaunt an. Dann sagte er: „Verzeihung. Ich hielt Sie ..."

Die Frau sagte: „Der Chauffeur macht uns Zeichen. Wir müssen uns beeilen."

Als sie nebeneinander im Bus saßen, blickte sie durch das Fenster. Sie sagte: „Sie müssen seinem Freund wirklich sehr ähnlich sehen. Er steht noch immer dort und starrt Ihnen nach."

„Jeder Mensch auf der Welt hat einen Doppelgänger, sagt man", erwiderte Castle.

SECHSTER TEIL

ERSTES KAPITEL

I

Sie hatte sich umgewandt, um durch das Taxifenster zurückzublicken, und durch das rauchgraue Glas nichts gesehen; es war, als hätte sich Maurice absichtlich und ohne einen einzigen Laut in den Wassern eines stählernen Sees ertränkt. Man hatte ihr das einzige, was sie zu sehen und zu hören wünschte, genommen, ohne daß ihr eine Hoffnung blieb, es wiederzuerlangen, und sie widersetzte sich allem, was ihr aus Barmherzigkeit aufgedrängt wurde, wie man ein armseliges Stück Fleisch zurückweist, das der Metzger einem anstelle des prächtigen Bratens anbietet, den er für eine bessere Kundschaft zurückbehält.

Das Mittagessen im Haus zwischen den Lorbeerbäumen war eine Qual. Ihre Schwiegermutter hatte einen Gast eingeladen, dem sie nicht absagen konnte, einen Geistlichen mit dem unhübschen Namen Bottomley – sie nannte ihn Ezra –, der gerade aus einem afrikanischen Missionsgebiet zurückgekommen war. Sarah fühlte sich wie ein Schaustück in einem der Lichtbildervorträge, die er wahrscheinlich hielt. Mrs. Castle stellte sie nicht vor. Sie sagte bloß: „Das ist Sarah“, als käme Sarah aus einem Waisenhaus, was ja der Fall war. Mr. Bottomley war zu Sam unerträglich freundlich und behandelte sie mit berechnendem Interesse wie ein Mitglied seiner farbigen Kirchengemeinde. Tinker Bell, die aus Angst vor Buller geflüchtet war, kaum hatte sie die beiden erblickt, umschmeichelte sie jetzt und schlug ihre Krallen in Sarahs Rock. „Erzählen Sie doch, wie es in einem Ort wie Soweto wirklich zugeht", sagte Mr. Bottomley. „Ich selbst war ja in Rhodesien, müssen Sie wissen. Auch von dort haben die Zeitungen in England übertrieben berichtet. Wir sind nicht so schwarz, wie man uns hinstellt", fügte er hinzu und errötete dann über seinen Schnitzer. Mrs. Castle schenkte ihm noch ein Glas Wasser ein. „Ich meine", sagte er, „kann man so einen kleinen Burschen dort ordentlich aufziehen?"

Und sein strahlender Blick richtete sich auf Sam wie der Scheinwerferkegel in einem Nachtklub.

„Das kann Sarah doch nicht wissen, Ezra", sagte Mrs. Castle. Sie erklärte widerstrebend: „Sarah ist meine Schwiegertochter."

Mr. Bottomleys Röte vertiefte sich. „Ah, dann sind Sie zu Besuch hier?" fragte er.

„Sarah wohnt bei mir", erwiderte Mrs. Castle. „Vorübergehend. Mein Sohn hat nie in Soweto gelebt. Er war in der Botschaft."

„Das muß nett für das Kind sein", sagte Mr. Bottomley, „die Oma zu besuchen."

Sarah dachte: Wird so mein Leben in Zukunft aussehen?

Nachdem sich Mr. Bottomley verabschiedet hatte, sagte Mrs. Castle, sie müßten nunmehr ein ernsthaftes Gespräch führen. „Ich habe Maurice angerufen", sagte sie, „er war ganz unzugänglich und schlecht gelaunt." Sie wandte sich an Sam. „Geh in den Garten spielen, Kind."

„Es regnet", sagte Sam.

„Ach, das hatte ich vergessen. Dann geh hinauf und spiel mit Tinker Bell."

„Ich geh hinauf", sagte Sam, „aber mit deiner Katze spiele ich nicht. Buller ist mein Freund. Der weiß, was man mit Katzen macht."

Als sie allein waren, sagte Mrs. Castle: „Maurice erklärte mir, er würde das Haus verlassen, wenn du zurückkämst. Was *hast* du nur getan, Sarah?"

„Ich möchte lieber nicht darüber reden. Maurice sagte mir, ich solle hierherkommen, also bin ich gekommen."

„Wer von euch ist – nun, wie man so sagt, der schuldige Teil?"

„Muß es immer einen schuldigen Teil geben?"

„Ich werde ihn nochmals anrufen."

„Ich kann Sie nicht daran hindern, aber es hat keinen Zweck."

Mrs. Castle wählte die Nummer, und Sarah betete zu Gott, an den sie nicht glaubte, zumindest Maurices Stimme zu hören, aber: „Er meldet sich nicht", sagte Mrs. Castle.

„Er ist wahrscheinlich im Büro."

„An einem Samstagnachmittag?"

„In seinem Beruf gibt es keine geregelten Arbeitszeiten."

„Ich hätte gedacht, im Foreign Office ist man besser organisiert."

Sarah wartete bis abends, und nachdem sie Sam zu Bett gebracht hatte, ging sie in den Ort hinunter. In der „Krone" bestellte sie einen J. & B. Sie gönnte sich einen Doppelten, in Erinnerung an Maurice, und ging dann zum Telefon. Sie wußte, daß Maurice ihr untersagt hatte, Kontakt zu ihm aufzunehmen. Wenn er noch immer zu Hause war und sein Telefon abgehört wurde, würde er den Zornigen spielen und einen nicht existenten Streit fortsetzen, aber sie würde wenigstens wissen, daß er zu Hause war und nicht in einer Untersuchungszelle oder unterwegs in einem Europa, das sie nie gesehen hatte. Sie ließ das Telefon lange läuten, bevor sie den Hörer auflegte – sie wußte genau, daß sie es DENEN leicht machte, den Anruf zu orten, aber sie scherte sich nicht darum. Wenn DIE sie abholen kamen, würde sie wenigstens wissen, was mit ihm geschehen war. Sie verließ die Zelle, trank ihren J. & B. an der Bar aus und ging zu Mrs. Castles Haus zurück. Mrs. Castle sagte: „Sam hat nach dir gerufen." Sie ging nach oben.

„Was willst du, Sam?"

„Glaubst du, daß es Buller gut geht?“

„Natürlich geht es ihm gut. Warum denn nicht?“

„Ich hatte einen Traum.“

„Was für einen Traum?“

„Ich erinnere mich nicht mehr. Buller wird ohne mich traurig sein. Hätten wir ihn doch mitgenommen!“

„Das können wir nicht. Du weißt das doch. Früher oder später würde er bestimmt Tinker Bell umbringen.“

„Das würde mir nichts ausmachen.“

Widerstrebend ging sie wieder hinunter. Mrs. Castle saß vor dem Fernseher.

„Etwas Interessantes in den Nachrichten?“ fragte Sarah.

„Die Nachrichten sehe ich mir selten an“, erwiderte Mrs. Castle. „Die lese ich lieber in der *Times*.“ Aber am nächsten Morgen gab es auch in den Sonntagszeitungen keine Nachrichten, die sie interessierten. Sonntag – am Sonntag hatte er nie zu arbeiten. Mittags ging sie wieder in die „Krone“ und rief wieder das Haus an, und hielt wieder lange Zeit durch – er hätte ja mit Buller im Garten sein können –, aber schließlich mußte sie auch diese Hoffnung aufgeben. Sie tröstete sich mit der Vorstellung, daß es ihm doch geglückt war zu fliehen, dann aber erinnerte sie sich, daß DIE berechtigt waren, ihn – dem Gesetz nach doch wohl drei Tage lang? – ohne Anklage einzusperren.

Mrs. Castle sorgte dafür, daß das Essen – Roastbeef – pünktlich um eins auf dem Tisch stand. „Sollen wir uns nicht die Nachrichten anhören?“ fragte Sarah.

„Sam, spiel bitte nicht mit dem Serviettenring“, sagte Mrs. Castle. „Nimm deine Serviette heraus und lege den Ring neben deinen Teller.“ Sarah stellte Radio 3 ein. Mrs. Castle sagte: „Schade um die Zeit, sich sonntags Nachrichten anzuhören“, und sie hatte natürlich recht.

Niemals war ein Sonntag langsamer vergangen. Endlich hörte der Regen auf, und eine kraftlose Sonne versuchte eine Lücke zwischen den Wolken zu finden. Sarah nahm Sam zu einem Spaziergang durch den „Wald" mit – sie wußte selbst nicht, warum dieses Gebiet so genannt wurde. Es gab keine Bäume dort, nur niedrige Büsche und Gestrüpp (ein Teil davon war für einen Golfplatz gerodet worden). Sam sagte: „Ashridge gefällt mir besser", und etwas später: „Ohne Buller macht ein Spaziergang keinen Spaß." Sarah fragte sich: Wie lange werden wir dieses Leben führen müssen? Um schneller nach Hause zu kommen, überquerten sie eine Ecke des Golfplatzes, und ein Golfspieler, der offenbar zu üppig gespeist hatte, schrie sie an, sie sollten zusehen, daß sie von der Spielfläche fortkämen. Als Sarah nicht schnell genug reagierte, rief er: „He! Du! Ich sprech mit dir, Topsy!" Sarah erinnerte sich dunkel, daß Topsy ein schwarzes Mädchen in einem der Bücher, das die Methodisten ihr zu lesen gegeben hatten, gewesen war.

An diesem Abend sagte Mrs. Castle: „Meine Liebe, es ist an der Zeit, daß wir ein ernstes Gespräch miteinander führen."

„Worüber?"

„Du fragst mich, worüber? Also wirklich, Sarah! Über dich und meinen Enkel natürlich – und über Maurice. Keiner von euch will mir sagen, warum ihr euch zerstritten habt. Hast du Gründe, dich scheiden zu lassen, oder hat Maurice sie?"

„Vielleicht. Böswilliges Verlassen zählt doch als Grund, nicht wahr?"

„Wer hat wen böswillig verlassen? Daß du ins Haus deiner Schwiegermutter ziehst, kann man doch kaum böswilliges Verlassen nennen. Und Maurice – er hat dich auch nicht verlassen, wenn er noch immer zu Hause ist."

„Das ist er nicht."

„Wo ist er denn?"

„Ich weiß es nicht, ich weiß es nicht, Mrs. Castle. Können Sie nicht noch ein bißchen zuwarten, ohne darüber zu reden?"

„Das ist *mein* Haus, Sarah. Es wäre angezeigt, mir mitzuteilen, wie lange ihr zu bleiben beabsichtigt. Sam gehört in die Schule. Das verlangt sogar das Gesetz."

„Ich verspreche Ihnen, wenn Sie uns nur eine Woche bleiben lassen ..."

„Ich vertreibe euch nicht, meine Liebe, ich versuche nur, dich zu veranlassen, daß du dich wie ein erwachsener Mensch benimmst. Ich finde, du solltest einen Anwalt aufsuchen und mit ihm reden, wenn du schon nicht mit mir reden willst. Ich kann Mr. Bury morgen anrufen. Er kümmert sich um mein Testament."

„Geben Sie mir bloß eine Woche, Mrs. Castle." (Es hatte eine Zeit gegeben, da Mrs. Castle vorschlug, Sarah sollte sie „Mutter" nennen: sie war aber sichtlich erleichtert gewesen, als Sarah weiter darauf beharrte, sie „Mrs. Castle" zu nennen.)

Montag morgens nahm sie Sam in die Stadt mit und ließ ihn in einem Spielzeugladen zurück, während sie in die „Krone" ging. Von dort rief sie das Büro an, so sinnlos es war; denn wenn Maurice noch immer in London und auf freiem Fuß war, hätte er sie bestimmt angerufen. Damals, als sie vor langer Zeit in Südafrika für ihn gearbeitet hatte, hätte sie nie eine solche Unvorsichtigkeit begangen, aber in diesem friedlichen Landstädtchen, in dem es nie einen Rassenkampf oder ein Klopfen um Mitternacht gegeben hatte, kam ihr der Gedanke an Gefahr zu phantastisch vor. Sie verlangte mit Mr. Castles Sekretärin zu sprechen, und als sich eine weibliche Stimme meldete, fragte sie: „Spricht dort Cynthia?" (Sie kannte Cynthia dem Namen nach, obwohl sie einander nie getroffen oder miteinander gesprochen hatten.) Es trat eine lange Pause ein – lang genug, um jemanden zu bitten, mitzuhören –, aber in diesem Pensionistenlokal, während sie zwei Lastwagenfahrern zusah, wie sie ihr Bier austranken, wollte sie das nicht glauben. Dann sagte die trockene, dünne Stimme: „Cynthia ist heute nicht hier."

„Wann kommt sie wieder ins Büro?"

„Das kann ich leider nicht sagen."

„Und Mr. Castle?"

„Wer spricht dort, bitte?"

Sie dachte: Fast hätte ich Maurice verraten und legte den Hörer auf. Sie hatte das Gefühl, daß sie auch die eigene Vergangenheit verraten hatte – die geheimen Zusammenkünfte, die verschlüsselten Nachrichten, die Sorgfalt, mit der Maurice sie in Johannesburg instruiert und sie beide außerhalb der Reichweite von BOSS gehalten hatte. Und schließlich war nun Müller hier in England – er hatte an einem Tisch mit ihr gegessen.

Als sie zum Haus zurückkam, bemerkte sie ein fremdes Auto in der Lorbeerauffahrt, und Mrs. Castle kam ihr in der Diele entgegen. Sie sagte: „Da ist jemand, der dich sprechen möchte, Sarah. Er sitzt im Arbeitszimmer."

„Wer ist es denn?"

Mrs. Castle senkte die Stimme und sagte angewidert: „Ich glaube, ein Polizist."

Der Mann hatte einen großen blonden Schnurrbart, den er nervös strich. Er gehörte entschieden nicht zu jener Art Polizisten, die Sarah aus ihrer Jugend kannte, und sie fragte sich, wie Mrs. Castle seinen Beruf herausgefunden hatte – sie selbst hätte ihn für den Besitzer eines kleinen Ladens gehalten, der die Familien des Ortes seit Jahren belieferte. Er sah genauso gemütlich und freundlich wie Dr. Castles Arbeitszimmer aus, das nach dem Tod des Arztes unverändert geblieben war. Noch immer hing der Pfeifenständer über dem Schreibtisch, standen der Aschenbecher aus Porzellan und der Drehstuhl da, in den der Fremde sich nicht zu setzen gewagt hatte. Er stand neben dem Bücherschrank und verdeckte mit seiner stämmigen Gestalt teilweise die scharlachroten Bände der Loeb-Klassiker und die grünen Lederbände der *Encyclopaedia Britannica*, 11. Auflage. Er fragte: „Mrs. Castle?", und fast hätte sie geantwortet: „Nein, das ist meine Schwiegermutter", so fremd fühlte sie sich selbst in diesem Haus.

„Ja", erwiderte sie. „Warum?"

„Ich bin Inspektor Butler."

„Ja?"

„Man hat mich aus London angerufen. Ich soll Sie aufsuchen und mit Ihnen reden, falls Sie hier anzutreffen sind."

„Warum?"

„Man dachte, sie könnten uns vielleicht sagen, wie wir uns mit Ihrem Mann in Verbindung setzen können."

Sie fühlte eine ungeheure Erleichterung – er war also doch nicht im Gefängnis –, bis ihr einfiel, daß man ihr vielleicht eine Falle stellte; selbst die Freundlichkeit, Schüchternheit und offenkundige Ehrlichkeit Inspektor Butlers mochten eine Falle sein, jene Art Falle, wie BOSS sie so gern legte. Aber sie war hier in einem Land, in dem es BOSS nicht gab. Sie sagte: „Nein, das kann ich nicht. Ich weiß es nicht. Warum fragen Sie?"

„Nun, Mrs. Castle, unter anderem geht es um einen Hund."

„Buller?" rief sie aus.

„Ja, also ... wenn er so heißt."

„Er heißt so. Bitte sagen Sie mir, was geschehen ist."

„Sie besitzen ein Haus in der King's Road, in Berkhamsted. Das stimmt doch, nicht wahr?"

„Ja." Sie lachte erleichtert auf. „Hat Buller schon wieder eine Katze umgebracht? Ich bin jetzt hier. Ich bin unschuldig. Das müssen Sie meinem Mann sagen, nicht mir."

„Das haben wir versucht, Mrs. Castle. Aber wir können ihn nicht erreichen. In seinem Büro sagt man uns, er sei noch nicht dort gewesen. Er scheint weggegangen zu sein und den Hund zurückgelassen zu haben, obwohl ..."

„War es eine sehr wertvolle Katze?"

„Es geht nicht um eine Katze, Mrs. Castle. Die Nachbarn beklagten sich über den Lärm – eine Art Jaulen –, und jemand rief die Polizeiwachstube an. Wissen Sie, in Boxmoor ist vor kurzem mehrmals eingebrochen worden. Die Polizei schickte einen Mann hin; der fand ein Küchenfenster offen, er brauchte kein Glas einzuschlagen ... und der Hund ..."

„Er hat ihn doch nicht gebissen? Menschen hat Buller meines Wissens noch nie gebissen."

„Der arme Kerl konnte gar nichts beißen – nicht in dem Zustand, in dem er war. Man hat ihn niedergeschossen. Ich weiß nicht, wer, aber auf jeden Fall war das ein Stümper. Der Hund mußte leider vertilgt werden, Mrs. Castle."

„O Gott, was wird Sam dazu sagen?"

„Wer ist Sam?"

„Mein Sohn. Er liebt Buller."

„Ich mag Tiere auch gern." Das zwei Minuten dauernde Schweigen, das folgte, schien sehr lang, so lang wie die Gedenkminuten für die Gefallenen am Jahrestag des Waffenstillstands.

„Tut mir leid, so böse Nachrichten bringen zu müssen", sagte Inspektor Butler schließlich, und der Motoren- und Fußgängerverkehr des Lebens setzte wieder ein.

„Was soll ich nur Sam sagen?"

„Sagen Sie ihm, der Hund wurde überfahren und war auf der Stelle tot."

„Ja, ich glaube, das ist das beste. Ich lüge nur ein Kind nicht gern an."

„Es gibt weiße Lügen und schwarze Lügen", sagte Inspektor Butler. Sie fragte sich, ob die Lügen, die sie ihm würde sagen müssen, schwarz oder weiß wären. Sie blickte auf den dichten hellblonden Schnurrbart und in seine freundlichen Augen und fragte sich, wie ausgerechnet dieser Mann zur Polizei gekommen war. Fast war es, als müsse man ein Kind anlügen.

„Wollen Sie sich nicht setzen, Inspektor?"

„Setzen Sie sich, Mrs. Castle, mich entschuldigen Sie bitte. Ich sitze schon den ganzen Vormittag." Er blickte konzentriert auf die Pfeifen im Pfeifenständer: so als hätte er ein wertvolles Gemälde vor sich, dessen Wert er als Kenner zu schätzen hatte.

„Ich danke Ihnen, daß Sie persönlich hierhergekommen sind und es mir nicht bloß telefonisch mitgeteilt haben."

„Nun ja, Mrs. Castle, ich mußte kommen, weil es noch andere Fragen zu klären gibt. Die Polizei in Berkhamsted hält einen Einbruch für möglich. Eines der Küchenfenster war offen. Und der Einbrecher könnte den Hund erschossen haben. Unordnung wurde nicht festgestellt, aber das können nur Sie oder Ihr Mann bestätigen. Und es scheint unmöglich, Ihren Mann zu erreichen. Hatte er irgendwelche Feinde? Es gibt keinerlei Anzeichen eines Kampfes, aber wenn der andere bewaffnet war, muß es ja keine geben."

„Ich weiß von keinen Feinden."

„Ein Nachbar vermutete, daß Ihr Mann im Foreign Office arbeitet. Heute morgen war es ziemlich schwierig, das richtige Department zu finden, und dann klang es so, als hätten sie ihn dort seit Freitag nicht mehr gesehen. Er hätte ins Büro kommen sollen, sagten sie. Wann haben Sie ihn zuletzt gesehen, Mrs. Castle?"

„Samstag morgens."

„Sie kamen am Samstag hierher?"

„Ja."

„Und er blieb daheim?"

„Ja. Wissen Sie, wir hatten beschlossen, uns zu trennen. Für immer."

„Hatten Sie Streit?"

„Ein Entschluß, Inspektor. Wir sind sieben Jahre verheiratet. Nach sieben Jahren folgt man nicht einer plötzlichen Laune."

„Besaß er einen Revolver, Mrs. Castle?"

„Nicht daß ich wüßte. Möglich wäre es."

„War er – infolge dieses Entschlusses – sehr erregt?"

„Wir waren beide nicht überglücklich, wenn Sie das meinen."

„Wären Sie bereit, nach Berkhamsted zu fahren und im Haus nachzusehen?"

„Ich möchte nicht, aber man kann mich dazu wahrscheinlich zwingen, nicht?"

„Von Zwingen ist keine Rede. Aber, sehen Sie, man kann einen Einbruch nicht ganz ausschließen ... Es könnte ja etwas Wertvolles fehlen, was wir nicht feststellen können. Ein Stück Schmuck?"

„Ich habe für Schmuck nie etwas übriggehabt. Wir sind keine reichen Leute, Inspektor."

„Oder ein Bild?"

„Nein."

„Dann fragen wir uns, ob er nicht etwas Verrücktes oder Übereiltes getan haben könnte. Wenn er unglücklich war und es mit seiner Waffe geschah."

Er hob den Porzellanaschenbecher auf und betrachtete das Muster, dann wandte er sich um und faßte auch sie ins Auge. Sie erkannte, daß diese freundlichen Augen doch nicht die Augen eines Kindes waren.

„Über diese Möglichkeit scheinen Sie sich keine Gedanken zu machen, Mrs. Castle."

„Nein. So etwas würde er nie tun."

„Ja, ja, Sie kennen ihn natürlich besser als jeder andere. Und ich bin völlig überzeugt, daß Sie recht haben. Sie werden uns also sofort verständigen, nicht wahr, wenn er sich bei Ihnen meldet?"

„Selbstverständlich."

„Menschen tun oft seltsame Dinge, wenn sie unter Druck stehen. Manche verlieren sogar ihr Gedächtnis." Er warf einen letzten langen Blick auf den Pfeifenständer, als trennte er sich nur widerwillig davon. „Ich werde Berkhamsted anrufen, Mrs. Castle. Hoffentlich müssen wir Sie nicht mehr belästigen. Und ich lasse es Sie wissen, wenn ich irgend etwas Neues erfahre."

Als sie an der Haustür standen, fragte sie ihn: „Woher wußten Sie, daß ich hier bin?"

„Nachbarn mit Kindern wissen oft viel mehr, als Sie es je für möglich halten würden, Mrs. Castle."

Sie sah ihm nach, bis er in seinem Wagen saß, und ging dann ins Haus zurück. Sie dachte: Ich sage Sam noch nichts. Er soll sich zuerst daran gewöhnen, ohne Buller zu leben. Die andere Mrs. Castle, die echte Mrs. Castle, trat ihr vor dem Wohnzimmer entgegen. Sie sagte: „Das Essen wird schon kalt. Es war natürlich doch ein Polizist, nicht wahr?"

„Ja."

„Was wollte er?"

„Die Adresse von Maurice."

„Warum?"

„Wie soll ich das wissen?"

„Hast du sie ihm gegeben?"

„Er ist nicht zu Hause. Wie soll ich wissen, wo er ist?"

„Hoffentlich kommt dieser Mensch nicht wieder."

„Mich würde es nicht wundern, wenn er kommt."

2

Doch die Tage verstrichen ohne Inspektor Butler und ohne Nachrichten. Sarah rief nicht mehr in London an. Es hatte jetzt keinen Sinn mehr. Als sie einmal im Auftrag ihrer Schwiegermutter den Metzger anrief, um Lammkoteletts zu bestellen, hatte sie den Eindruck, daß die Leitung abgehört wurde. Wahrscheinlich bildete sie es sich nur ein. Das Abhören war eine so raffinierte Kunst geworden, daß ein Amateur nichts davon bemerken konnte. Auf Betreiben Mrs. Castles sprach sie bei der örtlichen Schule vor und meldete Sam zum Unterricht an; von dieser Unterredung kehrte sie tief deprimiert zurück – es war so, als hätte sie eben ihrem neuen Leben die endgültige Form gegeben, es wie ein Dokument mit einem Siegel aus Wachs versehen, und nichts würde es je wieder ändern. Auf dem Heimweg suchte sie den Gemüsehändler, die Leihbücherei, die Apotheke auf – Mrs. Castle hatte sie mit einer Einkaufsliste ausgestattet: eine Dose junge Erbsen, einen Roman von Georgette Heyer, eine Packung Aspirin für die Kopfschmerzen, an denen, wie Sarah annahm, bestimmt sie und Sam schuld waren. Aus Gründen, die sie nicht hätte benennen können, fielen ihr die großen grau-grünen Erdpyramiden rings um Johannesburg ein – selbst Müller hatte über ihre Farbe in den Abendstunden gesprochen, und sie fühlte sich Müller, dem Feind, dem Rassisten, näher als Mrs. Castle. Sie hätte diese Stadt in Sussex und ihre liberalen Einwohner, die ihr so viel höfliche Freundlichkeit entgegenbrachten, selbst gegen Soweto getauscht. Höflichkeit konnte mehr unüberwindliche Sperren zwischen Menschen aufrichten als Hiebe. Nicht Höflichkeit war es, die man vom Leben forderte, sondern Liebe. Sie liebte Maurice, sie liebte den Geruch des Staubs und der Demütigung ihres Landes – jetzt war sie ohne Maurice und ohne ihr Land. Vielleicht war ihr aus diesem Grund gar die Stimme eines Feindes am Telefon willkommen. Sie wußte sofort, daß sie die Stimme eines Feindes hörte, obwohl er sich als „Freund und Kollege Ihres Mannes" vorstellte.

„Hoffentlich kommt mein Anruf nicht zu einer ungelegenen Zeit, Mrs. Castle."

„Nein, aber ich habe Ihren Namen nicht verstanden."

„Dr. Percival."

Irgendwie klang der Name vertraut. „Ja, ich glaube, Maurice hat von Ihnen gesprochen."

„Wir haben einmal zusammen eine Nacht in London verbummelt."

„O ja, jetzt erinnere ich mich. Mit Davis."

„Richtig. Armer Davis." Kurze Pause. „Mrs. Castle, ich würde gern einmal mit Ihnen sprechen."

„Wir sprechen ja gerade miteinander, nicht wahr?"

„Ja, aber persönlicher, nicht am Telefon."

„London ist sehr weit weg."

„Wir können Ihnen ein Auto schicken, wenn Ihnen das paßt."

„Wir", dachte sie, „wir". Das war ein Fehler von ihm. Er dürfte nicht wie eine Organisation sprechen. „Wir" und „Sie", diese Worte beunruhigten. Sie klangen wie eine Warnung, bewirkten, daß man auf der Hut war.

Die Stimme sagte: „Ich dachte mir, wenn Sie Zeit hätten, für ein Mittagessen, irgendwann diese Woche ..."

„Ich weiß nicht, ob das gehen wird."

„Ich wollte mit Ihnen über Ihren Mann sprechen."

„Ja. Das kann ich mir vorstellen."

„Wir alle machen uns um Maurice Sorgen."

Augenblicklich empfand sie Erleichterung. „Wir" hatte ihn nicht an einen geheimen Ort geschleppt, von dem Inspektor Butler nichts wußte. Maurice war fort – ganz Europa lag zwischen ihnen. Sie hatte das Gefühl, als wäre auch sie, ebenso wie Maurice, ihnen entkommen – sie war schon unterwegs nach Hause –, ein Zuhause, das dort lag, wo auch Maurice war. Trotzdem mußte sie sehr achtgeben, wie damals in Johannesburg. Sie sagte: „Maurice geht mich nichts mehr an. Wir haben uns getrennt."

„Aber trotzdem wollen Sie doch sicher gern Näheres über ihn hören."

Sie wußten also Näheres. Es war wie damals, als Carson ihr sagte: „Er ist in Sicherheit in L. M. und wartet auf Sie. Nun müssen wir nur noch Sie hinbringen." Wenn er in Freiheit war, würden sie bald beisammen sein. Sie ertappte sich dabei, daß sie beim Telefonieren lächelte – Gott sei Dank hatte man noch nicht das visuelle Telefon erfunden; dennoch löschte sie das Lächeln vom Gesicht. Sie sagte: „Nein, mir liegt wenig daran zu wissen, wo er ist. Können Sie mir nicht schreiben? Ich habe ein Kind zu versorgen."

„Nun ja, Mrs. Castle, es gibt Dinge, die man nicht schreiben kann. Wenn wir Ihnen morgen ein Auto schicken könnten ..."

„Morgen ist es unmöglich."

„Dann also Donnerstag."

Sie zögerte so lange, als sie es wagte: „Also gut ..."

„Der Wagen wird Sie um elf abholen."

„Aber ich brauche doch kein Auto. Ich habe einen guten Zug um 11.15."

„Schön, dann treffen wir uns in einem Restaurant – bei Brummell's, gleich beim Victoria-Bahnhof."

„Welche Straße?"

„Jetzt bin ich überfragt. Walton – oder Wilton – macht nichts, jeder Taxifahrer kennt Brummells. Es ist dort sehr ruhig", fügte er fürsorglich hinzu, als empfehle er, aus Berufserfahrung, ein gutes Pflegeheim, und vor Sarahs innerem Auge entstand sogleich ein Bild ihres Gesprächspartners – ein selbstsicherer Wimpole-Street-Typ mit einem baumelnden Monokel, das er erst dann benützen würde, wenn er das Rezept ausschrieb, als ein Zeichen, daß es für den Patienten Zeit sei zu gehen.

„Auf Donnerstag also", sagte er. Sie antwortete nicht einmal. Sie legte den Hörer auf und suchte Mrs. Castle – sie hatte sich schon wieder zum Essen verspätet, und es war ihr gleichgültig. Sie summte eine Dankeshymne, die die Methodistenmissionare sie gelehrt hatten, und Mrs. Castle sah sie erstaunt an. „Was ist denn? Ist etwas passiert? War das schon wieder dieser Polizist?"

„Nein. Es ist nur ein Arzt. Ein Freund von Maurice. Nichts ist passiert. Hätten Sie etwas dagegen, wenn ich am Donnerstag in die Stadt führe, nur dieses eine Mal? Ich bringe Sam am Morgen zur Schule, zurück findet er allein."

„Dagegen habe ich natürlich nichts, aber ich hatte vor, Mr. Bottomley wieder zum Mittagessen einzuladen."

„Oh, Sam und Mr. Bottomley werden sich prächtig miteinander verstehen."

„Wirst du einen Anwalt aufsuchen, wenn du in der Stadt bist?"

„Das könnte ich tun." Eine halbe Lüge war ein kleiner Preis für ihr neues Glücksgefühl.

„Wo wirst du essen?"

„Ach, ich esse irgendwo ein Sandwich."

„Schade, daß du dir gerade den Donnerstag ausgesucht hast. Ich hatte eine Lammkeule bestellt. Aber wenn du schon" – Mrs. Castle hoffte das Beste aus der Situation zu machen –, „wenn du bei Harrods essen könntest, dann bring von dort ein oder zwei Dinge mit."

In dieser Nacht lag sie im Bett und fand keinen Schlaf. Es war, als hätte sie sich einen Kalender beschafft und könne nun die einzelnen Tage einer Frist abstreichen. Der Mann, mit dem sie gesprochen hatte, war ihr Feind – das stand für sie fest –, aber er war nicht von der Staatspolizei, er war nicht von BOSS, bei Brummell's würde man ihr nicht die Zähne oder ein Auge ausschlagen: sie hatte keine Ursache, sich zu fürchten.

3

Dennoch empfand sie etwas wie Enttäuschung, als sie ihn erkannte; er erwartete sie im hinteren Teil eines langen glasglitzernden Salons bei Brummell's. Das war keineswegs der typische Modearzt aus der Wimpole Street: eher glich er einem altmodischen Hausarzt mit seiner silbergefaßten Brille und seinem runden Bäuchlein, mit dem er sich auf den Tischrand zu stützen schien, als er aufstand, um sie zu begrüßen. Er hielt eine riesige Speisekarte statt eines Rezepts in der Hand. Er sagte: „Ich bin ja so froh, daß Sie den Mut fanden, hierherzukommen."

„Wieso Mut?"

„Nun, das ist eines der Lokale, in das die Iren gern Bomben

werfen. Eine kleine haben sie hier schon einmal geworfen, aber sie sind ohne weiteres imstande, zweimal am selben Ort zuzuschlagen, anders als die deutschen Fliegerbomben." Er reichte ihr die Speisekarte: eine ganze Seite war, wie sie sah, den Vorspeisen gewidmet. Die Aufzählung der Gerichte unter einem Porträt Brummells, war fast so lang wie Mrs. Castles Telefonbuch. Dr. Percival sagte hilfreich: „Von geräucherter Forelle würde ich Ihnen abraten – sie ist hier immer ein bißchen trocken."

„Ich habe nicht viel Appetit."

„Dann wollen wir ihn wecken, wähend wir die Lage besprechen. Möchten Sie ein Glas Sherry?"

„Ich hätte lieber einen Whisky, wenn es Ihnen nichts ausmacht." Auf die Frage, welchen, erwiderte sie: „J. & B."

„Bestellen Sie für mich", bat sie Dr. Percival. Je eher alle diese Einleitungszeremonien vorüber waren, desto eher würde sie die Nachrichten hören, auf die sie mit einem Hunger wartete, den sie für das Essen nicht aufbrachte. Während er seine Wahl traf, sah sie sich im Lokal um. An der Wand hing ein prunkvolles zweifelhaftes Bild mit dem Schildchen „George Bryan Brummell" – es war dasselbe wie auf der Speisekarte –, und die Einrichtung war mit makellosem, zum Gähnen langweiligem Geschmack gewählt; man hatte sichtlich keine Kosten gescheut und keine Kritik wäre geduldet worden. Die wenigen Gäste waren alles Männer, und sie sahen alle gleich aus: als seien sie Chormitglieder in einer altmodischen Operette, mit schwarzem Haar, weder zu lang noch zu kurz, dunklen Anzügen und Westen. Ihre Tische standen in diskreten Abständen voneinander, und die Dr. Percivals nächstgelegenen beiden waren nicht besetzt – Sarah fragte sich, ob absichtlich oder zufällig. Erst jetzt fiel ihr auf, daß an allen Fenstern Drahtgitter angebracht waren.

„In einem Lokal wie diesem", sagte Dr. Percival, „wählt man am besten das Landesübliche; ich würde daher ein Lancashire-Fleischragout vorschlagen."

„Was immer Sie meinen." Doch längere Zeit verriet er ihr nicht, was er meinte, und wechselte nur ein paar Worte über den Wein mit dem Kellner. Endlich wandte er seine Aufmerksamkeit und seine silbergefaßte Brille mit einem tiefen Seufzer ihr zu. „Nun, die Schwerarbeit ist getan. Jetzt sind Sie an der Reihe", sagte er und nippte an seinem Sherry. „Sie müssen sich doch sehr geängstigt haben, Mrs. Castle?" Er streckte die Hand aus und berührte ihren Arm, als wäre er wirklich ihr Hausarzt.

„Geängstigt?"

„Nun ja, die ganze Zeit über nichts zu wissen ..."

„Wenn Sie Maurice meinen ..."

„Wir alle hatten Maurice sehr gern."

„Sie reden ja von ihm, als ob er tot wäre. In der Vergangenheitsform."

„Das wollte ich nicht. Natürlich haben wir ihn noch immer gern – aber er hat einen anderen Weg eingeschlagen, und zwar einen sehr gefährlichen, fürchte ich. Wir alle hoffen, daß Sie in diese Sache nicht mit hinein verwickelt werden."

„Wie könnte das sein? Wir haben uns getrennt."

„Ja, ja, natürlich. Es liegt ja auf der Hand, daß das geschehen mußte. Es wäre ein bißchen zu auffällig, gemeinsam wegzufahren. So töricht, glaube ich, wären die Einwanderungsbeamten wohl kaum gewesen. Sie sind eine sehr attraktive Frau, und dazu noch Ihre Farbe ..." Er fuhr fort: „Natürlich wissen wir, daß er Sie zu Hause nicht angerufen hat. Aber es gibt ja so viele Mittel und Wege, jemanden zu verständigen – von einer öffentlichen Telefonzelle, durch einen Mittelsmann –, wir können nicht alle seine Freunde abhören, selbst wenn wir sie alle kennen würden." Er schob den Sherry beiseite und machte Platz für das Ragout. Sie fühlte sich jetzt viel freier: das Thema lag offen auf dem Tisch – genau wie das Ragout. Sie sagte: „Sie halten mich für einen Verräterin?"

„Aber, aber, in unserer Firma, wissen Sie, verwenden wir

Ausdrücke wie Verräter niemals. Das ist was für die Zeitungen. Sie sind Afrikanerin – ich sage nicht *Süd*afrikanerin – und Ihr Kind auch. Das muß Maurice stark beeinflußt haben. Sagen wir also – er hat sich für die andere Seite entschieden." Er kostete einen Bissen Ragout. „Seien Sie vorsichtig."

„Vorsichtig?"

„Die Karotten sind sehr gepfeffert." Wenn er sie wirklich verhörte, dann war seine Methode ganz verschieden von der, die die Sicherheitspolizei in Johannesburg oder Pretoria anwendete. „Sagen Sie mir, meine Liebe", fragte er, „was beabsichtigen Sie zu tun, falls er sich doch noch mit Ihnen in Verbindung setzt?"

Sie gab alle Vorsicht auf. Solange sie vorsichtig war, erfuhr sie nichts. Sie erwiderte: „Ich werde das tun, was er mir zu tun aufträgt."

Dr. Percival sagte: „Ich bin ja so froh, daß Sie das sagen. Das bedeutet, wir können freimütig miteinander sprechen. Natürlich wissen wir, und Sie wohl auch, daß er unversehrt in Moskau eingetroffen ist."

„Gott sei Dank."

„Nun, was Gott anlangt, bin ich mir da nicht so sicher. Aber dem KGB können Sie sicher dafür danken. (Man darf nicht so dogmatisch sein – vielleicht stehen die beiden sogar auf derselben Seite.) Ich stelle mir vor, daß er Sie über kurz oder lang auffordern wird, zu ihm zu kommen."

„Was ich tun werde."

„Mit ihrem Kind?"

„Natürlich."

Dr. Percival widmete sich wieder gemütlich seinem Fleischragout. Er war sichtlich ein Mann, dem das Essen Freude bereitete. Jetzt, da sie Maurice in Sicherheit wußte, wurde Sarah noch unbekümmerter. Sie sagte: „Sie können mich nicht zurückhalten."

„Oh, an Ihrer Stelle würde ich mich da nicht so sicher fühlen. Wissen Sie, wir haben im Büro eine ziemlich umfangreiche Akte über Sie. Sie waren in Südafrika mit einem Mann namens Carson sehr befreundet. Mit einem kommunistischen Agenten."

„Natürlich waren wir befreundet. Ich half Maurice bei der Arbeit – für Ihren Dienst, obwohl ich das damals noch nicht durfte. Er sagte mir, er brauche Unterlagen für ein Buch über die Apartheid, an dem er schrieb."

„Und Maurice wiederum half vielleicht schon damals Carson. Und Maurice ist jetzt in Moskau. Es geht uns, genaugenommen, natürlich gar nichts an, aber MI5 könnte schon der Ansicht sein, daß man Sie gründlich verhören sollte. Wenn Sie einen Rat von einem alten Mann annehmen wollen, einem alten Mann, der mit Maurice befreundet war ..."

In ihrer Erinnerung tauchte blitzartig eine schwankende Gestalt in einem Teddybärmantel auf, die mit Sam in einem winterlichen Wald Verstecken spielte. „Und mit Davis", fragte sie, „waren Sie nicht auch mit Davis befreundet?"

Ein Löffel voll Saft hielt auf dem Weg zu Dr. Percivals Mund inne.

„Ja. Armer Davis. Ein trauriger Tod für einen Menschen in seinen Jahren."

„Ich trinke keinen Port", sagte Sarah.

„Aber ich bitte Sie, meine Liebe, was für irrelevante Dinge werden Sie noch anführen? Die Frage Port oder nicht Port hat Zeit, bis wir beim Käse angelangt sind – es gibt hier einen ausgezeichneten Wensleydale. Ich wollte einzig und allein sagen, daß Sie doch vernünftig sein sollen. Bleiben Sie ruhig auf dem Land, bei Ihrer Schwiegermutter und Ihrem Kind."

„Maurices Kind."

„Möglicherweise."

„Was meinen Sie mit ‚möglicherweise'?"

„Sie kennen ja diesen Cornelius Müller, einen reichlich unsympathischen Kerl von BOSS. Wie man nur so heißen kann! Er ist der Ansicht, daß der wirkliche Vater – meine Liebe, Sie müssen verzeihen, wenn ich es ganz unverblümt sage – ich will nicht, daß Sie denselben Fehler begehen wie Maurice –"

„Sie sind nicht sehr unverblümt."

„Müller glaubt, daß der Kindesvater einer von Ihren Leuten war."

„Oh, ich weiß schon, wen er meint – selbst wenn es stimmte, der Betreffende ist tot."

„Er ist nicht tot."

„Natürlich ist er tot. Er wurde bei einem Aufstand getötet."

„Haben Sie die Leiche gesehen?"

„Nein, aber ..."

„Müller sagt, er sitzt sicher hinter Schloß und Riegel. Ein Lebenslänglicher – sagt Müller."

„Ich glaube kein Wort davon."

„Müller sagt, der Kerl ist bereit, die Vaterschaft zu beanspruchen."

„Müller lügt."

„Ja, ja. Das ist durchaus möglich. Dieser Mann ist vielleicht wirklich nur vorgeschoben. Mit der juristischen Seite habe ich mich selbst noch gar nicht befaßt, aber ich bezweifle auch, daß er vor unseren Gerichten etwas beweisen könnte. Ist das Kind auf Ihrem Paß eingetragen?"

„Nein."

„Hat es einen eigenen Paß?"

„Nein."

„Dann müßten Sie um einen Paß ansuchen, wenn Sie mit Ihrem Sohn ausreisen wollen. Das bedeutet eine Unmenge bürokratischer Scherereien. Die Leute am Paßamt können manchmal sehr, sehr langsam arbeiten."

„Was für Schweinekerle ihr seid. Ihr habt Carson umgebracht. Ihr habt Davis umgebracht. Und jetzt ..."

„Carson starb an Lungenentzündung. Der arme Davis – das war eine Zirrhose."

„Müller sagt, es war Lungenentzündung. *Sie* sagen, es war Zirrhose, und jetzt drohen Sie mir und Sam."

„Nicht drohen, meine Liebe, nur raten."

„Ihr Rat ..."

Sie konnte nicht weiterreden. Der Kellner war gekommen, um die Teller abzuservieren. Dr. Percivals Teller war fast leer, aber sie hatte fast nichts gegessen.

„Wie wär's mit einem altenglischen Apfelkuchen mit Gewürznelken und danach ein bißchen Käse?" fragte Dr. Percival, beugte sich verführerisch vor und sprach so gedämpft, als wollte er den Preis nennen, den er für gewisse Gunstbezeigungen zu zahlen geneigt wäre.

„Nein. Nichts. Ich will nichts mehr."

„Ach, du lieber Gott, dann also die Rechnung", sagte Dr. Percival enttäuscht zum Kellner, und als dieser gegangen war, rügte er sie: „Mrs. Castle, Sie dürfen nicht so zornig werden. Nichts von alldem ist persönlich gegen Sie gerichtet. Wenn Sie zornig sind, entscheiden Sie sicher falsch. Es ist nur eine Frage der richtigen Kästchen", begann er zu erläutern, brach dann aber ab, als fände er zum erstenmal diese Metapher unanwendbar.

„Sam ist *mein* Kind, und ich nehme ihn mit, wohin ich auch gehe. Nach Moskau, nach Timbuktu, nach ..."

„Sie können Sam erst mitnehmen, wenn er einen Paß hat, und ich bemühe mich, MI5 davon abzuhalten, irgendwelche Präventivmaßnahmen gegen Sie zu ergreifen. Wenn die erführen, daß Sie um einen Paß ansuchen ... und sie würden es erfahren ..."

Sie scherte sich nicht darum, sie scherte sich um gar nichts mehr, scherte sich nicht, daß Dr. Percival auf die Rechnung warten mußte. Sie stand auf und ging. Wäre sie nur einen Augenblick länger geblieben, wer weiß, ob sie dem Messer hätte widerstehen können, das neben ihrem Teller für den Käse bereitlag. Sie hatte einmal mitangesehen, wie ein Weißer, der ebenso wohlgenährt wie Dr. Percival war, in einer Gartenanlage Johannesburgs erstochen wurde. Es hatte ganz einfach ausgesehen. Von der Tür her schaute sie zu ihm zurück. Wegen des Drahtgitters vor dem Fenster hatte sie den Eindruck, daß er am Schreibtisch in einer Polizeistation saß. Er mußte ihr mit den Blicken gefolgt sein, denn jetzt hob er den Zeigefinger und drohte mit sanften Bewegungen in ihrer Richtung. Es konnte als Ermahnung gelten oder auch als eine Warnung. Ihr war es gleichgültig.

ZWEITES KAPITEL

I

Von dem Fenster im zwölften Stockwerk des großen grauen Gebäudes konnte Castle den roten Stern über der Universität sehen. Der Aussicht war eine gewisse Schönheit eigen, wie sie die Nacht allen Städten verleiht. Nur das Tageslicht war trüb und grau. Man hatte ihm klargemacht, vor allem Iwan, der ihn vom Flugzeug in Prag abgeholt und zu einer Einsatzbesprechung an einen Ort mit einem unaussprechlichen Namen in der Nähe von Irkutsk begleitet hatte, daß er mit seiner Wohnung unwahrscheinliches Glück habe. Sie hatte einem kürzlich verstorbenen Genossen gehört – beide Zimmer und die Küche samt der Privatdusche –, dem es vor seinem Tod fast noch gelungen wäre, die Wohnung komplett einzurichten.

Eine leere Wohnung enthielt in der Regel nur einen Heizkörper – alles andere, selbst die Toilette, mußte angeschafft werden. Das war nicht leicht und kostete sehr viel Zeit und Energie. Castle fragte sich manchmal, ob der Genosse vielleicht an Erschöpfung gestorben war, verursacht durch die Jagd auf den grünen Korbstuhl, das bretthharte braune Sofa ohne Kissen, den Tisch, der aussah, als hätten herabtropfendes Fett und Bratensaft seine fast einheitliche Farbschicht bewirkt. Das Fernsehgerät, das neueste Modell in Schwarz und Weiß, war ein Geschenk der Regierung. Iwan hatte dies ausdrücklich betont, als sie die Wohnung das erste Mal betraten. Durch sein Verhalten gab er zu verstehen, daß er persönlich daran zweifle, ob Castle es auch verdient habe. Iwan wirkte auf Castle hier nicht sympathischer, als er in London gewesen war. Vielleicht nahm er seine Abberufung übel und gab Castle die Schuld daran.

Der wertvollste Gegenstand in der Wohnung schien das Telefon zu sein. Es war staubbedeckt und nicht angeschlossen, aber dennoch besaß es symbolischen Wert. Eines Tages, vielleicht sogar bald, konnte es wieder gebrauchsfähig gemacht werden. Er würde durch diesen Hörer mit Sarah sprechen – ihre Stimme zu hören bedeutete ihm alles, gleichgültig welche Komödie sie einander wegen der Zuhörer vorspielen mußten, und Zuhörer würde es gewiß geben. Ihre Stimme zu vernehmen, würde das lange Warten erträglich machen. Einmal schnitt er dieses Thema Iwan gegenüber an. Er hatte bemerkt, daß Iwan es vorzog, im Freien zu sprechen, selbst an den kältesten Tagen, und da es Iwans Aufgabe war, ihm die Stadt zu zeigen, nutzte er eine Gelegenheit vor dem großen GUM-Warenhaus (in dem er sich fast heimisch fühlte, weil es ihn an Fotografien erinnerte, die er vom Kristallpalast gesehen hatte). Er fragte: „Glauben Sie, man könnte mein Telefon wieder anschließen lassen?“ Sie hatten das GUM aufgesucht, um für Castle einen pelzgefütterten Mantel zu finden – es hatte dreiundzwanzig Grad Kälte.

„Ich werde fragen“, sagte Iwan, „aber momentan, glaube ich, will man Sie noch unter Verschluß halten.“

„Dauert das lange?“

„Im Fall Bellamy ja, aber Sie sind kein so wichtiger Fall. Aus Ihnen können wir nicht viel Publicity herausschlagen.“

„Wer ist Bellamy?“

„Sie müssen sich doch an Bellamy erinnern. Ein ganz hervorragender Mann in eurem British Council. In Westberlin. Das war ja immer eine Tarnung, wie das Friedenskorps, oder nicht?“

Castle nahm sich nicht die Mühe, das abzustreiten – es ging ihn nichts an.

„Ach ja, jetzt glaube ich mich zu erinnern.“ Es war damals geschehen, als er in höchster Angst in Lourenço Marques auf Nachrichten von Sarah wartete, und er konnte sich nicht mehr an die Einzelheiten von Bellamys Abspringen erinnern. Was veranlaßte einen Menschen, vom British Council abzuspringen, und welchen Wert hatte so ein Absprung für irgendwen, wem schadete er? Er fragte: „Ist er eigentlich noch am Leben?“ Das alles schien so endlos lang zurückzuliegen.

„Warum nicht?“

„Was tut er jetzt?“

„Er lebt von unserer Dankbarkeit.“ Iwan fügte hinzu: „So wie Sie. Oh, wir haben eine Beschäftigung für ihn gefunden. Er berät unsere Abteilung Druckschriften. Er hat eine Datscha auf dem Land. Das erlaubt ihm ein besseres Leben, als er es daheim mit seiner Pension geführt hätte. Wahrscheinlich werden Sie dasselbe tun dürfen.“

„Bücher lesen in einer Datscha auf dem Land?“

„Ja.“

„Gibt es viele von uns – ich meine Leute, die von eurer Dankbarkeit leben?“

„Ich kenne mindestens sechs. Da waren einmal Cruickshank und Bates – Sie können sich an sie sicher erinnern – beide von Ihrem Geheimdienst. Vermutlich treffen Sie sie ohnehin im Aragwi, unserem georgischen Restaurant, es soll dort guten Wein geben – ich kann mir das nicht leisten – und Sie werden sie im Bolschoi-Theater sehen, sobald Sie nicht mehr unter Verschluß gehalten werden.“

Sie gingen an der Lenin-Bibliothek vorüber. „Auch hier werden Sie ihnen begegnen.“ Gehässig fügte er hinzu: „Wie sie englische Zeitungen lesen.“

Iwan hatte eine Putzfrau für ihn gefunden, eine große, untersetzte Frau in mittleren Jahren, die ihm auch half, ein bißchen Russisch zu erlernen. Sie nannte ihm das russische Wort für jeden Gegenstand in der Wohnung, während sie mit ihrem plumpen

Zeigefinger darauf wies, und war sehr genau mit seiner Aussprache. Obwohl sie etliche Jahre jünger als Castle war, behandelte sie ihn wie ein Kind mit erzieherischer Strenge, die langsam zu einer Art mütterlicher Zuneigung schmolz, als er sich an das Leben im Haus gewöhnte. Wenn Iwan anderwärts beschäftigt war, erweiterte sie ihre Lektionen, nahm ihn auf die Jagd nach Nahrungsmitteln zum Zentralmarkt mit und in die Untergrundbahn. (Sie schrieb auf einem Papierwisch Zahlen auf, um ihm die Preise und Fahrkosten zu erklären.) Nach einer Weile begann sie ihm Fotografien ihrer Familie zu zeigen – ihren Gatten als jungen Mann in Uniform, aufgenommen irgendwo in einem öffentlichen Park, mit der Silhouette des Kreml aus Pappe als Hintergrund. Die Uniform saß sehr ordentlich an ihm (man konnte sehen, er war nicht gewohnt, Uniform zu tragen), und er lächelte voll Zärtlichkeit in die Kamera hinein – vielleicht hatte sie hinter dem Fotografen gestanden. Er war, wie sie ihm mitteilte, bei Stalingrad gefallen. Als Revanche förderte er einen Schnappschuß Sarahs und Sams zutage, von dem er Mr. Halliday nichts verraten und den er in seinem Schuh hinausgeschmuggelt hatte. Sie zeigte sich sehr überrascht, daß die beiden schwarz waren, und eine Zeitlang gab sie sich wohl auch ein bißchen zurückhaltender – weniger weil sie schockiert, als weil sie verwirrt war. Er hatte ihren Sinn für Ordnung verletzt. Darin erinnerte sie ihn an seine Mutter. Nach ein paar Tagen war alles wieder im Lot, aber während dieser Tage kam er sich wie im Exil innerhalb seines Exils vor, und seine Sehnsucht nach Sarah verstärkte sich.

Seit zwei Wochen befand er sich nun in Moskau und hatte von dem Geld, das Iwan ihm gab, einige zusätzliche Dinge für die Wohnung gekauft. Er hatte sogar englische Schulausgaben von Shakespeare-Stücken, zwei Romane von Dickens, „Oliver Twist“ und „Harte Zeiten“, sowie „Tom Jones“ und „Robinson Crusoe“ gefunden. Der Schnee lag knöcheltief in den Seitengassen, und er verspürte immer weniger Neigung, mit Iwan die

Sehenswürdigkeiten zu besichtigen oder auf Exkursionen mit Anna zu gehen – sie hieß Anna. Am Abend machte er ein bißchen Suppe warm, saß eingemummt neben dem Heizkörper, das staubige ausgeschaltete Telefon neben sich, und las „Robinson Crusoe". Bisweilen konnte er, wie von einem Tonband, Crusoe mit seiner eigenen Stimme hören: „Ich legte den Stand meiner Dinge schriftlich nieder; nicht so sehr, um sie jemandem, der nach mir käme, zu hinterlassen, denn ich würde wahrscheinlich nur wenige Nachfolger haben, sondern um meine Gedanken davor zu retten, täglich über sie zu grübeln und meinen Geist zu betrüben."

Crusoe unterschied die Tröstungen und Leiden seiner Lage durch die Bezeichnungen Gut und Böse, und unter der Überschrift „Böse" schrieb er: „Ich habe keine Seele, mit der ich sprechen, der ich meine Sorgen anvertrauen kann." Zu der anderen Sparte, dem Guten, zählte er „so viele nützliche Dinge", die er von seinem Wrack geborgen hatte, „die mich mit allem Notwendigen versehen und mich befähigen, mir bis an mein Lebensende zu behelfen". Nun, er selbst hatte den grünen Korbstuhl, den fettfleckigen Tisch, das unbequeme Sofa und den Heizkörper, der ihn jetzt wärmte. Das hätte genügt, wäre Sarah hier gewesen – sie war weitaus schlimmere Bedingungen gewohnt, und er erinnerte sich an eine ganze Menge armseliger Zimmer, wo sie sich allein treffen und miteinander schlafen konnten, in zweifelhaften Hotels ohne Rassentrennung in den ärmeren Vierteln Johannesburgs. An eines dieser Zimmer – ohne ein einziges Möbelstück – erinnerte er sich ganz besonders, wo sie auf dem Fußboden sehr glücklich gewesen waren. Am nächsten Tag, als Iwan wieder demütigende Bemerkungen über „Dankbarkeit" machte, stieß er wütend hervor: „So was nennt ihr Dankbarkeit."

„Nur ganz wenige Menschen, die allein leben, besitzen eine Küche und eine Dusche ganz für sich allein ... und dazu noch zwei Zimmer."

„Darüber beklage ich mich auch nicht. Aber man hat mir versprochen, daß meine Frau und mein Kind nachkommen."

Sein geballter Zorn beunruhigte Iwan. Er sagte: „Alles braucht seine Zeit."

„Ich habe nicht einmal irgendeine Arbeit. Ich lebe von Almosen. Sieht so euer verdammter Sozialismus aus?"

„Nur Ruhe, nur Ruhe", sagte Iwan. „So warten Sie doch ein Weilchen. Wenn Sie erst nicht mehr unter Verschluß ..."

Fast hätte Castle sich auf Iwan gestürzt, und er sah, daß Iwan das wußte. Er murmelte etwas und entwich über die Treppe aus grauem Beton.

2

Hatte vielleicht ein Mikrofon diese Szene einer höheren Autorität mitgeteilt, oder Iwan selbst sie berichtet? Castle sollte es nie erfahren, aber immerhin hatte sein Zornausbruch es geschafft. Er hatte die Verschlußmechanismen hinweggefegt, hatte sogar, wie er später erkannte, Iwan hinweggefegt. Genau wie damals, als Iwan aus London abberufen wurde, weil man entschieden hatte, daß er der falsche Mann war, um Castle richtig unter Kontrolle zu halten. So erschien Iwan nur noch ein einziges Mal – und das recht gedrückt – und verschwand dann für immer. Vielleicht gab es ein Ausbildungslager für Überwacher, so wie es in London eine Schreibstube für Sekretärinnen gab, und Iwan war wieder dorthin zurück verbannt worden. Bei dieser Art Arbeit wurde wohl keiner je gefeuert, aus Angst vor Enthüllungen.

Iwans Schwanengesang als Dolmetscher ertönte in einem Gebäude in der Nähe des Lubianka-Gefängnisses, das er Castle stolz bei einem ihrer Spaziergänge gezeigt hatte. Castle fragte ihn an diesem Morgen, wohin sie gingen, und erhielt die ausweichende Antwort: „Man hat über Ihre Arbeit entschieden."

Der Raum, in dem sie warteten, war mit Bücherregalen versehen, in denen häßlich und einheitlich gebundene Bände standen. Castle las den Namen von Stalin, Lenin, Marx in zyrillischer Schrift – daß er sie bereits einigermaßen lesen konnte, bereitete ihm so etwas wie Freude. Auf einem großen Schreibtisch mit einer luxuriösen ledernen Schreibunterlage erblickte er das Bronzestandbild eines Berittenen, eine Arbeit aus dem 19. Jahrhundert; es war zu groß und schwer, um als Briefbeschwerer zu dienen, offenbar war es als Dekoration gedacht. Aus einer Tür hinter dem Schreibtisch tauchte ein untersetzter älterer Mann mit grauem Haarschopf und einem altmodischen, von Zigarettenrauch vergilbtem Schnurrbart auf. Ihm folgte ein sehr korrekt gekleideter junger Mann, der eine Aktenmappe trug. Er glich einem Altardiener, der einem Priester seines Glaubens beisteht, und trotz des üppigen Schnurrbarts war wirklich etwas Priesterliches an dem Alten, seinem freundlichen Lächeln und der Hand, die er wie zum Segen ausstreckte. Ein reges, aus Fragen und Antworten bestehendes Gespräch entspann sich zwischen den dreien, und dann nahm Iwan als Übersetzer das Wort. Er sagte: „Der Genosse möchte Ihnen zur Kenntnis bringen, wie sehr Ihre Arbeit geschätzt wird. Er bittet Sie zu verstehen, daß die große Bedeutung Ihrer Arbeit uns mit Problemen konfrontiert hat, die auf einer hohen Ebene gelöst werden mußten. Deshalb mußten wir Sie während dieser zwei Wochen abgeschirmt halten. Der Genosse ist besorgt, daß Sie nicht etwa denken, dies sei aus einem Mangel an Vertrauen geschehen. Man wünschte nur, daß die westliche Presse erst im richtigen Augenblick von Ihrer Anwesenheit erfährt."

Castle sagte: „Jetzt müssen sie schon wissen, daß ich hier bin. Wo sollte ich denn sonst sein?" Iwan übersetzte, der Alte antwortete, und der junge Altardiener lächelte bei der Antwort mit gesenktem Blick.

„Der Genosse sagte: Wissen ist nicht dasselbe wie Publizieren.

Die Presse kann Ihre Anwesenheit nur veröffentlichen, wenn Sie offiziell hier sind. Dafür sorgt schon die Zensur. In Kürze wird eine Pressekonferenz veranstaltet, und dann werden wir Sie wissen lassen, was Sie den Journalisten sagen sollen. Vielleicht werden wir alles zuerst ein wenig proben."

„Sagen Sie dem Genossen", erklärte Castle, „daß ich mir meinen Lebensunterhalt hier selbst verdienen will."

„Der Genosse sagt, Sie haben ihn sich schon vielfach verdient."

„Dann allerdings erwarte ich, daß er einhält, was man mir in London versprochen hat."

„Was war das?"

„Man sagte mir, daß meine Frau und mein Sohn hierher nachkommen. Sagen Sie ihm, Iwan, daß ich mich verdammt einsam fühle. Sagen Sie ihm, daß ich ein funktionierendes Telefon will. Ich möchte meine Frau anrufen, das ist alles, weder die Britische Botschaft, noch einen Journalisten. Wenn die Geheimhaltung aufgehoben ist, dann laßt mich doch mit ihr sprechen."

Die Übersetzung nahm viel Zeit in Anspruch. Er wußte, daß eine Übersetzung stets länger ausfällt als der Originaltext, aber diese war übermäßig lang. Sogar der Altardiener schien den einen oder anderen Satz einzufügen. Der wichtige Genosse nahm sich kaum die Mühe zu sprechen – er sah bloß weiterhin so wohlwollend wie ein Bischof aus.

Endlich wandte sich Iwan wieder Castle zu. Seinen mürrischen Ausdruck konnten die anderen nicht sehen. Er sagte: „Es liegt uns sehr viel daran, Sie als Mitarbeiter der Sektion der Abteilung Druckschriften zu gewinnen, die mit Afrika befaßt ist." Er nickte in die Richtung des Altardieners, der sich ein aufmunterndes Lächeln gestattete – es sah wie der Gipsabguß des Lächeln seines Vorgesetzten aus. „Der Genosse sagt, er sähe Sie gern als Chefberater für afrikanische Literatur. Er sagt, es gibt eine große Zahl afrikanischer Romanschriftsteller, und man möchte diejenigen auswählen, die für eine Übersetzung am geeignetsten sind, und natürlich würden die besten Autoren, die Sie aussuchen, vom Schriftstellerverband eingeladen, uns einen Besuch abzustatten. Das ist eine sehr wichtige Position, und man freut sich, sie Ihnen anbieten zu können."

Der Alte machte eine Handbewegung zu den Bücherregalen, als wollte er Stalin, Lenin und Marx einladen – ja, richtig, Engels auch – die Schriftsteller zu begrüßen, die Castle aussuchen würde.

Castle sagte: „Sie haben meine Frage nicht beantwortet. Ich möchte meine Frau und meinen Sohn hier bei mir haben. Man hat es mir versprochen. Boris hat es versprochen."

Iwan sagte: „Ich will das nicht übersetzen, was Sie da sagen. All das betrifft eine ganz andere Abteilung. Es wäre ein großer Fehler, die Dinge miteinander zu vermengen. Man bietet Ihnen ..."

„Sagen Sie ihm, ich diskutiere gar nichts, ehe ich nicht mit meiner Frau gesprochen habe."

Iwan zuckte die Achseln und übersetzte. Diesmal war die Übersetzung nicht länger als der Text. Ein einziger, kurz angebundener, zorniger Satz. Der Kommentar des alten Genossen war es, der den ganzen Raum einnahm, wie die Fußnoten in einem übermäßig bearbeiteten Buch. Um die Endgültigkeit seines Entschlusses zu demonstrieren, wandte Castle sich ab und sah aus dem Fenster hinaus in die schmale Gassenschlucht zwischen Betonmauern, deren obere Begrenzung er durch den Schnee, der wie aus einem riesigen unerschöpflichen Eimer in die Schlucht hinunterstürzte, nicht erblicken konnte. Das war nicht Schnee, wie er ihn aus seiner Kindheit kannte; der den Gedanken an Schneebälle, Märchen und Schlittenfahrten wachrief. Dies war ein gnadenloser, unaufhaltsamer, alles auslöschender Schnee, Schnee, von dem man sich vorstellen konnte, daß er die Welt unter sich begrub.

Iwan sagte böse: „Wir werden jetzt gehen."

„Was sagen Sie?“

„Ich verstehe überhaupt nicht, warum man Sie so mit Glacehandschuhen anfaßt. Ich kenne ja die Sorte Unsinn, die Sie uns aus London zuschickten. Gehen wir endlich.“ Der alte Genosse streckte höflich die Hand aus, der junge wirkte leicht beunruhigt. Draußen war die Stille der im Schnee versunkenen Straße so extrem, daß Castle zögerte, sie zu durchbrechen. Die beiden schritten nebeneinander rasch dahin, wie zwei unerbittliche Feinde, die einen geeigneten Ort suchen, um ihre Differenzen ein für allemal auszutragen. Endlich, als er die Ungewißheit nicht länger ertragen konnte, sagte Castle: „Was war also das Ergebnis des ganzen Palavers?“

Iwan erwiderte: „Sie haben mir gesagt, ich behandle Sie falsch. Genau das, was sie gesagt haben, als sie mich aus London zurückholten. ‚Mehr Psychologie ist vonnöten, mehr Psychologie.‘ Ich hätte es leichter im Leben, wenn ich ein Verräter wäre so wie Sie.“ Das Glück schickte ihnen ein Taxi, und im Wageninnern versank Iwan in ein verletztes Schweigen. (Castle war schon aufgefallen, daß man in einem Taxi niemals redete.) Auf der Türschwelle des Wohnblocks gab Iwan grollend endlich die verlangte Information.

„Oh, Ihre Arbeit nimmt Ihnen keiner weg. Sie haben nichts zu fürchten. Der Genosse ist sehr mitfühlend. Er will mit anderen Leuten über Ihr Telefon und Ihre Frau sprechen. Er bittet Sie – bittet, das Wort hat er wirklich verwendet –, sich noch ein wenig zu gedulden. Sie werden, sagte er, sehr bald Nachricht bekommen. Er versteht – ‚versteht‘, wohlgemerkt – Ihren Kummer. *Ich* hingegen verstehe überhaupt nichts mehr. Meine Psychologie ist offenbar elend.“

Er ließ Castle im Eingang stehen, stampfte durch den Schnee fort und entschwand für immer Castles Blicken.

3

Als Castle am nächsten Abend neben dem Heizkörper saß und „Robinson Crusoe“ las, klopfte es an der Tür (die Klingel war kaputt). Im Laufe vieler Jahre war er allmählich so argwöhnisch geworden, daß er automatisch, und noch bevor er die Tür öffnete, rief: „Wer ist draußen?“

„Bellamy heiße ich“, antwortete eine hohe Männerstimme, und Castle sperrte auf. Ein kleiner grauer Mann in einem grauen Pelzmantel und einer grauen Astrachanmütze trat ein, der sehr schüchtern tat. Wie ein Komiker wirkte er, der in einem Märchenspiel die Maus mimt und das begeisterte Klatschen kleiner Hände erwartet. Er sagte: „Ich wohne hier ganz in der Nähe, und da dachte ich mir, ich nehme mir Mut und besuche Sie.“ Er sah das Buch in Castles Hand. „Oh, du lieber Himmel, ich habe Sie beim Lesen gestört.“

„Nur von ‚Robinson Crusoe‘. Für den habe ich noch genug Zeit.“

„Ach ja, der große Daniel. Einer von uns.“

„Einer von uns?“

„Nun ja, Defoe war vielleicht mehr so eine Art MI5-Mann.“ Er streifte die grauen Pelzhandschuhe ab und wärmte seine Hände am Heizkörper, während er sich umsah. Er sagte: „Ich sehe schon, Sie sind noch im kahlen Zustand. Den haben wir alle durchgemacht. Ich wäre nie draufgekommen, wo man Dinge kaufen kann, hätte Cruickshank es mir nicht gezeigt. Und später dann zeigte ich es wiederum Bates. Sie kennen die beiden noch nicht?“

„Nein.“

„Sonderbar, daß sie Sie noch nicht aufgesucht haben. Die Geheimhaltung ist jetzt aufgehoben worden und, wie ich höre, werden Sie demnächst schon eine Pressekonferenz geben.“

„Woher wissen Sie das?“

„Von einem russischen Freund“, erwiderte Bellamy mit einem kurzen, nervösen Kichern. Er zog eine halbe Flasche Whisky aus den Tiefen seines Pelzmantels hervor. „Ein kleines *cadeau*“, sagte er, „für unser neues Mitglied.“

„Vielen Dank, das ist sehr nett von Ihnen. Nehmen Sie doch Platz. Der Sessel ist bequemer als das Sofa.“

„Ich werde mich zuerst auswickeln, wenn ich darf.“ Das Auswickeln nahm einige Zeit in Anspruch – es gab so viele Knöpfe. Als sich Bellamy im grünen Korbstuhl niedergelassen hatte, kicherte er neuerlich. „Wie ist *ihr* russischer Freund?“

„Nicht sehr freundlich.“

„Dann sehen Sie zu, daß Sie ihn loswerden. Lassen Sie sich ja nichts gefallen. Sie *wollen*, daß wir uns wohl fühlen.“

„Wie werde ich ihn los?“

„Sie brauchen bloß zu zeigen, daß er gar nicht Ihr Typ ist. Ein indiskretes Wort, wenn man bedenkt, daß es von einem dieser kleinen Geräte aufgefangen wird, in die wir beide jetzt hineinsprechen. Man soll's nicht für möglich halten, als ich hierherkam, hat man mich – also, das erraten Sie nie – einer reiferen Dame vom Schriftstellerverband anvertraut. Vermutlich, weil ich vom British Council war. Aber ich habe sehr schnell begriffen, wie man da Abhilfe schafft. Jedesmal, wenn Cruickshank und ich beisammen waren, bezeichnete ich sie zornig als meine Gouvernante, und danach war ich sie schnell los. Weg war sie, noch bevor Bates kam, und – ich weiß, es ist sehr häßlich von mir, darüber zu lachen – dann hat Bates sie geheiratet.“

„Ich weiß gar nicht, wie es dazu kam – ich meine, warum man Sie hier haben wollte. Ich war nicht in England, als all das geschah. Ich habe keine Zeitungsberichte gesehen.“

„Ach, mein Lieber, die Zeitungen – die waren einfach schrecklich. Also, sie haben kein gutes Haar an mir gelassen. Ich las sie nachher in der Lenin-Bibliothek. Man hätte wirklich glauben können, ich bin so etwas wie eine zweite Mata Hari.“

„Aber was konnten Sie schon für sie tun – vom British Council aus?"

„Ja, also, sehen Sie, ich hatte einen deutschen Freund, und der hatte offenbar eine Menge Agenten im Osten, die für ihn arbeiteten. Es wäre ihm nie eingefallen, daß der kleine Bellamy ihn überwachte und so seine Aufzeichnungen machte – und dann ging dieser dumme Junge hin und ließ sich doch tatsächlich von einer ganz gräßlichen Frau verführen. Er hatte wirklich eine Strafe verdient. Ihm durfte natürlich nichts geschehen, nie hätte ich etwas unternommen, was ihn in Gefahr gebracht hätte, aber seine Agenten ... Natürlich erriet er, wer ihn auffliegen lassen hatte. Schwer hab ich's ihm nicht gemacht, das zu erraten, ich geb's ja zu. Nur mußte ich schleunigst weg, weil er meinetwegen in die Botschaft ging. Was war ich froh, als Checkpoint Charlie hinter mir lag."

„Und hier sind Sie glücklich?"

„Ja, das bin ich. Ich war immer schon der Meinung, das Glück hängt von Menschen ab, nicht von Orten, und ich habe einen sehr netten Freund. Das Gesetz verbietet natürlich so etwas, aber im Geheimdienst macht man ja doch Ausnahmen, und er ist Offizier im KGB. Natürlich muß mein armer Kleiner mir manchmal im Zuge seiner dienstlichen Verpflichtungen untreu werden, aber das ist ganz etwas anderes als bei meinem deutschen Freund – es ist nicht *Liebe*. Manchmal lachen wir sogar ein bißchen darüber. Wenn Sie sich einsam fühlen, er kennt eine Menge Mädchen ..."

„Ich bin nicht einsam. Nicht, solange ich Bücher habe."

„Ich zeige Ihnen ein Plätzchen, wo Sie unterm Ladentisch englische Taschenbücher bekommen."

Es wurde Mitternacht, bevor sie die halbe Whiskyflasche geleert hatten, und dann verabschiedete sich Bellamy. Er brauchte lange Zeit, um seine Pelzsachen anzulegen, und plauderte währenddessen ununterbrochen. „Sie müssen Cruickshank einmal kennenlernen – ich werde ihm sagen, daß ich bei Ihnen war –

und Bates selbstverständlich auch, aber das bedeutet freilich auch Madame Schriftstellerverband zu treffen." Er wärmte seine Hände gründlich und zog dann erst seine Handschuhe an. Er sah aus, als fühlte er sich ganz zu Hause, obwohl er zugab, anfangs ein wenig unglücklich gewesen zu sein. „Wie verloren war ich, ehe ich meinen Freund hatte, genauso wie es bei Swinburne heißt: ‚Die fremden Gesichter, die stumm durchwachten Nächte und' – wie geht's weiter? – ‚all das Leid.' Ich habe früher einmal Vorträge über Swinburne gehalten – ein unterschätzter Dichter." An der Tür sagte er noch: „Sie müssen einmal zu mir auf meine Datscha hinauskommen, wenn es Frühling ist …

4

Castle stellte nach ein paar Tagen fest, daß ihm sogar Iwan fehlte. Er vermißte jemanden, gegen den er Abneigung empfinden konnte – und Anna taugte dazu nicht; sie schien zu verstehen, daß er jetzt einsamer war denn je. Sie blieb vormittags ein bißchen länger und zwang mit ihrem Zeigefinger seinem Gedächtnis noch mehr russische Bezeichnungen auf. Sie wurde auch bezüglich seiner Aussprache noch anspruchsvoller und fing an, seinem Wortschatz Verben einzuverleiben; sie begann mit dem Wort „laufen", indem sie entsprechende Bewegungen mit den Ellenbogen und mit den Knien machte. Von irgendeiner Stelle mußte sie ihren Lohn erhalten, denn er zahlte ihr nichts. Der kleine Vorrat an Rubeln, den Iwan ihm bei seiner Ankunft ausgehändigt hatte, war schon stark zusammengeschmolzen.

Eine schmerzliche Verschärfung seiner Isolation war, daß er nichts verdiente. Er sehnte sich nun sogar schon nach einem Schreibtisch, an dem er sitzen und Verzeichnisse afrikanischer Schriftsteller studieren konnte – vielleicht hätten sie ihn eine Weile davon abgelenkt, darüber nachzudenken, was mit Sarah geschehen war. Warum war sie ihm nicht mit Sam gefolgt? Was taten die anderen, um ihr Versprechen zu erfüllen?

Eines Abends kam er um neun Uhr zweiunddreißig zum Ende von Robinson Crusoes Schicksalsprüfung – daß er die genaue Zeit feststellte, entsprach ein bißchen dem Verhalten von Robinson Crusoe. „Und so verließ ich die Insel am neunzehnten Dezember und stellte nach dem Logbuch des Schiffes aus dem Jahr 1686 fest, daß ich achtundzwanzig Jahre, zwei Monate und neunzehn Tage auf ihr verbracht hatte..." Er ging zum Fenster; im Augenblick fiel kein Schnee und er konnte deutlich den roten Stern über der Universität erkennen. Sogar zu dieser Stunde waren noch Frauen mit dem Wegfegen des Schnees beschäftigt, von oben sahen sie wie Riesenschildkröten aus. Jemand klingelte an der Tür – sollte er doch, er würde nicht öffnen, wahrscheinlich war es nur Bellamy oder jemand, der sogar noch weniger willkommen war, der unbekannte Cruickshank oder der unbekannte Bates – doch dann fiel ihm plötzlich ein, daß die Türglocke ja kaputt war. Er drehte sich um und starrte erstaunt das Telefon an. Es war das Telefon, das klingelte.

Er hob den Hörer ab, und eine Stimme sprach in Russisch auf ihn ein. Er verstand kein Wort. Dann kam nichts mehr, nur das schrille Amtszeichen, aber er hielt den Hörer ans Ohr gepreßt und wartete stumpf weiter. Vielleicht hatte ihm der Telefonist gesagt, er solle am Apparat bleiben. Oder hatte er ihm gesagt: „Legen Sie den Hörer wieder auf. Wir rufen zurück"? Vielleicht kam ein Anruf aus London. Widerstrebend legte er den Hörer auf, setzte sich neben das Telefon und wartete, ob es wieder läuten würde. Er war „ausgeschaltet" gewesen und jetzt offenbar wieder „eingeschaltet" worden. Er wäre „verbunden" geblieben, wenn ihm Anna nur die richtigen Sätze beigebracht hätte – so wußte er nicht einmal, wie man es anstellte, ein Amt zu bekommen. In der Wohnung gab's kein Telefonbuch – das hatte er schon vor zwei Wochen festgestellt.

Aber der Telefonist mußte ihm doch etwas mitgeteilt haben. Er war überzeugt, daß das Telefon jeden Augenblick wieder klingeln würde. Neben dem Apparat sitzend, schlief er ein und träumte, wie er seit langen Jahren nicht mehr geträumt hatte, von seiner ersten Frau. Im Traum stritten sie miteinander, wie sie es in Wahrheit nie getan hatten.

Anna fand ihn am nächsten Morgen in seinem grünen Korbstuhl sitzend in tiefem Schlaf. Als sie ihn weckte, sagte er zu ihr: „Anna, das Telefon ist angeschlossen", und weil sie ihn nicht verstand, deutete er darauf und machte „Ting – e – ling – e – ling", und beide lachten vergnügt über so kindische Laute aus dem Mund eines älteren Mannes. Er zog Sarahs Fotografie hervor und zeigte auf das Telefon, und Anna nickte und lächelte ihm zu, um ihm Mut zu machen, und er dachte: Sie wird sich mit Sarah gut vertragen, sie wird ihr zeigen, wo man einkauft, sie wird ihr russische Wörter beibringen, sie wird Sam mögen.

5

Als später an diesem Tag das Telefon klingelte, war er überzeugt, daß es Sarah war – irgend jemand in London mußte ihr seine Nummer mitgeteilt haben, vielleicht Boris. Sein Mund war trocken, als er sich meldete, er vermochte kaum die Worte „Wer spricht?" herauszubringen.

„Boris."

„Wo bist du?"

„Hier in Moskau."

„Hast du Sarah gesehen?"

„Ich habe mit ihr gesprochen."

„Geht es ihr gut?"

„Ja, ja, es geht ihr gut."

„Und Sam?"

„Geht es auch gut."

„Wann sind sie hier?"

„Darüber möchte ich mit dir sprechen. Bleibe zu Hause, bitte. Geh nicht aus. Ich komme jetzt zu dir in die Wohnung."

„Aber wann werde ich sie sehen?"

„Darüber müssen wir miteinander reden. Es gibt Schwierigkeiten."

„Was für Schwierigkeiten?"

„Warte, bis ich bei dir bin."

Er konnte nicht stillhalten, er griff nach einem Buch und legte es wieder weg; er ging in die Küche, wo Anna eine Suppe kochte. Sie sagte: „Ting – e – ling – e – ling", aber es war gar nicht mehr komisch. Er ging ans Fenster zurück – es schneite wieder. Als es an der Tür klopfte, hatte er das Gefühl, als wären Stunden vergangen.

Boris hielt ihm eine Zollfrei-Plastiktüte entgegen. Er sagte: „Sarah hat mir aufgetragen, dir J. & B. zu besorgen. Eine Flasche von ihr und eine von Sam."

Castle fragte: „Was sind die Schwierigkeiten?"

„Laß mir nur Zeit, meinen Mantel auszuziehen."

„Hast du wirklich mit ihr gesprochen?"

„Am Telefon. Von einer Zelle aus. Sie lebt bei deiner Mutter auf dem Land."

„Das weiß ich."

„Es wäre zu sehr aufgefallen, wenn ich sie dort besucht hätte."

„Woher weißt du dann, daß es ihr gut geht?"

„Weil sie es mir gesagt hat."

„Und klang ihre Stimme auch danach?"

„Ja, ja, Maurice. Ich bin überzeugt …"

„Was sind die Schwierigkeiten? *Mich* hast du doch auch herausgebracht."

„Das war ganz einfach. Ein falscher Paß, der Dreh mit dem Blinden und der kleine Wirbel, den wir bei der Kontrolle arrangierten, während dich die Air-France-Hostess durchgeschleust hat. Ein dir ähnlicher Mann mit Prag als Flugziel. Sein Paß war nicht ganz in Ordnung ..."

„Du hast mir noch immer nicht gesagt, was für Schwierigkeiten ..."

„Wir nahmen immer an, daß man, bist du erst einmal hier gelandet, Sarah nicht hindern kann, zu dir zu kommen."

„Das können sie auch nicht."

„Sam hat keinen Paß. Du hättest ihn in den Paß seiner Mutter eintragen lassen sollen. Offenbar kann es sehr lange dauern, bis das erledigt ist. Und noch etwas – deine Leute haben angedeutet, daß man Sarah wegen Mittäterschaft verhaften könnte, wenn sie auszureisen versucht. Sie war mit Carson befreundet, sie war deine Agentin in Johannesburg ... Maurice, mein Lieber, es ist alles leider gar nicht einfach."

„Du hast es mir versprochen."

„Ich weiß, daß wir es versprochen haben. Guten Glaubens. Vielleicht gelingt es uns doch noch, sie herauszuschmuggeln, wenn sie das Kind zurückläßt, aber das will sie nicht, sagt sie. Er fühlt sich in der Schule nicht wohl. Er fühlt sich auch bei deiner Mutter nicht wohl."

Die Zollfrei-Tüte wartete auf dem Tisch. Whisky wenigstens gab es noch – die Medizin gegen Verzweiflung. Castle sagte: „Warum habt ihr mich herausgeholt? Ich war gar nicht unmittelbar gefährdet. Ich glaubte es zwar, aber ihr mußtet doch wissen ..."

„Du hast das Notsignal gegeben. Wir haben darauf reagiert."

Castle zerriß die Tüte, öffnete die Whiskyflasche, das Etikett J. & B. schmerzte ihn wie eine traurige Erinnerung. Er schenkte für beide reichlich ein. „Ich habe kein Sodawasser."

„Macht nichts."

Castle sagte: „Nimm den Stuhl. Das Sofa ist so hart wie eine Schulbank." Er nahm einen Schluck Whisky. Sogar das Aroma J.

& B. schmerzte. Hätte ihm Boris doch einen anderen Whisky gebracht – Haig, White Horse, Vat 69, Grant's –, er sagte sich selbst die Namen von Whiskymarken vor, die ihm nichts bedeuteten, nur um so lange einen klaren Kopf zu bewahren und seine Verzweiflung in Schach zu halten, bis der J. & B. zu wirken begann. Johnnie Walker, Queen Anne, Teacher's. Boris deutete sein Schweigen falsch. Er sagte: „Du mußt keine Angst wegen Abhörgeräten haben. Hier in Moskau bist du sicher wie im Zentrum des Zyklons." Er fügte hinzu: „Es war für uns sehr wichtig, dich herauszubringen."

„Wieso? Müllers Aufzeichnungen waren beim alten Halliday gut aufgehoben."

„Man hat dir nie die Wahrheit gesagt, nicht wahr? Das bißchen wirtschaftliche Informationen, das du uns geschickt hast, war ziemlich wertlos für uns."

„Warum dann ...?"

„Wahrscheinlich drücke ich mich nicht sehr klar aus. Ich bin Whisky nicht gewöhnt. Laß mich versuchen, es dir zu erklären. Deine Leute bildeten sich ein, sie hätten hier in Moskau einen Agenten. Aber wir waren es, die ihn auf sie angesetzt hatten. Was du uns durchgabst, ging an sie zurück. Deine Berichte machten ihn in den Augen deiner Leute glaubwürdig, sie konnten sie überprüfen, und er konnte ihnen die ganze Zeit andere Informationen weiterreichen, die wir sie glauben machen wollten. Das war der wahre Wert deiner Berichte. Eine gelungene Irreführung. Aber dann kam die Sache mit Müller und Onkel Remus. Wir entschieden, die beste Art, Onkel Remus auszuschalten, wäre Publicity – aber das konnten wir nicht tun, wenn wir dich in London ließen. Du mußtest ja als unsere Quelle gelten, du hast doch Müllers Aufzeichnungen mitgebracht."

„Jetzt werden sie auch wissen, daß ich die Nachricht von der undichten Stelle mitbrachte."

„Stimmt. Wir konnten dieses Spiel nicht länger weiterführen.

Ihr Agent in Moskau verfällt jetzt in ein tiefes Schweigen. Vielleicht erreichen in ein paar Monaten deine Leute Gerüchte über einen geheimen Prozeß. Das wird ihre Überzeugung, daß alle Informationen, die er ihnen gab, wahr waren, noch festigen."

„Und ich dachte, bloß Sarahs Volk damit zu helfen."

„Du hast viel mehr als das getan. Und morgen stellen wir dich der Presse vor."

„Und wenn ich mich weigere zu reden, solange Sarah nicht da ist . . ."

„Wir können es auch ohne dich schaffen, aber dann kannst du auch nicht erwarten, daß wir das Problem mit Sarah lösen. Wir sind dir dankbar, Maurice, aber Dankbarkeit muß wie Liebe täglich erneuert werden, sonst stirbt die eine wie die andere."

„Du sprichst jetzt wie Iwan."

„Nein, nicht wie Iwan. Ich bin dein Freund. Ich will dein Freund bleiben. Man hat einen Freund bitter nötig, wenn man in einem neuen Land ein neues Leben beginnt."

Nun klang das Angebot der Freundschaft wie eine Drohung oder Warnung. Ihm fiel die Nacht in Watford ein, als er vergeblich die schäbige Lehrerwohnung mit dem Berlitz-Bild an der Wand suchte. Es schien ihm, als sei er sein ganzes Leben lang, seit er mit etwa zwanzig Jahren in den Geheimdienst eingetreten war, zum Schweigen verurteilt gewesen. Wie ein Trappist hatte er das Schweigen zum Beruf gewählt, und nun erkannte er zu spät, daß es keine Berufung war.

„Trink noch einen Schluck, Maurice. Es steht gar nicht so schlimm. Du mußt nur ein wenig Geduld haben, das ist alles."

Castle trank den Schluck.

DRITTES KAPITEL

I

Der Arzt bestätigte Sarahs Befürchtungen um Sam, aber es war Mrs. Castle, die als erste erkannt hatte, welche Art Husten er hatte. Alte Menschen brauchen keine medizinische Ausbildung – sie scheinen zu Diagnosen durch ihre lebenslängliche Erfahrung befähigt statt durch eine sechsjährige intensive Ausbildung. Den Arzt zu holen bedeutete nicht mehr als eine gesetzliche Formalität – um ihm Gelegenheit zu geben, ihre Vorschriften auf dem Rezept durch seine Unterschrift zu bestätigen. Er war ein junger Mann, der Mrs. Castle mit großem Respekt behandelte, als wäre sie eine hervorragende Spezialistin, von der er eine Menge lernen könnte. Er fragte Sarah: „Gibt es bei Ihnen zu Hause viel Keuchhusten?“ Mit „zu Hause“ meinte er offensichtlich Afrika.

„Ich weiß es nicht. Ist er gefährlich?“ fragte sie.

„Gefährlich nicht.“ Er fügte hinzu: „Aber eine ziemlich lange Isolierung ist nötig.“ Das war kein beruhigender Nachsatz. Ohne Maurice fiel es ihr schwerer, ihre Unruhe zu verbergen, weil sie nicht geteilt wurde. Mrs. Castle war ganz ruhig, wenn auch ein wenig gereizt, daß der Alltag eine Störung erfuhr. Hätte es nicht diesen dummen Streit gegeben, dachte sie offenbar, könnte Sam genausogut in Berkhamsted krank sein, und sie hätte die nötigen Ratschläge telefonisch geben können. Sie verließ die beiden, warf mit ihrer welken Hand eine Kußhand ungefähr in Richtung von Sam und ging hinunter, um fernzusehen.

„Kann ich nicht zu Hause krank sein?“ fragte Sam.

„Nein. Du mußt im Bett bleiben.“

„Wenn nur Buller hier wäre, zum Reden.“ Er vermißte Buller mehr als Maurice.

„Soll ich dir vorlesen?“

„Ja, bitte.“

„Dann mußt du aber einschlafen.“

Sie hatte in der Eile der Abreise wahllos einige Bücher eingepackt, darunter eines, das Sam stets als „Gartenbuch“ bezeichnet hatte. Ihm gefiel es wesentlich besser als ihr – in ihren Erinnerungen aus der Kindheit gab es keinen Garten; das harte Licht war auf Dächer aus verrostetem Wellblech und Spielplätze aus gebrannter Erde gefallen. Selbst bei den Methodisten wuchs nirgends Gras. Sie schlug das Buch auf. Vom Salon unten drang murmelnd die Fernseh-Stimme. Nicht einmal auf Entfernung konnte man sie für die Stimme eines lebendigen Menschen halten – es war eine Dosenstimme. Paketiert.

Noch bevor sie das Buch richtig aufgeschlagen hatte, war Sam bereits eingeschlafen, einen Arm gewohnheitsmäßig aus dem Bett hängend, damit Buller seine Hand lecken konnte. Sie dachte: O ja, ich liebe ihn, natürlich liebe ich ihn, aber er ist wie die Handschellen der Sicherheitspolizei um meine Gelenke. Es würde Wochen dauern, bevor sie wieder frei war, und selbst dann ... Sie war mit ihren Gedanken in Brummell's Restaurant und starrte durch das glasglitzernde, mit Spesenrechnungen tapezierte Restaurant dorthin, wo Dr. Percival seinen warnenden Finger erhob. Sie dachte: Können Sie sogar das veranlaßt haben?

Leise schloß sie die Tür und ging hinunter. Die Dosenstimme war abgeschaltet worden, und Mrs. Castle erwartete sie am Fuß der Treppe.

„Ich habe die Nachrichten versäumt“, sagte Sarah. „Er wollte, daß ich ihm vorlese, schlief aber dann ein.“ Mrs. Castle starrte an ihr vorbei wie auf ein Schreckensbild, das nur sie allein erblicken konnte.

„Maurice ist in Moskau“, sagte Mrs. Castle.

„Ja, ich weiß.“

„Ich habe ihn selbst gesehen, auf dem Bildschirm, umgeben von einer Schar Journalisten. Und rechtfertigte sich. Er hatte die Unverfrorenheit, die Unverschämtheit ... Hast du dich deshalb mit ihm zerstritten? Oh, du hast ja so recht gehabt, ihn zu verlassen.“

„Das war nicht der Grund“, sagte Sarah. „Wir taten nur so, als wären wir zerstritten. Er wollte mich nicht in die Sache verwickeln.“

„Und warst du in die Sache verwickelt?“

„Nein.“

„Gott sei Dank. Ich hätte dich nur ungern mit dem kranken Kind aus dem Haus gewiesen.“

„Hätten Sie Maurice aus dem Haus gewiesen, wenn Sie es gewußt hätten?“

„Nein. Ich hätte ihn gerade so lange hierbehalten, bis ich die Polizei gerufen hätte.“ Sie drehte sich um und ging in das Wohnzimmer zurück – sie ging so lange, bis sie wie eine Blinde gegen das Fernsehgerät stieß. Sie war so gut wie blind, bemerkte Sarah – ihre Augen waren geschlossen. Sie legte ihre Hand auf Mrs. Castles Arm.

„Setzen Sie sich doch. Es war ein Schock für Sie.“

Mrs. Castle schlug die Augen auf. Sarah erwartete, sie voll Tränen zu sehen, doch sie waren trocken, trocken und unbarmherzig. „Maurice ist ein Verräter“, sagte Mrs. Castle.

„Versuchen Sie doch, ihn zu verstehen, Mrs. Castle. Es ist alles meine Schuld. Nicht die von Maurice.“

„Du hast doch gesagt, du bist nicht in die Sache verwickelt.“

„Er wollte meinem Volk helfen. Hätte er mich nicht geliebt und Sam ... Es war der Preis, den er gezahlt hat, um uns zu retten. Sie können sich hier in England nicht vorstellen, wie schrecklich das Schicksal ist, vor dem er uns gerettet hat.“

„Ein Verräter!“

Die Wiederholung ließ sie die Beherrschung verlieren. „Also gut – ein Verräter. Was für ein Verräter ist das? An wem? An Müller und seinen Freunden? An der Staatspolizei?“

„Ich weiß nicht, wer Müller ist. Maurice ist ein Verräter an seinem Vaterland.“

„Oh, an seinem Land“, rief sie, verzweifelt über alle diese billigen Phrasen, aus denen zuletzt ein Urteil entsteht. „Er hat einmal gesagt, sein Land, das bin ich – und Sam.“

„Wie gut, daß sein Vater das nicht erleben mußte.“

Noch so eine Phrase. Vielleicht klammert man sich in einer Krise an alte Klischees, wie ein Kind an die Eltern.

„Sein Vater hätte ihn vielleicht besser verstanden als Sie.“

Es war ein sinnloser Streit, wie der, den sie an jenem letzten Abend mit Maurice gehabt hatte. Sie sagte: „Verzeihen Sie. Das hätte ich nicht sagen sollen.“ Sie war bereit, alles aufzugeben, nur um ein bißchen Frieden zu haben. „Ich gehe fort von hier, sobald es Sam besser geht.“

„Wohin?“

„Nach Moskau. Wenn man mich läßt.“

„Sam wirst du nicht mitnehmen. Sam ist mein Enkelkind. Ich bin sein Vormund.“

„Erst wenn Maurice und ich tot sind.“

„Sam ist britischer Staatsbürger. Ich werde ihn zu einem Mündel unter Amtsvormundschaft erklären lassen. Morgen suche ich meinen Rechtsanwalt auf.“

Sarah hatte nicht die leiseste Ahnung, was ein Mündel unter Amtsvormundschaft war. Es war, vermutete sie, ein weiteres Hindernis, das nicht einmal von der Stimme, die sie von einer Telefonzelle angerufen hatte, in Betracht gezogen worden war. Die Stimme hatte sich entschuldigt: die Stimme behauptete, genau wie Dr. Percival es getan hatte, einem Freund von Maurice zu gehören, aber Sarah vertraute ihr mehr, trotz ihrem Aufder-Hut-sein, der Mehrdeutigkeit der Worte und ihrem leicht fremdländischen Klang.

Die Stimme entschuldigte sich dafür, daß Sarah noch nicht unterwegs zu ihrem Mann war. Dies könnte fast auf der Stelle geschehen, wenn sie allein ginge – das Kind mache es fast unmöglich, daß sie ohne genaue Untersuchungen durchkäme, mochte mit ihrem Paß alles noch so sorgfältig arrangiert werden.

In Sarahs Stimme lag nackte Verzweiflung, als sie dem Anrufer sagte: „Ich kann Sam nicht allein lassen", und seine Stimme versicherte ihr, daß man „in absehbarer Zeit" einen Weg für Sam finden würde. Sie möge ihm vertrauen ... Der Mann begann nun, ihr vorsichtig anzudeuten, wie und wann sie einander treffen könnten, nur ein Stück Handgepäck und einen warmen Mantel, alles was ihr fehle, könne nach ihrer Ankunft gekauft werden, aber sie sagte: „Nein. Ohne Sam kann ich nicht", und legte den Hörer auf die Gabel. Und nun war Sam krank, und es gab diese geheimnisvollen Worte, die sie verfolgten, während sie ins Schlafzimmer ging, „ein Mündel unter Amtsvormundschaft". Es klang wie eine Verhaftung durch die Polizei. Konnte man ein Kind zwangsweise in eine Zelle stecken, so wie man es zwangsweise in die Schule schickte?

2

Sie hatte niemanden, den sie fragen konnte. In ganz England kannte sie nur Mrs. Castle, den Metzger, den Gemüsehändler, den Inhaber der Leihbücherei, die Schullehrerin – und natürlich auch Mr. Bottomley, der ständig irgendwo auftauchte, auf der Türschwelle, in der High Street, sogar am Telefon. Er hatte so lange in seiner afrikanischen Mission gelebt, daß er sich vielleicht nur bei ihr richtig heimisch fühlte. Er war sehr freundlich und sehr neugierig und äußerte kleine fromme Gemeinplätze. Sie fragte sich, was er wohl sagen würde, wenn sie ihn bäte, ihr bei der Flucht aus England zu helfen.

Am Morgen nach der Pressekonferenz rief Dr. Percival aus einem scheinbar recht seltsamen Grund an. Offenbar schuldete seine Dienststelle Maurice noch etwas Geld und wollte die Nummer seines Bankkontos erfahren, um den Betrag zu überweisen: in kleinen Dingen schien man peinlichst ehrlich zu sein, obwohl sie sich nachher fragte, ob man nicht befürchtete, daß Geldmangel sie zu einem verzweifelten Schritt treiben würde. Es mochte eine Art Bestechung sein, um sie bei der Stange zu halten. Dr. Percival sagte, immer noch ganz der gütige Hausarzt, zu ihr: „Ich bin ja so froh, daß Sie vernünftig sind, meine Liebe. Bleiben Sie nur ja so vernünftig“, als hätte er ihr geraten: „Nehmen Sie nur unbedingt weiter Ihre Antibiotika.“

Und dann, um sieben Uhr abends, als Sam bereits schlief und Mrs. Castle in ihrem Zimmer war, um sich, wie sie das nannte, für das Abendessen „zurechtzumachen“, klingelte das Telefon. Um diese Zeit rief Mr. Bottomley gern an, aber es war Maurice. Seine Stimme klang so deutlich, als spreche er vom Nebenzimmer. Sie rief erstaunt: „Maurice, wo bist du?“

„Du weißt, wo ich bin. Ich liebe dich, Sarah.“

„Und ich liebe dich, Maurice.“

Er erklärte: „Wir müssen uns mit dem Sprechen beeilen, man weiß nie, wann die Leitung unterbrochen wird. Wie geht es Sam?“

„Nicht sehr gut. Aber nichts Gefährliches.“

„Boris behauptet, es geht ihm gut.“

„Ich habe ihm nichts gesagt. Es war nur eine Schwierigkeit mehr. Es gibt so schrecklich viele Schwierigkeiten.“

„Ja. Ich weiß. Gib Sam einen Kuß von mir.“

„Natürlich tu ich das.“

„Wir brauchen uns nicht mehr zu verstellen. Sie werden immer zuhören.“

Stille. Sie dachte, er sei fort oder man habe die Leitung unterbrochen. Dann sagte er: „Du fehlst mir schrecklich, Sarah."

„Oh, du mir auch, aber ich kann Sam nicht allein lassen."

„Natürlich kannst du das nicht. Ich verstehe das schon."

Es drängte sie zu sagen und sie bereute es sofort: „Wenn er erst ein bißchen größer..." Es klang wie die Verheißung einer fernen Zukunft, wenn sie beide alt sein würden. „Hab Geduld."

„Ja – Boris sagt das auch. Ich habe Geduld. Wie geht es Mutter?"

„Ich möchte lieber nicht über sie sprechen. Sprich von uns. Sag mir, wie es dir geht."

„Oh, alle sind sehr freundlich. Sie haben mir so was wie eine Anstellung gegeben. Sie sind mir dankbar. Für viel mehr, als ich je tun wollte." Er sagte etwas, was sie nicht verstand, weil ein Geräusch in der Leitung war – etwas über einen Füllhalter und ein Korinthenbrötchen mit einer Rippe Schokolade darin. „Meine Mutter hatte gar nicht so unrecht."

„Sie fragte: „Hast du Freunde?"

„O ja, ich bin nicht allein, mach dir keine Sorgen, Sarah. Da ist ein Engländer, der einmal im British Council war. Er hat mich in seine Datscha auf dem Land eingeladen, wenn es Frühling wird. Wenn es Frühling wird", wiederholte er mit einer Stimme, die sie kaum wiedererkannte – es war die Stimme eines alten Mannes, der nicht mehr mit Sicherheit darauf zählt, daß es je wieder Frühling wird.

Sie sagte: „Maurice, Maurice, verliere bitte nicht die Hoffnung", doch während des langen, durch nichts unterbrochenen Schweigens, das folgte, verstand sie: die Leitung nach Moskau war tot.